La MODISTA de PARÍS

· GEORGIA KAUFMANN ·

La
MODISTA
de
PARÍS

Traducción de Marta Carrascosa Cano

UMBRIEL

Argentina • Chile • Colombia • España
Estados Unidos • México • Perú • Uruguay

Título original: *The Dressmaker of Paris*
Editor original: Hodder & Stoughton
Traducción: Marta Carrascosa Cano

1.ª edición: agosto 2022

ISBN: 978-84-16517-84-8
E-ISBN: 978-84-19029-87-4
Depósito legal: B-12.141-2022

Fotocomposición: Ediciones Urano, S.A.U.
Impreso por: Romanyà Valls, S.A. – Verdaguer, 1 – 08786 Capellades (Barcelona)

Impreso en España – *Printed in Spain*

A mi madre,
Elisabeth Michaela Ida Anna Lorenz Kaufmann,
sin la cual esta historia no habría sido posible.

1
Piedra

1991

¿Es la hora, *ma chère*? Voy a llegar tarde. Por primera vez, estoy desconcertada. No, no es el tiempo; Nueva York nunca es una ciudad inspiradora en noviembre, ni siquiera en su mejor momento. Ni tampoco es que las colecciones de este invierno sean demasiado simples y apagadas. Es que no se me ocurre nada apropiado para ponerme. No te sorprendas tanto, *ma chère*. Puede que sepa qué ponerme para una cena en la Casa Blanca, un desfile de moda o una reunión de la junta, pero esa clase de eventos no son tan importantes como mi compromiso de esta noche.

Por favor quédate, *ma chère*. Me tranquilizará, y esta reunión también te afectará. Puede cambiar nuestras vidas. Pero primero hay algunas cosas que tengo que resolver. Deja esos papeles, por favor. Es mi testamento, lo estaba revisando. Solo tengo sesenta y tres años —¡morir no está entre mis planes de aquí a cinco años!—, pero como ya sabes, me gusta estar preparada. Como ya he dicho, esta cita es importante.

Conoces la historia de esta casa, ¿verdad? Lo único que no cambiamos cuando la reformamos fue este baño. Nunca he conocido a un empresario que no contara los centavos. El derroche no es un hábito en la gente que se ha ganado su fortuna. Por supuesto, todas las decisiones que tomo se basan en el estilo, pero sobre todo en la concepción de la estructura, los materiales y la utilidad. En el diseño de moda, o de una habitación, o de cualquier cosa, el material es una decisión primordial. En todas las cosas, el arte consiste en entender primero el tejido y los materiales, para conocer los puntos fuertes y débiles. Las decisiones que tomé en este baño crearon el entorno.

¿Sabes lo que es esto? Todo el baño está revestido de mármol. Por supuesto que es italiano, no solo porque sea de allí, sino porque los mármoles indios son porosos y se limpian tan mal que, a pesar de su inigualable belleza, no son prácticos para un baño. El mejor diseño convierte los materiales apropiados para su función en una belleza. Este mármol es las dos cosas, impermeable y precioso; ¿ves cómo parece casi vivo, con riachuelos de color rosa, rojo, gris y blanco que fluyen unos sobre otros? Me costó mucho conseguir este mármol Arabescato Orobico Rosso rosado y pálido. No puedo decir cuántas losas examiné en distintos almacenes dedicados a la piedra para encontrar uno tan pálido. Después, nada me haría arriesgarme a estropear este mármol para subirlo al piso superior, así que aquí nos quedamos. Es diferente al cuarto de baño principal escaleras arriba; allí, imaginé algo majestuoso y atenuado. La idea era mostrar que el señor James Mitchell no era un ostentoso advenedizo, sino alguien con clase. No era cuestión de tener mármol de Carrara. ¿Tanto blanco en una habitación? Eso sería como comprar alta costura por la marca y no por el diseño, la confección y el tejido. Eso es para gente con dinero y sin gusto.

Estoy divagando. Estoy tan nerviosa que siento que voy a vomitar. Vamos, vamos. ¿Qué estaba diciendo? Ah, sí, ya me acuerdo: Breccia Oniciata, eso es lo que elegí para el baño de arriba. Es un mármol beige liso y brillante con motas y vetas en blanco, rosa y lila. Al igual que se debe elegir la piedra adecuada para un azulejo y la tela adecuada para un vestido debes elegir el aspecto adecuado para una reunión. Si voy a una reunión de negocios, tengo que considerar cuánto quiero impresionar, hasta qué punto quiero seducir. Si pretendo impresionar con mi visión de negocios y mi poder en cuanto entre por la puerta, vestiré de Dior o de Yves Saint-Laurent. Si quiero que mi espíritu creativo, mi arte y mi capacidad como diseñadora deslumbren, escogeré mi propia ropa de Dumarais. O si quiero seducir, hacer que la gente se sienta cómoda a través de mi feminidad para después golpearla con mi habilidad para los negocios, luciré algunas piezas de Chanel. Puedo conseguir todo eso en el tiempo que me lleva entrar en una habitación y atravesarla. Pero, esta noche, no.

Esto es ridículo, *ma chère*, ¿alguna vez me has visto dudar sobre qué ponerme? Nunca había considerado que mi armario fuese excesivo hasta ahora. El problema es que estoy muy asustada y desesperada, tengo que dar buena impresión, pero no sé por dónde empezar. Normalmente empiezo por el tejido, *ma chère*, siempre por el tejido. Aprendí eso la primera vez que corté un patrón. El mismo patrón en lana, seda o algodón, o la misma tela cortada al bies o a lo largo, y cada vez tienes un traje diferente. La tela funciona a un nivel subconsciente. El algodón significa verano, el verano significa estar relajado. El lino es similar pero más refinado, se necesita confianza para no preocuparse por las arrugas. La lana significa invierno, comodidad y protección contra el frío. La seda es para todas las estaciones y siempre significa lujo y elegancia. Y en cuanto al nailon y al poliéster… bien, el nailon tiene su papel en la calcetería, pero debe permanecer oculto.

Me fui de casa, una casa en la que, por cierto, no había ducha y nos bañábamos solo una vez a la semana, los domingos antes de ir a la iglesia, con lo que se dice nada, aparte de una maleta maltrecha que solo contenía dos conjuntos y algo de ropa interior. A partir de ahí, con trabajo y talento, creé esto. Así que todos los días, cada día, voy al cuarto de baño y me pregunto: ¿qué aspecto necesito tener hoy? ¿Con quién me voy a reunir? ¿Qué tengo que conseguir? Empiezo a maquillarme y a peinarme antes de vestirme y después, cuando he perfeccionado mi aspecto, estoy lista para salir y dar lo mejor de mí. No dejo nada al azar. Habría sido un excelente modelo de chica guía.

Soy afortunada, una combinación de mi aspecto natural y las lecciones de comportamiento y postura en Dior han hecho que me vea bien con casi todo. No puedo hacer nada; incluso con unos vaqueros y una camiseta luzco elegante. Si tienes estilo, lo tienes sin importar lo que lleves puesto. ¿Pero esta noche? No tengo ni idea de lo que sería apropiado, de lo que funcionaría. Es que no lo sé.

Quiero contarte una historia. Una larga historia. Mi historia. Solo entonces sabré qué ponerme, cómo prepararme. Podrás ayudarme.

Por supuesto, todo empezó con mi madre; todo empieza con tus padres. Me llevó mucho tiempo entender que la gente se equivoca, a pesar de sus buenas intenciones, y a menudo son las consecuencias involuntarias de sus actos las que dejan la más profunda de las huellas en un niño.

No es solo una fábula; cuando yo era niña teníamos muy poco. En los años treinta, Italia era un país pobre y en los Alpes la gente tenía poco dinero. La mayoría eran agricultores para subsistir. Las vacaciones para esquiar y hacer senderismo eran cosas del futuro. En Bressen, el pueblo comercial del valle principal que lleva a Merano y a Bozen, los pueblos más grandes de Tirol del Sur, no había ni siquiera una juguetería. Solo había una pequeña selección en la parte de atrás de la tienda de ropa. En Oberfals, los únicos juguetes que teníamos eran de madera y los tallaban los campesinos en las largas noches de invierno.

Cuando tenía ocho años, mi madre me regaló por Navidad una muñeca de madera pintada. No tenía ropa, pero, en mi mente infantil, era preciosa. Jugaba con ella todo el tiempo. La llamé Elisabeth, por la princesa inglesa cuyo padre acababa de convertirse en rey. Ya sabía coser y hacer punto. Todas aprendimos pronto, no por placer sino como una habilidad práctica y necesaria. Así que coleccionaba trozos de servilletas viejas, paños de cocina y retazos de tela, y me sentaba por las tardes, cuando mi madre no me necesitaba en el Gasthaus, haciendo ropa para mi princesa, puntada a puntada. Ahora resulta difícil imaginar cómo fue mi primera aventura con el diseño, pero en aquel momento estaba satisfecha con mi trabajo. Le hice un vestido que tenía la parte de delante de encaje, que procedía de un viejo tapete. Le cosí la ropa interior de algodón blanco y un chaleco. Le tejí un par de calcetines, que no se mantenían en pie, y una chaqueta de punto. Cuando la noticia de la inminente coronación del padre de la princesa se filtró a través del *Dolomitten*, el periódico regional, corté una bufanda de color azul marino con pequeñas flores amarillas, que iba a juego con mi *dirndl* y le hice a mi muñeca una capa larga para la ceremonia.

Al principio la tenía en casa, pero poco a poco empecé a llevarla conmigo, primero a la iglesia y después a la escuela, en la mochila.

Apenas cabía, las puntas de sus pies se asomaban por una de las esquinas, pero sentí que una futura reina también necesitaba ir a la escuela. Fue la semana siguiente a la coronación del rey de Inglaterra, en mayo, cuando le enseñé a mi amiga Ingrid Stimpfl cómo la princesa Elisabeth iba vestida detrás de su padre. Nos preguntábamos si podríamos hacer algún tipo de adorno con pelo para su traje; el padre de Ingrid había traído un conejo a casa para guisar la semana anterior y pensó que la piel podría servir de armiño. Ingrid hablaba mientras yo alisaba la cola detrás de la princesa, y entonces, en la mitad de la frase, se calló y cuando miró por encima de mi hombro su rostro cambió. Me di la vuelta.

Rudi Ramoser estaba detrás de mí. Aunque solo tenía trece años, era alto y había desarrollado músculos de granjero. Era rubio y de ojos azules, y su natural fanfarronería se veía reforzada por el hecho de que su padre era el hombre más rico del pueblo y el cuñado del alcalde, Herr Gruber.

—*Du, Gitsch!* —me gritó Rudi—. ¿Con qué estás jugando? —se burló mientras daba un paso más hacia mí.

—Con mi muñeca —dije, mirándole y manteniéndome firme. Estaba acostumbrada a los matones.

—¿Eso es una muñeca? —se rio y miró a su alrededor para ver si alguien estaba prestando atención—. Más bien parece un trozo de madera.

Era más grande que yo; no quería la muñeca, pero sí quería llegar a mí. Había visto esa mirada en los ojos de mi padre cuando estaba borracho. Había aprendido a mantenerme alejada.

—Es mía —dije, al fin, dando un paso atrás—. No tengo miedo, solo eres un *Raudi*.

—Es la princesa Elisabeth. —Ingrid Stimpfl era una niña dulce, pero no muy inteligente.

—La princesa Elisabeth. —Se agachó para agarrarla, pero yo la apreté contra mi pecho—. Déjame ver —dijo con un gruñido bajo mientras arrancaba con sus dedos los míos uno a uno y los aplastaba a su paso.

Cuando me la sacó de las manos, se dio la vuelta y se alejó.

—Mañana te diré lo que quiero, si es que quieres recuperarla.

Ingrid empezó a gimotear. Mis manos estaban marcadas de blanco y rojas por la fuerza que había empleado Rudi para apartarlas de Elisabeth. Me mordí el labio. No iba a hacerme llorar.

Mis padres no pasaban mucho tiempo con nosotras. Mi madre llevaba el Gasthaus Falsspitze, el único bar restaurante de Oberfals. Trabajaba mucho (supongo que eso fue algo bueno que me inculcó). Mi padre era tan disoluto como ella tolerante. Cuando el bar estaba abierto, mi madre estaba ocupada, pero podía acudir a ella, aunque todos sabíamos que no debíamos interrumpirla cuando estaba cocinando. Parecía perderse en los rituales y en la rutina de picar, rallar y remover. Sus movimientos tenían un ritmo meditativo que me encantaba observar.

Aquella tarde, cuando corrí a la cocina, sin aliento y confundida, estaba haciendo *knödel*. Todo el pan rancio del día anterior estaba amontonado en una pila frente a ella y un gran cuchillo se mecía en su mano mientras lo cortaba en pequeños trozos para las empanadas. Casi se podía saber la hora por la fase en la que se encontraba lo que estaba cocinando. Apenas debían ser las tres pasadas.

—Madre —mi voz insegura intentó llegar a ella. Recuerdo estar atrapada entre la ansiedad por haber perdido la muñeca y el miedo por interrumpirla.

La hoja se balanceó hacia arriba y luego hacia abajo, cortando.

—¡Madre! —grité más fuerte.

Ella levantó la vista. El cuchillo cortó el pan duro.

—Estoy ocupada.

Las lágrimas brotaron de mis ojos.

—Rudi Ramoser ha robado a la princesa Elisabeth.

—¿Quién? —preguntó tras una pausa larga y distraída.

—Mi muñeca. La que me regalaste por Navidad.

Dejó el cuchillo y me miró a los ojos.

—Entonces, recupérala.

—Pero, madre, tiene trece años. Es mayor que yo.

—Rosa, es solo una muñeca. Estoy demasiado ocupada para esto —volvió a tomar el cuchillo.

Al día siguiente, Rudi Ramoser me estaba esperando a la salida de la escuela. Estaba apoyado en la pared de enfrente hablando con otros chicos, pero se separó de ellos cuando salí.

—¿Quieres recuperar tu muñeca, Gitsch? —Sus grandes ojos azules parecían inocentes, pero su voz era insolente.

—Sí —dije, decidida a no mostrar ningún miedo.

—Reúnete conmigo en el puente. A las tres.

El Gasthaus se encontraba en el centro y el camino hacia Unterfals y San Martín partía de la plaza, cruzando el río Fals al salir del pueblo. Cuando me fui de la escuela, las calles estaban vacías; los niños se dedicaban a hacer recados y tareas mientras las madres preparaban la cena y los hombres seguían trabajando. Conocía a todos los habitantes de cada casa por la que pasaba. Me quedé mirando el fresco de San Jorge que había en la casa de los Kofler. Estaban muy orgullosos de él. Me di cuenta de que debería haberles pedido a Ingrid o a mi hermana Christl que me acompañaran. Iba bien abrigada con el gorro, los guantes, la bufanda y mi chaqueta de punto grueso, pero, aun así, estaba temblando.

Oí a Rudi y a sus amigos antes de llegar al puente. Estaban al lado del arroyo, cargado por el deshielo de la primavera. Estaban tirando piedras al agua. Me detuve a mirar en la parte superior del camino de barro que bajaba hacia ellos. Elisabeth no estaba en sus manos ni en el suelo.

—¿Dónde está mi muñeca? —grité, disgustada.

—Aquí —señaló al aire. Había colgado a la princesa Elisabeth en un árbol situado en la orilla del río.

—No puedo llegar a esa altura. —Me aguanté las lágrimas.

—La bajaré por ti —dijo.

Le miré fijamente. No se movió. El agua entre las rocas desprendía un fino rocío que brillaba bajo la débil luz de la primavera. Apreté los labios: los matones no respetan a los débiles, así que me mantendría firme.

—Pero primero tienes que hacer algo por mí.

Los otros chicos habían dejado de tirar piedras y ahora estaban de pie a su alrededor, amontonados como ovejas. Bajé el camino despacio. Resbalaba. Era una cabeza más alto que la mayoría de los chicos, y yo era más pequeña que todos ellos.

—Quiero que me la devuelvas —exigí.

—Tienes que ganártela —dijo, su cara quedó marcada por una pequeña sonrisa. Había parches de nieve en los prados por encima de los árboles. Estábamos solos y ocultos.

Lo miré con atención, preguntándome qué podría querer. Yo tenía muy poco, y desde luego nada que pudiera querer un niño. Estaba segura de que a él no le gustaba leer, no querría mis libros.

—¿Cómo? —pregunté después de unos segundos.

—Pues... —Sonrió mirando a sus amigos—. Levántate la falda.

Los chicos se rieron.

—¿Qué?

—Levántatela —repitió Rudi—. Queremos ver, *Gitschele*.

—Me miraba con atención, y algunos de los otros chicos sonreían, pero Michael Stimpfl, el primo de Ingrid, miraba al suelo. En la escuela nos desnudamos para hacer deporte con nuestros calzones y camisas, pero esto era diferente, no sabía por qué. Pero no veía ninguna razón para negarme. Sus ojos azules se clavaban en mí. Pensé que todos habían visto en la escuela ropa interior como la mía y que quería recuperar a Elisabeth, así que me levanté la falda. Los chicos volvieron a reírse y sentí que me ardía la cara. Intentando disimular la vergüenza, dejé caer el vestido de lana y este se acomodó de nuevo sobre mis muslos.

—Ahora devuélvemela —pedí.

—No he terminado —se burló—. No he dicho que parases. Esta vez, levántate la falda y bájate los calzones.

Lo miré fijamente. Nunca hacíamos eso en el gimnasio. Ni siquiera delante de las otras chicas; cuando íbamos al baño, había una puerta tras la cual esconderse. Estaba convencida de que aquello estaba mal, incluso era pecaminoso. Había cometido un error al haber cedido a su primera demanda y, como cualquier matón, no tenía motivos para detenerse ahora.

—No —dije, esforzándome por parecer más alta de lo que era—. Hice lo que me pediste, ahora devuélveme mi muñeca.

—No te la devolveré, a menos que hagas lo que te digo —dio un paso adelante e intentó agarrarme.

La roca bajo mis pies estaba resbaladiza y brillaba, y patiné mientras me alejaba de él. Su mano se cerró como una pinza alrededor de mi brazo y comenzó a arrastrarme hacia arriba. Me agarré a un trozo suelto de piedra y, retorciéndome, le golpeé tan fuerte como pude. La sangre brotó de su cara y chilló mientras me soltaba.

Aterricé en el suelo y después volví a trepar por la orilla y corrí. Seguí adelante hasta llegar a la panadería de los Ramoser. El alcalde, el tío de Rudi, un hombre corpulento y complaciente, salía cuando yo entré en la tienda. Lo esquivé y me detuve de golpe, impresionada por el espeso y dulce olor a levadura. Herr Ramoser, el padre de Rudi, me miró por encima del mostrador. Mi vestido estaba sucio, tenía las rodillas rozadas y ensangrentadas, y mi cara estaba llena de lágrimas.

—Rudi robó mi muñeca —lloré—. La princesa Elisabeth. Me hizo… y aun así no quería devolvérmela, así que le pegué con una piedra. Creo que lo he matado.

Herr Ramoser me miró con sus ojos azules, sorprendido.

—¿Qué ha dicho? —dijo Herr Burguermeister Gruber a mi espalda— ¿Ha matado a Rudi?

—Solo quería que me devolviese mi muñeca —dije, intentando explicarme.

—¿Qué le has hecho a mi hijo? —gritó Herr Ramoser.

—Ella no ha hecho nada —dijo Michael Stimpfl mientras se colaba por delante del alcalde—. Fue Rudi. Quería hacerle cosas. Solo tiene ocho años. No está bien. —Dio un paso hacia mí y sacó a la princesa Elisabeth del interior de su chaqueta.

—Toma —dijo Michael.

Le arrebaté a la princesa Elisabeth y la atraje hacia mi pecho. Tenía la ropa mojada y rota y podía sentir cómo se desprendían las puntadas. Un enorme sollozo brotó de mi interior.

Solo cuando llegué a casa me di cuenta de que seguía teniendo la piedra en la mano. La levanté a la luz para examinarla. Oberfals descansaba sobre una tierra pobre y fina que parecía resbalar por la roca que había debajo. Ahora sé que era esquisto. Está formado por millones de diminutas láminas planas de mica, como si fueran finas rebanadas de plástico, intercaladas con cuarzo y feldespato y salpicadas por cristales de granate puro. El esquisto no es duro como la piedra caliza de la que está hecho el mármol. Es suave y escamoso. Por aquel entonces, me encantaba separar las capas de mica con las uñas.

Fue un golpe de suerte que la pieza que había recogido tuviera un trozo de granate rojo oscuro que sobresalía. Si la roca hubiera sido mica pura se habría deshecho en su cara y me hubiera atrapado de nuevo. En cambio, Rudi siempre llevaría la cicatriz sobre la sien izquierda donde había enterrado la pepita de color rojo oscuro. Todo es cuestión de elección; incluso una piedra, si es apta para un propósito, puede ser útil.

2
Mondadientes

Cuando estoy nerviosa, como ahora, sonrío. Me supone un esfuerzo mantener el rostro en calma cuando el instinto me impulsa a enseñar los dientes. Me pregunto si será un antiguo reflejo ante el estrés; la diferencia entre enseñar los dientes en una sonrisa o los colmillos en un gruñido no es tan grande. Por supuesto, mis dientes son blancos y fuertes.

Me los cepillo y uso el hilo dental muy a menudo. He probado todo tipo de técnicas a lo largo de mi vida: cinta dental, hilo dental, irrigadores bucales muy ruidosos, hilo dental colocado entre dos pinzas como un minitirachinas, y estos nuevos y minúsculos cepillos en forma de alambre codificados por colores según su tamaño (el más grande para las encías más sanas, el más pequeño para las más inflamadas); cada uno es como una versión reducida de un cepillo para biberones. Lleva tiempo y paciencia, con la mandíbula abierta en un eterno «aaah» mientras limpio cada grieta, diente a diente, rodeando la boca. Por supuesto, la ventaja es que todavía presumo de todos mis dientes y brillan con un blanco lechoso como el nácar del interior de una caracola. Cuando era niña, la vida era más sencilla. Usábamos mondadientes.

Todas las mañanas después del desayuno, antes de ir al colegio, iba al armario de la cocina y sacaba un cartón de mondadientes. Mi trabajo consistía en rellenar los recipientes de sal y pimienta de cada mesa y guardar los mondadientes en pequeñas cajas de madera. Era costumbre que todo el mundo se hurgara los dientes de forma distraída al terminar de comer, mientras bajaban la comida o la cena, o el famoso *strüdel* de mi madre, con una bebida. Era un ritual discreto pero público.

Ahora consideraría vulgar hurgarse los dientes en público. Me paso el hilo dental aquí, en mi guarida privada. Cuando era niña y vivía en un Gasthaus, la diferencia entre lo que era público y lo que era privado no estaba muy clara. Eso me hizo ser más respetuosa con mi intimidad. Creo que no fui realmente consciente del ámbito público, del poder del espectáculo, hasta finales del verano de 1943. Los niños que crecen en una guerra no tienen con qué compararla, es algo normal. Fue mucho más tarde cuando llegué a comprender cómo el Tirol del Sur, mi tierra natal, había sido «cosido» de mala manera a Italia después de la Primera Guerra Mundial, cuando el imperio austrohúngaro se deshizo. Tratar de encajar el Tirol del Sur, de origen austriaco y que hablaba alemán, en Italia, era como si yo hubiera intentado coserle el brazo de un oso de peluche a la princesa Elisabeth.

Desde que tenía once años, las familias habían discutido sobre ser alemanes o italianos. Las dos naciones fascistas habían llegado a un acuerdo que atravesaba la tela de la vida cotidiana. Los jóvenes tenían que elegir entre alistarse a los nazis de Hitler o a los camisas negras de Mussolini. Esto rompió las familias en dos. Los que optaron por quedarse fueron denunciados como traidores, los que eligieron ir a Alemania fueron denunciados como nazis. Los hombres desaparecían sin hacer ruido reclutados en uno u otro ejército, las familias daban lo menos posible. Nos guardábamos las cosas para nosotros mismos; éramos gente de montaña y hablábamos del tiempo, las nevadas y las tormentas de verano que amenazaban las cosechas, no de nuestras desgracias.

Y entonces, en septiembre de 1943, todo cambió. Los aliados empujaron a Mussolini hacia el norte, donde estableció el estado títere de Saló en el lago de Garda, y los alemanes, incapaces de resistir, entraron en mi tierra natal, el Tirol del Sur, y la declararon parte de la Gran Alemania. Se solucionó el dilema de escoger o no, pero en cierto modo fue más confuso que nunca. Mis padres se quejaban de que habían nacido en Austria, vivido en Italia y ahora estaban en Alemania, sin haberse movido nunca de Oberfals.

Era media mañana cuando oímos por primera vez las campanas a lo lejos, en Unterfals y después en San Martín, debajo de nosotros. Herman Egger, el campanero de San Martín, tocaba la misma melodía semana tras semana; estábamos tan familiarizados con sus campanadas que sabíamos que nunca habría creado esa cacofonía por voluntad propia. El estruendo y el choque de metal contra metal sonó con un ritmo que todos entendimos de forma instintiva. Era un aviso de pánico por lo que estaba por venir.

Fräulein Petsch, nuestra profesora, nos hizo salir de la escuela, instándonos a que volviéramos a casa sin demora. Mi hermana Christl y yo seguimos a Herr Maier, el cartero, a través de la plaza y luchamos contra la corriente de hombres que salían de Gasthaus. Mi madre estaba de pie junto a la puerta, y la cerró con llave en cuanto estuvimos dentro. Laurin Maier atravesó la sala vacía hasta su mesa habitual, saludando al viejo Herr Holzner al pasar. Herr Holzner siempre tardaba media mañana en llegar al Gasthaus y la mayor parte de la tarde en volver a casa con dificultad, y mi madre debió de darse cuenta de que habría sido una crueldad mandarlo a paseo. Me dijo que le sirviera a Herr Holzner una jarra de cerveza y *semmelbrot* y *speck*, mientras ella cerraba todas las persianas. Cuando cerró las últimas junto a la mesa de Herr Maier, la penumbra se hizo más espesa. El cartero la miró cuando se apartó de la ventana y hablaron un poco. Ella no le pidió que se fuera.

Venía todos los días a esta hora a comer y a leer el periódico. Era un bicho raro en nuestro valle: un hombre que no estaba casado. A mí me parecía viejo, pero ahora, mirando hacia atrás, supongo que tendría unos cuarenta años. Era un hombre fuerte, alto y de buen porte, que se movía con facilidad cuando subía y bajaba por los senderos del valle. Mi madre me dijo que le llevara una cerveza mientras ella iba a la cocina a buscar su almuerzo. Herr Maier abrió su copia del *Dolomitten* y se puso a leer, dando sorbos a su bebida. Christl y yo nos sentamos a jugar con los posavasos hasta que ella volvió con el *goulash* y el pan. Entonces nos hizo subir.

A pesar de las emociones que provocaba el repique de las campanas, para nosotras, las niñas, la curiosidad era, con diferencia, la más fuerte. Faltaba un mes para mi decimosexto cumpleaños y lo más lejos que había estado de nuestro pueblo era la excursión de un día que hacíamos dos veces al año, antes y después de las nevadas, por nuestro valle hasta Bressen. La ciudad estaba situada al otro lado del puente que atravesaba el caudaloso río Etsch, donde nuestro estrecho valle de Falstal se unía al valle de Vinschgau, más grande y llano. Nos subíamos a la carreta del maestro cervecero y viajábamos detrás de las cajas vacías de cerveza. Mi madre compraba los vestidos de verano en primavera y la ropa de invierno en otoño. Yo tenía suerte. Era la mayor y siempre tenía algo nuevo; mi hermana solo recibía un vestido nuevo si mi ropa estaba demasiado desgastada. Paseábamos por las calles del pueblo admirando los frescos pintados en las paredes que anunciaban los sentimientos o las profesiones de los propietarios. Nunca podía entrar en el Gasthaus sin detenerme a admirar la imagen de San Jorge, con las piernas en tensión sobre los estribos mientras clavaba su lanza en el dragón enroscado en los cascos del caballo. Las llamas que salían de la boca del dragón se disparaban hacia el alero. Lejos del fuego, los querubines se cernían sobre la puerta adornados con parras, como si miraran a los clientes que se acercaban con sonrisas de satisfacción. Después de hacer nuestras pocas y humildes compras, siempre almorzábamos y veíamos a mis padres beber cerveza por cortesía del dueño (que también era el fabricante de la cerveza que vendían en casa). No sabíamos nada de la vida en la ciudad y muy poco del mundo más allá de nuestro valle.

Los soldados que marchaban por nuestras vidas venían de mucho más allá de Bressen, de las montañas, de otro país. Eran alemanes.

Nuestro Gasthaus se encontraba en una esquina de la plaza más cercana al final del valle. Desde Oberfals, el camino ascendía de forma empinada hasta terminar en una valla y en un muelle. Cuando mi madre se unió a nosotras en el piso de arriba, abrió las ventanas y subió las persianas, dejándolas enganchadas para que pudiéramos ver a través de la rendija que corría en vertical entre ellas. Nos asomamos por allí, escuchando el sonido de las voces y los pasos apagados que subían desde la plaza, y esperamos.

La gente empezó a congregarse en la plaza debajo de nosotras. Era fácil ver quiénes eran: los ambiciosos, los descontentos y los que no tienen nada que hacer. Los Gruber estaban junto a la familia Ramoser —Rudi y sus hermanos ataviados con *lederhosen*, y sus hermanas con *dirndls*—, todos con sus chaquetas Sarner de punto apretado, clasificados por altura, y agitando banderas con esvásticas. Llegaron Herr y Frau Demetz, los tenderos, los Kofler, los Haller, los Obristins y los Mahlknechts, una familia tras otra. Los hombres que llevaban delantales azules de granjero eran los que tenían tierras demasiado pequeñas como para mantener a las familias numerosas. Los padres y los hijos mayores tenían que aceptar trabajos adicionales en las explotaciones agrícolas más grandes y con más dinero. Venían con la ropa desaliñada y la mirada hambrienta y se quedaban en la plaza, esperando un cambio.

Oímos el ruido de los motores desde la carretera que subía por Falstal desde Vinschgau antes de verlos. Primero fueron dos motos, y después tres camiones y un gran Mercedes, los que entraron en la plaza de la iglesia. Los vehículos aparcaron en una fila ordenada. De los camiones salieron hombres uniformados, cargados con bolsas y equipos, lo que provocó un caos momentáneo. En pocos segundos habían llenado un espacio que solía estar vacío, salvo por el deambular de perros y gatos callejeros, y de las viudas que iban y venían de la iglesia con ropas de color negro. Después, la plaza volvió a quedar en silencio. Los soldados se habían agrupado en bloques ordenados y estaban en posición firme a ambos lados de su comandante.

Sabía por qué habían venido. Aunque Oberfals estaba situada en el extremo del valle, había un sendero delgado y desordenado que llevaba a Suiza por encima de las montañas. Durante años había sido la vía de escape para cualquiera que quisiera huir del dominio alemán.

El Hauptmann esperó, con los brazos detrás de su espalda rígida, flanqueado por sus hombres uniformados. Herr Burgermeister Gruber salió de entre la multitud de curiosos. El alcalde pareció encogerse mientras caminaba hacia el Hauptmann, con pasos inseguros y la cabeza gacha. Nos quedamos apiñadas en la ventana y vimos cómo Gruber se detenía e intentaba erguirse para recibir al Hauptmann, que permanecía tan inmóvil como la estatua de San Martín en la iglesia del valle. Me quedé mirando, fascinada y asustada a partes iguales. Habíamos visto soldados italianos una o dos veces en Bressen, pero de manera esporádica. Este grupo de vehículos militares y de soldados alemanes en posición firme, con los rifles apuntando al cielo, era un espectáculo escalofriante.

Nadie supo nunca qué palabras intercambiaron, pero parecía como si el Hauptmann, al inclinar la cabeza hacia abajo ante nuestro rotundo alcalde, le fuera quitando poco a poco toda su arrogancia y seguridad, de modo que cuando el alcalde asintió y se volvió hacia los aldeanos allí reunidos, estaba totalmente desinflado. Incluso desde nuestra ventana pude ver que su rostro, antes rojizo y complaciente, había palidecido y su papada parecía una grasa pálida. La suerte estaba echada; haría todo lo que los alemanes le pidieran: con calma, en silencio, pero sin alma.

—*Meine sehr verehrten Damen und Herren* —empezó, con la voz apagada—. ¿Quién nos ayudará a dar alojamiento al Feldwebel y a estos jóvenes soldados?

Al no obtener respuesta, se dirigió a los soldados.

—¿Puedo sugerirles que coman en nuestra excelente Gasthaus mientras organizamos los alojamientos? —Condujo al Hauptmann en nuestra dirección, mientras Herr Ramoser se llevaba al sargento y a dos soldados a otro lugar. Nos apresuramos a bajar las escaleras. Sin vacilar, mi madre fue a abrir la puerta.

—Rosa —dijo, en voz baja—. Ve a limpiar la mesa de Herr Maier. —Respiró hondo, metió la llave en la cerradura y transformó su rostro en una máscara acogedora.

Solo entonces me di cuenta de que el cartero se había ido. Debía de haber salido por la puerta trasera. Corrí hacia su mesa y me detuve. Las persianas estaban subidas: había estado observando. Había dejado algo de su *goulash* y la mitad de su cerveza. El palillero estaba al revés. Todos los mondadientes yacían sobre el mantel verde pálido, en dos montones ordenados. Parecía que Herr Maier había tomado todo el paquete y lo había partido en dos. Debería haber empleado mucha fuerza para hacerlo. Algunas de las puntas de madera estaban manchadas de rojo por la sangre.

3
Polvo de talco

A hora que estoy seca y mi piel ha absorbido la crema, me siento renovada. El siguiente paso es el polvo de talco, el primer producto de belleza que la mayoría de la gente se pone. Las madres lo espolvorean entre los dedos de los pies de sus bebés, entre los surcos de sus pequeños pliegues de grasa, para mantener la piel impecable y suave. Huele esto, *ma chère*, es el dulce aroma de la infancia. No viene en frascos de cristal tallado, sino en simples tubos de cartón. Pero no te equivoques, la elección de los polvos de talco es tan importante como la del perfume. No importa que nadie vea dónde los usas, ya sea entre los dedos de los pies o, en los días sofocantes en los que el sudor puede amenazar con arruinar el brillo y la suavidad de la seda con una mancha oscura, un toque bajo el sujetador o una ligera capa sobre los hombros. Pero debe ser de buena calidad: demasiado perfumado y chocará con tu perfume, demasiado tosco y se notará. El talco debe oler a limpio; el polvo debe ser bastante fino como para volverse translúcido, no blanco como la tiza. Tengo dos polvos de talco: uno está impregnado de aceite de rosa búlgara, para cuando no salgo, y el otro, debo confesar que es talco para bebés.

Durante la guerra, después de la llegada de los alemanes, el polvo de talco era uno de los muchos productos de una lista cada vez mayor de artículos deseables pero inalcanzables. Atrapados entre la liberación del sur de Italia por los aliados y el dominio alemán en el norte, dependíamos de los paquetes que los hombres se dejaban en los establos de madera en los que se refugiaban las vacas durante la noche en verano, en las zonas altas de los pastos. El estrecho camino hacia Suiza a través del paso se ensanchó y se hizo más profundo por tantos pies cansados que habían caminado por allí. No solo los de los contrabandistas, sino también los de los asustados y hambrientos que huían de los nazis. Había tantas cosas prohibidas, tantas cosas que era mejor no hacer.

En cuanto terminó de comer en nuestro Gasthaus, el Hauptmann abandonó el pueblo, dejando al sargento a cargo. Esa noche, los hombres del pueblo se sentaron en las mesas sin tocar las cervezas ni las cartas. La conversación fue emocionante y temerosa, cargada de los acontecimientos de esa tarde. La historia había llegado a nosotros.

Alrededor de las siete, el sargento y sus hombres entraron en el Gasthaus y miraron a su alrededor. Los hombres del pueblo se giraron hacia los intrusos y después volvieron a sus cervezas, y un novedoso silencio se apoderó de la multitud. La mesa de Herr Maier estaba vacía; el sargento y sus dos soldados se dirigieron allí. A medida que avanzaban por la habitación, un débil y desagradable olor se deslizaba tras ellos.

Normalmente habría ido a atender las mesas, pero esta vez mi madre se me adelantó. Su voz llegó hasta mí detrás de la barra. El tono que utilizó no fue hostil, pero tampoco cálido. La oí nombrar los conocidos platos y traté de no mirar a los soldados. El sargento era un hombre corpulento, tan gordo como alto; su volumen resultaba invasivo. Los dos soldados no parecían mayores que yo. Uno era delgado y de aspecto nervioso, el otro era el prototipo del dios ario. Eclipsaba a todos los chicos del pueblo. Ambos se mostraban rígidos, sentados en tensión, como si tuvieran que obligarse a permanecer sentados. Envié a mi hermana con la caja de palillos. Volvió con una expresión de asco en la cara.

—Apesta —dijo, arrugando la nariz.

Y así, sin saberlo, Feldwebel Schleich se apoderó de la mesa de Herr Maier. El cartero vivía en San Martín y solía parar en nuestro Gasthaus cuando iba a hacer sus entregas por todo el valle, subiendo por caminos traicioneros en invierno hasta las granjas que quedaban aferradas a las laderas nevadas, y bajando bajo la lluvia cuando las tormentas de agosto regaban los campos y allanaban el heno de finales de verano. Hasta que llegaron los nazis, había almorzado todos los días en la mesa más alejada de la puerta. Desde allí tenía una buena vista de toda la plaza y de los clientes que entraban. Los campesinos, que iban al valle para comprar existencias y mercancías, se acercaban al Gasthaus para tomar una cerveza y hablar con el cartero para ver si tenía correo para ellos. Su almuerzo diario debía de ahorrarle horas en sus caminatas de la tarde, ya que los campesinos de las laderas superiores, reconocibles por los rostros raspados y pulidos por el sol y el viento, y vestidos con los tradicionales delantales azules y sombreros de fieltro, se aproximaban a su mesa para saludarle y después se metían sus cartas y las de sus vecinos en los bolsillos del delantal antes de volver a subir por las empinadas laderas. Pero tras la llegada de Schleich y sus soldados, pasó una semana antes de que Herr Maier volviera.

Pero ahora Schleich se había apropiado de la mesa. Entraba, la empujaba y depositaba su cuerpo en el banco de madera que se extendía a lo largo de la pared. Después miraba el menú con sus ojos de cerdo, con la piel estirada y rosada. Mis amigos y yo empezamos a llamarle Sargento Apestoso. Allá donde iba, el mal olor anunciaba su llegada y le seguía. Al cabo de un rato, decidimos que era idéntico al hedor del queso podrido.

Y entonces Laurin Maier estuvo allí de nuevo, en su mesa habitual, pidiendo *goulash* y *knödel*. Todo el mundo le saludó al entrar y tardó cinco minutos en llegar a su asiento. Acababa de empezar la cerveza, disfrutando de esa larga pausa que los bebedores parecen compartir tras el primer trago, cuando la silueta del sargento bloqueó la luz de la puerta. Schleich vio al cartero en la mesa en cuanto cruzó el umbral y se quedó quieto. Su rostro no delataba nada. Después se dirigió a la mesa con paso firme, seguido por los dos jóvenes soldados, como de costumbre.

—Esta mesa es mía —dijo con su dulce y cantarín acento de Suabia que tanto desentonaba con su inmensa masa.

Herr Maier le miró y levantó su cerveza.

—Creo que verá que es la mesa de Frau Kusstatscher, pero como cliente fiel me he sentado aquí durante años. —Bebió un largo trago, sin dejar de mirar al sargento.

Los soldados que estaban detrás del sargento parecían desear estar en otra parte.

—Spieß? —empezó el alto y apuesto soldado raso. Se llamaba Karl Heinz Köhler, según habían dicho las habladurías del pueblo. Schleich se puso rígido y apoyó las manos en el respaldo de la silla frente al cartero.

Herr Maier arrancó un trozo de pan y lo mojó en la espesa salsa roja del cuenco que tenía delante. Se inclinó, acercándose el pan a la boca, y habló con claridad.

—Como he dicho, llevo años sentándome aquí. Este es mi sitio. Por supuesto, no puedo oponerme a que lo utilices cuando yo no esté, pero ahora te agradecería que te fueras. Mi goulash se está enfriando. —Y entonces dio un mordisco al pan chorreante.

Todos los presentes en la sala escucharon las palabras del cartero, y el sargento lo sabía. Se llevó las manos al cinturón, donde todos estábamos al tanto de que tenía una pistola. Entonces el soldado delgado y desaliñado se dobló hacia delante y susurró algo al oído del sargento. Hubo un largo silencio durante el tiempo en el que lo que había dicho el larguirucho soldado raso llegó a la mente del sargento. Funcionó. Los soldados se dieron la vuelta para irse. Nadie sabía el nombre del muchacho a la hora de comer, pero al anochecer todos alabábamos al soldado Thomas Fischer.

Pero en la puerta el sargento se detuvo y miró al cartero como si fuera a hablar. Yo estaba en su mesa dándole la cerveza que mi madre había enviado junto a sus disculpas. Mientras volvía a la barra, el sargento me miró de una manera que me revolvió las entrañas. Tenía una cara extraña: piel rosada y rasposa; ojos azules, pequeños y afilados, enmarcados por la hinchada extensión de su papada, y una pizca de pelo castaño afeitado asomando por debajo de su gorra militar. Parecía más un bebé que un hombre, pero cuando sus ojos se posaron en mí sentí un hambre demasiado adulta. Hoy en día puedo esquivar la lujuria no deseada con un simple gesto de encogimiento de hombros, o con una mirada que invite más a la atención. En aquel entonces no estaba preparada para ese deseo tan descarnado, y me sentí incómoda.

Después de aquello, la vida siguió su curso. Herr Maier venía dos o tres veces a la semana y se sentaba en su mesa. El resto de los días se le veía deambulando por las fincas altas, haciendo sus rondas. Y siempre, poco después de que las campanas de la iglesia hubieran anunciado el mediodía, Köhler o Fischer entraban en el Gasthaus, se detenían en la puerta, echaban un vistazo a la mesa y a la barra, y se marchaban. Si la mesa estaba libre volvían con el sargento; si el cartero estaba allí, comían en casa de los Streitberger.

Al recordar ese periodo, lo que más me sorprende es la facilidad con la que nos adaptamos a circunstancias escandalosas. Ya sea un golpe de Estado militar que se apodera de una democracia o una invasión amistosa, pronto se convierte en algo normal, pronto olvidamos que hay otra forma de vivir. Hubo algunos hombres, como Laurin Maier, que trazaron una línea y resistieron el acoso del sargento. El resto lo mantuvo contento, le dio cerveza y pasteles (aprendimos rápidamente que era un goloso), y se dedicó a seguir con sus cosas.

Para nosotros, los niños, la vida seguía siendo como antes; nuestro tiempo se dividía entre la escuela y ayudar en casa. Mi madre me prohibió unirme al nuevo grupo nazi Jugend que el soldado Köhler había creado. Todas las demás chicas del colegio hablaban de él sin cesar, pero mi madre decía que me necesitaba en el bar. En cambio, lo veía casi todos los días con Fischer y el sargento. Aprendí rápido a servirle la comida desde el otro lado de la mesa al sargento; acercarme más era insoportable.

Haber atendido a esos tres me enseñó la mayor parte de lo que necesitaba saber sobre los hombres. El sargento clavaba sus ojos en mí tan pronto como empezaba a acercarme a él. Me miraba tanto que siempre me parecía que dejaba un rastro de babas de lujuria sobre mí. Köhler era todo sonrisas y miradas seductoras, pero nunca se molestó en aprenderse mi nombre: solo quería ser adorado. Pero Fischer era diferente; él era el único que parecía ver el malestar que sentía. En pocos días se dirigía a mí por mi nombre, nunca se olvidaba de decir «por favor» y «gracias», y siempre que el sargento iba a tocarme, de alguna manera la mano del soldado Fischer se interponía. Mi madre no advertía nada de eso y mi padre solía estar demasiado borracho para ver algo más allá de la siguiente botella de cerveza.

Todo el mundo en Oberfals sabía que mi padre era un borracho y que jugaba mal a las cartas. A todo el mundo le gustaba estar del lado de mi madre. En el Gasthaus, la gente le dejaba ganar y después él se iba a buscar bebida (mi madre intentaba controlar su consumo exigiéndole que comprara la bebida como cualquier otro cliente). Resultó que Schleich también jugaba a las cartas. La primera semana estuvo con los aduladores, el alcalde, los Ramoser y otros tontos. Cuando jugaba parecía encogerse. Se encorvaba sobre su barriga, con las cartas encajadas entre sus dedos en forma de salchicha, concentrado en el juego. No parecía brillante, solo metódico, pero uno a uno sus oponentes encontraban excusas y se retiraban. Al cabo de dos semanas, nadie quería jugar con él.

Todo empezó con una pequeña partida. Una noche, después de que los soldados se hubieran ido, Schleich se quedó tomando una cerveza durante mucho tiempo, mirándome fijamente mientras recogía los vasos y los platos sucios, limpiaba los residuos y cambiaba los manteles. Mi padre tenía la mirada de un hombre sediento, sentado con nerviosismo en la barra, con el vaso de cerveza vacío manchado por la espuma seca. Mi madre lo había dejado allí, en señal de que ya había bebido bastante. Nunca vi cómo ocurrió, pero cuando volví de la cocina mi padre estaba sentado con Schleich repartiendo las cartas. Schleich perdió, invitó a mi padre a una cerveza y volvió a perder. No volvió a jugar durante unos días. Después jugaron otra vez. El primer día Schleich ganó por poco, el segundo día mi padre le ganó, y luego jugaron todas las noches. Incluso entonces, Schleich perdía la mayoría de las partidas. Mi madre no tardó en darse cuenta de que mi padre bajaba a San Martín a la hora de comer y bebía en el Gasthaus de allí, gastándose sus ganancias.

Y, de repente, la racha de victorias de mi padre se detuvo. Había estado en San Martín por la tarde y ahora estaba contando los chismes del pueblo más grande a todos los habituales. Apenas parecía fijarse en sus cartas hasta que, tras unas cuantas rondas, se calló. El montón de monedas que nos habíamos acostumbrado a ver en su lado de la mesa durante las últimas semanas había desaparecido; en cambio, Schleich estaba organizando montones ordenados frente a él. No masacró a mi padre en un segundo, sino que alargó la tortura durante toda la tarde, con las monedas pasando de un lado a otro. Pero todo el mundo podía ver que siempre volvían a Schleich. Cada vez que mi padre las recuperaba, su confianza se hinchaba y apostaba aún más. Algunos de los habituales estaban de pie alrededor de la mesa, bebiendo en silencio. Yo estaba cansada, pero no podía apartarme del espectáculo. Mi padre estaba encorvado en su silla, agarrando las cartas; toda su postura decía «perdedor». Por el contrario, Schleich había puesto su masa tan recta como la física lo permitía; con su enorme volumen alerta, sostenía las cartas con delicadeza entre sus dedos gruesos.

—Esta noche tu suerte ha cambiado —observó Schleich mientras cerraba el abanico de cartas.

—Volverá. Espera y verás —dijo mi padre.

—Si yo fuera tú, lo dejaría aquí. —Schleich abrió nuevamente sus cartas en un abanico, una por una.

—No. Juguemos. —Mi padre miró el montón de monedas ordenadas.

—Por todo.

—¿Y qué vas a apostar? —preguntó Schleich con indiferencia, alineando los bordes de sus cartas.

—¿Qué quieres? —La voz de mi padre parecía espesa.

—Oh, no mucho. Solo un pollo asado.

—¿Qué? ¿Eso es todo? —Mi padre se incorporó, aliviado. Sonrió; estaba claro que pensaba que Schleich era más tonto de lo que creía.

—Solo el más grande y jugoso —dijo Schleich, clavando la mirada en mí.

Hui a la cocina.

Al día siguiente, mi padre se levantó tarde. Después de desayunar fue a la cocina y buscó su delantal azul.

—Hay que ordeñar a las vacas —le dijo mi madre, con los ojos fijos en lo que estaba cocinando.

—Ahora, no. —Hizo una pausa, y pude ver el sudor brillando en su frente.

—Voy a buscar una gallina —dijo.

Levantó la vista de los fogones y lo miró.

—¿Para qué quieres eso?

—Schleich.

—¿Qué? —Dejó el pelador y lo miró fijamente.

—Me ganó un pollo asado —dijo mi padre, intentando que aquello sonase como algo normal, y salió corriendo por la puerta.

En aquellos tiempos las casas seguían construyéndose de manera tradicional: la planta baja se habilitaba como un granero para los animales y los pisos superiores eran apartamentos habitables. La entrada principal que daba a la plaza era el bar y el restaurante, y una entrada lateral conducía al cálido granero donde teníamos vacas, cerdos y gallinas. Mi madre salió tras él hacia el pasillo que conducía al establo, Christl y yo la seguíamos. Cuando llegamos al establo mi padre estaba sujetando a Trudi, la favorita de mi madre, por las patas, y ella graznaba con fuerza. Era una gallina joven, con un plumaje brillante de color marrón con motas, una ponedora productiva; daba un huevo grande cada día, sin falta. También era la gallina más rolliza de nuestro pequeño rebaño.

—Trudi, no —suplicó mi madre, mirando a las otras gallinas que chillaban—. Llévate a Lotte, está envejeciendo.

Pasó por delante de nosotras y salió al lavadero donde mi madre guardaba un hacha y una tabla de cortar de madera, con el ave aleteando de forma salvaje.

—Ganó a la más jugosa —dijo mi padre, evitando la mirada de mi madre. Sujetó a Trudi, que seguía protestando, sobre el bloque.

—¿Estás loco? ¿Perdiste todo el dinero y después apuestas mis gallinas?

Trudi chilló y agitó las alas.

—Casi lo recupero todo —dijo mi padre, con una voz apenas audible por encima de los gritos.

—¡Casi! Lo has perdido todo.

Por un momento un destello de culpabilidad apareció en su rostro, pero enseguida fue sustituido por el orgullo.

—Un hombre tiene que pagar sus deudas.

Miró a mi madre antes de levantar con desafío el hacha y la dejó caer con fuerza, y al fin el granero enmudeció.

—Es una cuestión de honor.

Dejó caer el ave sin cabeza al suelo, donde correteó en silencio dando vueltas y volviendo a caer.

—Estúpido. —Miró al ave agitada y luego a él—. ¿No lo entiendes, Norbert? Schleich está jugando contigo. Siempre te ganará.

Pero cuando mi padre empezó a ganar de nuevo se olvidó de la última partida, sobre un claro patrón que todos los demás vieron. Cada vez que tenía una buena racha, su suerte cambiaba, y seguía jugando. Con el tiempo, perdió todas sus posesiones más preciadas: su sombrero de fieltro, el hermoso bastón que su padre había tallado para él, su acordeón, su cuchillo de caza. Aquellas noches jugaban hasta las tres o cuatro de la mañana. A la mañana siguiente nos despertábamos con el sonido de la furia sibilante de mi madre mientras intentaba sacudirle de la cama.

Una noche incluso jugaron por mi madre. Mi padre se reía de ello a la mañana siguiente mientras tiraba de las ubres de la vaca con una delicadeza poco habitual, recordando lo bien que había jugado, de cómo nunca dejaría que ese Sargento Apestoso tocara a su mujer. Mi madre dejó de hablarle. Y Schleich dejó de jugar, diciendo que había perdido el interés. Estaba perdiendo demasiado. Mi padre le insistió una y otra vez hasta que, con desinterés, accedió a jugar de nuevo.

Una noche, a finales de noviembre (no me gusta recordar la fecha), me despertó la mano de mi padre sacudiéndome el brazo.

—Tienes que venir conmigo —murmuró, tirando de mí para ponerme de pie.

—¿Qué pasa? —murmuré.

—Nada. Guarda silencio. —Tiró con más fuerza. El olor del alcohol rancio y amargo que se filtraba por sus poros penetró en mi estado de aturdimiento. Me levanté y me abroché el chal sobre los hombros.

—Es una de las vacas —murmuró—. Necesito tu ayuda.

Bajamos por el bar y luego por el frío pasillo de piedra hasta el granero.

—He vuelto a perder —dijo mientras giraba el pomo y empujaba la pesada puerta de madera para abrirla. Me pasó el brazo por los hombros y me hizo entrar.

—Es una cuestión de honor —dijo, y cerró.

Verás, *ma chère*, estoy temblando. Incluso ahora, todos estos años después, no quiero abrir la puerta a ese recuerdo. Nunca quise contarte la siguiente parte, *ma chère*, pero el resto de mi historia no tendrá sentido si no lo hago. Nunca lo entenderás a menos que atravieses esta puerta conmigo. Perdóname y quédate conmigo.

Me quedé en la oscuridad, confundida. ¿Qué tenía que ver el honor con una vaca enferma y por qué había estado con las vacas en plena noche? Mi sentido del olfato debió de agudizarse mientras esperaba que mis ojos se ajustaran, porque un tufo desagradable atravesaba el familiar, espeso y dulce olor de los animales. El extraño hedor era fétido y asqueroso, y me provocó una sensación de terror en el estómago.

Mi corazón empezó a acelerarse y miré a mi alrededor mientras distintas formas y sombras comenzaron a emerger de la oscuridad. Había alguien agazapado junto a una de las vacas. Y entonces todo cobró sentido. Era el sargento Schleich. Estaba arrodillado junto a una vaca, con la mano apretada alrededor de su teta. Gruesos riachuelos blancos corrían desde su boca abierta.

—¿Qué estás haciendo aquí? —siseé. Incluso en ese momento, seguía temiendo desobedecer a mi padre y hacer ruido.

—Sacar un poco de leche —dijo mientras se ponía de pie y daba un paso hacia mí.

Por supuesto traté de salir, pero él se movió rápido, con una velocidad y una agilidad sorprendentes. Me apartó a un lado, deslizó la llave que mi padre debió haberle dejado en la cerradura y la hizo girar. Levantó la llave fuera de mi alcance antes de depositarla en su bolsillo. Subió la mano por la parte inferior de su chaqueta y, de manera despreocupada, se aflojó la funda y sacó la pistola.

Abrí la boca para gritar.

—Silencio, bonita —jadeó—. No querrás que tu padre se meta en un lío con tu madre, ¿verdad?

—Por favor —supliqué—. Deja que me vaya. —Oí a mi padre vomitar en el pasillo y después el débil sonido de sus pasos retirándose. El sargento tiró de mi brazo por detrás y a continuación me empujó, con la pistola en la espalda, hacia el heno que caía de la estantería.

No pude luchar contra él. No tenía ninguna posibilidad: era demasiado grande. Pero podía morder y arañar. Rasgué su camisa con mis cortas uñas y le mordí con fuerza. Tenía pechos y pliegues y capas de carne hinchada, que absorbían toda mi fuerza cuando empujaba contra él. Era el hombre más duro que jamás había visto. Me sujetó contra su vientre; no podía respirar, pensé que me asfixiaría. Al final dejé de luchar. Me sentía superada y vencida. Sabía que podía matarme con facilidad. Cerré los ojos y traté de fingir que estaba en otro lugar, pero su olor me invadía con cada respiración. Hay una palabra que usamos en las montañas, *schirch*, que se traduciría al alemán antiguo como «desagradable», pero que abarca mucho más. El sargento era *schirch*. No era solo su grasa de ballena, sino su repelente olor agridulce que no pude evitar respirar mientras me violaba. Estiré la cara hacia la cerda y los lechones que chillaban en la caseta de al lado. Y en algún lugar, en la oscuridad, sobre el heno, se me ocurrió que necesitaba usar talco. Que el olor venía de debajo de todos los pliegues de grasa, de los lugares que no podía lavar y secar bien; que era el olor que a veces salía de mi ombligo; que si hubiera tenido una madre que lo hubiera cuidado con polvo de talco y amor, no me estaría haciendo esto ahora. Oh, *ma chère*, esa fue la peor noche de mi vida y en todo lo que pude pensar al final fue en que la gente necesita a una buena madre.

4

Jabón

Como ves, aquí tengo varios jabones. Uno para el lavabo, uno para el bidé y otro para la ducha. Para las manos siempre elijo jabones artesanales, a base de grasas animales y vegetales. Un buen jabón tiene una base de sebo de vacuno, aceite de oliva para que sea suave contra la piel, y aceite de coco para que haga buena espuma. Lo demás, los aromas y los colores, solo son florituras. Por supuesto, el aspecto y el olor de un jabón son importantes, *ma chère*, eso no lo discuto. Pero lo más importante es cómo queda mi piel después. Si mi aspecto es mi obra de arte, la suavidad de mi piel es mi obra maestra. Que se lo pregunten a un ciego: el tacto es el rey de los sentidos. Por supuesto, para el bidé elijo un jabón con olor a almizcle, y para la ducha, un jabón sin perfume. No sería bueno mezclar el olor del jabón con el de mis cremas y fragancias.

Durante la guerra no pudimos darnos esos lujos. A veces teníamos la suerte de conseguir un lote de jabón de Roma o de Milán, pero era algo que escaseaba. Bañarse siempre había sido una tarea arriesgada, incluso en las épocas más abundantes: nos colocábamos con franelas sobre un lavabo de color blanco cremoso y nos restregábamos contra el aire helado en invierno y contra el aire caliente en verano. Cuando los alemanes tomaron nuestro pequeño mundo, los suministros se agotaron.

Visto en retrospectiva, aquello no fue ninguna tragedia ahora que sabemos qué grasa «animal» utilizaban los nazis para sus jabones.

Mi madre hacía jabón antes de la guerra, como algo ocasional que le recordaba a su madre. Durante la guerra se convirtió en otra de sus muchas tareas ineludibles. Cada vez que alguno de nosotros salía al bosque, si encontrábamos ramas de abedul en el suelo, la única madera noble de la zona, nos las llevábamos a casa para quemarlas hasta convertirlas en cenizas. Y si mi madre volvía con trozos de roble o de castaño de sus excursiones por el valle, sonreía triunfal.

Mi hermana y yo teníamos la tarea de barrer las cenizas frías de la chimenea y depositarlas en un barril especial situado en una plataforma de piedra. Cuando estaba lleno, mi madre regañaba a mi padre hasta que le convencía para que se ocupara de las cenizas, vertiendo sobre ellas el agua de lluvia que recogía en otro barril. La lejía, un líquido marrón y corrosivo que pronto aprendimos a no tocar, empezó a salir de la cubeta del fondo y a caer en un cubo. Christl y yo raspábamos todos los trozos de grasa de ternera y de cerdo de los platos de los clientes. Almacenábamos la grasa podrida en una gran lechera. Cuando estaba lista, mi madre empezaba a hervirla en una gran olla de metal con un poco de agua, quitando los restos de carne y de hueso. Entonces, cuando la manteca estaba líquida y clara, añadía la lejía. Colocábamos los moldes de madera para las pastillas de jabón en largas filas sobre las encimeras de la cocina. Cada molde era único, tallado por los hombres del pueblo durante las largas noches de invierno. Nunca añadía esencias. El jabón que hacía era suave y firme. Lo usábamos en la cocina para lavar los platos, en la despensa para lavar la ropa y en el baño para el aseo. La ropa, los cacharros y todos nosotros compartíamos el mismo olor a cera. Pero cumplía su función, nos mantenía limpios.

Es justo decir que estuve trastornada durante un tiempo después de que el sargento me violara. Me dejó allí en el establo con los cerdos, demasiado entumecida como para moverme o llorar. A diferencia del acto en sí, que lo recuerdo muy bien, las horas de después son un borrón. No sé cuánto tiempo estuve tirada como una muñeca abandonada sobre la paja, pero antes o después me abrí camino a través del bar, de vuelta al piso de arriba y a nuestro baño. Me enjaboné y me lavé una y otra vez, llenando un recipiente tras otro con agua, usando franela tras franela, mojando, enjabonando, haciendo espuma y enjuagando una y otra vez, magullada y temblorosa, apenas capaz de mantenerme en pie. La sangre y el semen habían desaparecido con el primer lavado, pero no podía parar. No eran solo sus rastros sudorosos y punzantes lo que quería borrar, sino el recuerdo de él sobre mí, sobre mi piel, dentro de mí.

Así fue como me encontró mi madre: de pie, desnuda en el baño junto al lavabo, una toallita en una mano y una pequeña y gastada pastilla de su jabón en la otra. No pareció verme, lo único que percibió fue el fragmento de jabón en mis manos.

—¿Qué estás haciendo? —exclamó, sin molestarse en disimular su enfado—. Lo puse ayer.

Nunca he entendido por qué no vio las lágrimas que manchaban mi cara o que mi piel estaba llena de moretones o que mi cuerpo estaba temblando. En cambio, pasó por delante de mí hacia el lavabo y abrió el grifo. Ni siquiera miró en el espejo. Como siempre, estaba demasiado ocupada o demasiado ciega para ayudarme.

—Bueno, ¿vas a vestirte o no? —dijo con brío, arrebatándome el resto del jabón y lavándose la cara y las manos—. Prepárate y baja. Hoy va a haber mucho trabajo.

No bajé, me fui a la cama. No me levanté durante los siguientes tres días; simplemente me quedé allí, agotada, pero sin poder dormir, sin querer comer, y llorando a ratos. Mi madre me trajo sopa, me tocó la frente y frunció el ceño. No vi a mi padre ni una sola vez.

Al tercer día, cuando el restaurante ya había cerrado por la tarde, fue como si una bola de fuego atravesara la casa. Mis padres estaban en la cocina, pero sus gritos hicieron temblar el suelo y las paredes de madera. Los gritos de mi madre se mezclaban con el ruido metálico de las ollas y sartenes. Y después se hizo el silencio. Un largo silencio antes de que se abriera y cerrara una puerta, seguido del sonido de mi madre subiendo las escaleras. Los pasos se detuvieron en la puerta de mi habitación y el picaporte se movió un poco. Nunca sabré si estaba tratando de serenarse después del enfado, o si estaba superando la culpabilidad, pero aproveché el momento para darle la espalda a la puerta. Al final, la puerta se abrió.

—Lo siento —dijo con una voz entrecortada que nunca le había oído—. Debería haberlo sabido.

Me quedé en silencio, escuchando su fuerte respiración. Después de un rato, suspiró y dijo:

—Le diré a tu padre que engrase la bisagra. —Y volvió a bajar las escaleras para ordenar la cocina.

Después de eso, no insistió en que le ayudara durante unas semanas. Me convertí en una reclusa, releyendo los pocos libros que teníamos o simplemente mirando la pared, intentando olvidar todo lo que había pasado. Mi madre me dijo que el sargento ya no podía entrar en el Gasthaus, pero aun así pasó un tiempo hasta que pude bajar. Cuando lo hice, me sorprendió ver un cambio radical. El cartero ya no se sentaba solo, sino que estaba inmerso en una conversación con el hasta entonces reservado soldado Thomas Fischer. Le pregunté a mi hermana y me dijo que habían estado comiendo juntos desde que el sargento y Köhler habían dejado de venir.

Ese día no serví, sino que me limité a estar unos minutos detrás de la barra, observando a la gente en busca de señales. Quería saber si podían ver lo que mi madre no había visto. Algunos clientes habituales me preguntaron si me encontraba mejor, contentos de que me hubiera recuperado. Sus preguntas fáciles me convencieron de que no sabían nada; no me había dado cuenta de lo preocupada que estaba por lo que dirían los demás hasta que el alivio me inundó. Mientras subía de nuevo las escaleras, me di cuenta de que el ruido y el bullicio del bar eran mejores que el silencio de mi habitación. Al día siguiente empecé a trabajar otra vez. Me hizo bien. Los infinitos pedidos de pan, cerveza, vino, *speck* y *knödel* bloquearon por un tiempo el persistente olor del sargento en mi memoria. A la hora del almuerzo, cuando me dirigí a la mesa de Herr Maier y le saludé, sentí que una sonrisa se dibujaba en la comisura de mis labios: era el único hombre del valle que se había enfrentado a Schleich.

—¡Rosa! —gritó, dejando a un lado el periódico—. Has vuelto.

Se sentó con la espalda recta y me dirigió una mirada de profunda calidez y comprensión; luego se levantó y se inclinó hacia delante a través de la mesa, acercándose a mi oído, pero con cuidado de no tocarme.

—Pagará por lo que te hizo —murmuró. En cuanto habló, se puso de pie y me miró a los ojos.

El cuaderno temblaba en mis manos. La vergüenza fue tan intensa que quise huir. Pero al encontrarme con su mirada me di cuenta de que no le repugnaba, sino que me contemplaba con simpatía. Agarré el cuaderno con fuerza, tratando de recomponerme. Esperaba que nadie más estuviera mirando. La idea de que alguien lo supiera y estuviera de mi lado era abrumadora. Lo mejor que pude hacer sin llorar fue asentir con la cabeza, y él asintió en respuesta, se sentó de nuevo y volvió a tomar el periódico como si no hubiera pasado nada.

—Una cerveza y un *griessnocken* con *steinpilze* —dijo volviendo al tono y al volumen de siempre.

Intenté darme la vuelta, pero me di cuenta de que mi cuerpo no se movía; no podía mirar al resto de los clientes.

Levantó la vista.

—Rosa Kusstatscher —dijo. Su rostro estaba tan tranquilo como un lago de montaña, pero su voz era firme—. Ahora vete, atiende la comanda, trata de hacer lo que siempre has hecho. El dolor desaparecerá y yo me encargaré del resto. Te lo prometo. Finge que todo va bien y poco a poco las cosas volverán a la normalidad. Será mejor que te vayas ya, la gente está empezando a mirar. Vete.

Me tocó la mano con suavidad y eso me sacó de mi asombro.

—¿*Griessnocken* y cerveza?

—Así es. Oh, mira, Fischer ha llegado. Puedo pedir por él. Come lo mismo todos los días, ¿no es así, soldado?

Fischer se detuvo a mi lado.

—Fräulein, me alegro de que se encuentre mejor.

Juntó sus zapatos de tacón e inclinó la cabeza, como si estuviera saludando a alguien digno y no a una vulgar camarera.

—Un poco de agua y espinacas *knödel* para mí, por favor.

El cartero sonrió.

—Es vegetariano, el único soldado de la Wehrmacht al que no le gusta matar.

—No, te equivocas —replicó Fischer—. Es que no soporto el asesinato de los inocentes. El resto tiene lo que se merece.

Su voz era baja y suave, como si las palabras fueran dirigidas solo a mí. Me di cuenta de que estos dos compañeros inesperados se habían convertido en un par de conspiradores que buscaban justicia para mí. Traté de no llorar, pero sé que mi cara se arrugó y mi labio tembló.

—Gracias —conseguí decir, y me obligué a volver al bar. Finge, había dicho, y entonces será real. Fingiría, podía hacerlo, pensé, mientras gritaba el pedido a la cocina y me ocupaba de la cerveza y el agua.

Apenas escuché nada sobre Schleich. Aparte de decirme que se le había prohibido la entrada, mi madre no volvió a mencionarle. Mi padre permaneció fuera durante más de un mes y, cuando volvió, mi madre lo mantuvo trabajando en la cocina y con los animales. La noche en que se le permitió volver al bar, fue recibido con entusiasmo por los demás hombres. Mi madre hizo sonar un cuchillo contra el vaso de cerveza que sostenía.

—Caballeros —dijo por encima del bullicio—. Podéis darle la bienvenida a mi marido, pero si alguno de vosotros le deja oler su bebida, no será bienvenido.

Cumplió su palabra. A la semana siguiente, Hans Kofler, que siempre fue un ingenuo, probó suerte e intentó compartir una jarra de cerveza con mi padre. Mi madre volcó la cerveza sobre los dos hombres y ordenó sin más:

—Fuera.

Pasaron meses antes de que Kofler se atreviera a volver, y después de eso mi padre dejó de beber para siempre.

En la víspera de Año Nuevo, Schleich regresó. Era una noche muy fría. No se veían estrellas en el cielo, cubierto de nieve y escondido entre las oscuras y heladas cumbres. Los habitantes del pueblo se reunieron en la gélida plaza, haciendo crujir bajo sus botas la nieve fresca, que caía de forma irregular. El padre Matthias encabezó una procesión desde la iglesia y después, como todos los años, encendió los primeros fuegos artificiales. Tras haber contemplado la explosión de luces y sonido en la playa de Copacabana, en Río, sé lo escaso que fue ese espectáculo en Oberfals. Pero entonces, con tan solo dieciséis años, era emocionante y mágico escuchar los fuertes resplandores que resonaban en el valle, ver los tejados nevados de los edificios y los copos arremolinados que caían del cielo iluminados de gloria por un instante.

Mientras miraba el espectáculo con atención, debí de alejarme de Christl, la única persona del mundo a la que se lo había contado todo y que me protegía como a una de sus cabras. Estaba de pie en el fondo de la multitud mirando hacia arriba cuando todo mi cuerpo sufrió un espasmo involuntario y tuve una arcada. Me quedé perpleja: no surgió de ninguna parte, no había sentido náuseas en absoluto. Entonces, el inconfundible hedor de Schleich se abrió paso entre el aroma del humo de pino y la pólvora. Mi corazón latió con fuerza incluso antes de que su pesada mano me agarrara por el hombro. Mi alarido de terror se perdió entre los gritos y las exclamaciones de la multitud cuando un cohete dividió el cielo nocturno en cascadas verdes y amarillas de fuego brillante. Me tapó la boca con la otra mano y me arrastró hacia un callejón.

—Feliz Año Nuevo, *mein Schatz* —gruñó mientras me empujaba contra la pared y me inmovilizaba con su peso. Con su mano libre, empezó a tantear los cierres de mi abrigo. Intenté morder su otra mano, pero me metió los dedos en la boca, así que todo lo que pude hacer fue rasgar su manga para intentar evitar que me asfixiara.

Entonces, de pronto, la presión disminuyó y aunque sus dedos seguían en mi boca, pude respirar. En el destello de luz de un cohete que explotaba en lo alto, vi el cañón de un arma pegada a la sien de Schleich. Una voz tranquila pero autoritaria habló.

—Déjala ir, *Spieß* —dijo—. No quieres hacer esto otra vez, ¿verdad? No con toda la gente del pueblo aquí. Están borrachos, te colgarán, y yo no podré protegerte. No quieres problemas innecesarios. El Kommandant se enteraría de esto. Suéltala.

Poco a poco, Schleich retiró los dedos de mi boca. Me quitó la saliva del hombro y desapareció en la noche sin decir nada.

—Ahora estás a salvo —dijo Thomas Fischer, el soldado raso vegetariano, mientras sus dedos me tocaban el codo. Estaba temblando. Empecé a retroceder, pero me tomó la mano enguantada y la mantuvo firme.

—No volverá a hacerte daño. Te lo prometo.

Al día siguiente, a la hora de comer, Thomas Fischer y Laurin Maier estaban tan enfrascados en una conversación que no se dieron cuenta de que me acercaba a su mesa para tomar su pedido.

—*Grüß Gott* —dije, tratando de sonar lo más natural posible. *Finge que todo es normal y lo será*, se había convertido en mi mantra.

—Rosa —dijo el cartero—. Thomas me contó lo de anoche. No tengas miedo. Nos aseguraremos de que no te vuelva a pasar nada.

Al final, Thomas Fischer me miró.

—Fräulein Kusstatscher, le prometo que Schleich no volverá a molestarla. —Sonrió y su decoro prusiano se desvaneció. Me di cuenta de que nunca lo había visto sonreír.

Durante los días siguientes, Thomas Fischer vino a comer antes que Herr Maier y se quedó después de que este hiciera su ronda. Me preguntó sobre la vida en Falstal, sobre mí, sobre mi familia —sin entrometerse, solo por curiosidad—, y alimentó mi creciente interés sobre cómo había sido su vida, sus estudios interrumpidos en la Universidad de Leipzig, su familia. Cada vez pensaba más en él y me encontraba sonriendo con timidez en el espejo del baño cuando me cepillaba el pelo por la mañana.

Un día, a finales de enero, Thomas me invitó a dar un paseo por la tarde, y tomamos el camino que siempre seguía el cartero. A lo largo de la resbaladiza senda, pasamos por una cueva. A Thomas le interesó saber cómo eran nuestros juegos infantiles en ese lugar; yo siempre había terminado como un indio que perdía contra los vaqueros. Le conté que odiaba esconderme en la cueva porque era fría, húmeda y oscura. Un poco más adelante, los árboles cesaron y el sendero se abrió paso a través de una extensión nevada. Nos detuvimos para admirar la vista.

Para mi sorpresa, Herr Maier apareció; caminó hacia nosotros, volviendo a bajar después de sus entregas. Me preguntó si no me importaba esperar un momento para cuidar su bolsa de correo; había algo que quería arreglar y Thomas era el hombre adecuado para el trabajo. Estábamos más allá de los árboles cuando me dejaron.

Me subí a una roca que sobresalía de la nieve y me senté sobre la bolsa del correo de Herr Maier para evitar el frío de la piedra. Oberfals estaba debajo de mí y podía ver cada casa con claridad. La nuestra, situada en la esquina de la plaza y con un gran patio en la parte trasera, era una de las más grandes. Desde mi saliente rocosa se veía limpia y reluciente; no había forma de saber lo que ocurría en cada una de estas pequeñas casas modelo. El cielo estaba despejado y el sol pegaba de lleno, horneándome como una magdalena rellena con mis muchas capas. Cerré los ojos, apoyé la cabeza en las rodillas y me quedé dormida.

Fue el ligero roce de los dedos de Thomas en mi brazo lo que me despertó. El azul de sus ojos era intenso bajo el sol de la tarde.

—¿Herr Maier se ha ido? —pregunté sin poder evitarlo.

—Sí. —Las mejillas de Thomas estaban sonrojadas y sus ojos brillaban de forma extraña.

—¿Va todo bien?

Thomas dudó.

—Sí… es decir, no. Es decir, quiero preguntarte algo. —Volvió a observar el camino y luego me miró directamente. Se sonrojó. Abrió la boca para hablar, miró hacia el valle y se llevó la mano a la boca, distraído.

—¿Qué quieres preguntar? —dije después de un rato.

—Puedo… quiero decir… te importaría… ¿te gustaría que… que te besara?

—Oh —dije, sorprendida por el placer y el miedo al mismo tiempo, y sentí que me ardían las mejillas—. Nunca he besado a nadie.

El recuerdo de Schleich restregando sus labios contra los míos, tratando de meter la lengua entre mis dientes apretados, irrumpió en mis pensamientos, pero lo aparté. Aquello no había sido un beso.

Thomas frunció el ceño como si pudiera percibir lo que estaba recordando.

—Está bien, puedo esperar. Quizás algún día quieras. Es que yo creo que eres maravillosa. —Se sonrojó de nuevo, y miró hacia abajo en dirección a San Martín en el valle.

—¿Maravillosa, yo? —murmuré mientras otro rubor se apoderaba de mi cara. No estaba acostumbrada a los elogios, pero sus ojos serios me miraron fijamente y me di cuenta de que no estaba bromeando. Durante las últimas semanas había pensado cada vez más en Thomas y había llegado a la conclusión de que era la mejor persona que había conocido. Cada vez que lo veía me parecía más guapo y cada día me sentía agradecida por la amabilidad con la que me trataba, pero había asumido que solo se compadecía de mí.

—No soy nada, sirvo mesas y... ya sabes —dije, y ambos supimos a qué me refería.

Thomas extendió sus manos hacia mí y después de unos segundos puse las mías sobre las suyas.

—Sé que eres como una valkiria, eres muy valiente. Ni siquiera sabes lo fuerte que eres. Lo que has vivido habría aplastado a la mayoría de la gente. —Sus ojos ardían de rabia y pasión.

Solo entonces acepté por fin que no se trataba de lástima. Yo le gustaba. Había llegado a adorar su rostro serio, sus ojos azules, su gentileza, pero nunca me había atrevido a esperar algo así.

—Thomas —dije, sonriendo mientras inclinaba a tientas mi cara hacia la suya—. Bésame.

Durante el resto del día no pude pensar en otra cosa.

Esa noche, Köhler irrumpió en la Gasthaus. Yo no sabía si simplemente seguía órdenes o si se ponía del lado de su jefe, pero, al igual que Schleich, el apuesto soldado no había regresado desde la noche de mi violación. Su mera presencia hizo que el bullicio desapareciera y que todos nuestros clientes se volvieran hacia él. Le observé por detrás de la barra mientras preguntaba si alguien había visto al sargento.

Antes, la mera mención de su persona habría sido suficiente para hacerme temblar, pero después de haber pasado una tarde en los brazos de Thomas me sentí diferente, en cierta forma inmunizada y feliz otra vez. Las palabras de Köhler apenas me afectaron; me limité a sentir un pequeño alivio al saber que, por el momento, Schleich había desaparecido.

Dos días más tarde, después de haber dirigido la búsqueda junto a Köhler, Thomas denunció su desaparición. La policía llegó desde Bressen, hizo preguntas y se fue. El Hauptmann volvió en su coche negro, y se quedó en la plaza interrogando a Thomas y a Köhler. Cuando Thomas llegó a la hora de comer, llevaba una insignia de sargento en el hombro.

Muchos años más tarde, un pequeño titular llamó mi atención al pie de las páginas de información internacional de un domingo: «Encuentran a un hombre de jabón en una cueva italiana». El periodista narraba cómo unos niños que jugaban por encima de la remota villa de montaña de Oberfals, en el norte de Italia, se habían metido en la cueva a través de una grieta reciente y se habían encontrado con el espantoso hallazgo de un cadáver. Cuando la policía local y los aldeanos retiraron la roca que bloqueaba el acceso a la cueva, el olor a jabón salió con fuerza. El cuerpo yacía en el extremo de la caverna, cubierto por una dura costra de cera y con una soga en el suelo a su lado. Fue identificado como el sargento alemán Wilhelm Schleich, que había desaparecido durante la Segunda Guerra Mundial. Se inició una investigación por asesinato.

Es curioso cómo el amor y el miedo nos ciegan. No me había dado cuenta de que la cueva había sido sellada, ni aquella tarde cuando regresé del paseo de la mano de Thomas, ni tampoco en ningún momento más adelante. La ruta que Thomas nos hizo emprender, la «casualidad» de encontrarnos con el cartero en el camino, que por fin Thomas tuviera la confianza para besarme, y después la ausencia de Schleich. De repente, todo encajó. A estas alturas, me pregunto cómo pude ser tan ciega. Todavía no estoy segura de si fue inocencia por mi parte, o si decidí de manera inconsciente no ver. Sin embargo, incluso décadas después, la revelación me dejó sin aliento.

El periódico revoloteaba como un pájaro atrapado en mis temblorosas manos mientras leía cómo —al igual que la manteca de cerdo que raspamos— la amplia grasa de Schleich se había saponificado en la cueva fría, húmeda y sin aire hasta transformarse en cera para tumbas. Por fin estaba limpio: se había convertido en una pastilla de jabón.

5

Algodón

El algodón es algo extraordinario; tan suave, tan absorbente. Heródoto aseguraba que era más suave y más blanco que la lana de cordero, y si alguna vez has manejado lana virgen como yo cuando era pequeña, estarías de acuerdo con él. Y pensar que una bola de algodón, llena de pelusas y semillas, puede tener tantos usos. Lo convertimos en hilo, fabricamos vaqueros, camisetas, sábanas y tiendas de campaña con él. Lo utilizamos para hacer filtros de café y papel. En el baño, por ejemplo, nos sirve para limpiar y esterilizar. Este frasco de cristal está siempre lleno de bolas blancas como la nieve del más suave algodón hilado. Las utilizo para aplicar tónico y desmaquillante y, a veces, alcohol.

En Oberfals, mi madre tenía un grueso rollo de algodón en el baño. Cuando nos caíamos, inspeccionaba nuestros rasguños, desenrollaba el ovillo y cortaba lo justo para limpiar las heridas. Cuando tenía trece años y tuve mi primera regla, me llevó al baño y me enseñó a envolver un trozo de algodón en muselina y meterlo en mi ropa interior. A otras chicas les daban paños de toalla, que enjuagaban antes de volcar el cuenco de agua con sangre sobre los geranios de las jardineras. Mi madre no tenía tiempo para trabajos extra: era más rápido tirar al fuego el algodón sucio.

A principios de 1944 empecé a tener una sensación incómoda en el estómago. Mis pechos se hincharon y me sentí pesada e inflamada como siempre antes de la menstruación, pero no llegó. Cuando fui a la cocina a buscar un pedido, el olor me provocó arcadas.

—Rosa —me llamó el cartero cuando empecé a recoger la mesa situada junto a la suya—, quiero hablar contigo.

Su comida era la que había pedido, la panera estaba llena, la ensalada de col parecía intacta y ya se había comido uno de sus tres *knödels*.

—¿Hay algún problema, Herr Maier? —le pregunté.

—La comida está perfecta, Rosa, como siempre —dijo, tomando el cuchillo y el tenedor—, pero quería saber si estabas bien. ¿Pasa algo? ¿Algo va mal?

—No, estoy bien.

Miró de reojo mi barriga y después pinchó un *knödel*. Era igual que cualquier *knödel* que mi madre le hubiera puesto en el plato. Me gustaba ayudarla a hacerlos. Todas las tardes hacíamos rodar la masa pastosa en las palmas de nuestras manos; el pan rancio del día anterior se humedecía en una masa pegajosa con leche y huevo, mezclada con la carne espesa y cremosa de las setas silvestres —*steinpilze* o *herrenpilze*— o con espinacas y queso. Mis favoritos escondían un rico tesoro de chicharrón en el centro, que al morderlo derramaba la grasa caliente y jugosa sobre la lengua.

Maier agarró el cuchillo y cortó el *knödel*. Las dos mitades blancas se separaron, dejando al descubierto manchas rojas y marrones: *speck* y *steinpilze*. Cada mitad yacía en un charco de mantequilla ennegrecida.

—Perdón. —Me atraganté y me tapé la boca con la mano.

Me miró y asintió con suavidad.

—Es el olor de la mantequilla —expliqué, aunque siempre me había gustado el olor de la mantequilla quemada.

Suspiró y se recostó en su silla.

—¿Últimamente has estado encontrándote mal?

No era la primera vez, ni siquiera la segunda o la tercera. Cerré los ojos y traté de controlar el impulso de las arcadas.

—Sí.

—¿Todo el tiempo?

—Cuando me despierto, cuando tengo hambre.

Levantó las cejas de forma inquisitiva.

En ese momento, de repente vi lo que no había visto, lo que había tenido demasiado miedo de ver; hoy diríamos que era negación. Me las había arreglado para no notar los cambios en mi cuerpo, pero bajo su escrutinio era demasiado obvio como para ignorarlo.

—Estoy embarazada, ¿verdad? —dije, agarrando la silla que tenía delante.

—Creo que sí. He estado preocupado desde noviembre. Creí que el vestido te quedaba un poco más ajustado, y las náuseas… bueno, entiendo que es una suposición segura.

No solo el sexo fuera del matrimonio era un pecado capital, sino que las madres solteras eran una vergüenza, rechazadas y despreciadas. Entré en pánico.

—¿Qué puedo hacer? —supliqué.

—¿Tu madre lo sabe?

Consideré su pregunta. Era mi madre, debería haberlo sabido, pero no había señales de que fuera consciente.

—No me ha dicho nada.

—Pero ¿lo sabe?

—No —dije con amargura al darme cuenta de que ni siquiera se había dado cuenta de que había dejado de usar el algodón, a pesar de que controlaba bien sus existencias—. Claro que no, está demasiado ocupada.

Ma chère, no te sorprendas tanto. ¿Nunca has oído hablar de niñas que dan a luz en los baños de la escuela, y nadie se da cuenta? En este caso, nadie podría haber estado seguro de que llevaba un bebé hasta que estuviera en el tercer trimestre. Estaba tonificada y fuerte de correr todo el día. Y mi madre… bueno, como con tantas otras cosas, supongo que no quería saberlo. Habría abierto la caja de Pandora. Tardé muchos años en comprender la inacción y la ceguera de mi madre, *ma chère*.

Herr Maier era más comprensivo. Miró al otro lado de la habitación hacia la puerta giratoria que daba a la cocina.

—No se lo digas, Rosa. La destrozaría —dijo, dejando el cuchillo y el tenedor en el plato, junto al olvidado *knödel*. Seguí su mirada. Los hombres seguían bebiendo y hablando en el bar. Tras el cristal escarchado de la ventana, las sombras se movían en la plaza. El mundo parecía el mismo, pero había cambiado por completo.

De repente, se incorporó.

—No puedes quedarte aquí —dijo.

«Aquí» era el único lugar que conocía y la idea de ir a otro sitio me aterraba.

—¿Por qué?

—La gente podría sumar dos y dos, y con la desaparición de Schleich... —Su rostro se mostró firme y decidido. Negó con la cabeza—. No, tienes que irte.

Me puse a pensar, desesperada por encontrar una solución.

—¿Podría casarme?

—¿Con Thomas? Eso le implicaría. —En aquel momento asumí que se refería a «implicarlo» como el padre, pero ahora me doy cuenta de que al cartero le preocupaba que descubrieran el cadáver de Schleich y que se culpara a Thomas del asesinato.

—¿De verdad crees que debo irme? —pregunté.

—Sí, no hay otra opción. —Se encogió de hombros y volvió a suspirar.

—Vas a cruzar el paso conmigo... y pronto.

Herr Maier me dio una semana. Dijo que la nieve y el hielo apenas eran transitables y que debíamos irnos mientras pudiera escalar. No me llevó mucho tiempo hacer la maleta. Tenía muy poco.

Cada tarde encontraba una excusa para salir a pasear. Thomas se reunía conmigo en las afueras del pueblo y cada día tomábamos una ruta diferente. Pero daba igual en qué dirección fuésemos. En cuanto estábamos entre los árboles, me empujaba contra el tronco más cercano y me besaba. Nos besábamos con grandes cúmulos de nieve blanca cayendo sobre nuestros abrigos, con la luz del sol haciendo brillar la alfombra de nieve que nos rodeaba. Ahora, mirando hacia atrás, veo que aquello era tan casto... Estábamos envueltos en ropa y abrigos de invierno, de modo que solo nuestros rostros quedaban al descubierto, y hacía demasiado frío para explorar cualquier otra cosa. Únicamente nuestros labios podían tocarse. Cada beso era como alimentar una adicción, solo quería más.

La última noche, a la hora prevista, después de que la casa quedara en silencio, me escabullí entre el ganado, pasando por el establo donde Schleich me había violado. Era la primera vez que volvía allí y me temblaban los dedos al abrir la puerta. Thomas estaba esperando. Entró y me estrechó entre sus brazos.

—Aquí no. —Le empujé—. Aquí es donde...

Thomas palideció.

—Por supuesto —dijo—, lo siento.

Cerré la puerta con dificultad. Cuando me di la vuelta, él estaba acariciando a una de las vacas entre las orejas. Le tomé la mano y le llevé más allá del ganado, hacia la tranquilidad de la casa.

—Tus botas —le susurré cuando entró en el pasillo. Se las quitó y me siguió escaleras arriba, apretándolas contra su pecho.

Pasamos a hurtadillas por delante de la habitación de mis padres. La de Christl estaba enfrente de la mía. Cuando empecé a abrir la puerta, el sonido del metal raspando sobre metal atravesó el silencio, y nos quedamos helados. Maldije a mi padre por no haberse molestado en engrasar la bisagra. Nadie se movió y llevé a Thomas a mi cuarto. Y por fin estuvimos solos, en mi habitación.

No podía moverme. Había soñado con este momento, pero estaba asustada y confundida. Me quedé con la espalda pegada a la puerta y él dio un paso hacia mí.

—Rosa —dijo, y su voz fue tan suave y delicada que apenas pude oírle—. No haremos nada que no quieras hacer.

Me apreté más contra la puerta.

—¿Quieres que me vaya? —Inclinó la cabeza.

—No —jadeé, sacudiendo la mía.

Se acercó y me sostuvo las manos, entrelazando sus dedos con los míos.

—Necesitas dormir. Metámonos en la cama y abracémonos.

Se sentó en mi cama y se quitó el abrigo, la chaqueta, los calcetines, la camisa, dejándose puesto solo el chaleco militar de manga larga. Mantuvo la cabeza gacha cuando se levantó y se desabrochó el cinturón. Se desabrochó los pantalones y se los quitó. No me miró ni una sola vez, pero yo no podía quitarle los ojos de encima. Mi corazón latía en una tormenta de miedo, excitación, deseo y vergüenza. Estaba en ropa interior, los calzoncillos blancos de algodón y la camiseta de manga larga, dudando, con una sonrisa tímida en la cara.

—Hace frío —dijo, mientras levantaba mi edredón y se metía dentro.

Me alejé un paso de la puerta y me detuve. Quise quitarme la rebeca y el vestido y unirme a él, pero me quedé paralizada por la vergüenza. Debió de notar mi timidez porque se giró hacia la pared. Entonces fue fácil desvestirme.

Me acosté a su lado, todavía con mi camiseta de manga larga y mis pantalones cortos, y me tapé con el edredón. Él no se movió, pero podía sentir el calor que irradiaba su cuerpo. Puse la mano en su cadera con timidez y después apoyé los dedos en su camisa de algodón suave y desgastada, consciente de su cadera dura y huesuda por debajo. Pasé los dedos por la tela hasta llegar a su pecho y sus músculos se tensaron bajo el tejido y con mi caricia. Me detuve y escuché su respiración, y él la mía. Me impulsé más arriba en la cama y le acaricié la nuca. Su olor era dulce y húmedo; apreté mis labios contra su piel y le susurré al oído.

—Bésame.

Una vez que empezamos fue difícil parar: al principio era difícil no reírse, y más tarde era casi imposible no gritar mientras nos tanteábamos bajo mi edredón individual, quitándonos la ropa que nos quedaba pieza a pieza, explorando el cuerpo del otro. El momento en que nos abrazamos por primera vez de pies a cabeza, boca a boca, piel contra piel, fue una revelación. No tenía ni idea de que algo pudiese hacerte sentir tan bien.

Esa noche no dormimos.

Cuando salimos de la cama a las cinco, todavía era de noche. Yo no quería, pero sabía que tenía que escribirle una carta a mi madre. Las primeras veces que lo intenté la ira me inundó, como la tinta negra al papel. El torrente de palabras era ilegible. Con la ayuda de Thomas, lo reduje a lo necesario.

> *Querida Madre:*
> *Cuando encuentres esto, me habré ido. No puedo quedarme, no después de lo que ocurrió en noviembre. No me busques, no vengas a por mí. Quiero empezar una vida nueva.*
> *Dile a Christl que la quiero.*
> *Tu hija,*
> *Rosa.*

Dejé la carta encima del cuenco cubierto de masa que ella siempre dejaba fermentar durante la noche en el centro de la mesa de la cocina. Thomas y yo salimos de la casa con sigilo y nos dirigimos al encuentro de Herr Maier en la oscuridad.

—Ten cuidado. Iré a buscarte cuando la guerra haya terminado —dijo Thomas antes de besarnos por última vez, y me obligué a apartar la vista.

—Te quiero —gritó detrás de mí.

Se quedó de pie en el puente, cerca de donde derroté a Rudi Ramoser. Dejarle fue una tortura. Quería decirle lo mucho que le quería pero me mordí el labio para evitar el llanto, aunque no pude evitar que las lágrimas resbalaran por mi cara.

Fue difícil subir por las sendas resbaladizas, y las náuseas matutinas me hicieron vomitar en el paso helado. Si alguien hubiera querido seguirme la pista, mi huida estaba más marcada que el rastro que Hansel dejó tras de sí con sus piedrecitas blancas.

Lo que había adivinado, y que tal vez siempre había sabido, era que Laurin Maier no era un simple cartero. Trabajaba para la Resistencia, transportando personas y mercancía a través del paso. Conocía el retorcido camino para subir, pasar y bajar al otro lado como si fuera un viejo amigo. Me faltaba el aire más que nunca y tenía frío a pesar de mis esfuerzos. Sin embargo me instó a que siguiera adelante, subiendo por el sendero que se alejaba del estrecho valle del que apenas había salido en toda mi vida. Unas cuantas veces resbalé y me caí, raspándome las rodillas. En la cima del paso nos detuvimos, y me volví para mirar atrás una última vez.

—¿Crees que volveré a ver a Thomas? —pregunté.

—Rosa, en estos tiempos nada es seguro, pero sé que te quiere. Siempre que sea posible, te encontrará.

Podía distinguir las ventanas brillando bajo la luz del sol de invierno muy por debajo. Estaba asustada por lo que me esperaba, pero no me arrepentí de haber dejado a mis padres. Mi padre me había traicionado y mi madre no me había cuidado. Mi única preocupación era mi hermana, pero Herr Maier prometió cuidarla por mí.

—Vamos —dijo—, tenemos un largo camino por delante.

Mis pies no se movían, era como si se hubieran clavado en la cima del paso. Tenía dieciséis años. Había conocido demasiada negligencia y miseria y acababa de tener mi primera experiencia con el amor. Si daba un paso más, podría no volver a ver a Thomas.

Estaba perdidamente enamorada y, *ma chère*, de verdad creía que no iba a amar a nadie más.

Al final llegó el cartero y me hizo girar la cabeza, y al poco tiempo me encontré dando tumbos por la ladera de la montaña a ciegas, con los ojos llenos de lágrimas.

Descendimos durante toda la mañana, siguiendo una senda a lo largo del río, pero nos desviamos para pasar por delante de dos pueblos. Estaba agotada, hambrienta y con náuseas cuando Herr Maier señaló una granja situada justo debajo de la línea de árboles.

—Pasaremos la noche allí. —Mis pies no se movieron. La granja no estaba tan lejos, pero la pendiente me parecía imposible. Me empujó con suavidad—. Vamos, son buena gente. Habrá comida y una cama.

A la mañana siguiente, el granjero sacó su carro y preparó un caballo para llevarme más lejos cuando Herr Maier me entregó un fajo de cartas.

—Están numeradas —dijo, señalando la esquina superior izquierda de cada una—. Te estoy enviando por correo. Cada una tiene un nombre y una dirección. La carta pide al destinatario que te cuide y que te envíe al siguiente. Así es como saco a los refugiados. Estas son personas en las que puedes confiar. No harán preguntas y a cambio tú no deberás hacer ninguna. Te alimentarán, te darán una cama para pasar la noche y te llevarán a tu destino.

Hojeé el montón y me detuve al llegar a la última, que iba dirigida a un tal profesor doctor Heinrich David Goldfarb en San Galo.

—¿Quién es? —pregunté.

—Ah, fue idea de Thomas. Fue su profesor.

Cargó mi pequeña maleta de ropa en el carro.

—Toma, necesitarás esto.

Me puso en la mano un pequeño rollo con francos suizos.

Cuando dio un paso atrás, lo abracé. Durante un segundo se resistió antes de abrazarme como un oso. Me había alejado de mis padres sin una lágrima, tal vez incluso con cierta sensación de libertad, pero no podía despedirme de Laurin Maier sin lamentos.

—Gracias, no sé qué habría hecho sin ti —dije, tratando de sonar brillante y segura. No quería que se preocupara por mí.

—Te deseo lo mejor, Rosa Kusstatscher —dijo con aspereza—. Tienes la cabeza bien amueblada, estarás bien. Escríbeme.

Tardé cinco días en recorrer las ciento cincuenta y pico de millas hasta San Galo, subiendo a trenes, autobuses y montacargas, y durmiendo en las direcciones que el cartero había escrito en los diferentes sobres. Cada anfitrión me daba algo de comida y un lugar para dormir, y luego me enviaba al siguiente. Apenas había salido de mi valle, y ahora iba de una casa ajena a otra. Pero no sentí miedo, ni ninguna otra emoción. Era tan joven y acababa de ser arrancada de todo lo que conocía. Ahora, al mirar atrás, creo que estaba en estado de shock. Me transportaban como si fuera un paquete que Herr Maier había enviado.

Solo al estar frente a una casa en Dufourstrasse, la dirección de la última carta, la sensación de somnolencia se desvaneció. Como en todas las ocasiones anteriores, llamé y esperé. La puerta fue abierta con rapidez por una mujer de aspecto irascible.

—¿Sí? —dijo con frialdad, mirándome de arriba abajo.

—Buenos días —dije, nerviosa—. Busco al profesor Goldfarb.

—¿A quién?

—¿Al profesor Goldfarb? Vive aquí. Mire. —Le mostré el sobre.

—No vive aquí. Llevo viviendo aquí un tiempo y me habría dado cuenta si hubiese tenido a un profesor en casa. Prueba en la siguiente casa. —Sin decir nada más, me cerró la puerta en las narices.

Me invadieron las náuseas y apenas conseguí llegar a la acera antes de tener arcadas. Tenía que ser un error. Podía sentir en mi mano el grosor de la carta de presentación de Thomas a su antiguo profesor. Quizá se había equivocado en el número de la casa. Me senté durante un rato en el muro que recorría el jardín delantero, con la barandilla de hierro fría contra mi espalda. La esperanza que me había mantenido en pie se desvaneció y me sentí perdida y derrotada.

Pero entonces recordé que Thomas me había llamado «valquiria». *No sabes lo fuerte que eres.* Me puse de pie a duras penas; no podía rendirme con tanta facilidad. No iba a defraudarle. Abrí la siguiente verja y subí por el camino del jardín. Llamé a unas veinte puertas más en ese camino, pero la mayoría de las personas que salieron dijeron que no lo conocían. Dos dijeron que, si me refería a un hombre que había estado allí durante un tiempo, ya se había ido. En algún momento me encontré caminando cuesta abajo, regresando por donde había venido. No me había preparado para esto. Al haberme aferrado al sobre había creído que todo iría bien. Pero no fue así. Estaba sola, en un país extranjero, y no conocía a nadie. Quizá no fuera la valquiria que Thomas creía que era.

Era febrero. La nieve todavía permanecía en el suelo; hacía frío y ya estaba oscureciendo. Encontré un hotel barato, pero tuve que pagar un extra para que ignoraran mi falta de papeles. Al día siguiente el dinero se me estaba acabando y lo único que podía hacer era comprar comida y quedarme en el calor del Gasthaus más cercano hasta que cerrara. Nunca olvidaré el miedo que pasé esa segunda noche cuando me refugié en el porche de la catedral. La oscuridad me daba miedo, y también el hecho de estar sola y embarazada, de no tener dinero y de poder morir congelada. Durante otros dos fríos días y noches mendigué e incluso robé algunos panecillos de una cesta fuera de una panadería. Las náuseas del embarazo empeoraron con la falta de comida. La cuarta noche no me dejaron entrar en el Gasthaus para comer; para entonces, tenía un aspecto andrajoso y desaliñado, y los hombres empezaron a mirarme de una forma que me recordaba a Schleich.

A la mañana siguiente, la desesperación me llevó de vuelta a Dufourstrasse y empecé a llamar a todas las puertas, empezando por la primera casa. Llegué al final de la calle, la crucé y volví a bajar por el otro lado. Me llevó toda la mañana y no me produjo más que una sensación de desesperanza aún mayor.

Me quedé de pie al final de la calle, intentando no llorar. Entonces me martiricé: no había razón para suponer que no estaba en la ciudad, debía llamar a todas las puertas. Pero entonces recordé que San Galo no era como el pequeño Oberfals. Podría morir de hambre antes de encontrarlo, o algo peor.

Estaba desesperada y mi energía se estaba agotando. Sabía que tenía que hallarlo pronto o… No podía soportar pensar en las alternativas. Miré la calle una última vez y me di la vuelta despacio, y entonces se me ocurrió la solución. Era tan sencilla que empecé a reírme a carcajadas. Tal vez no pudiera encontrar dónde vivía, pero si había sido profesor de Thomas significaba que daba clases en una universidad: lo buscaría en su lugar de trabajo.

Pregunté a las siguientes cuatro personas que se cruzaron conmigo en la carretera dónde estaba la universidad. Las tres primeras no parecieron escucharme. La cuarta era una mujer joven, que sonrió y dijo:

—Aquí no hay una universidad como tal. ¿Se refiere a la Handels-Hochschule? —Me indicó el camino.

La escuela de negocios estaba cerca; me costó encontrar a alguien que hubiera oído hablar de él, y entonces me señalaron su edificio. Recorrí el departamento de Economía, pero no vi su nombre en ninguna puerta, así que me presenté en el despacho de la secretaria.

—Pase —dijo una voz muy delicada.

Entré.

—Disculpe —dije, usando el mismo tono con el que daría la bienvenida a los clientes en el Gasthaus—. Busco al profesor Goldfarb.

La secretaria era una mujer delgada, de mediana edad, que se escondía tras su máquina de escribir en un despacho lleno de archivadores de metal.

—¿Es usted estudiante?

—No.

Sus ojos se entrecerraron.

—¿Un familiar?

—No.

—Entonces no puedo ayudarla —dijo con voz chillona—. No podemos dejar que cualquiera entre aquí.

Todo el miedo, el hambre y la desesperación que había intentado mantener a raya me invadieron, y me senté en la silla frente a su escritorio.

—Si no lo encuentro, no sé qué haré —dije, y entonces no pude evitar que los sollozos salieran de mi boca.

—Disculpe —dijo la secretaria, ahora con una voz más suave. Levanté la vista y la vi de pie junto a mí; debió de volver en sí cuando empecé a llorar. Se puso a mi lado y me tocó el hombro—. Si es tan urgente, voy a ver si lo encuentro.

Me calmé y conseguí sofocar el llanto, pero todavía me estaba limpiando la cara cuando volvió con un hombre desaliñado vestido con un traje marrón de tweed que no le quedaba bien. Llevaba algunos días sin afeitarse, el vello gris sombreaba su piel pálida. Me puse de pie.

—Herr professor doctor Goldfarb —dijo ella.

Entornó los ojos hacia mi cara de desesperación.

—Fräulein Polt dice que me está buscando. ¿La conozco? —Su acento era claro y preciso: alemán.

—No, pero tengo que darle esto —dije, agitando el estropeado sobre de Thomas en el aire.

—¿Puedo ver? —Asentí con la cabeza y sus finos dedos me arrebataron el sobre con suavidad—. Tiene la mano fría. Su acento… ¿no es de por aquí?

—No. Soy de Tirol del Sur.

Me estudió durante un momento más, después dirigió su atención al sobre y leyó los trazos borrosos de Thomas, que había anotado su propio nombre y la dirección. Después le dio la vuelta al lugar donde Thomas había escrito su nombre y la dirección del remitente.

—Siéntese y espere.

Fräulein Polt me mostró una silla en el pasillo fuera de su despacho y me trajo un vaso de agua. Estaba cansada y agradecida de poder descansar, pero demasiado ansiosa como para quedarme sentada. Me asomé a la ventana y observé a los hombres, jóvenes y mayores, caminando por los senderos que yo había recorrido antes. Intenté no pensar en lo que haría si la carta no cumplía su propósito.

Unos diez minutos después, el profesor regresó. Llevaba puesto un abrigo, la bufanda alrededor del cuello, y su sombrero entre las manos. También llevaba un maletín.

—¿Rosa Kusstatscher?

—Sí.

—Siento un gran respeto por Thomas Fischer —dijo, con una voz formal pero suave—. Acompáñeme.

Tan pronto como asimilé lo que había dicho, me derrumbé de nuevo sobre la silla y lloré.

El profesor me llevó a su casa y enseguida a su cocina.

—Siéntate mientras te preparo un poco de leche caliente y miel —me ordenó—. Después hablaremos.

Había una estufa tradicional de azulejos en un rincón de la cocina y me senté en el banco que la rodeaba mientras él preparaba mi bebida.

—Toma —dijo. Abrí los ojos y descubrí que mi cabeza estaba apoyada en la cálida estufa. Me había quedado dormida. —Esto es para ti.

Me dejó saborear la leche caliente y dulce mientras se dedicaba a abrir las puertas de los armarios y los cajones. Enterré la nariz en la taza y aspiré el espeso y empalagoso aroma, y por un breve momento me imaginé en la cocina con mi madre. Pero enseguida deseché la idea. Estaba aquí, estaba a salvo.

Mientras el profesor se movía de un lado a otro, aproveché para estudiarlo bien. Me había imaginado a un hombre arrugado y de pelo blanco, pero no debía tener más de cincuenta años. Estaba esquelético. Sorbí la bebida con un alivio que me aturdía, aún atónita por haberle encontrado.

—Toma. —Me acercó una silla a la mesa—. No tengo mucho, pero come un poco de pan y queso.

Me alejé del calor de la estufa y me reuní con él en la mesa. Había dispuesto un queso de color amarillo pálido en una bandeja, junto con algunos pepinillos y unas rebanadas de pan de centeno. Respiré hondo y solté un suspiro. No iba a morir de hambre ni de frío, al menos no esa noche.

Me ofreció la comida y se sirvió. Comimos en silencio. Cuando terminó, dejó los cubiertos y se limpió la boca con una servilleta de lino.

—Thomas Fischer fue tal vez el mejor alumno que he tenido, sin duda mi favorito. Me ha pedido que te ayudase. —Hizo una pausa mientras observaba la bandeja vacía—. Dios mío, debes de tener hambre. Deja que traiga más. —Se levantó de golpe, empujando la silla hacia atrás—. Hay una habitación libre al final del pasillo. Puedes quedarte el tiempo que necesites.

La casa del profesor estaba llena de libros y mostraba pocos signos de vida doméstica. Los únicos indicios de una vida más allá de su trabajo eran cuatro retratos en marcos de plata sobre la repisa de la chimenea. En el primero, dos muchachos en su adolescencia estaban de pie, envueltos en grandes chales blancos con rayas oscuras y borlas. En el segundo, una niña de unos doce años estaba en quinta posición con una falda de ballet. Había otra de los mismos tres de pequeños, los chicos con trajes de marinero y la niña con un delantal muy rígido. El último era un retrato de una mujer de aspecto angelical con un corte de pelo de los años veinte.

Me llevó a visitar a su médico, Herr doctor Oster, quien, después de examinarme, me dijo que me visitaría una vez al mes y me envió a la cocina para pedirle a su mujer que preparara café para él y para el profesor mientras discutían las últimas noticias. Para cuando hubo dispuesto café, azúcar, crema, pasteles y tazas y platillos de porcelana en una bandeja, Frau Oster me había sonsacado toda mi historia. Desde ese momento, cada vez que iba a mi visita mensual, me daba ropa de bebé usada o vestidos de maternidad poco ajustados que había conseguido de otras pacientes del médico. Con su ayuda, me hice una especie de fondo de armario.

Todos los días paseaba por la bonita ciudad, con su sobrio monasterio palatino y la catedral barroca con dos torres negras, disfrutando de las vistas al lago de Constanza, que se extendía por el valle más abajo, así como la oscura masa del monte Säntis, que se alzaba entre las colinas como un muro a mis espaldas. Volvía con comida y preparaba el almuerzo y la cena para el profesor. Aunque mi madre nunca me había prestado mucha atención, me había enseñado a cocinar, limpiar y trabajar duro. Al profesor le gustaba la comida caliente y su ropa parecía menos holgada con el paso de las semanas. En cuanto a la limpieza, no estaba segura de que él se diera cuenta, pero yo limpiaba y ordenaba la casa a conciencia. Era una situación extraña, pero siendo joven e inexperta, supuse que había tenido suerte. El profesor me había aceptado, me había cobijado y apenas se daba cuenta de mi presencia. Me sentía segura. Todas las noches cenábamos juntos y después él se retiraba a un sillón del salón donde escuchaba discos y leía mientras yo perfeccionaba mis trabajos de costura.

Los vestidos que Frau Oster me entregaba en paquetes bien envueltos con papel de estraza y cordel eran siempre demasiado grandes, así que empecé, al principio con cierta cautela, a modificarlos. Y entonces ocurrió algo mientras me sentaba noche tras noche, con mi barriga en aumento, a soltar los vestidos que antes había aceptado: a base de prueba y error, aprendí a coser firmemente como pequeñas puntadas, a zurcir, rematar e hilvanar. Mantenía las costuras apretadas con pespuntes. Tiré del hilo de mis dobladillos con frustración hasta que una amiga de Frau Oster me enseñó a hacer una puntada de deslizamiento. Hubo un momento, una especie de revelación, en el que corté y saqué todos los hilos que sostenían un vestido feo hecho de un magnífico algodón estampado y comprendí por primera vez cómo se estructuraba un vestido; cómo los fruncidos y los pliegues, las pinzas y las formas eran el esqueleto del diseño. Empecé a comprender lo que podía conseguir con un buen corte y una costura cuidadosa. Transformé los sacos sin forma en elegantes vestidos. Y en esas largas tardes me preguntaba qué hacer con el niño cuando llegara.

Hasta hace poco, *ma chère*, las mujeres jóvenes y solteras se marchaban para tener a su bastardo, lo entregaban a un convento o a un hospital para su adopción, y después volvían a casa con la esperanza de que nadie se diera cuenta. Las madres solteras eran raras y vivían en la vergüenza. Sin embargo, no podía evitar sentirme emocionada por la sensación de que la vida estaba creciendo dentro de mí. Sabía que debía renunciar al bebé, eso era lo que hacían las mujeres en mis circunstancias, pero cuando me sentaba a coser o caminaba por la calle, envidiaba a las otras madres y a sus hijos. Sin embargo, me decía a mí misma que no había elegido estar embarazada, y detestaba a Schleich. No podía quedarme con su hijo.

Un día el profesor llegó a casa temprano, mientras yo estaba de rodillas fregando el suelo de la cocina, y fue como si me viera por primera vez. Se detuvo en la puerta y casi me gritó.

—Rosa, ¿qué haces en tu estado?

Me levanté sobre mis talones.

—Estoy limpiando, como todos los días.

Se acercó un paso.

—¿Haces esto todos los días? —preguntó en un tono más suave.

—Oh, por favor, Herr professor, por favor no entre, no mientras el suelo esté mojado.

—Solo quería un café —dijo, pero se dio la vuelta y se fue, perdido en sus pensamientos.

—Se lo traeré en cuanto acabe —le dije.

Cuando le llevé el café, estaba inmóvil salvo por sus dedos, que acariciaban las fotos de la repisa de la chimenea. Nunca le había visto mirarlas siquiera. Se volvió cuando entré y dejó caer su mano.

—Tus zapatos, Rosa —dijo de repente—. ¿Cuántos años tienen?

—Oh —dije, un poco desconcertada—. Dos años, creo. Sí, mi madre se alegró el verano pasado cuando mis pies dejaron de crecer y no tuvo que comprarme un par nuevo.

—Bueno, lo han hecho. Siento haber tardado tanto en darme cuenta. Necesitas unos nuevos.

Los miré. Los mantenía pulidos, pero estaban desgastados y raspados y en los días de lluvia se filtraba el agua. Tenía razón, pero no tenía dinero para arreglarlos. El profesor ya me había dado tanto que no me sentía cómoda pidiendo más.

—Están bien, profesor —dije.

—Ni hablar —dijo firmemente—. He visto los agujeros en sus suelas hace un momento.

—Pero…

—No quiero peros. Mañana iremos de compras. No estoy acostumbrado a cuidar de los demás. Era el territorio de mi mujer.

Giró la foto de la mujer de los pómulos y el pelo oscuro y rizado para que la viera. Había desempolvado y pulido el marco muchas veces y me había preguntado a menudo quién era. No tenía sentido que nunca la hubiera mencionado a ella ni a los niños del otro marco, pero nunca había querido entrometerme. Me alegré de que hubiera abordado el tema.

—Ah —dije—, es muy guapa.

—Sí, lo era. —Fue y se sentó en su sillón.

Me acerqué a las fotos y las miré.

—¿Estos niños también son suyos? —pregunté tras un largo silencio.

—Vine aquí para conseguir sus visados. Tuve que venir antes, para poner el papeleo en orden. Cuando volví a Leipzig, los nazis se los habían llevado.

—Oh —dije, respirando bruscamente mientras mi mente lidiaba con lo que eso significaba. Ahora resulta extraño contarlo, pero en aquel momento pensé que debían haber muerto en un accidente. Yo era joven, ignorante, y no tenía ni idea de lo que pasaba en Alemania. Todo eso vendría después; al terminar la guerra sería inevitable. Ya había tenido mi buena dosis de dolor en mi corta vida, pero el primer indicio de la pérdida, el trauma y el sufrimiento de otros fue en la tranquilidad de esta sala de estar.

—Por eso no pudiste encontrarme. Había conseguido una casa grande para todos nosotros, y esa era la dirección que tenía Thomas. Cuando volví, me mudé a un apartamento más pequeño.

Tras un largo silencio, pregunté:

—¿Qué les pasó?

—Están todos muertos.

Tenía la mirada fija en la alfombra. Me arrodillé frente a él y le tomé la mano. No podía encontrar palabras, no podía comprender lo que había perdido, cómo sería el dolor de perder a sus hijos. El único consuelo que podía ofrecerle era mi presencia.

No retiró su mano y nos quedamos así durante mucho tiempo.

—Quería estar solo —dijo por fin—, pero tal vez los ángeles te han enviado a mí. Tú, con tu costura y limpieza infinitas y tu carácter alegre.

Me sonrojé y le solté la mano.

—Herr professor, mantener la casa para usted es la única manera de agradecerle su amabilidad —le dije mientras me ponía en pie.

Negó con la cabeza.

—No, soy yo quien debe darte las gracias. Y necesitas zapatos nuevos. Mañana iremos de compras.

En Bressen había tres tipos de zapatos a la venta: los zapatos para el trabajo, los zapatos para pasear y los zapatos de los domingos. Nunca había tenido la oportunidad de probarme más que los dos o tres pares que mi madre consideraba adecuados. Aquí, en San Galo, las mujeres podían comprar zapatos para muchas ocasiones y de muchos estilos, y no solo en negro o marrón. Al profesor le divirtió mi entusiasmo, pero aún más que optara por un par de zapatos fuertes en lugar de por otros más elegantes; era la camarera que había en mí. Pero eran más elegantes que todo lo que había tenido antes, de cuero bicolor beige y marrón pulido con pequeños cordones de cuero. Estaba encantada con ellos.

Esa tarde, después del almuerzo, el profesor entró en la cocina mientras preparaba el café.

—He comprado algo más para ti —dijo, con extraña timidez.

—Oh, pero los zapatos son más que suficientes —dije.

—No, esto es diferente. Fue cuando estábamos en la tienda y pude ver que la gente nos miraba y se extrañaba. Verás, no tienes uno de estos. —Extendió un pequeño paquete envuelto en papel de seda blanco. Lo acepté. Era sólido y ligero.

—Ábrelo —me instó.

Dentro del envoltorio había una pequeña caja roja, y dentro de la caja, un simple anillo de oro. Le miré a la cara, confundida.

—Deberías ponértelo —dijo, levantando la mano para masajearse la nuca de forma distraída—. La gente preguntará y se fijará en él. Muchas mujeres han perdido a sus maridos en la guerra. Deberías decirle a la gente que eres una viuda de guerra.

Dio un paso adelante.

—¿Este es mi café? Me lo tomaré ahora.

Cuando salí con mi anillo y mis preciosos zapatos nuevos me sentí elegante por primera vez en mi vida. Me gustaba la cortesía que fomentaba en las mujeres del pueblo, los descuentos de los puestos del mercado. El profesor no tenía un buen sueldo, a pesar de su título; solo tenía un puesto de adjunto que le habían conseguido sus colegas, por lo que debía estirar el dinero que me daba para alimentarnos, pero una sonrisa y mi acento tirolés parecían bajar los precios.

Un día, una mujer unos años mayor que yo me paró en la calle. Empujaba un carrito con un bebé grande dentro, y su chaqueta de piel se abría sobre un vestido de lana que se ajustaba mal a su gran pecho.

—Gnädige Frau, perdone que le pregunte, pero ¿de dónde ha sacado ese vestido? —Me sorprendió su pregunta y me miré. Se trataba de un vestido demasiado recargado que yo había modificado, recortándolo para compensar el estampado esmeralda y negro, pero dejando el elegante ribete negro original en la parte inferior.

—De Frau Oster —respondí—. Fue muy amable al regalármelo.

—Eso creía. Era mío, pero parecía un repollo con él. A ti te queda de maravilla. ¿Lo has arreglado tú misma? —No esperó a que le respondiera, sino que abrió el bolso—. Mira, yo vivo aquí. —Metió una tarjeta entre las verduras y las truchas envueltas en papel en la cesta que llevaba—. Pásate, tengo un montón de vestidos que necesito arreglar. Te pagaré, por supuesto. Que tengas un buen día. —Y entonces se alejó por la acera con su bebé.

Me quedé mirándola. Durante ese fugaz intercambio, no había soltado ni por un momento el carrito de bebé. Se había agachado para recoger su bolso de mano, que estaba colocado sobre las mantas a los pies del chiquillo. Abrió el bolso y sacó la tarjeta con una mano, y con la otra se aferró a la barra de dirección. Hiciera lo que hiciese o pensara lo que pensase, ser madre era lo más importante para ella. Estaba unida a su bebé por hilos invisibles. Dejé que mis manos se posaran sobre mi vientre duro y redondo. En ese momento, la idea abstracta de que estaba embarazada se convirtió en una realidad tangible. Hasta entonces no había podido apreciar que en ese vientre hinchado estaba creciendo un bebé, mi bebé. Estaba sucediendo, tanto si la guerra acababa como si no, y en cuatro meses daría a luz. O entregaba a mi hijo a las monjas o me convertía en madre. La vi desaparecer por la calle, empujando su carrito. Bajo la mano, sentí que mi bebé daba una patada.

Cuando desapareció de mi vista, recogí su tarjeta. *Frau Ida Schurter*, anunciaba. Hasta ese momento había sobrevivido con la caridad y la buena voluntad, pero sabía que tendría que empezar a ganar dinero. Con el simple gesto de pararme en la calle, esta mujer me había abierto un mundo de posibilidades. Si me hubiera quedado en Oberfals, me habría tocado encargarme del Gasthaus de mi madre. Me había ido y ahora tenía que crear mi propio futuro. Tenía que contemplar la posibilidad de que Thomas no sobreviviera, que no viniera a buscarme. Tenía que empezar a ganarme la vida por mi cuenta, y ¿qué mejor manera de hacerlo que convirtiéndome en modista? Era algo que podía hacer.

Mi visita a Frau Schurter no pudo ser más satisfactoria. Quería que modificara dos vestidos para empezar. El primero era de algodón satinado con un diseño floral, y me limité a hacer los ajustes que me pidió. El segundo era un vestido de lana de oveja de color carbón. El corte era… oh, *ma chère*, decir que no era favorecedor sería un eufemismo. Me encargué de convertirlo en algo que no solo le quedara bien, sino que la realzara. Se mostró escéptica cuando lo vio por primera vez en la percha, pero su desconfianza se transformó en aprobación y a continuación en deleite en cuanto se lo probó y se miró en el espejo. Cuando me puso los billetes y las monedas en las manos después de aquel primer trabajo, la realidad de tener mis propios ingresos, de las opciones que me permitía, me dejó aturdida por un momento. De camino a casa compré una pequeña bolsa de papel con bombones para el profesor, el primer regalo que había adquirido. El resto, aunque no era mucho, lo guardé en un calcetín en mi habitación. No esperaba ni imaginaba que me sentiría eufórica, pero así fue.

Pronto estuve sentada día y noche cortando y ajustando, poniendo y quitando, alargando y acortando, cepillando y arreglando los vestidos de sus amigas y los de las amigas de sus amigas. Fue un curso intensivo de corte y confección y de negocios. Mi destreza con la aguja se afinaba con cada nuevo proyecto, y mi habilidad para negociar mejoraba con cada nuevo encargo. Pronto pude comprar una máquina de coser de segunda mano. Me costó varios intentos practicando con retales y un vestido que no me podía poner, pero una vez que la dominé, me di cuenta de que, con el aumento de mi ritmo de trabajo, como Rumpelstiltskin, podía fabricar oro. Mis dedos parecían saber cortar y coser como por arte de magia, y los años de ayuda en el Gasthaus hicieron que supiera cómo tratar con la gente. Trabajé y ahorré, y empecé a soñar con montar un taller de costura. Cada vez que me pagaban, guardaba un poco de dinero para el bebé, un poco para la tienda y compraba un pequeño lujo, como chocolate o jabón perfumado, para el profesor. Era feliz.

El profesor y yo nos acomodamos en una rutina agradable. Él iba por la mañana a la Hochschule y, después de volver a casa para comer y dormir la siesta, pasaba la tarde leyendo en su sillón o escribiendo en su escritorio. Mi mañana transcurría limpiando, lavando, planchando, haciendo la compra y preparando la comida. Por la tarde visitaba a mis clientas en sus casas, midiendo y fijando, dibujando y escuchando, hasta que llegaba la hora de volver a casa.

Por la noche, el profesor y yo nos sentábamos juntos; yo cosía y él leía. Cuando se dio cuenta de lo poco que sabía del mundo, empezó a leerme los periódicos en voz alta. Llegué a comprender la locura, la carnicería y el esfuerzo que llevaba a los ejércitos a la batalla mientras cortaba, prensaba, planchaba y cosía un vestido tras otro.

Una noche, el profesor se dio cuenta de que estaba haciendo un gesto de dolor.

—¿Qué pasa?

—El bebé. —Hice una mueca—. Está dando patadas.

A veces me parecía que eran mariposas haciéndome cosquillas, pero otras veces, como esta, era un pinchazo doloroso.

—Tu bebé está creciendo y quiere más espacio —dijo, se levantó y extendió la mano—. ¿Puedo?

Dudé. Vivíamos uno al lado del otro pero nunca nos habíamos tocado, aparte de la noche en que me habló de su familia.

—Sí —dije al final.

Apoyó su mano en mi vientre y esperó. Cuando el bebé dio una patada, sonrió, una sonrisa cálida y suave, y yo le devolví la sonrisa.

Era como si hubiéramos cruzado una línea invisible.

—¿Has pensado en lo que vas a hacer después? —preguntó. Su voz sonaba despreocupada, pero su mirada era intensa.

—Estoy ahorrando para abrir un taller de costura.

Me miró fijamente.

—Ya veo. Es un buen plan. Pero me refería al bebé.

—Oh —dije, sonrojándome por mi error—. No.

Se quedó pensativo durante un largo tiempo antes de decir:

—No tienes que renunciar a él.

A veces dejaba de trabajar, apoyaba la mano en la tensa y creciente cúpula, y esperaba a que mi barriga se abultara cuando el bebé se movía o daba patadas. Llegué a distinguir cuándo estaba dormido y a esperar una oleada de actividad cuando me acostaba en la cama. La creciente sensación de tener a otro ser dentro de mí se convirtió en un bálsamo contra la soledad que sentía a pesar de —o tal vez debido a— el hogar feliz que el profesor y yo manteníamos.

Compré algo de ropa de bebé, me dije que era para no entregarlo sin nada. A medida que el bebé crecía dentro de mí tenía que ir aflojando mis vestidos, y empecé a caminar con torpeza, pero aún no había decidido a dónde lo llevaría después. Cuando no hacía nada, mi mano se apoyaba en mi vientre hinchado; mi mano parecía expresar algo que aún no había entendido.

A medida que mi vientre crecía empecé a eructar por la indigestión. Fui a la farmacia y, mientras esperaba a que me trajera un remedio, a que metiera en un frasco de cristal marrón el antiácido, vi cómo la dependienta sacaba un grueso rollo de algodón. Lo desenrolló, lo midió, lo cortó y después lo envolvió para la mujer que estaba atendiendo. Hacía meses que no veía un rollo tan grueso, desde mi última regla.

El farmacéutico le entregó a la dependienta el frasco con el antiácido para mí.

—¿Necesita algo más?

Señalé el rollo blanco.

—Un metro de algodón, por favor. —Necesitaría un poco para limpiarle el culo a mi bebé.

6

Aspirina

En cualquier mueble de baño hay una división —como puedes ver cuando abro estas puertas espejadas— entre nuestra
búsqueda por la juventud y la belleza y nuestra lucha contra la
enfermedad y la muerte lenta y progresiva. A medida que enveje-
cemos, el equilibrio cambia; la parte del armario repleta de un
arco iris de esmaltes de uñas, barras de labios, sombras de ojos,
máscaras de pestañas, polvos y bases de maquillaje disminuye a
medida que crece el pequeño montón de frascos de medicamentos, tubos de pomada, tarros y paquetes de pastillas. Oh, *ma chère*,
esta es la lenta marcha hacia la muerte, la conquista de las barras
de labios a manos de los envases blancos de plástico para medici-
nas; la retirada de Dior, Lancôme, Chanel y el avance de Johnson
& Johnson, Pfizer y Procter & Gamble. Pero no he cambiado mis
barras de labios enfundadas con elegancia en negro por los mo-
nótonos frascos blancos de compuestos y productos químicos.
Todavía no me han vencido.

Sin embargo, hay algunos que nunca faltan: la vitamina C, la
aspirina y la penicilina. Hace tiempo que aprendí la importancia
de estos medicamentos. La aspirina existe desde hace mucho.
Cuando los seres humanos todavía usábamos pieles de animales —es decir, cuando se curtieron, se curaron, se moldearon, en
lugar de llevarlas sobre los hombros—, los chamanes utilizaban

la corteza y las hojas del sauce para tratar el dolor y la fiebre. Hipócrates las usó cuatrocientos años antes de Cristo. Ahora sabemos que no solo son un antiinflamatorio y un analgésico, sino que también pueden ayudar a reducir la coagulación de la sangre. Cuando mi madre se enteró de que me habían violado, me hizo tomar una aspirina. Fue una respuesta tan patética. No entiendo cómo una aspirina podía aliviar el dolor de la traición de mi padre, la humillación o la violencia de Schleich. Quizá fuera un gesto simbólico de alguien bloqueado por las circunstancias. Nunca lo sabré, nunca pude tener esa conversación con ella.

La mañana del 21 de julio de 1944, el profesor salió temprano a buscar el periódico, sorprendido por la noticia de la radio sobre el intento de asesinato de Hitler del día anterior. Todo lo que hice esa mañana fue despacio. Un dolor de espalda sordo y persistente me había impedido dormir bien y estaba agotada. Pero faltaban semanas para la fecha del parto y no estaba preocupada. Estaba llevando una tetera Rosenthal al fregadero con sumo cuidado, porque era uno de los pocos objetos que el profesor había traído desde Leipzig, que pertenecía al ajuar de su esposa. Un vecino la había salvado junto con otras pocas cosas cuando la Gestapo desvalijó el apartamento de su familia.

De repente, una oleada de dolor apareció de la nada. Me abrumó y caí al suelo jadeando. La cafetera se cayó y se estrelló contra las baldosas de la cocina. Me desplomé a cuatro patas y jadeé en busca de aire, viendo correr el café entre los granos oscuros y los trozos de porcelana blanca. Tal vez era mi forma de dejar de lado el miedo, pero estaba más preocupada por la tetera rota que por mí. El dolor disminuyó; recogí los pedazos y los envolví en papel de periódico para enseñárselos al profesor más tarde. Cuando estaba por tomar un paño del fregadero, la segunda contracción me hizo caer hacia delante. Me agarré al borde del lavabo de piedra y respiré grandes bocanadas de aire. Esta vez, cuando el dolor desapareció, sentí que un líquido caliente y húmedo bajaba por mis piernas.

Ahora resulta difícil de creer, pero aun así me agaché y limpié el suelo antes de ir al baño tambaleándome en medio de las contracciones. Al menos eso me enseñó que el dolor era más soportable a cuatro patas. Me quité la ropa interior y la puse a remojar en la palangana. Quería limpiarme las piernas antes de ir a casa del doctor Oster, pero pronto me di cuenta de que no iba a ir a ninguna parte. Las contracciones venían con demasiada rapidez, y una nueva me golpeó justo cuando me había recuperado y trataba de levantarme e irme. No dejaron de producirse. Me puse en cuclillas sobre la alfombrilla del baño y me apoyé en la bañera como soporte, jadeando y descansando, y cuando la siguiente ola de dolor me invadió, me apoyé en la bañera. Las ganas de empujar eran intensas y abrumadoras.

No sé cuánto tiempo llevaba allí cuando oí que el profesor me llamaba.

—¡Rosa! ¿Estás aquí?

Antes de que pudiera responder, otra contracción me aprisionó como un corsé. Intenté reprimir mi grito. Me tapé la boca, muy avergonzada: no podía encontrarme así. Me sentía como un animal, resollando y salvaje. Intenté acercarme a la puerta para cerrarla, pero solo conseguí arrastrarme para quedarme frente a ella.

Sus pasos eran fuertes, estaba al otro lado de la puerta. Al llamar me pareció que cada sonido, cada sensación, se intensificaba; cada golpecito me hacía temblar.

—¿Rosa?

Gruñí.

—Voy a entrar.

—No —aullé—. No, ¡no puedes!

—Debo hacerlo.

Abrió la puerta, echó un vistazo a la escena, dio media vuelta y se fue. Le oí llamar al doctor Oster desde el teléfono del pasillo. Después volvió a estar conmigo, con un vaso de agua y un paño para secarme la frente. Ni siquiera sabía que tenía sed, pero mis sorbos se convirtieron en tragos cuando me acercó el vaso a los labios.

—¿Sabías que en África las mujeres se ponen en cuclillas para dar a luz? Y las pieles rojas también. —El vaso temblaba en sus manos mientras lo acercaba a mis labios.

Gruñí.

—Lo estás haciendo muy bien. Eres muy valiente.

—Me duele —gemí.

—Mi esposa dijo que solo era un día. Mañana te olvidarás de todo.

Grité cuando la siguiente ola de dolor me golpeó. Cuando me recuperé, resoplé.

—¿Y tú le creíste?

—Lo volvió a hacer —dijo con una pequeña sonrisa. Se levantó—. Voy a llamar de nuevo al médico.

Salió de la habitación y regresó un minuto después, con cara de ansiedad.

—Mis hijos fueron gemelos —murmuró distraído—. Salieron de golpe, uno tras otro. Eran tan pequeños que salieron disparados con facilidad, no como Irma. Fue una niña grande: cuatro kilos y medio.

Una contracción se adueñó de mí y empujé y me esforcé. Eran cada vez más frecuentes.

—Está bien —me tranquilizó, agachándose de nuevo a mi lado—. Respira hondo. No creo que el doctor llegue a tiempo. Creo que tendré que ayudar.

Asentí con la cabeza. No podía hablar.

En cuanto di mi consentimiento, se lavó las manos, sacó una toalla de manos limpia del armario que había encima de la caldera y se arrodilló frente a mí.

El dolor había alcanzado un nuevo nivel. Era tan intenso que podía verlo como una nube iridiscente de pequeños cuchillos blancos y azules atravesando mis entrañas. Lo que soy o era se había ido retirando; mi cuerpo era un recipiente para el nacimiento y yo una mera observadora remota. Miré hacia abajo; una cúpula redonda, rosa y gris con finas vetas rubias sobresalía de mi interior.

—Rosa —me instó el profesor—. Solo dos o tres empujones más.

Llegó la siguiente contracción. Grité y empujé. Una luz blanca y azul me atravesó. Cuando la agonía disminuyó, estaba demasiado asustada para mirar hacia abajo. Estaba segura de que me habían partido en dos.

—Mira. ¡Ya casi lo has conseguido!

Entre mis piernas pude ver una cabeza diminuta cubierta de una pasta blanca.

—Rosa, cuando empujes la próxima vez saldrá y tendré que agarrarlo.

Asentí, volviendo a empujar. Cuando llegó la oleada, grité y empujé y cuando abrí los ojos, el dolor había desaparecido y el profesor sostenía a mi bebé entre sus manos. Tenía la cara arrugada y una amplia sonrisa. Sus ojos se veían llorosos. El bebé empezó a llorar.

—Oh, eso está bien. Está muy bien. —Se rio, envolviéndolo en la toalla—. Él tiene muy buenos pulmones.

—¿Él?

—Oh, sí, es un niño, un niño precioso. Y creo que tiene hambre.

Me entregó el bulto y lo atraje hacia mí. Era pequeño, sonrosado y no tenía pelo, y su cara estaba contraída por el desconsuelo o la conmoción, no sabía cuál de las dos cosas.

—Hola, pequeño —le dije.

Pareció responder a mi voz. Dejó de llorar y me miró.

El profesor se quitó la sangre de las manos y me cubrió con otra toalla.

—Iré a averiguar qué le ha pasado a Herr doctor Oster.

Observé la carita del bebé, preparándome para encontrar una miniatura de su padre, pero todo lo que pude ver fueron sus ojos, los cuales eran de un azul oscuro y profundo, como el cielo en las montañas en verano. Una oleada de amor y felicidad me invadió y en ese momento lo supe. El bebé no era el bastardo de Schleich. Era mi hijo.

No fui la única que se enamoró de él. Durante la semana siguiente a su nacimiento, el profesor no me dejó hacer nada, solo descansar y comer.

—Me las arreglaba antes, ya lo sabes. Me las puedo arreglar ahora —decía ante mis protestas, empujándome con suavidad a la cama.

Cuando dejaba al bebé durmiendo y me levantaba a tomar un café o un baño, volvía y encontraba al profesor mirando el interior de la cuna; a veces sonriendo, a veces con lágrimas en los ojos.

—Sabes, Rosa —me dijo después de una semana—, no puedes llamarlo siempre «el bebé». Tiene derecho a un nombre.

—Lo sé —suspiré—. Pero es tan difícil.

—¿Tienes alguna idea?

—He pensado en Thomas.

—¿Como Thomas Fischer? —Me miró y después al bebé—. Así que es Thomas…

—Oh, no. Intenté explicarle. Él no es el padre.

—¿Oh?

Nunca había visto la carta que Thomas le había enviado; nunca se me había ocurrido que el profesor pudiera imaginar que Thomas era el padre. Quería ser sincera, pero desde la dolorosa confesión a Christl no había vuelto a hablar de lo que había pasado y me costaba decirlo en voz alta, expresar la dura verdad.

—El sargento de Thomas me violó —dije al final—. Fue después de eso, cuando Thomas fue tan amable, que nos enamoramos. —Me incliné hacia delante y besé a la pequeña criatura en la frente—. No esperaba querer al bebé. Pero ahora veo que es mi hijo, y no quiero que quede mancillado por ese animal. Nunca será su padre.

—Ya veo. Lo siento mucho, Rosa, nunca imaginé… —El profesor extendió sus manos hacia mí—. ¿Puedo?

Le entregué al bebé.

—Sabes que él no tiene la culpa. Es inocente. —Puso los labios en la parte superior de la cabeza desnuda. El bebé se movió y él me lo devolvió—. ¿Qué hay de los nombres de tu padre o de tus abuelos?

El bebé estaba medio dormido, pero sus labios se fruncieron y empezó a aspirar aire. Volví a colocarlo sobre mi pecho.

—Creo que va a ser Laurin.

—¿Quién?

—Laurin. Es el nombre de Herr Maier, el cartero que me ayudó a escapar.

—Laurin Kusstatscher. Me gusta.

Se me olvidaron mis vagos planes de dar a Laurin. El profesor siguió leyéndonos, la guerra terminó y volvió la esperanza. Yo cosía y cosía, y mis ahorros empezaban a acumularse. Durante dos años, fuéramos lo que fuéramos los tres, fuimos más felices de lo que fue mi familia en Oberfals. El profesor amaba a Laurin, y Laurin lo amaba a él.

En abril de 1946, el profesor fue invitado a visitar la recién reabierta Universidad de Leipzig. Temía que le ofrecieran un puesto de trabajo y traté de no pensar en lo que significaría para Laurin y para mí. Si aceptaba un trabajo, supuse que volvería a Alemania y yo me quedaría sola en San Galo.

El profesor estaba muy tranquilo cuando volvió, y fue después de recoger la cena, ver cómo estaba Laurin y reunirme con él en la sala de estar para coser cuando dejó el periódico y me miró fijamente. Estaba haciendo el dobladillo de una falda y estaba tan tensa que el hilo del que tiraba se rompió.

—Decidí no aceptar el trabajo, Rosa.

Dejé que la falda cayera en mi regazo y me acomodé, tratando de no mostrar mi alivio.

—¿No te trataron bien en Leipzig?

—No podrían haberme tratado mejor —suspiró—. Están desesperados por que reconstruya el departamento, para restaurar lo que la guerra y los nazis destruyeron. Me ofrecieron la posibilidad de elegir nuevo personal, un buen apartamento, un generoso salario, todo.

—Pero...

Le di la vuelta a la falda y volví a colocar la aguja.

—Pero ¿qué?

—Pero cada vez que estrechaba una mano, que saludaba a alguien, me preguntaba: ¿qué ha hecho o qué ha dejado de hacer esta persona en los últimos años? No se puede volver atrás.

—Así que te quedarás aquí y yo podré quedarme contigo y mantener la casa —dije, confirmando lo que quería oír.

Sonrió ante mi rápida respuesta.

—¿Quieres que las cosas se queden como están?

—Sí, por supuesto. —Levanté la vista hacia él—. ¿Tú, no?

El profesor dudó y luego negó con la cabeza con tristeza.

—No. No puedo quedarme aquí. No puedo vivir en un crematorio.

—Pero todo eso fue en Alemania.

—Fue en toda Europa —dijo, con una voz inusualmente dura—. No son solo los fantasmas de mi familia, sino millones. No puedo quedarme aquí, donde ocurrió. Quiero una vida diferente, empezar de cero.

—¿A dónde vas a ir?

—A Palestina.

—¿A Tierra Santa?

Me miraba mientras yo seguía haciendo el dobladillo y, aunque sabía que lo estaba haciendo, no podía evitar dar puntadas demasiado apretadas.

Era una prenda de vestir para una amiga de Frau Schurter que estaba embarazada. Mi vida estaba a punto de deshacerse y estaba asustada, pero aun así cosí.

Era como si estuviera sosteniendo un hilo que, si tiraba solo un poco, haría que todo se deshiciera.

—¿Cuándo te vas a ir? —pregunté, con la voz entrecortada.

—En cuanto pueda organizarlo.

Por alguna razón la aguja pareció atascarse, no pude forzarla a pasar a través de la prenda.

—¿Sin nosotros?

—Esa es la cuestión —dijo, y sus manos se levantaron para masajearse la nuca, algo que siempre hacía cuando estaba estresado—. He estado preocupado por ti durante todo el camino de vuelta en el tren. No quiero dejarte, pero no se me ocurre cómo llevarte conmigo. No eres mi hija. Y por mucho que quiera a Laurin, no es mi hijo.

Hizo una pausa y mi aguja por fin se abrió paso y, a pesar de mis dedos temblorosos, seguí cosiendo.

—No sois mi familia. Pero te has convertido para mí en una familia y eres lo único que me importa en el mundo. Y entonces se me ocurrió que, si nos casáramos, podrías venir como mi esposa y Laurin podría ser mi hijo.

Dejé la aguja clavada en la tela. Él no me miraba a mí sino a su periódico, después lo dejó y se levantó. Se acercó a la repisa de la chimenea y pasó los dedos por las fotografías de sus hijos muertos.

—Cuando llegaste aquí, nunca pensé en volver a amar. Había tenido una familia y la había perdido. Quería morir y desaparecer como una hoja en otoño. Pero tú has cambiado todo eso. Me siento vivo de nuevo.

Se volvió y me miró, con sus agudos ojos avellana encendidos y el rostro sonrojado. Se había recortado la barba gris en Alemania y, con sus finos rasgos aguileños, podría haber sido guapo cuando era más joven. Las patas de gallo y las arrugas no hacían más que acentuar su sonrisa.

—Puedo daros a ti y a Laurin mi apellido y mi protección. Sé que soy mayor que tú, pero no demasiado. Podríamos ser una familia de verdad.

Podía sentir que la sangre abandonaba mi rostro. No podía estar diciendo lo que yo creía que estaba diciendo. Una verdadera familia, marido y mujer. Le debía mucho a este amable hombre, pero sin duda no el matrimonio. Me obligué a responder.

—No sé qué decir.

—No digas nada ahora.

Me tomó de las manos y me levantó con suavidad. Nos pusimos cara a cara. No habíamos estado tan cerca desde que había dado a luz a Laurin. No quería ofenderle, así que dejé que ocurriese.

—Buenas noches, Rosa. —Se inclinó hacia delante y yo cerré los ojos. Sus labios resultaron ser suaves y cálidos cuando se encontraron con los míos por un instante. Olía a viaje, a cigarrillos y a algodón húmedo.

—Piénsalo. Mañana empezaré a preparar mi partida.

Se dio la vuelta y salió de la habitación, y yo me desplomé en la silla. Mi mente daba vueltas. La última vez que los labios de otra persona habían tocado los míos fue cuando Thomas se despidió. Había prometido ir a buscarme. Era un hombre de honor, y mientras estuviera vivo pensé que cumpliría su palabra. Todavía lo amaba. Todavía sentía el tierno contacto de sus manos sobre mí cuando cerraba los ojos por la noche, todavía apreciaba el recuerdo de su beso. Pero no sabía cuánto tiempo debía esperar, cuánto tiempo antes de rendirme. *Ma chère*, debes entender que habían pasado más de dos años desde que había dejado Oberfals. Había escrito a Herr Maier tras instalarme en San Galo y él me había contestado con la noticia de que Thomas había sido trasladado y no había dejado ninguna dirección. Hacía casi un año que había terminado la guerra. Y ahora, el profesor me había besado. El contacto de sus labios sobre los míos me había dejado indiferente y confundida. Solo había sido amable y gentil conmigo, nunca me había exigido nada, pero con su declaración, la manera en la que habíamos estado viviendo no podría continuar sin cambios.

A la mañana siguiente, mientras desplegaba la última pieza de Ida Schurter en su amplia mesa en el comedor, me detuve a observar a los niños. Max tiraba de una cuerda de patos de madera por el suelo mientras Laurin le seguía, riéndose cada vez que los patos graznaban, y yo me eché a reír con él. A Laurin le encantaba ir allí. Entonces me di cuenta de que Frau Schurter me estaba hablando.

— … pero, de todas formas, era el color que me gustaba, un morado profundo.

Me puse a tocar la tela, obligándome a concentrarme en lo que decía. Era un satén de seda muy grueso, perfecto para las noches de otoño e invierno.

—¿Qué tenías pensado? —le pregunté.

—Sabes, Rosa, pensé en dejártelo a ti. Oh, chicos, ahí no —regañó, tomando la mano de Max y llevándolo fuera de la habitación. El sonido de los chicos llorando y riendo se extendió por el pasillo.

—Rosa, ¿te pasa algo? —preguntó Frau Schurter al cabo de un rato, de pie en el umbral de la puerta, mientras me miraba con ojos amables.

Intenté sonreír con tranquilidad.

—No, ¿por qué?

—Bueno, he jugado con los niños, les he dado de comer y los he puesto a dormir la siesta y tú… —Se acercó a la mesa y levantó mi cuaderno de dibujo—. No has hecho nada.

Miré mi cuaderno de dibujo. En condiciones normales, después de una mañana así, hubiera tenido tres o cuatro diseños para que ella eligiera.

—Lo siento. No puedo concentrarme —admití. Me senté con fuerza.

—Ya veo —dijo ella. Miró la página. Había escrito dos palabras (Palestina y San Galo) y había dibujado un gran signo de interrogación entre ambas—. ¿Qué pasa?

Y entonces se lo conté. Me escuchó, interrumpiendo solo para pedir aclaraciones, y se lo conté todo. A medida que las palabras salían de mi boca, mis pensamientos se iban aclarando. Al contárselo, se convirtió en algo real.

— … así que podría casarme con él y entonces estaríamos a salvo.

Se quedó callada un momento, frunciendo el ceño.

—A salvo, sí, pero Rosa, tú no lo amas, no de esa manera.

—No. Es más un padre que un marido. Estaría mal.

—Te imaginas estar con él… ¿de verdad?

Cerré los ojos y lo intenté. Nada. Pensé en la última noche que había pasado con Thomas en Oberfals y de inmediato se me contrajo el estómago. Volví a pensar en el profesor. Nada.

—No —dije al final—. Pero le aprecio y sé que nos quiere a Laurin y a mí.

Frau Schurter apretó los labios y frunció el ceño.

—No puedes sacrificarte, Rosa.

—Pero no puedo pensar solo en mí, tengo que pensar en Laurin. Él quiere al profesor.

Sacudió la cabeza.

—Te quiere más a ti. Mira, es un bebé, seguro que quiere a todos los que conoce, a Max y a mí también, pero eso no significa que no puedas dejarnos.

Sirvió un poco de café, luego añadió la leche y lo removió. Me ofreció una taza y un plato, y yo los acepté con gratitud.

—Frau Schurter, ¿qué debo hacer?

Dejó el café sobre la mesa y se rio.

—No puedo decírtelo. Tuve suerte, no tenía más ambición que casarme con un buen hombre con una buena cuenta bancaria. Ottmar es director de banco, el hombre de mis sueños —suspiró, me miró y se encogió de hombros—. Rosa, la cuestión es que tú tienes algo más: talento. No deberías estar aquí en San Galo o en un campo en Palestina plantando árboles. Deberías estar en París. Si tuvieras éxito allí, podrías ser como Coco Chanel, una mujer con posibilidades, y podrías mantener a Laurin y a ti misma sin necesidad de un hombre. Sé que es una idea moderna, pero la guerra ha cambiado las cosas. Las mujeres de toda Europa realizaron trabajos de hombres, y en todas partes hay mujeres viudas que tienen que trabajar.

La miré fijamente, mordiéndome el labio.

—Por supuesto, no podrías ir a París de inmediato —continuó—. Tendrías que empezar aquí, crear una clientela, tal vez abrir una tienda, hacer contactos primero y después, cuando tengas más experiencia, irte a París. Podrías hacerlo. Estoy segura.

Fue como una visión deslumbrante de un futuro que nunca me había atrevido a imaginar, como una vela iluminándose en la oscuridad. De repente, por un breve instante, bajo la luz parpadeante de sus ojos, pude ver un camino, una forma de avanzar. Después, con la misma intensidad con la que había aparecido, se desvaneció, apagada por la cruda realidad.

—No puedo —dije—, no con Laurin. Lo mejor para él es tener una familia.

Esa noche no pude dormir. Frau Schurter tenía razón. Tenía talento y, me di cuenta, que también tenía ambición. Tenía una gran cantidad de clientas ya. Cada vez eran más las que querían los vestidos que hacía desde cero, no solo arreglos, y confiaban en mí para diseñarlos en lugar de copiarlos de las revistas. En el fondo sabía que, si me daban la oportunidad, podría triunfar. La pregunta era: ¿dónde? Quería al profesor como a un padre, mentor y tutor, pero no como marido.

La decisión se reducía a dos opciones: o me quedaba con el profesor y le daba a Laurin estabilidad y un buen padre, pero sacrificaba mis propias pasiones y sueños, o nos arriesgábamos por nuestra cuenta. Razoné conmigo misma que había sobrevivido a una violación; dejar que el profesor me hiciera el amor no podía ser tan malo. Podía cerrar los ojos cuando fuera necesario y tal vez con el tiempo lo disfrutaría, y estaríamos a salvo y seríamos queridos, aunque en un país extraño. Esa parecía ser la solución sensata y racional, pero mi espíritu se rebeló.

Después de analizar las diferentes posibilidades una y otra vez, supe lo que tenía que hacer. Había dejado Oberfals por mi cuenta, ahora el profesor podría dejarme aquí sola. No sería tan difícil, aunque tendría que encontrar la manera de llegar a fin de mes, pagar el alquiler, comprar comida y cuidar de Laurin y de mí. Pasé el resto de la noche en vela repasando las cuentas que llevaba en un cuaderno, calculando y recalculando mis gastos, los beneficios y los costes crecientes, estimando lo que tendría que asumir sin el profesor, pero fuera como fuese, sacrificara lo que sacrificase en forma de lujo inasequible, no podría hacerlo. No me salían las cuentas. Sin el apoyo financiero del profesor no podría alquilar un apartamento, cubrir todas nuestras necesidades y permitirme montar una tienda. Necesitaba ahorrar y necesitaba más tiempo para desarrollar mis habilidades. Pero el profesor había dejado claro que lo único que no tenía era tiempo.

Le di vueltas a las palabras de Frau Schurter en mi cabeza. Ya había soñado con París, pero nunca lo había considerado en serio. Cuanto más pensaba en ello, más convencida estaba de que Frau Schurter estaba equivocada. Me llevaría demasiado tiempo si me quedaba en San Galo. No, tenía que ir a París primero y lanzarme a lo más alto, trabajar y ahorrar, y después volver y montar la tienda. Ella tenía razón en que Laurin los quería a ella y a Max, y en que Herr Schurter era un buen hombre.

Habiendo tomado una decisión, decidí actuar de inmediato. Sabía que, si me quedaba, se lo contaría a alguien. Y si lo hacía, entraría en razón y actuaría de manera racional. Lo que sentí fue un impulso, un reflejo de supervivencia. La gente ahora habla de luchar o de huir. Mi única posibilidad de luchar era volar. Entré en el estudio del profesor y tomé una hoja de papel. Cuando no tuve más palabras para escribir, me quité el anillo dorado que el profesor me había dado cuando me compró los zapatos. La alianza parecía tan pequeña sobre la carta. Introduje ambas cosas en un sobre.

No tenía mucho tiempo para hacer la maleta, ya que quedaba poco antes de que la gente empezara a salir a la calle. Cosí un bolsillo oculto en mi abrigo y guardé suficiente dinero que esperaba que me alcanzara para un mes, y volví a meter el resto de mis ahorros en un calcetín; luego lo envolví junto con la ropa de Laurin, en una manta, y encajé el bulto en la rejilla bajo el carrito del niño. Mantener a Laurin callado era mi mayor preocupación, ya que el profesor solía despertarse con sus llantos, pero por suerte no se removió. En cuanto salimos, hice rodar el cochecito hasta la casa de Frau Schurter. Por un momento, mientras miraba a Laurin, mi querido hijo, casi vacilé. Era un niño regordete, y con el pelo rubio y fino curvado alrededor de su cara dormida parecía un querubín en un fresco de una iglesia. Era tan hermoso. Le di un beso de despedida, golpeé la puerta y corrí a la estación.

El primer tren hacia el oeste salió minutos después de que yo subiera. Una vez que el tren dejó atrás la ciudad, abrí la pequeña maleta que Herr Maier había llevado a través de las montañas hasta Suiza para mí. Entre mi ropa encontré lo que buscaba: el pequeño paquete de cartón que Herr Maier me había entregado al marcharse. *Medicina suiza*, me había dicho. *Es algo maravilloso, cura la mayoría de las cosas.* Nunca en mi vida había necesitado tanto el alivio del dolor como entonces, así que abrí el paquete y saqué una de las pequeñas pastillas blancas. Dudaba mucho de que pudiera curar el dolor punzante que me oprimía en el asiento, pero dejé que el sabor agridulce se fundiera en mi boca. La aspirina tenía fama de ser un remedio, una cura para todo. Me prometí a mí misma que volvería a por Laurin.

El dolor nunca me ha abandonado. Todavía tengo aspirinas en el armario.

7
N.º 5

P uede que te parezca extraño, pero siempre me pongo el perfume en este momento. Sí, *ma chère*, todavía estoy sin vestir,
pero me gusta aplicarlo aquí, aquí, aquí, aquí y aquí. Siempre en
ambos lados: la simetría es tan importante en el aroma como en la
apariencia. Bajo las orejas, en el interior de las muñecas y en el
hueco entre los pechos.

¿Has notado alguna vez cómo el mismo perfume puede oler
como a *pissoir* en una mujer y a madreselva y jazmín en otra? Es
la magia que se produce cuando el brebaje del perfumista se
mezcla con la propia grasa del cuerpo. Yo, por ejemplo, no puedo
llevar Chanel 19. Las miradas de desagrado, los olfateos ansiosos
y las narices arrugadas en mis primeras salidas con él me lo ense-
ñaron rápido. Los años de prueba y error son tales que dispongo
de estos pocos acompañantes galantes. Son pequeños, ¿no? Eso
es porque nunca compro *eau de toilette*, que es en su mayoría alcohol, ni tampoco *eau de parfum*, que es solo un poco mejor. Solo
utilizo *parfum*, que tiene la mayor concentración de fragancia.
Mis cinco toques duran casi todo el día y la alta densidad de aceites de perfume es más respetuosa con mi piel, en comparación
con la bruma alcohólica más barata y punzante que se evapora
en pocas horas. ¿Y no crees, *ma chère*, que a pesar del escandaloso
coste las pocas onzas de líquido merecen la pena? Como la

mayoría de las cosas buenas, el precio es principesco y se vende en frascos pequeños, como si fueran diminutas cajas fuertes de cristal. Fíjate en el exquisito diseño, los colores y las formas, la manera en que proyectan la luz; cada una es una obra de arte.

Para mí, cada una representa un estado de ánimo. La aspirina no fue el único tesoro que guardé en mi pequeña maleta cuando dejé San Galo. Entre mis posesiones estaba el primer regalo que recibí como adulta, el primer homenaje que se me hizo como mujer. El día de mi cumpleaños, el profesor me regaló un frasco rectangular con un tapón de cristal, lleno de la primera fragancia de Coco Chanel. Desde aquel día hasta hoy, nunca me he quedado sin un frasco de Chanel N.º 5. Es una fragancia sencillamente femenina, que comienza con un rico azahar y pasa por un dulce jazmín seguido de un fuerte y persistente toque de sándalo.

Antes de que Frau Schurter me hiciera pensar en ello de forma seria, este perfume me había hecho soñar con que París era mi destino. Si quería ser modista, tenía que ir a la capital de la moda. Pensaba trabajar en un taller, en un lugar donde pudiera aprender más técnicas, más puntadas, cómo cortar mejor. Y, al igual que Frau Schurter, admiraba cómo Coco Chanel había triunfado como mujer en sus propios términos.

En 1946, Europa no era el destino turístico que es ahora. Estaba en ruinas, con montones de escombros y edificios abandonados por todas partes, como una pila de chatarra. Sin embargo París seguía siendo magnífica, a pesar de haber quedado marcada por la ocupación alemana. Recorrí la ciudad día y noche en busca de trabajo y de un lugar donde alojarme. Las calles estaban llenas de basura y tenía que esquivar los excrementos de los perros en las aceras cada pocos pasos, pero cada edificio por el que pasaba, por muy deteriorado que estuviera, era como un palacio para mí. Me maravillaban los altos ventanales y las enormes puertas. Me asomé a las elegantes habitaciones de techos altos, tras las persianas abiertas.

El fajo de dinero que había guardado en mi abrigo se hacía más fino día a día. Me alojé en un hotel barato cerca de la Gare de Lyon, compré pan y queso en las tiendas y bebí agua del grifo del baño, pero mi ritmo de gastos me asustaba. No había olvidado aquellos primeros días y noches en San Galo. Calculé que tenía suficiente para dos semanas. Al final de la primera empecé a comer todavía menos; una gran sopa al día en algún café barato donde pudiera sentarme y descansar.

Desde que salía del hotel por la mañana hasta el final de la tarde y la caída del crepúsculo recorría las calles del distrito de Sentier. Fue en las tranquilas callejuelas donde los *fournisseurs* trabajaban: la gente que bordaba, la que trabajaba con plumas, la que cosía lentejuelas, las modistas de botones, las de encaje, todos los artesanos en *ateliers* y talleres tras las puertas de madera cerradas. Iba de puerta en puerta examinando las pequeñas placas de latón que las flanqueaban, con nombres y empresas grabados en el metal pulido. Llamaba al timbre y pedía trabajo, y una y otra vez me lo negaban. Cada día volvía al hotel sin esperanza. Era miserable. Había ido a París soñando con que haría algo de mí y lo único que hacía era desgastar los zapatos que el profesor me había comprado. Había renunciado a tanto para cumplir mi sueño, y, sin embargo, cuanto más caminaba, más tonta y desesperada me sentía. Echaba mucho de menos a Laurin, pero cada día, mientras caminaba de puerta en puerta, preguntando y siendo rechazada, me recordaba que debía ser fuerte, como la valquiria de Thomas, para seguir adelante por Laurin.

Al final de otro día inútil llamando de puerta en puerta, una brisa primaveral agitó las hojas verdes de los árboles de la calle Tiquetonne cuando doblé la esquina de la calle Montorgueil. De las pocas veces que me habían invitado a hablar de oportunidades de trabajo, sabía que a menudo los estudios estaban en la parte superior de los edificios, donde era más barato y había mejor luz, así que había aprendido a llamar, esperar, volver a llamar y esperar un poco más antes de rendirme.

Estaba a punto de volver a girarme tras otro golpe sin respuesta, cuando la puerta se abrió un poco y un hombre con cara de pocos amigos me miró. Para entonces ya tenía un aspecto lamentable, pero levanté la cabeza y recompuse mi rostro.

—Sí, ¿qué quiere? —preguntó, vacilante, pronunciando sus palabras con un acento muy marcado. Tenía los ojos marrones, el pelo negro, la nariz afilada y larga, la piel un poco más oscura que la de la mayoría de los franceses.

—Busco trabajo —dije en italiano—. Soy una excelente costurera, patronista y cortadora.

Me miró fijamente. Sabía lo que veía: no a una compatriota, sino a una trabajadora desesperada y barata.

—Pase —dijo, sin molestarse en ser amable o cortés—, le haré una prueba.

Abrió la puerta de par en par y señaló las amplias y curvas escaleras.

—Estamos arriba —dijo mientras subía los escalones de dos en dos. A pesar de mi hambre y mi cansancio, subí corriendo las escaleras detrás de él.

A medida que el calor del verano disminuía y los días se oscurecían y se acortaban en el atelier cada vez más frío, el recuerdo y el terror de estar hambrienta y sin hogar me mantenían inclinada sobre mis puntadas. El maestro solo sonreía cuando sus clientes iban a inspeccionar o a encargar un trabajo. El taller estaba especializado en coser abalorios y lentejuelas en trajes de noche, y me había contratado porque necesitaba un par de manos extra para las tareas más sencillas. El sueldo era lamentable, pero, para ser justos, me proporcionó un aprendizaje correcto, dándome trabajos cada vez más complejos, y me permitió dormir en un catre en el fondo del taller. Me esforcé mucho, pero el trabajo constante de coser una cuenta tras otra sobre los patrones de otros diseñadores no me hacía mucha gracia.

Pasaba el tiempo sola y aislada, estaba demasiado perdida imaginando lo que estaría haciendo el pequeño Laurin como para buscar compañía. Pensaba en él todo el tiempo, su ausencia era como una presencia física, como un miembro fantasma. Cada semana enviaba una carta a Frau Schurter en San Galo, rogándole que le dijera a Laurin lo mucho que le echaba de menos, lo mucho que le quería y que volvería en cuanto hubiera aprendido lo suficiente como para establecerme por mi cuenta. Cada semana doblaba la mayor parte de mis ganancias entre las hojas de papel para escribir, quedándome solo con el dinero suficiente para cubrir mis necesidades. Nunca recibí una carta de vuelta; nunca di mi dirección.

La carga de trabajo aumentó antes de Navidad, ya que las mujeres pedían algo especial para las fiestas. En Nochebuena me encontré trabajando como cualquier otro día. Llevaba casi siete meses en París, pero no había hecho ningún amigo con el que pudiera celebrarlo. Era un día laborable y, mientras la noche se cerraba a mi alrededor, intenté no pensar en la Navidad. El año anterior Laurin no había entendido muy bien lo que ocurría, pero este año estaría entusiasmado. Me lo imaginé alrededor de un árbol cantando villancicos con los Schurter. Olvidé el trabajo y caminé por las calles, mirando en los bares y cafés la vida alegre que llevaban los demás a mi alrededor. Había un ambiente de felicidad que me parecía que iba más allá de las festividades estacionales habituales. Me pareció que estaba tardando una eternidad en subir la larga escalera de vuelta al taller.

Cuando llegué a la buhardilla me sorprendió ver las luces encendidas, ya que las había apagado al salir. Se oyó un ruido procedente de la cocina y, cuando me acerqué, el maestro salió con dos vasos rotos y una botella de vino.

—Feliz Navidad, compatriota —dijo con alegría—. He pensado que no deberías estar sola esta noche.

Dejó la botella sobre la mesa llena de arañazos en la que yo trabajaba y me puso un vaso en la mano.

Me obligué a esbozar una sonrisa cortés.

—Gracias, pero...

—¿Debería estar de celebración? —Hablaba con rapidez y su rostro se veía extrañamente desencajado. Reconocí esa mirada, la había visto muy a menudo en el rostro de mi padre: había estado bebiendo—. *Buon natale!*

Bebió un poco de vino.

Levanté mi copa para brindar con él.

—Chin chin —dije, sin tomar ningún sorbo—. He vuelto a por el sombrero y la bufanda. —Dejé el vaso sobre la mesa—. Me han invitado a casa de unos amigos. Lo siento mucho.

Tomé el sombrero y la bufanda de la percha que había detrás de la puerta y me colgué la bolsa de cuerdas; después me giré antes de salir.

—Feliz Navidad, maestro.

Pasé las siguientes horas caminando otra vez por las calles, esta vez en un gran círculo hasta la Place Vendôme, donde vi a las mujeres con brillantes abrigos de piel salir de los coches con sus atentos maridos; hasta la Place de la Concorde y de vuelta por el Sena, cuyo caudal parecía espeso y lento en la noche. Cuando volví, ya no estaba. Había dejado la botella y los vasos vacíos sobre la mesa para que yo los retirara. Me sentí muy sola. Tardé mucho en dormirme. En noches como esa soñaba con Thomas y con la última noche que habíamos compartido en Oberfals. No tenía ni idea de si había muerto o si se lo habían tragado en Rusia o en Alemania del Este.

No me sorprendió que el maestro volviera a aparecer cuando los fuegos artificiales crepitaron sobre los tejados de dos aguas anunciando la llegada de 1947. Habían pasado diez minutos de la medianoche y yo ya estaba en mi catre cuando oí que se abría la puerta. Hacía tanto frío que dormía con un pesado camisón de algodón y calcetines, pero aun así me puse una chaqueta de punto al salir de la cama. Nos encontramos en la cocina. Llevaba dos copas y una botella de champán.

—Feliz Año Nuevo —dijo, acercándose a besar mis mejillas. Retrocedí y me aparté para que la mesa quedara entre nosotros.

—No la abras. No bebo.

—Pero, bella —se rio—, ¡esto es champán! ¡Es Nochevieja!

—Y yo necesito dormir —dije, tratando de impedir que me temblara la voz—. Me ha pedido que terminase el pedido mañana, y si no duermo, me dolerán los ojos y no podré trabajar.

—Ah, se me había olvidado que mañana es festivo. Puedes quedarte en casa —dijo con sorna, mirando la puerta oscura del pequeño almacén donde dormía.

—Pero tenemos un encargo pendiente, maestro, y Madame Fournel no estará contenta con nosotros si no lo terminamos a tiempo. Tal vez la próxima vez se vaya a otra parte —dije. Pensé que la amenaza de perder a su mejor clienta le haría entrar en razón, pero se limitó a reírse de nuevo.

—Ah, tesoro, deberías relajarte más.

—Estaba relajada durmiendo —dije, luchando por mantener la calma. Empezó a rasgar el papel de aluminio que envolvía el corcho. Me acerqué a la mesa y le quité la botella de las manos.

—Creo que debería irse ahora, maestro. No queremos que ocurra nada de lo que nos podamos arrepentir.

—Ah, bella, ¿qué te hace pensar que nos arrepentiríamos de una pequeña celebración? —Dio un paso adelante, deslizó su mano alrededor de mi cintura y me atrajo hacia él. Levanté la mano y le miré fijamente a los ojos, que estaban a centímetros de los míos. Sus manos se deslizaban por mis caderas.

—Maestro —espeté—. Podría romperle esta botella en la cabeza y entonces me despediría. O podría rompérmela a mí misma e ir a la policía y decir que me ha agredido. —Palideció y me apiadé de él—. Sé que no es un mal hombre —continué, ahora con más suavidad—, sino que está solo, como yo. Pero nadie va a violarme otra vez. ¿Entiende?

El sábado siguiente pasé la tarde haciendo un abrigo. Había ahorrado lo suficiente para la tela con el poco dinero que tenía y la había colocado en la gran mesa de costura. Me inspiré a partes iguales en Chanel y en las chaquetas de punto que los campesinos llevaban en casa, y recorté formas simples y rectas, perdiéndome en el ritmo de las tijeras.

Acababa de empezar a hilvanarlas cuando alguien golpeó la puerta. Mi corazón empezó a latir con fuerza. Miré a través de la mirilla y reconocí a Madame Fournel. Le abrí y ella pasó por delante de mí sin esperar a que la invitara a entrar.

—¿Está el maestro aquí? —Respiraba tan fuerte que apenas podía hablar. Era una mujer corpulenta y los cuatro pisos de escaleras de caracol, por grandes y elegantes que fueran, le habían pasado factura.

—No —dije—. No volverá hasta el lunes.

El maestro y yo hablábamos en italiano y mi francés no era más que una versión chapurreada del italiano, pero Madame Fournel me entendió.

—¡Oh, no! —Su rostro palideció y el sudor de su frente la hizo parecer enferma.

—Aquí, Madame Fournel, por favor, siéntese y descanse —dije, acercando una silla a la mesa donde había estado trabajando—. Le traeré un poco de agua.

Cuando volví de la diminuta cocina, si es que un fregadero con un solo fogón al lado podía llamarse así, ella ya no estaba sentada. Estaba de pie sobre la tela de mi abrigo, examinando lo que había cortado, moviéndolo de un lado a otro, inspeccionando mis simples puntadas de hilvanado.

—¿Tú has hecho esto? —me preguntó, sin levantar la vista.

—Sí —respondí.

—¿De verdad? —Me miró—. ¿Solo tú, nadie más?

Me preocupaba que pensara que estaba robando telas, o que estuviera haciendo un mal uso de las instalaciones del maestro.

—Sí, lo hago en mi tiempo libre —le expliqué—. He estado ahorrando durante semanas para comprar esta tela. No es la mejor, pero no podía permitirme una de mejor calidad.

Madame Fournel acarició la tela entre sus dedos.

—¿El diseño, el corte y la confección los has hecho tú sola? —murmuró tanto para sí misma como para mí.

Me relajé un poco y consideré mi respuesta. No quería problemas —la gente es muy exigente con los diseños—, pero me decidí por la sinceridad.

—Sí, pero me inspiré en Chanel, me encantan su trabajo y su enfoque. Pero también me inspiré en mi lugar de origen.

—¿Y eso dónde es?

—Los Alpes —dije—, el norte de Italia —añadí, sin esperar que eso significara algo para ella.

—No tienes acento italiano —dijo, mirándome con atención.

Entonces volvió a observar mi trabajo.

—Aquí se desprecia tu talento —dijo de repente después de un buen rato. Se levantó tan alta como le permitía su corpulencia y se giró para mirarme a la cara—. Si yo fuera tú, haría las maletas ahora mismo y dejaría este sitio.

La miré sin comprender. Lo que decía no tenía ningún sentido.

—Te estoy ofreciendo un trabajo —dijo con una paciencia exagerada—. Te pagaré el doble de lo que te paga tu maestro y te daré un aprendizaje adecuado. Estás desperdiciada con los abalorios y las lentejuelas.

Por un momento fui incapaz de responder o moverme, pero la oportunidad de trabajar para un verdadero *couturier* era algo que había anhelado, y un aprendizaje era mi sueño. Además, poder escapar de los patéticos intentos del maestro por acostarse conmigo sería más que bienvenido.

—¿Vienes o no? —dijo, y luego hizo una pausa como para reponerse y continuó con más amabilidad—. Tengo prisa y tenemos que trabajar este fin de semana. Tenemos una crisis.

—Espere cinco minutos, madame. Iré.

Madame Fournel no había exagerado sobre la urgencia. En el taxi, de vuelta a su taller, me explicó que ya no trabajaba para sí misma, sino que había vendido su empresa y había sido absorbida por una nueva firma de moda, y que tenía menos de tres semanas para terminar una nueva colección. Dijo que estaba desesperada por encontrar modistas cualificadas y que sabía que yo prosperaría allí. Yo ya estaba abrumada por mi repentina partida y mi primer viaje en taxi, y su breve explicación no me preparó para el cambio del pequeño atelier al nuevo lugar de trabajo.

El número 30 de la avenida Montaigne no era solo una casa, era una mansión pequeña. La estructura dominaba toda una esquina de la calle. Tenía seis pisos de altura, con los primeros cinco bañados en la luz de seis enormes ventanas en cada uno. Solo bajo el tejado gris de mansarda, las habitaciones se reducían a dimensiones humanas. El edificio estaba inundado de obreros que pintaban cada superficie blanca o gris. Me quedé en el fondo de la escalera, con la mano apoyada en la barandilla de hierro fundido para estabilizarme. Unos años antes había vivido en un sencillo pueblo de montaña y ahora sentía que había entrado en el centro del universo.

—Ahora, sígueme —me indicó Madame Fournel mientras llevaba los trozos de mi abrigo como un bebé envuelto entre los brazos—. Tenemos tres semanas para terminar la primera colección —dijo mientras subía las escaleras, abriéndonos paso entre la gente que subía y bajaba. Nunca había visto tal ejército de trabajadores, y tuve que concentrarme para no distraerme—. Tenemos que terminar noventa vestidos.

Se detuvo en un rellano. Delante de nosotras se abrió una puerta que daba acceso a un gran taller. Docenas de mujeres y algunos hombres estaban inclinados sobre los materiales, de pie alrededor de los maniquíes, sujetando alfileres, retocando, cosiendo, cortando. A pesar de todo el movimiento y el ajetreo, todo estaba en silencio y había una atmósfera cargada de concentración en el aire.

—Necesito más modistas expertas. Me traje a todas cuando el *maître* compró mi empresa y he ido contratando más, pero aún no tenemos suficientes.

Al final de la sala, un hombre bajo y calvo estaba de pie mirando a una modelo que llevaba un vestido sin terminar. Junto a él había un hombre y una mujer esperando. Madame Fournel se dirigió directamente al grupo de cuatro y yo la seguí.

—Monsieur Dior —dijo, y el hombre miró a su alrededor. Tenía un rostro suave y amplio, labios finos y una nariz afilada y angulosa. No tenía ni idea de quién era ese hombre, pero recuerdo que me llamó la atención la tristeza de sus ojos caídos. Sabiendo lo que aprendí poco después, lo más probable era que estuviera agotado, *ma chère*.

—Sí, Madame Fournel. ¿Qué puedo hacer por usted? —Se volvió hacia la modelo—. Como puede ver, estoy ocupado. —Los dos asistentes miraron a Madame Fournel con dureza, y ella se puso en pie.

—Sí, lo sé. Por eso he contratado a esta joven.

—¿Sabe coser? —preguntó, sin mirarme siquiera.

—Perfectamente.

Su mirada se posó en mí como una mariposa antes de seguir adelante.

—Entonces es tuya.

Madame Fournel tenía forma de barril sobre unas finas piernas que eran como alfileres, y a pesar de su habilidad para crear las fabulosas prendas con las que las modelos con aspecto de cisne se paseaban por el taller, siempre llevaba un sencillo traje azul marino. Era una auténtica maga; cuando empuñaba sus largas tijeras de sastre o enhebraba una aguja con sus dedos rechonchos, hacía milagros con su destreza y velocidad, creando maravillas a partir de un tejido sin vida. Ayudaba allí donde era necesario, y siempre había alguna crisis que requería su intervención. La locura de la preparación de la inauguración de Dior, a mediados de febrero, mantenía a todos los trabajadores en un estado de actividad frenética.

El nombre y el estilo de Chanel me habían atraído a París; no sabía que vivía en Suiza. Ahora me encontraba entre un ejército de ochenta y cinco empleados que trabajaban para esta desconocida firma. Alguien estaba invirtiendo dinero en este incipiente negocio, eso era evidente por el número de empleados, y pronto se hizo evidente el porqué. Yo había crecido en un mundo privado de excesos por la austeridad de la guerra. Nuestras vidas habían sido frías y sombrías durante demasiado tiempo, nos habíamos conformado y remendado, modificado y reparado. Después de todos esos años de escasez, había un deseo por más gusto, textura y belleza. Dior aprovechó el momento. Nos ofrecía lujo, opulencia y una mayor feminidad. Quiso que nos apretáramos el cinturón como nunca antes, que nos ciñéramos la cintura, que ensancháramos las caderas y el trasero. Como los pétalos de una flor, creamos la *Ligne Corolle* de Dior.

Era una visión que entendía, pero con la que luchaba mientras me sentaba a coser los metros y metros de material que había que reunir en cada falda. Había aprendido el oficio cortando y recortando las prendas usadas de mujeres más afortunadas que yo, y ahora aquí estaba acumulando tal exceso de lana y seda en faldas que pertenecían al pasado, a los días anteriores a la Primera Guerra Mundial, ropa que, con su peso y su grosor, obligaba a las mujeres a una pasividad decorosa.

Cada día se cortaba el material y Madame Fournel repartía las piezas entre las chicas. Los primeros días me dolían los dedos mientras trabajaba más duro y más rápido que nunca. Parecía que cada vez que una de nosotras colocaba una pieza terminada, aparecía Madame Fournel.

«Ah, *bien fait*», decía mientras escudriñaba la costura, recorriendo con la mirada las puntadas uniformes y perfectas. O bien: «Tal vez podrías rehacer este pedacito, *ma chère*; este no es tu mejor trabajo, *n'est-ce pas?*». De alguna manera, sacaba lo mejor de nosotras a pesar de la presión y el cansancio.

El primer día, Madame Fournel encontró a otra modista, Juliette, que necesitaba a alguien para compartir el alquiler. Vivíamos en un ático estrecho y frío, pero estaba cerca del trabajo y ella era una chica de campo agradable que estaba encantada de enseñarme su idioma por las tardes. Trabajábamos demasiado como para bromear, pero las conversaciones fluían poco a poco en las largas mesas de madera en las que nos sentábamos cuatro en una fila inclinadas sobre los pesados satenes y crepés que se derramaban sobre nuestras rodillas y se acumulaban a nuestro alrededor como plomo fundido. Cada día que pasaba, entendía más y más lo que decían mis compañeros, y mi italiano se transformó en francés. Unas semanas más tarde, cuando una mañana me apresuré a subir las escaleras, ansiosa por ponerme a trabajar, charlando con mi compañera de piso me di cuenta de que había encontrado mi camino, de que, después de todo, podría lograrlo, de que pronto habría aprendido lo que necesitaba y entonces podría volver a San Galo para buscar a Laurin.

Los dos últimos días antes de la inauguración, casi nadie durmió. El 12 de febrero de 1947, la tienda abrió para el desfile de la primera colección de Christian Dior. Todo el personal estaba entusiasmado, sabíamos que éramos partícipes de algo extraordinario. Sin embargo, existía el temor de que fuera demasiado, de que el mundo no estuviera preparado.

Nuestro trabajo causó sensación. Dior fue declarado genio y su visión fue apodada «el New Look». Aquella noche dormimos bien, con el sueño acelerado por el cansancio y el champán que Madame Fournel había repartido entre nosotros.

Tras la deslumbrante inauguración, el trabajo se redujo. Tuvimos más tiempo para charlar y el taller se llenó de alegría cuando empezamos a coser los *toiles* de tafetán de la nueva colección. Madame Fournel me enseñó a utilizar una máquina de coser eléctrica. Después de haber aprendido lo básico en mi vieja Singer en San Galo, no tardé en dominarla y en dar inicio a lo que parecía una historia de amor. Cuando ya no tenía trabajo que terminar

por las noches, me permitía quedarme hasta tarde y coser para
mí. Por fin pude concluir el abrigo que ella me había visto hacer
por primera vez. Con el tiempo, creé mi propio vestuario con los
recortes y retazos que me sobraban de la sastrería.

Una tarde de abril, cuando los días empezaban a alargarse y
la luz se prolongaba en el taller, estaba trabajando en un vestido.
Estaba usando seda carmesí que había sacado de un vestido de
antes de la guerra que había encontrado en el *marché aux puces*.
Era un satén pesado y suntuoso con un corte al bies. No tenía etiqueta, así que no pude saber si era de Schiaparelli o si solo estaba
inspirado en ella. Por suerte, había sido confeccionado para una
mujer de talla grande, así que había mucha tela para que yo le
diera forma. La noche anterior había descosido el vestido y ahora
lo estaba tendiendo, pensando e imaginando. Cuando supe lo
que iba a hacer, empuñé las pesadas tijeras que Madame Fournel
me había enseñado a usar y empecé a cortar.

Hasta el día de hoy no estoy segura de lo que fue —tal vez
capté una sombra fugaz—, pero de repente tuve la sensación de
que me estaban observando. Me di la vuelta, pero no vi a nadie, y
enseguida volví a mi trabajo y me olvidé de todo. Coloqué la primera pieza para la parte delantera y empecé con la de atrás.
Cuando corté todas las piezas y coloqué la parte delantera sobre
la inferior, retrocedí un paso, evalué mi visión y asentí con la cabeza. Iba a funcionar.

—Parece usted muy segura de lo que está haciendo, *mademoiselle* —dijo una voz desde las sombras. Si me sobresaltó, no fue
nada comparado con la ansiedad que sentí al darme cuenta de a
quién pertenecía. Me quedé mirando el taller hasta que la silueta
de una cabeza, después los hombros y por último un cuerpo sur-
gieron de detrás de las faldas fruncidas de un maniquí que estaba
sobre una base. La figura era de baja estatura y, al acercarse a mí,
la luz captó la superficie lisa de su cabeza. Era Monsieur Dior.

Me quedé paralizada. En los pocos meses que había trabajado
en la Avenue Montaigne, Dior había pasado de ser un diseñador

desconocido a la nueva deidad del mundo de la moda. El edificio era no solo el corazón de su negocio, sino que era como un templo para su nuevo dios. Ejecutábamos sus diseños, seguíamos sus instrucciones y deseos al pie de la letra, pero no nos acercábamos a él. Me sentí atrapada e insegura en cuanto comprendí que me había estado observando. Sin embargo, el interés de su rostro me decía que estaba más intrigado que molesto.

—¿Ni siquiera ha hecho un dibujo? —preguntó.

—No —dije, con el corazón acelerado. Estaba aterrada y emocionada a la vez, decidida a no dar un paso en falso—. Me gusta jugar con la tela hasta que... No puedo explicarlo, hasta que sé cómo cortarla. Lo siento, *maître*, ¿está mal?

Se rio y se acercó.

—Madame Fournel la contrató, ¿no es así?

—Sí, *maître*.

Se acercó un poco más.

—¿Y esto también lo ha hecho usted? —preguntó, señalando el vestido que llevaba puesto, que en efecto había hecho con telas reutilizadas. Cuando asentí, se dio cuenta de que mi abrigo colgaba de la silla junto a mí. Lo tomó y le dio la vuelta con mucho cuidado—. ¿Y esto?

—Sí, *maître*.

Murmuró mientras lo examinaba.

—Me había fijado en usted. Sabe cómo moverse y llevar la ropa, pero no me di cuenta de que también había confeccionado las prendas.

—Me encanta. Me encanta la rapidez de una idea, la visión de cómo caería o se asentaría la tela. Y, por supuesto, no puedo permitirme el lujo de comprar mi propia ropa, no la que me gusta. —Las palabras brotaron de mí a borbotones. Él me miró con curiosidad, y el torrente de palabras cesó.

Lentamente, una pequeña sonrisa se dibujó en su boca.

—Es interesante —dijo con suavidad—. Corta y cose como un hada, y se viste como una reina, pero no con mi ropa. Lleva las

ideas de Balenciaga a las telas de Schiaparelli y me haces cosquillas en las fosas nasales con el número florido de Coco Chanel a
todas horas. ¿No he dejado ninguna huella en usted? —Se detuvo
y movió las piezas cortadas sobre la mesa—. No. No podemos
tener a un traidor entre nosotros. *Au revoir.*

Se dio la vuelta para marcharse. Había perdido mi oportunidad, mi oportunidad de oro. Me había llamado «traidora». Tendría que hacer las maletas con mis pocas posesiones y marcharme.
Sería difícil encontrar otro trabajo. Tal vez Madame Fournel me
ayudaría, tenía contactos.

Le observé mientras desaparecía por la puerta abierta y el sonido de sus pasos cesó. Me limpié una lágrima de los ojos. Entonces, de repente, reapareció y se dirigió a mí.

—No quiero que mi personal huela a Chanel N.º 5, ¿entendido?

Y con eso, se dio la vuelta y se fue.

8
Miss Dior

Por supuesto, te estarás preguntando si tengo alguno de los perfumes de Dior. Y mira, aquí está el frasco original de cristal de Baccarat de Miss Dior. Compáralos. Chanel N.º 5, todo líneas y simplicidad, mientras que Miss Dior ni siquiera está en una botella; es un ánfora, con curvas y gotas de cristal suspendidas. Es la esencia del New Look.

Al igual que los vestidos del *maître*, este no es un perfume para los débiles de corazón. Toma, huélelo. Cierra los ojos. Respira. ¿No es magnífico, *ma chère*? Pero me estoy adelantando.

Después de mi encuentro con Dior aquella noche en su atelier, estaba demasiado nerviosa para ir al día siguiente a terminar el vestido. Era domingo, así que me paseé por el Louvre y luego me senté durante mucho tiempo en un banco del Jardin des Tuileries. El sol brillaba con fuerza y tuve que desabrocharme el abrigo. Ráfagas de hojas verdes pálidas y frescas empezaban a brotar y a florecer, surgiendo como cascadas de fuegos artificiales que vestían a los árboles con sus mejores galas primaverales.

Los árboles y la hierba me recordaban a mi hogar. En Falstal, las montañas estaban cubiertas de árboles de hoja perenne, pinos y abetos; las flores crecían silvestres, esparcidas por los prados, escondidas entre el barranco, y yo podía recoger todas las que quisiera. Aquí los tulipanes destacaban por encima de la ordenada gama de flores más pequeñas, marcadas por el orden arquitectónico de Napoleón. De repente, añoré el aire limpio y nítido de los Alpes y el silencio de un valle vacío. Pero no podía volver todavía. Si volvía ahora habría fracasado, habría abandonado a Laurin para nada. Tenía que hacer que haberlo dejado mereciera la pena. Tenía que aprender más.

Volví a cruzar el Pont Neuf, pasando por el Boulevard St. Germain hasta que no pude aguantar más el hambre y entré en un café. Seguía ahorrando hasta el último céntimo para enviárselo a Laurin y estuve a punto de marcharme cuando el único asiento que me encontró el camarero fue el de la ventana, que sabía que me costaría más. Pero tenía mucha hambre y me convencí de que esta sería mi única comida del día.

Me gustaba ver pasar a la gente y, por supuesto, en lo que más me fijaba era en su ropa. Las mujeres seguían vistiendo el estilo ceñido y práctico que nos había acompañado durante la guerra. El nuevo enfoque de Dior todavía se desarrollaba como las vastas e imponentes nubes blancas que se acumulan silenciosamente en el cielo azul del verano de las montañas, antes de que una tormenta eléctrica desate todos sus relámpagos y su energía renovadora. Pero, por el momento, todo parecía tranquilo y sin cambios.

Mientras masticaba mi último pedazo de bistec marinado, una pareja se detuvo frente a mí. Por encima de los elegantes zapatos de la mujer, divisé los inconfundibles pliegues, los pliegues de lana negra que yo había cosido, y se me aceleró el pulso. Cuando entró, su acompañante le quitó el abrigo y reveló la chaqueta ajustada de color beige crema con peplum que exageraba su esbelta cintura. Parecía un cisne entre gansos con su traje *Bar* siguiendo al camarero hasta una mesa. Mientras que las demás mujeres se movían con eficiente gracia y precisión, ella lo hacía con lentitud, meciéndose entre sus lujosas galas. Con la falda ondulada, la cintura estrecha y las caderas acolchadas —todo ello obra mía y de las demás chicas del taller—, su feminidad y su elegancia eran casi *de trop*. En todo el café, las demás mujeres miraban hambrientas mientras ella se recogía la falda antes de acomodarse en la silla. Los pliegues cayeron con fuerza, como la primera borrasca. La tormenta había llegado y quería estar en su ojo. Si lograba quedarme...

Cuando entré el lunes por la mañana después de que Dior me hubiera llamado «traidora», no me sorprendió que me dijeran que Madame Fournel quería verme.

Tenía un despacho, pero parecía que nunca estaba allí. Siempre dejaba la puerta abierta mientras se movía entre nosotros inspeccionando, animando y corrigiendo. Su despacho era el lugar al que se retiraba para pensar, ordenar, planificar y, en algunas ocasiones, despedir a la gente. Siempre había sido amable y alentadora, pero sabía que podía ser feroz, y una sensación de temor me subió a la garganta. Me enderecé y me preparé para llamar a su puerta, decidida a afrontar mi destino con dignidad.

—Ah, Rosa. —Levantó la vista de los diseños que estaba examinando en su escritorio—. Entra y cierra la puerta.

El corazón me latía con fuerza en el pecho. El día anterior, sentada bajo el sol primaveral entre los parisinos, sentí que podría convertirme en una de ellos, y ahora mi sueño podría haber terminado.

—Siéntate. —Acercó el diseño hacia ella, lo dobló y lo colocó cuidadosamente sobre un montón de papel de seda. Luego acercó su silla al escritorio y me miró fijamente—. Ahora. He oído...

—Lo siento mucho, madame —interrumpí—. No era mi intención ofender al *maître*.

Hizo una pausa, un poco desconcertada.

—¿Ofenderle?

—Sí, el vestido de Schiaparelli, el perfume de Chanel, el diseño, dijo que era como Balenciaga y...

—¿Qué? —preguntó, incrédula, con el rostro desencajado y mostrando su asombro.

—¡Me llamó «traidora»! —grité. Ambas nos detuvimos y nos miramos. Su mirada atónita se transformó en una sonrisa y luego empezó a reírse.

—Lo has entendido todo mal, muy mal. Estaba impresionado y me ha pedido, no, ordenado, que te enseñase todo lo que sé. Todo. Y, Rosa, será un placer.

El número 30 de la avenida Montaigne no se parecía a ninguna otra firma de alta costura. Todo era obra de la casa, nada se subcontrataba; éramos como una familia, incluso nuestros maniquíes eran únicos. Por lo general, los maniquíes, o modelos, como los llaman los ingleses, eran todos del mismo molde, largo y con forma de sauce, pero no en Dior. A él le gustaba tener mujeres de diferentes edades, diferentes circunferencias, diferentes formas; pero lo que todas tenían en común era que sabían cómo llevar la ropa.

Y ahora me había elegido no para que fuera solo una de sus modelos, sino también su asistente en prácticas. Madame Fournel me dijo que él la había llamado el sábado por la noche casi delirando, diciendo que había encontrado a su musa. Cuando llegó el lunes por la mañana había una nota escrita a mano con todo lo que tenía que enseñarme y para cuándo. Dejé caer la cabeza entre mis brazos, tratando de ocultar las lágrimas calientes de alivio que brotaban de mis ojos.

Durante los siguientes meses no tuve tiempo de pararme a pensar. Los lunes por la mañana empezaba con una prueba de vestuario de noche y de día. Seguía llevando mi ropa en el día a día, pero mientras tanto, la barandilla de hermosos trajes hechos expresamente para mí se llenaba cada vez más. Casi cada semana me sentaba en una sección diferente, en una mesa nueva. Trabajaba con los hombres y las mujeres encargados de hacer las maquetas de los diseños del *maître*, los patronistas, los sastres que cortaban las telas, las modistas que, como yo, cosían y remataban, los expertos en pedrería, bordados, plumas y encajes. Los fines de semana, Madame Fournel me llevaba a su apartamento para seguir aprendiendo. Vivía sola en un bloque destartalado del Distrito 6 y parecía alegrarse de tener compañía. Al cabo de un mes me preguntó si quería mudarme a su habitación libre.

Cuando abrió la puerta de mi nueva habitación por primera vez, fui incapaz de cruzar el umbral. Era como el dormitorio de una princesa de cuento de hadas. En un rincón, a la izquierda del alto ventanal había una cama antigua, con el cabecero a juego con el armario dorado, encajada en la pared, a medio camino entre la individual y la de matrimonio. A sus pies, a lo largo de la pared, había un armario de madera dorado decorado con incrustaciones, y en el espacio que quedaba frente a la ventana había un pequeño escritorio y una silla con un lujoso asiento de terciopelo dorado. Era perfecto.

—Entra —dijo, haciéndome pasar. Me dejó asimilarlo todo mientras se dirigía a las ventanas—. Me olvidé de cambiar estas.

Empezó a tirar de las pesadas cortinas de damasco, que colgaban formando grandes franjas que se acumulaban en el suelo.

—Oh, por favor, déjelas —exclamé. Fui con ella a la ventana y toqué las cortinas. Eran de una seda intensa, de color ámbar—. Así están perfectas. ¿Las ha hecho usted?

—Por supuesto —dijo, mirándome con sorpresa—. Nunca uso esta habitación, pero me gusta que las cosas estén bien.

Por primera vez miré por la ventana para ver lo que había allí. Nos encontrábamos en el segundo piso rozando las hojas de los árboles que rodeaban la calle. Si cerraba los ojos a medias, podía fingir que lo que se extendía ante mí era una pradera de hierba. Sutilmente, restregué mi cara contra la tela de seda, esperando que no se diera cuenta de mis lágrimas. Me sentí como si me hubieran rescatado.

—Oh, Madame Fournel —conseguí decir—. Todo esto es tan hermoso.

—Sí —dijo ella, con cara de satisfacción por mi evidente deleite—. Fue un golpe de suerte haberlo conseguido.

—No puedo agradecérselo lo suficiente, esto, todo.

—No seas tonta —bromeó—. Las mujeres deberían cuidarse unas a otras, nada más. Es como todo esto —dijo, barriendo con su mano alrededor de la habitación.

—¿Qué quiere decir?

Se acercó a la mesa y retiró la silla.

—¿Por qué no deshaces la maleta mientras te lo cuento?

—Claro, pero no tardaré mucho —dije mientras levantaba mi maltrecha maleta y la colocaba sobre la cama. Ya no estaba vacía, sino llena de la ropa que había confeccionado. De momento, el nuevo vestuario seguía colgado en la Avenue Montaigne.

—Verás, durante la guerra, justo ahí enfrente, en ese edificio había un… establecimiento.

Me detuve mientras colgaba un vestido, con el interés despierto.

—¿Un qué?

—Un burdel.

—Oh. —Me acerqué a la ventana—. ¿Ahí?

Me recorrió un escalofrío.

—Sí.

—Parece… normal. —Lo miré con atención. Muchas veces, cuando buscaba trabajo, los hombres se habían ofrecido a «invitarme a comer». Habría sido tan fácil acabar en un lugar así. Empecé a sacar mis vestidos de la maleta, sintiéndome un poco menos entusiasmada.

—Me gusta ser educada, así que siempre saludaba a la *madame* y a las chicas, ya sabes, con un *bonjour*. Seguían trabajando porque atendían a nazis de alto rango; al menos, eso fue lo que deduje por los coches con chófer de las SS que esperaban abajo cada noche. En algún momento cayó en desgracia. Monsieur

Lambert, de la pastelería, dijo que fue porque la esposa de un *Kommandant* contrajo una desagradable enfermedad. Como sea, todos fueron arrestados y tiraron todos los muebles a la acera. Miré hacia abajo, imaginando estos hermosos muebles apilados como basura. Sabía lo que era estar jugando con el destino en las calles, y me estremecí.

—Es terrible —dije.

—Sí, y un desperdicio —dijo, y luego su tono se animó—. Así que le pagué al joven Pierre, lo conocerás, es el hijo del conserje, para que lo trajera todo hasta aquí. Los muebles parecían muy elegantes para mi ojo inexperto, y costosos, según supuse por las horas que pasé en los mercados de antigüedades. Estas piezas eran principescas en comparación con los trastos que yo podía permitirme.

—Debían de ser chicas muy guapas para poder permitirse todo esto —dije en voz baja.

—Encontré la contabilidad de la *madame* en el escritorio, y ciertamente se lo ganaron. Pero no les sirvió de nada. Todas fueron enviadas a campos. —Se unió a mí en la ventana y tocó las cortinas de color ámbar.

Para entonces ya sabíamos lo suficiente sobre los campos como para que las dos hiciéramos una pausa.

—¿Las ha vuelto a ver? —le pregunté.

—Sí —suspiró—. Más o menos un mes después de la guerra, vi a la *madame* apoyada en la pared de fuera. Había vuelto para ver si quedaba algo. La invité a comer y le di un cheque por los muebles. Obviamente, no el precio de la tienda —dijo—, pero suficiente para que pudiera recuperarse. No se cansó de agradecérmelo cuando le devolví sus libros de cuentas. Una mujer tan independiente no debería haber sufrido de esa manera.

En mi mundo, las mujeres todavía estaban destinadas a crecer y a casarse. Todavía tenía la esperanza de volver a San Galo, encontrar a Laurin y retomar algún tipo de vida familiar. Pero mientras Madame Fournel hablaba de la dueña del burdel como de una mujer independiente más, con tanta simpatía, me di cuenta de que tenía más en común con ellas que con Ida Schurter. Terminé de deshacer las maletas en silencio, tratando de comprender lo que esta revelación significaba para mí y para mi destino. Cuando la habitación estuvo ordenada y la maleta guardada encima del armario, me reuní de nuevo con Madame Fournel en la ventana.

—¿No le molestó cómo se ganaba la vida? —Cerré los ojos, temiendo su respuesta, temiendo lo que pensaría de mí si lo supiera todo.

—No, Rosa. Nunca he estado casada y, por lo que veo, las mujeres tienen que luchar para ser independientes. Pueden usar su apariencia para casarse o prostituirse, para mí es lo mismo, o pueden usar su cerebro para trabajar duro. Eso lo respeto. Puede que ella misma haya sido prostituta alguna vez, pero la *madame* ya no atraía las miradas; todo lo que tenía eran su trabajo y su cerebro. Sus cuentas atestiguaban su historia: era fuerte y generosa.

—Gracias por todo, madame. —Me mordí el labio—. Su destino podría haber sido el mío.

—Nunca —aseguró—. Ese nunca habría sido tu destino; por eso me gustaste. Eres hermosa —alzó las manos en un gesto, como si dijera «por supuesto», y después continuó—, podrías haber seguido ese camino, que tampoco es fácil, pero elegiste una lucha distinta. Fueron tu trabajo y tu destreza los que te consiguieron un trabajo a mi lado, y el brillo de tu talento lo que ha entusiasmado a Monsieur Dior. Tiene suficientes maniquíes como para no necesitar tu belleza; eso es solo la guinda del pastel.

A partir de ese momento, por primera vez desde que dejé San Galo, no me hundía en la tristeza si no trabajaba. En cambio, me quedaba con Madame Fournel en casa, repasando telas, patrones, puntadas. Sin embargo, por muy ocupada, agotada o emocionada que estuviese, cada noche, cuando me metía en mi cama antigua y sentía que sus mantas se acomodaban sobre mí, tomaba la pluma y el papel y escribía un poco más de mis cartas semanales a Frau

Schurter y a mi querido Laurin. Todavía gastaba poco dinero y había ahorrado al mudarme con Madame Fournel, así que podía enviar incluso más que antes junto con cada carta.

Todas las semanas pensaba en darle mi dirección, pero el miedo a que me encontraran antes de tiempo era mayor que mi deseo de recibir noticias, o tal vez era que me asustaba lo que haría si me daba cuenta de lo mucho que había perdido.

Una radiante mañana de junio, el portero del número 30 de la avenida Montaigne nos informó, mientras nos quitábamos los abrigos de verano, que el *maître* esperaba a Madame Fournel y a Mademoiselle Rosa en su despacho. Madame Fournel se alegró, me sujetó por el codo y me susurró que ya era hora.

Subimos las escaleras en espiral hasta su piso y después caminamos hasta llegar a las grandes puertas dobles en el corazón de nuestro pequeño mundo. Estaban abiertas y Dior estaba sentado ante su escritorio, con el periódico del día delante de él. Apenas le había visto desde aquella tarde de invierno. Me saludaba cuando nos cruzábamos en los pasillos, pero nunca se detenía a hablar o a preguntar cómo me iba. Todo lo que sabía era que estaba ocupado.

—Ah, Madame Fournel y su *protégée* —dijo, con una sonrisa en los labios. Al igual que aquella noche, no pude leer su tono, aunque sospeché que era irónico—. Bienvenida, Rosa. Acompáñeme. —Se levantó de la silla y empezó a caminar hacia las puertas que daban a una habitación contigua, su estudio.

Se detuvo frente a un maniquí y se giró hacia mí con un aire cargado de seriedad.

—Rosa —me dijo, atrapándome con su intensa mirada—. ¿Se siente preparada?

—Sí —dije en tono serio, y por impulso añadí—, aunque no sé muy bien para qué.

Por una fracción de segundo pensé que lo había ofendido, pero entonces su rostro se curvó y soltó una carcajada. Se giró hacia el maniquí.

—Estoy descontento con este vestido —dijo, pasando la mano por la tela blanca de algodón. La falda era amplia, pero no tan voluminosa como las faldas plisadas de sus primeros trajes *Bar*. El corpiño era entallado y tenía el mismo cuello arreglado que la chaqueta del conjunto original.

—Será en seda negra, pero no consigo que fluya bien. —Sonaba irritado y frustrado—. Tiene sensibilidad para Schiaparelli y Balenciaga. ¿Qué le parece?

Le miré a la cara. Dior me estaba preguntando a mí, una doña nadie, lo que pensaba. Me quedé atónita. Me volví hacia Madame Fournel, que sonrió como diciendo «adelante».

—¿Y bien? —dijo Dior.

Respiré hondo y comencé a recorrer el vestido, tirando de la tela, inspeccionando los pliegues y las pinzas, examinándolo desde todos los ángulos. Esta era la prueba para la que Madame Fournel me había estado preparando. Cuanto más miraba, más segura estaba de que podía ver lo que quería, lo que necesitaba el vestido. Di un paso atrás y dirigí una mirada a Madame Fournel, que me dedicó otra sonrisa alentadora. Esta era mi oportunidad y me di cuenta de que tenía que darlo todo y no contenerme.

—*Maître*, este corte es demasiado serio. —Mi corazón latía con fuerza y sabía que estaba balbuceando. Hice una pausa para calmarme. Dior escuchaba atentamente y no mostraba ningún signo de enfado por mi crítica implícita—. Lo que le dio al mundo el año pasado fue feminidad, la suavidad, las curvas. Este cuello y estas mangas ajustadas son para mujeres trabajadoras, y una mujer así no lleva sus vestidos. Mire, aquí puede dejar que las mangas caigan. Y el escote, que sea suelto y fluido, que la seda haga su trabajo. No lo haga como si fuera una camisa de fuerza.

—Ajá. Se refiere a algo como esto. —Esparció hojas de papel sobre su escritorio mientras buscaba una en particular—. *Voilà!*

Levantó dos bocetos en una hoja. El primero era un vestido medieval de cuerpo entero con mangas largas y drapeadas y un escote bajo, que, en un boceto contiguo, adquiría su silueta de *Bar*.

Los estudié por un momento.

—Sí —dije, haciendo una pausa para deliberar—. Pero los dos cuellos están mal.

—¿Christian? —nos interrumpió Madame Fournel.

—Sí —dijo Dior con impaciencia.

—¿Puedo volver a mi trabajo ya?

—Sí, Madeleine. —Le dirigió una sonrisa—. Gracias.

Y así fue. Ahora puedes ver ese primer vestido en el que trabajamos en el Met. No estuvo listo hasta la siguiente temporada de invierno. Sin embargo, la relación entre nosotros fue inmediata; estábamos motivados por el mismo impulso, la misma necesidad de alcanzar la perfección. A partir de ese día me convirtió en su asistente de diseño, así como en uno de sus maniquíes. Cuando volví a casa esa noche, me sorprendí al ver que mi nuevo armario había sido sacado del *atelier* y estaba colgado en el armario dorado heredado del burdel. Nunca se le ocurrió un título oficial para mí, pero yo era su musa y su compañera. Reíamos y discutíamos, estábamos de acuerdo y en desacuerdo, pero yo le empujaba a alcanzar metas cada vez más altas.

Dior se había convertido en una sensación de la noche a la mañana y le llovían las invitaciones a cenas y veladas, a la ópera o al teatro, y empezó a llevarme como acompañante. Después de algunos eventos, añadió a mi horario clases de inglés, para que pudiera conversar con los americanos ricos.

Madeleine (ahora Madame Fournel y yo nos tuteábamos) me esperaba levantada y me ayudaba a colgar mis vestidos y faldas mientras me desvestía. Sentadas juntas en la mesa de la cocina, cada una con un chocolate caliente y dulce, me interrogaba insaciablemente sobre las personas que había conocido, los políticos y los hombres de finanzas, los diplomáticos y los ricachones, la alta burguesía, los americanos en el exilio.

A finales de agosto, Dior regresó de sus vacaciones de verano en la costa de Normandía, cerca de Granville, donde había crecido. Se le veía relajado y descansado, listo para trabajar, pero aún con un humor divertido.

—Rosa. Esta noche vendrás conmigo a una cena. Habrá una gran cantidad de empresarios y científicos y te necesitaré allí para mantenerme cuerdo.

Suspiré. Esas cenas eran realmente aburridas, pero entendía por qué me llevaba: para mostrar su obra maestra.

—¿Cuál es la ocasión?

—La reconstrucción de la economía. Parece que también me he convertido en un experto en eso. Lo único que sé hacer es convertir a las mujeres en flores. —De repente arrugó la nariz—. Hablando de eso, sigues llevando ese perfume.

Sonreí.

—Solo porque no tengo otra opción, *maître*.

Dior estaba creando su propio perfume y había invertido mucho dinero en rociar fragancias en los pisos de las tiendas del edificio para probar el atractivo entre su clientela. Pero aun así yo seguía utilizando el N.º 5. Cada uno de sus intentos de perfume era demasiado, o no lo suficiente.

Unas semanas antes me habían hecho el vestido de noche más glamuroso que jamás había visto y ambos estábamos entusiasmados con su presentación. Era una nueva línea en la que estaba trabajando, con un corpiño de seda ajustado y una falda más fina, y con un escote que caía hasta mi *derrière*. Pese a que se trataba de una de sus creaciones, sabía que, por supuesto, su interés por mí era solo de carácter profesional. Supe lo bien que me veía cuando Dior contuvo el aliento cuando bajé a recibirlo. *Pas mal*, le oí murmurar en voz baja.

La noche empezó con los más grandes y los mejores de la industria, el comercio y la ciencia, que se arremolinaban en pequeños e incómodos grupos. Algunos de los hombres eran ricos, otros eran famosos, y unos pocos, como Dior, eran ambas cosas. Las mujeres iban bien vestidas. Aunque solo unas pocas llevaban vestidos de Dior, empezaron a agruparse en torno al *maître* en cuanto entramos, pero también lo hicieron los hombres. Dior tenía ideas novedosas para los negocios y, sobre todo, para la exportación, y resultaba tan fascinante para los hombres como para sus esposas. Tenía los ojos puestos en el mercado americano; sabía que los planes de apertura de una tienda en Nueva York estaban en marcha. Comprendió que su nombre, ya icónico, era una oportunidad para crear oro, y, *ma chère*, la gente va en masa hacia el oro. Después de felicitar a las mujeres por su atuendo y escuchar modestamente sus elogios hacia el mío, me moví por la sala entrando y saliendo de las conversaciones. Mi trabajo consistía en ser vista, en ser un maniquí, en vender su visión. El mundo estaba a los pies de Dior, y donde pisaban ellos, les seguían mis pies calzados con elegancia.

Pero, esa noche, me hicieron daño. Todavía no me había acostumbrado a los zapatos que Dior me hacía llevar. Toda mi vida había llevado un calzado práctico: zapatos de cordones con los que podía subir por senderos de montaña, botas con las que podía sobrevivir a la nieve en invierno, zapatos de salón con los que podía servir mesas durante todo un día, que permitían que mis pies descansaran entre zancada y zancada. Los zapatos que llevaba ahora eran de punta, de tacón alto, tan dolorosos como elegantes. No podía dar zancadas con ellos, sino que tenía que dar pasos pequeños y delicados, y pronto necesité sentarme. Me aparté de la multitud y me acerqué a las ventanas. Me apoyé en el alféizar, liberando parte del peso de mis pies, y contemplé la vista de los tejados grises. Debí de suspirar con fuerza porque apenas había dejado pasar el aire por mis labios cuando la voz de un hombre reclamó mi atención.

—Por muy mala que sea la fiesta, no puede ser tan grave.

Mi cabeza se giró. El hombre que estaba frente a mí debía ser el más joven de la sala. Su cara no se veía gruesa y sobrealimentada como la de la mayoría de los otros invitados y su traje estaba desgastado. Desde luego, no era un empresario.

—No —dije con frialdad—. No es la fiesta. Son los zapatos.

Miró hacia abajo.

—Los pies se despliegan de forma natural —dijo, ignorando mi actitud fría—. Sus zapatos llegan a un punto. El tacón es alto y la inclina hacia delante. Altera la postura y la forma de andar. ¿Tiene idea de la presión a la que están sometidos sus pies? Es como caminar llevando a un elefante. ¡La moda! —Hizo una mueca teatral—. Debe estar loca.

Levanté las cejas.

—Me habría parecido bastante impresionante que pudiese llevar a un elefante a través de la habitación y parecer elegante.

—*Touché* —dijo con una gran sonrisa, y volvió la cabeza cuando la campana de la cena sonó y un mayordomo nos hizo pasar—. Después de usted —dijo, todavía sonriendo—. Déjeme ver cómo lleva a ese elefante.

Estaba acostumbrada a que la gente me observara, después de todo era un maniquí, pero sabía que este hombre no estaba interesado en el vestido ni en los zapatos cuando me aparté de él y me dirigí a la mesa. Enderecé la espalda e intenté no mover demasiado las caderas. No sé si me alegré o me molesté cuando comprobé que estaba sentada con él. Se sentó a mi lado y me entregó una tarjeta con su nombre, en la que se leía *Charles Dumarais, químico jefe del Departamento de Investigación de Coty.*

—Doctor Charles Dumarais, encantado de conocerla —dijo, extendiendo la mano.

—*Mlle.* Rosa Kusstatscher. —Le ofrecí la mía y después me volví para presentarme a la otra persona que tenía al lado.

A lo largo del plato de sopa traté de dedicar toda mi atención al banquero de mediana edad que tenía a mi derecha, pero me di cuenta todo el tiempo de que Charles Dumarais estaba haciendo reír a la atractiva dama de su izquierda. Intenté que no me importara.

Entonces, mientras esperábamos que los hábiles camareros nos ofrecieran las cigalas, se inclinó hacia mí y me susurró:

—Creo que lo ha hecho muy bien. Nadie más aquí se ha dado cuenta de su elefante.

Disimulé mi diversión e ignoré su comentario. Él era diferente a todos los que había conocido en esas cenas; me preocupó. Me retiré a un terreno seguro e hice la misma pregunta que le hacía a la mayoría de la gente que conocía en esas reuniones.

—Así que, ¿qué es lo que hace, doctor Dumarais?

Sus ojos de color marrón oscuro se oscurecieron más.

—La necesidad lo requiere. Hago olores.

—¿Qué quiere decir? —pregunté, con la curiosidad a flor de piel.

—Justo eso —dijo—. Fabrico aromas para perfumes.

—¿Es bueno en ello?

Me miró largo y tendido, como si quisiera medir si hablaba en serio.

—Digamos que soy mejor haciendo perfumes que usted llevando a su elefante. —Me senté, sorprendida y a la vez reconfortada por su franqueza.

—Tiene una muy buena opinión acerca de usted mismo —dije, devolviéndole el ataque.

—No —dijo—. Solo estoy siendo honesto. Soy un buen científico con una nariz sensorial. —Alzó su copa de vino e inhaló profundo.

—¿Quiere decir «sensible»?

—No, «sensorial» —dijo—. No puedo decir de qué *château* procede este vino, pero sí puedo decir que el suelo era fino y con grava, que el sol solía ser abrasador y que las uvas fueron cocinadas con fuerza; se puede oler y saborear el calor. Y el vino es suave y aceitoso: tiene mucho alcohol. Es un vino del sur. Pero no sé su nombre. No se trata de saber, sino de percibir la procedencia, la esencia de algo.

Mi experiencia con los hombres era limitada. Había aprendido a lidiar con los acercamientos de los borrachos. Había visto cómo otras mujeres sonreían, pero mantenían la distancia con los hombres poderosos. Me había enamorado de mi sincero Thomas. Sin embargo, el doctor Dumarais era como un niño en el patio del colegio. Estaba presumiendo, tratando de impresionarme. Estaba coqueteando conmigo y yo sabía por instinto qué hacer. Sonreí.

—Así que, en resumen, ¿cree que tiene talento?

Se encogió de hombros.

—Soy el mejor —dijo mientras tomaba otro sorbo de Châteauneuf-du-Pape. Ladeó la cabeza y observó mi reacción, así que me tomé un momento para reflexionar. Las palabras eran arrogantes, pero no estaba presumiendo. Parecía estar siendo realista.

—Bueno —dije despacio—. ¿Qué le parecería un reto imposible? —Intenté aparentar seriedad.

—Depende. ¿Quién propondría el reto?

—Yo. —Estaba fallando; una sonrisa se extendía por mi cara.

—En ese caso —contestó sonriendo—, sí, tal vez.

—Necesito un perfume. Es decir, necesitamos uno.

—¿Nosotros? —Nuestras miradas se cruzaron y sentí que me invadía una oleada de calor—. ¿Quién es «nosotros»?

—Christian Dior y yo. —No quería que viera mi rubor, así que me giré y señalé la mesa—. Es él, está hablando con la dama de verde.

—¿Quiere que le haga un perfume? —Podía sentir sus ojos clavados en mí. No me atreví a girarme—. Eso sería fácil, Miss Dior.

9
Árnica

Como puedes ver, Miss Dior y N.° 5 no son los únicos dos perfumes que tengo. A lo largo de los años he tenido la suerte de recibir otras fragancias. No todas son de mi gusto, debo admitir, pero un regalo es un regalo que necesita ser apreciado por el ánimo con el que se ofrece. En cualquier caso, he comprobado que todos, salvo el hombre más perspicaz, podrían ser engañados por el olor de otro hombre que pretende ser el suyo. Por lo general, *ma chère*, es suficiente con exhibir el frasco en un lugar destacado de mi tocador y usar otra opción más adecuada.

Ah, es el frasco grande que te ha llamado la atención tras los cristales brillantes y las sombras venenosas de mis colecciones. Esa es de hecho una botella especial. Mira ese pesado líquido ámbar. Ahora, inhala hondo, aspira más allá del alcohol, un olor a resina y a heno, a montaña. Es árnica empapada en aguardiente. No hay nada mejor para curar hinchazones, tensiones y magulladuras. Por supuesto, recoger flores silvestres es ilegal ahora, pero cuando todavía vivía en Oberfals mi madre nos enviaba a recolectarlas. Me resultaba muy satisfactorio arrancar las flores de color amarillo limón de los tallos.

Cada capullo está formado por una serie de diminutas flores en forma de trompeta que se amontonan densamente en el centro y que están rodeadas por una docena de finos pétalos. Los pétalos exteriores se desprendían con facilidad, pero era difícil desmenuzar las flores en forma de trompeta del centro. Llenábamos una cesta con esta explosión de color y se la llevábamos a mi madre, que metía todo a la fuerza en la botella de aguardiente que había reservado con ese fin. Sé que no me vas a creer, pero esta misma botella me acompaña desde que me la regalaron en 1947. Pero me estoy adelantando.

Thomas Fischer llegó a mi vida despacio. Llegó uniformado y sin destacar, con los otros soldados alemanes en Oberfals y después, poco a poco, a través de su forma de ser, había destacado y llamado mi atención. Su amabilidad me había conquistado poco a poco, así que cuando me pidió ese beso en las rocas y rozó por primera vez sus labios con los míos, la realidad de que lo amaba se había asentado como la nieve que cubre el mundo. Hasta esa noche, nada ni nadie había hecho que mi amor por él se derritiera.

Conocer a Charles no podría haber sido más diferente. A la mañana siguiente me levanté temprano, mareada por la emoción. Recuerdo que me maquillé y luego me desmaquillé, ya que vi que estaba preciosa a cara lavada; mis ojos brillaban. Al final solo me pinté los labios, con la esperanza de que nadie se diera cuenta.

Pero Dior tenía buen ojo para los detalles.

—¿Estás distraída? —dijo, cuando no respondí a una pregunta— ¿Y sin *maquillage*?

No pude evitar sonreír mientras decía:

—Lo siento.

—¿Quieres decírmelo para que podamos concentrarnos en este diseño?

—Bueno —empecé, luchando por controlar mi entusiasmo—. Creo que he encontrado al hombre adecuado para nuestro perfume.

—Ah, así que de eso hablabas anoche —Dior se dio la vuelta, con un destello de sonrisa en su rostro—. Entonces, ¿cuál es el plan?

Examinó los pliegues del vestido de la modelo.

—Conoces al director de Coty, ¿verdad? ¿Puedes persuadirle para que nos envíe al doctor Dumarais?

Me miró por encima de la cabeza de la modelo.

—¿Es bueno?

Me encogí de hombros.

—Tengo el presentimiento de que le hará justicia. —Se movió alrededor del vestido—. Creo que no es la tela adecuada. Tenías razón.

—¿Cuándo me he equivocado?

Se rio.

—Muy bien, vamos a seguir tu corazonada.

A Dior no le gustaba esperar. Solo tardó unas semanas en negociar un acuerdo con Coty, pero el tiempo pareció alargarse en ese intervalo. En cuanto los acuerdos necesarios estuvieron redactados, Dior me dijo que me pusiera en contacto con el químico. Tuve que enviarle a Charles una carta explicándole su tarea. Me puse a trabajar de inmediato, pero no pude escribirla. Todo lo que me leyó la secretaria de Dior me pareció mal; demasiado formal, demasiado detallado, demasiado pomposo. Al final tomé un bolígrafo y escribí:

> *Querido Dr. Dumarais,*
> *Haga un perfume para mí.*
> *Muy atentamente,*
> *Miss Dior*

Su respuesta llegó dos días más tarde. No es que llevara la cuenta, *ma chère*. Solo sabía que el garabato grande, de tinta gruesa, tenía que ser suyo, y lo abrí a tientas. Dentro del sobre había un cuestionario escrito a mano, sin nota de presentación; eran solo dos páginas de preguntas. Quería saber lo que me gustaba y lo que no: mi flor favorita; mi desayuno, comida y cena preferidas; vino tinto o blanco, seco o dulce. Respondí a todas las que pude, pero ¿cómo podía comparar el tenis con el esquí si nunca había sostenido una raqueta? La metí en otro sobre, también sin ninguna carta de presentación, y le pedí a uno de los empleados de la oficina que la entregara.

A su regreso, el chico me dio otra nota y se quejó de que el doctor Dumarais le había hecho esperar en su laboratorio mientras leía mis respuestas y escribía su carta. Abrí la carta y leí:

¿*Bistec au poivre*? ¿*O con salsa béarnaise*? ¿*O con salsa archiduc*?

Dejé la nota en mi escritorio, despaché al chico y pasé el día como de costumbre.

Pero esa noche me quedé en la cama oscilando entre la intensa riqueza de una salsa bearnesa con su toque ácido de estragón, el calor de grandes motas de pimienta negra, y la reconfortante suavidad de la cremosa salsa archiduque de setas. Probé cada salsa en mi mente, consideré la textura, el aroma y el hambre. La pimienta era excitante y picante, pero una sensación efímera; las setas eran relajantes y sustanciosas. Thomas era vegetariano y le encantaban las setas.

Cuando Thomas apareció en mi mente dejé de pensar en dormir; me senté y encendí la lámpara junto a la cama. Nunca había renunciado de forma consciente a la esperanza de volver a verle, pero al pensar en ello me di cuenta de que la idea de quererle había sustituido lenta pero inexorablemente al sentimiento de amarle. Ni siquiera sabía si estaba vivo o muerto, si había ido a San Galo a buscarme o había conocido a otra persona y se había olvidado de mí. Hacía más de tres años que me había despedido de él, y dos años desde que la guerra había terminado. Tal vez fuera el momento de abandonar su valioso recuerdo.

A las once de la mañana siguiente llamé a un café cercano al laboratorio de Charles Dumarais y pedí que le entregaran un filete a la bearnesa. Al día siguiente recibí una carta en la que me decía que me invitaría a probar el perfume cuando estuviera listo. La nota estaba pegada a un papel encerado que envolvía una rebanada de brie maduro, tan maduro que cuando Madeleine y yo lo desenvolvimos esa noche, el queso chorreó sobre su plato de mármol gris y blanco.

Y después, silencio. No esperaba que un perfume se desarrollara y destilara en un día, pero al cabo de una semana empecé a inquietarme. Cada mañana me vestía con deliberada meticulosidad, por si acaso. Mi hambre crecía día a día, de modo que cuando por fin llegó una nota a mi despacho, apenas tuve tiempo de decirle a Dior a dónde iba antes de encontrarme en la calle, todavía con la chaqueta puesta, mientras uno de nuestros porteros llamaba a un taxi.

Nunca había estado tan lejos de París como en la fábrica de Coty en Suresnes. Estaba a orillas del Sena, justo al otro lado del río del Bois de Boulogne. Durante el largo viaje me quedé mirando por la ventanilla. El taxi me dejó frente a las grandes puertas y me acerqué a lo que parecía más una mansión que una fábrica. La recepcionista se encargó de que me acompañara un conserje malhumorado, que me condujo a la segunda planta y me señaló un pasillo, gruñendo que era la tercera puerta de la izquierda.

Fui a llamar pero dudé; después giré el pomo, abrí la puerta y me sumergí en su laboratorio. Quería verlo *au naturel*. Al principio tuve que esforzarme para verle, ya que las persianas estaban bajadas sobre los grandes ventanales y la iluminación era escasa. A medida que mis ojos se adaptaban a la penumbra, fue como si me hubiera tropezado con la cueva de un hechicero en lugar de con un moderno laboratorio científico. Racimos y ramas de árboles, flores, arbustos y hierbas colgaban en ordenadas filas del techo. Frascos, tubos, viales, quemadores, recipientes para producir y condensar el vapor, separadores, recipientes para almacenar los

preciosos fluidos, pipetas y mangueras de goma roja se amontonaban en las mesas junto a una serie de pequeñas botellas con
líquidos dorados, ambarinos, amarillos, verdes, marrones y
transparentes. Sin embargo, no había caos; era como ver a una
orquesta delicadamente sincronizada tocando una danza gitana.
Charles estaba en el extremo más alejado, sentado de espaldas a
mí; por su aire de concentración y sus pequeños y bruscos movimientos, noté que estaba escribiendo. Su pluma se movía rítmi-
camente, como la batuta de un director de orquesta durante un
allegro. Había un pequeño frasco sobre el escritorio, junto a sus
papeles.

Por un momento no pude moverme. Sabía con absoluta certeza que mi vida estaba a punto de cambiar. No había nada en lo
que basar esa certeza: una conversación en una cena, unas cuantas notas, un intercambio de comida y después el silencio. Pero lo
sabía. Cerré la puerta tras de mí.

La sala estaba en silencio y el linóleo no acallaba el ruido de
mis tacones de elefante sobre el suelo, pero Charles no se dio la
vuelta. Al pasar por delante de las construcciones de cristal dispuestas sobre las mesas de madera oscura llenas de vapores y de
líquidos burbujeantes, humeantes y chorreantes, noté como si
mis sentidos fueran extraídos y condensados en ese momento.
Los pequeños movimientos que indicaban que había estado escribiendo habían cesado y se movió en su asiento, con la columna
vertebral en tensión. Reduje la velocidad hasta detenerme justo
detrás de él. Alargué la mano hacia su hombro, pero antes de que
mis dedos pudieran tocar el borde deshilachado de su camisa o
su pálido cuello, retiré la mano.

—Supongo que debe ser esto —dije—. Sobre el escritorio.

Mi voz sonó temblorosa, sin la calma y la mesura que quería
mostrar. Di un paso atrás cuando se levantó de la silla y se volvió
hacia mí. Sus grandes ojos oscuros reflejaban la poca luz que ofrecía el laboratorio, y podía sentir que su deseo por mí era tan palpable como el mío por él.

—Sí, lo es —dijo con indiferencia, dándose la vuelta y tomando la ampolla—. Creo que la he captado. Tenga cuidado con ella. Es todo lo que tengo por ahora.

Dejó caer la pequeña botella en mi mano extendida, sin tocar mi piel. Quité el tapón y aspiré. El aroma que ahora te resulta tan familiar, *ma chère*, fue, en esa primera inhalación, extraordinario. Desde entonces ha sido muy copiado, pero en ese instante era único y era mi esencia. Ese primer torrente embriagador de árboles, el chipre, que evocaba el musgo en el suelo del bosque y la liberación de la resina de las piñas de los pinos en lo alto de las montañas de mi infancia; y luego vino el dulce olor a jazmín de una joven enamorada, mi época con Thomas; y la dulzura se vio atenuada por la lavanda y el azahar, la joven mujer en la que me convertí; y por último, las ricas notas de fondo de musgo, salvia y pachulí anunciaban la fuerza y la resistencia de esta mujer frente a este genio, este hombre.

—Lo ha conseguido. —Dejé escapar mi aliento en un suspiro—. Sabía que lo haría.

Cuando intenté volver a meter el tapón en el pequeño recipiente, con mis dedos repentinamente torpes, él se inclinó hacia adelante, casi acariciando mi cuello, pero no me tocó. En cambio, se acercó tanto que pude sentir su aliento y después aspiró. Inhaló profundamente. Tomé aire como si fuera a desmayarme, impregnándome de un olor a aceitunas y a queso, un aroma dulce y almizclado que salía de su pelo rizado. Las ganas de enterrarme contra él eran tan intensas que tuve que obligarme a respirar. Luego se sentó de nuevo en su escritorio, sonriendo.

—Sí, lo he hecho bien.

Debí de parecer aturdida o inestable; desde luego, estaba temblando, porque me quitó el frasco y me tendió la silla, con las cejas levantadas en forma de pregunta. Negué con la cabeza.

—Siéntese usted en la silla, yo me sentaré en la mesa —le ordené mientras trataba de recomponerme.

Se encogió de hombros, pero obedeció. Mi razonamiento era sencillo: nada era tan tentador como unas piernas cruzadas con elegancia, y esta oportunidad de colgar mis pantorrillas con medias de seda delante de él no iba a desaprovecharla.

—El perfume es perfecto. Lo sacaremos y empezaremos a hacer planes de fabricación de inmediato.

—Sí, sí.

—Y haré que nuestro abogado redacte los contratos.

—Bien. ¿Ha terminado?

Me entró el pánico. ¿Iba a echarme de allí ahora que nuestro trabajo había concluido?

—Bueno, sí —dije, preguntándome si le habría leído mal.

—Rosa, todo eso es una trivialidad —dijo, señalando el frasco de perfume y el laboratorio—. Lo sabe, ¿verdad?

Sentí que el rubor me invadía.

—Sí —reconocí.

—Tenemos que hablar de cosas más importantes. —Su voz adquirió un tono serio, pero sonrió.

—¿Como por ejemplo?

—Por ejemplo, por qué no te he besado todavía.

Usó el *tu* informal, no el *vous* formal. La certeza que me había impulsado hasta entonces transmutó en algo sólido y real como el oro. Quise caer en sus brazos, pero algo me retenía. Había algo mortalmente serio bajo su coqueteo. Había dejado entrever mi tensión.

—¿No estás interesada? —Se echó hacia atrás en su silla y se sentó recto, distanciándose de mí—. ¿Me he equivocado?

—No, no. No te has equivocado —dije apresuradamente, enfatizando la forma íntima *tu*. Sonrió y se relajó en la silla—. Entonces, ¿por qué no lo has hecho? —pregunté.

—Porque un caballero nunca besaría a una dama, no hasta que hayan tenido al menos una cita, y no hasta que haya obtenido su permiso.

Incliné la cabeza en una reverencia.

—De eso deduzco que eres un caballero.

—Efectivamente. —En ese momento nuestras sonrisas eran tan amplias que el brillo de nuestros dientes hacía más brillante el laboratorio—. Mademoiselle Kusstatscher, ¿le gustaría acompañarme el sábado por la noche a las 8:30 p.m. a Le Grand Véfour?

Dudé, no porque estuviera indecisa, sino porque había oído hablar de ese restaurante, de su cocina excepcional y de sus precios desorbitados, y por un breve instante la idea de que yo, Rosa Kusstatscher de Oberfals, comiera en Le Grand Véfour me pareció más extravagante e increíble que la constatación de que Charles Dumarais estaba tan enamorado de mí como yo de él.

Pero, *ma chère*, como ya sabes, una dama debe mantener guardadas sus cartas. Simplemente dije:

—Sí.

Dior se encargó de mi apariencia. Esta iba a ser la primera presentación pública del nuevo *parfum*, al que llamó «Miss Dior» en mi honor, aunque la historia dice que lleva el nombre de su hermana. Siempre insistió en la perfección, pero esa noche quería que yo fuera excepcional. Creo que estaba bastante contento por la mezcla… entre el éxito de la fragancia y la pequeña trama que se urdió para su confección. Por una vez decidió quitarle importancia. Apostó por el vestido de cóctel de crepé de lana y terciopelo de seda Maxim de su primera colección.

—Pero, *maître* —dijo Madeleine—, ya sabes cómo es el Véfour, es tan excesivo, todo el arte de la decoración, el oro, las columnas pintadas y las lámparas de araña. Debería llevar este, al menos es un vestido de noche.

Señaló uno negro con un velo de gasa de seda que fluía sobre el vestido ceñido que llevaba debajo. Los tirantes eran guirnaldas de hojas de terciopelo que trepaban por los hombros hasta la espalda desnuda, mientras que la parte de delante estaba cubierta de forma recatada con un ramo de flores.

—Parecerá una diosa o un hada con él.

—Exacto, Madeleine, exacto —gritó Dior—. Queremos que se enamore de Rosa, ¿no es así? No queremos que forme parte de la decoración, ¡queremos que destaque!

Puede que Chanel haya inventado el pequeño vestido negro, pero la versión de Dior era sublime. La falda no era tan grande como la *corolle* del traje *Bar*, pero la cintura se ceñía con fuerza sobre una falda ajustada a las caderas que daba paso a un modesto recogido fruncido. Tenía dos prácticos y grandes bolsillos y la parte superior exhibía un profundo escote cuadrado que estaba enmascarado por un lazo de gran tamaño, como si fuera un regalo envuelto y listo para Charles. Cuando entré en el restaurante de alfombra floreada multicolor, frescos pompeyanos y techos adornados, vi al instante que Dior tenía razón: menos es más. No pude evitar que las cabezas se giraran a mi paso, diez minutos tarde, pues Madeleine había insistido, pero me sorprendió que Charles no se levantara. Me quedé junto a mi silla y esperé. Nunca había visto a un hombre quedarse mudo, pero este inteligente y seguro químico lo estaba, *ma chère*. Si alguna vez tienes un momento de triunfo así, atesóralo; son raros de verdad. Un camarero apareció detrás de mí y me acercó la silla. Solo entonces, como si se hubiera despertado de un encantamiento, Charles se levantó a medias de su silla, demasiado tarde.

—Mademoiselle Kusstatscher —dijo con voz entrecortada—, no puedo decidir. ¿Eres una obra de arte o una princesa de cuento?

—Doctor Dumarais —le reprendí—, los dos somos bastante mayores como para no creer en los cuentos de hadas. En cuanto al arte, bueno. —Sonreí—. Lo llevo puesto. —Señalé mi vestido—. Y, por supuesto, otra obra de arte —dije, extendiendo mi muñeca perfumada hacia él.

Se puso de pie y se inclinó sobre la mesa, con su cara rondando justo sobre la piel blanca de mi brazo, e inhaló.

—Ah. Perfecto —susurró, mirándome a los ojos. Se sentó de nuevo mientras el mismo camarero se materializaba y levantaba una botella de champán que Charles debía estar esperando, para llenar nuestras copas de cristal.

—Por el futuro —dijo en voz baja, elevando su copa.

No es necesario decir que la comida era mejor que todo lo que había probado en mi vida, pero, por desgracia, estaba tan nerviosa que no pude terminar nada. Resultó que Charles no era un entusiasta de la bebida, lo que, después de lo de mi padre, me resultó atractivo. Todavía estábamos bebiéndonos la misma botella de champán con el postre. Nuestra conversación bailaba de las nimiedades a los sueños. Nos dijimos que ambos estábamos solos en este mundo: su familia había muerto durante la guerra, yo había dejado atrás a la mía. Él quería aventuras y viajes, yo quería aprender todo de Dior. Nuestra curiosidad por el otro era correspondida y había una cierta solemnidad que se escondía detrás de los comentarios y las respuestas coquetas.

Cuando salimos, empezamos a caminar por los hermosos jardines de las galerías, después por el Jardin du Palais Royal, pasando por el Louvre hasta llegar al Sena en el Puente del Carrusel, y hablando todo el tiempo. Nos deslizamos hasta la orilla del río, que estaba a nuestra izquierda, y nos sentamos en uno de los bancos de piedra que bordeaban el terraplén. Nos ubicamos cerca, pero sin tocarnos, ya que nuestra incesante conversación se acabó de repente.

—¿Era por negocios o por placer, Charles? —pregunté después de un silencio que cada vez me parecía más forzado.

Tomó mi muñeca, presionando su nariz contra mi carne, e inhaló el aroma de mi piel.

—¿Qué te parece? —preguntó mientras me soltaba la mano.

No podía pensar. Era la primera vez que me tocaba. Sentí que una carga irradiaba desde donde sus dedos me habían sujetado con fuerza.

—Pienso que no era un asunto de negocios —dije. El deseo de tomar su mano y enterrar mi cara en su palma, para olerlo después, era abrumador.

—Entonces estamos de acuerdo —dijo.

—En ese caso —empecé, tratando de recuperar la capacidad de encadenar más que unas pocas palabras—, solo me preguntaba si el caballero iba a pedir permiso... bueno, ya sabes cómo las cosas deben ir.

Se quitó un sombrero imaginario.

—El caballero se tomará esa libertad después de haber discutido otros asuntos con la dama de negro.

—¿Qué puede ser tan urgente? —pregunté, tratando de sonar indiferente.

Dudó un momento, luchando consigo mismo.

—No es nada y es todo. —Se acercó a mí y deslizó su mano por mi brazo hasta encontrar mis dedos. Por un momento no dijimos nada, nuestras manos se limitaron a explorar las del otro. No podía entenderlo; estaba claro que nos sentíamos atraídos, ¿qué podía ser tan importante como para que solo me tomara la mano? No podía haber muchos lugares más románticos para un primer beso que el Sena. Esperé.

Miró al frente, al agua en movimiento del río.

—Si hay algo que he aprendido en los últimos años es que nada es seguro. Pero a pesar de eso —dijo, volviendo su cara hacia mí—, estoy seguro de ti. De ti y de mí. Si tengo razón y no estoy loco, tienes que saberlo ahora. —Se detuvo y me sostuvo la mirada, y me costó toda mi fuerza no inclinarme hacia delante y apretar mis labios contra los suyos. Su rostro estaba marcado con una combinación de dolor y vergüenza mientras continuaba—. Lo que tienes que saber ahora, por muy presuntuoso que parezca por mi parte, pero algo me dice que no lo es, es que no puedo, no quiero, nunca tendré hijos.

Parpadeé.

—No puedes tener hijos... ¿significa eso que...? —Mis ojos miraron sin darse cuenta hacia abajo.

—Oh, nada de eso —dijo, lanzándome una mirada que hizo que me sonrojara—. Las cañerías funcionan.

Mi mente se tambaleaba, tratando de entender la gravedad de la noticia. Mis pensamientos eran como los saltamontes que solíamos atrapar entre las manos cuando éramos niños en la larga hierba de verano, rebotando en el interior de mi cabeza. De hecho, se había declarado, ¿por qué, si no, me iba a decir que no quería tener hijos? Incluso mientras me preguntaba por qué no los quería, me di cuenta de que no me importaba. Yo quería estar con él, pasara lo que pasase. Cualquiera que fuera su razón, podía esperar hasta que estuviera listo para decírmelo. Pero tan rápido como la felicidad me inundó, una ola de temor le siguió. Él había dicho que no tendría hijos, pero yo tenía un hijo. No podía ocultarle la verdad a este hombre si iba a ser su esposa.

—Entonces yo también tengo algo que confesar. —Tuve que hacer una profunda inspiración, para tranquilizarme. No es como ahora, *ma chère*, una mujer joven y soltera no admite esas cosas a la ligera. Pero me obligué a continuar—. Verás, ya tengo un hijo, un niño pequeño. Está en Suiza.

—¿Con su padre?

—¡No! No tengo nada que ver con él. —Dudé. Su honestidad me dio el valor para hablar—. Me violaron.

Inhaló con fuerza.

—¿La guerra?

—Sí. —Nuestras manos seguían entrelazadas y era como si tuvieran una conversación distinta a la nuestra. Observé el agua mientras pasaba—. Fue difícil estar sola. Pensé que sería mejor si venía aquí y hacía algo por mí misma, y después volvía a por mi hijo. Lo dejé con una buena familia. Le envío dinero cada semana.

Charles se levantó y tosió, con los ojos fijos en el río. Me sentí mal, pensando que debía de sentir asco por mí, una mujer estropeada y no la flor despojada que había imaginado.

Dio un paso y me miró.

—¿Rosa? —dijo—. Tengo una pregunta más.

Me armé de valor; podría sobrevivir a eso, aunque fuera el momento en que nos despidiéramos.

—Por supuesto —dije.

—¿Puedo besarte?

La alegría que experimenté en ese momento fue indescriptible, *ma chère*. No respondí, sino que salté hacia él y nuestros labios se encontraron. Pronto nos abrazamos con fuerza, sus brazos me rodearon. Nos separamos, sin aliento, y su mano acercó mi cabeza a su pecho.

—Está bien —dijo—. Deberás ir a buscarlo. No puedo darte un hijo, pero si ya tienes uno, podemos ser una familia. Ves, estamos hechos el uno para el otro.

Su brazo se aflojó lo suficiente como para que volviera mi cara hacia la suya, y nuestros labios se encontraron una vez más.

Charles era muy determinado. Se negó a dormir conmigo antes de casarnos. No fue por pudor, creo que quería mantener el placer extático que sentíamos al vernos. Pero ninguno de los dos podía esperar tanto tiempo, así que le dijo a Dior que tenía cuatro semanas para hacerme un vestido de novia. Dior aceptó el reto, esbozó un vestido de inmediato y supervisó la confección en persona. Era casi como si hubiera corrido por todo el *atelier* y reunido todo el tul que había, y me hubiera envuelto con él en una falda de bailarina y después en una suntuosa chaqueta de traje de seda satinada de *Bar* sobre ella. Lo modificó para que apareciera en la colección de 1948 con el nombre de «Fidelidad», que era lo que nos deseaba en su tarjeta de felicitación.

—Solo nos queda la cuestión de lo que deberíamos llevar, Madame Fournel —dijo Dior mientras colocaba un último alfiler—, cuando la lleve al altar.

Me giré para mirarle.

—Quédate quieta —me regañó el *maître*—. ¿Puedo tener ese honor?

—Por supuesto —dije, y lo abracé—. *Merci pour tous.*

Charles se interesó poco por los preparativos, pero solo hizo una petición: que volviera a San Galo y recogiera a Laurin para que pudiéramos formar nuestra familia de inmediato. Envié un telegrama a los Schurter para decirles que iba a ir.

Cuando bajé del tren en San Galo, a finales de julio, me sentí como de la realeza. Cuando le dije a Dior a dónde iba, insistió en que me vistiera con un muestrario de la marca y que me informara sobre su impacto fuera de París, así que llevaba ropa de la próxima colección. No hicieron falta más de tres o cuatro de mis delicados pasos para que un mozo se ofreciera a llevar mi maleta. Tres años antes, sin palabras, asustada y embarazada, me habían dejado en una calle cercana, con mi ropa desgastada, con poco dinero y solo una carta para guiarme. Estaba aterrorizada y sola. Ahora tenía un propósito, seguridad y la cabeza llena de planes y sueños. Tenía la certeza de que podía conseguir cualquier cosa.

No fui al hotel. Mis ganas de volver a tener al pequeño Laurin entre mis brazos eran tan grandes que le di al taxista la dirección de Frau Schurter. Solo llevaba una muda y un camisón para mí, el resto de la maleta estaba repleta de regalos para los niños, así como un traje completo de Dior y un vestido de noche que había confeccionado yo misma con la ayuda de Madeleine. Me había servido para mantenerme ocupada mientras estaba tan emocionada por la idea de ver a Laurin, para dejar de obsesionarme sobre cuánto habría crecido, si su pelo seguiría siendo rubio, qué le gustaría comer. Había añadido dos centímetros en todo el vestido, confiando en que las medidas habrían aumentado con respecto a las que conocía tan bien. Estaba segura de que Frau Schurter sería más señora, de proporciones más generosas.

Cuando llegué a la puerta de la casa de los Schurter y toqué el timbre mi corazón latió con fuerza. Era una puerta de madera pesada y me esforcé por oír algo del interior: el sonido de los tacones de Frau Schurter en el suelo de parqué. Pero no hubo más que un largo silencio antes de que ella abriera la puerta.

—Fräulein Kusstatscher. Pase —dijo con frialdad. Me estremecí, solía llamarme Rosa.

Extendí los brazos para abrazarla, pero ella se apartó y yo me sonrojé de vergüenza. Me dejó pasar y cerró la puerta detrás de mí. Nos examinamos mutuamente. Tenía un aspecto maravilloso; los dos centímetros que le había añadido habían sido innecesarios. Sabía lo que estaba mirando: a una dama parisina, a Miss Dior, no a la niña vestida con ropa de segunda mano que recordaba. Pensaba que no era de extrañar que me tratara de forma diferente.

—Están en el jardín. Querrá verlo.

Volvimos a atravesar la casa, que parecía no haber cambiado desde la última vez que había estado allí, y cruzamos por la cocina. Abrió una puerta que conducía a unas escaleras que bajaban al jardín y, al empujarla de par en par, el sonido de los niños jugando inundó el lugar. Mis tacones no estaban diseñados para nada más extremo que esquivar el estiércol de los perros en un bulevar parisino, por lo que tuve que concentrarme en bajar los escalones y después en el camino áspero y embarrado. No fue hasta que nos detuvimos en el borde del césped cuando levanté la vista y vi a dos niños pequeños con un caballo de juguete y un pequeño triciclo. Un carrito de bebé estaba en el borde del césped y un bebé regordete los miraba. Pasamos inadvertidas mientras observábamos cómo se turnaban, reñían y chillaban de alegría. Enseguida supe cuál era Laurin: tenía el pelo rubio como yo, y tuve que admitir que como Schleich.

Mi bebé era un niño pequeño. Las palabras me fallaron. Me inundó la culpa y la alegría. Al final, todo lo que pude pronunciar fue una frase absurda.

—Está tan alto. Está tan grande como Max.

—Sí, la gente pregunta si son gemelos.

—¡Eso es ridículo! —dije.

—¿En serio? —Su voz tenía un tono amargo que nunca había escuchado en ella.

Me crucé de brazos y los apreté con fuerza.

—¿Y el bebé? No sabía que estabas embarazada.

—A diferencia de lo que creía yo no estaba engordando, sino que era por Vreni. Estaba embarazada de ella de tres meses cuando usted se fue.

—Debió de ser muy duro.

—Sí, mi familia pasó de un hijo a tres en seis meses.

—No tenía ni idea —dije. Su generosidad al acoger a Laurin, cuando ya estaba embarazada, me hizo sentir vergüenza. —Estoy muy arrepentida, Ida. Y agradecida —dije, probando su nombre de pila—. No podía cuidar de él, no por mi cuenta, no entonces, y sabía que tú le darías un hogar.

—Al principio fue duro, Fräulein Kusstatscher —respondió con precisión, usando mi apellido—. Lloraba mucho. Max lo salvó, lo ama. Ahora todos lo hacemos. Es uno de nosotros.

—Gracias —dije, humillada.

—Hizo lo correcto —dijo, ahora con más suavidad—. Tal vez no de la manera correcta, pero lo hizo. A él no le faltó nada. Era tan joven. Ahora mírese, no podría haberse convertido en esto con él agarrado a sus tobillos.

Arrastró su mirada de los niños que jugaban y me pasó la mano por encima.

—Tú también tenías razón. Nunca habría sido feliz aquí; tenía que hacer algo por mí misma. Y fue una batalla, muy dura al principio. Y después tuve suerte. Pero sé lo mucho que he perdido.

—Lo ha hecho. Ese fue el precio, y nunca lo recuperará. —Su tono no era cruel, sino que decía la verdad.

Entonces los chicos empezaron a correr hacia nosotras gritando:

—¡Mamá! ¡Mamá!

Me quedé contemplando la carita que me miraba mientras corría sobre la hierba. Su pelo dorado y rizado estaba revuelto, tenía las mejillas sonrojadas y sus ojos azules estaban llenos de curiosidad.

—¡Mamá! ¡Mamá! —volvieron a gritar los dos.

Me arrodillé, preparada para su abrazo, con el corazón palpitando. Pero entonces Laurin corrió directamente hacia Frau Schurter, ignorando mis brazos extendidos. Agarró su falda con fuerza y se encaramó a su pierna. Max se detuvo a su lado.

—Laurin —dije—, soy yo.

Se deslizó alrededor de su falda, fuera de mi alcance, escondiéndose de mí. Me levanté con torpeza.

Había imaginado este momento muchas veces. En todos mis sueños me hundía en el suelo y lo abrazaba, y él se aferraba a mí. En ninguno de ellos no me había reconocido; en ninguno de ellos se había pegado, atemorizado, a su «madre». Me mordí el labio, incapaz de decir una palabra.

—Mamá —dijo Max—, ¿por qué llora la señora?

—Eso es de mala educación —dijo Frau Schurter—. Saludad, los dos.

—Hola —dijo Max.

—Hola —dijo Laurin, mirándome con curiosidad. Nos quedamos por un momento en un doloroso silencio.

—Bueno, pasad, niños, vamos a enseñarle a Fraülein Kusstatscher la tarta que le hemos hecho.

Los chicos se adelantaron al oír hablar de la tarta e Ida recogió al bebé y volvió a entrar. Los chicos estaban sentados a la mesa, sin duda en sus sitios habituales, y yo tomé lo que supuse era el asiento de su padre. Laurin y Max estaban a mi lado, y la pequeña Vreni estaba en una trona junto a su madre. Frau Schurter les sirvió rebanadas de pastel de trigo sarraceno con una porción de nata montada, que devoraron entre grandes tragos de zumo de frambuesa.

—Así que, Laurin y Max, ¿cuántos años tenéis?

—Tiene casi tres años —respondió Max, levantando tres dedos regordetes—. Y yo solo tengo cuatro —dijo, esta vez agitando cuatro dedos.

—¿Y Vreni?

—Tiene ocho meses.

—Es nuestra hermana pequeña —anunció Laurin. No había ni una sola sombra de duda en él, en su sentido de pertenencia. Me había mostrado su lugar en el mundo con unas pocas palabras.

—Ya veo —dije, obligándome a seguir sonriendo—. ¿Estoy en lo cierto al pensar que dentro de unas semanas será tu cumpleaños?

—Sí. —Sonrió—. Voy a celebrar una fiesta.

—Será increíble —dije, y cada vez que hablaba sentía como si me atravesara el corazón.

—Sí. —Miró a Frau Schurter.

—¿Quién viene? —Le animó.

—Vienen Eric, Anton, Klara y Matthias. Y mis primos, Moritz y Helga.

Sus primos; se refería a los primos de Max. Hubo un silencio durante el cual intenté no convertirme de nuevo en la señora que lloraba; me concentré en la leche de mi café, que se arremolinaba en forma de espiral en el lugar en el que acababa de removerla. Al cabo de un rato, la leche y el café se unificaron y pude volver a hablar.

—Suena muy bien —dije, sonriendo de la misma manera que había aprendido a sonreír en las veladas con Dior.

—Y mamá va a hacer una tarta —gritó Laurin con entusiasmo, y su cara se iluminó aún más.

Se hizo de nuevo el silencio y busqué algo que decir.

—He traído regalos para vosotros.

—¡Mamá, ha traído regalos! —gritaron los niños con alegría.

—Y algunos para vuestra mamá. —Fui a buscar mi maleta, aliviada por tener un momento a solas.

Después de abrir sus paquetes, Laurin y Max se apresuraron a jugar en la escalera con los juguetes que les había regalado. Vreni dormía la siesta en su carrito. Frau Schurter dejó su paquete sin abrir. En su lugar, puso delante de mí un grueso álbum de fotos. Pude seguir el crecimiento de Laurin durante las Navidades, los niños en trineo con su marido, Ottmar, en invierno y sus vacaciones de verano en el lago Constanza. En cada foto, mis ojos se dirigían a los niños, los inseparables niños.

—He llamado al hotel y he cancelado su reserva —me dijo cuando ya no quedaban fotos—. Debería pasar más tiempo con Laurin, para que la conozca de nuevo.

Pasé el resto de la tarde en el suelo con los niños, jugando con los coches de madera y los camiones amarillos que también les había comprado, y después con los juegos de memoria y los rompecabezas. Solo cuando los niños se acostaron, Frau Schurter y yo nos sentamos a comer con su marido. Comimos el pan, el queso, embutidos y pepinillos de mi pasado y bebimos una botella de vino cada vez más vacía, mientras hablábamos. Nunca había conocido a Herr Schurter y era, como yo esperaba, un hombre firme y amable, el director del banco de San Galo, un hombre mayor que se sentía bendecido por su mujer y su familia. Hablamos de la guerra, de la reconstrucción, de París, de mi trabajo, de mi inminente matrimonio, de todo menos de Laurin, no hasta que Frau Schurter hubo limpiado la mesa. No me dejaron ayudar. Escuchamos los familiares sonidos de los platos y los cubiertos procedentes de la cocina mientras Herr Schurter jugaba con el servilletero de plata y el lino enrollado en su interior. No hizo ningún intento por conversar. Frau Schurter volvió a entrar en la habitación y se quedó en la puerta.

—Supongo que ahora que se va a casar habrá venido a por él, Rosa —sentenció sin previo aviso.

Me pasé las manos por la falda y me obligué a mirarle a los ojos.

—Ese era mi plan.

Intercambiaron rápidas miradas.

—Por supuesto —dijo él—. Pensamos que por eso había venido.

—Será muy difícil perderlo —dijo Frau Schurter, sentándose con pesadez—. Max quedará destrozado.

—¿Cuándo se va? —Herr Schurter trató de asumir el aire de director de banco tranquilo, pero estaba golpeando la tabla de madera con su cuchillo. Su rostro estaba pálido.

Ahora no podía mirarle a los ojos.

—Me voy mañana —dije en voz baja.

—Mañana. —La silla chirrió contra el suelo cuando Frau Schurter la empujó hacia atrás—. Supongo que tendré que ir a recoger sus cosas —dijo, antes de volver a derrumbarse con un sollozo ahogado.

—No puede. No puede aparecer aquí y llevárselo. —Herr Schurter se levantó y empezó a caminar; luego se agarró al respaldo de su silla—. Ni siquiera se acuerda de usted. Eso es lo que me ha dicho Ida.

—Sí —dijo su mujer sin fuerzas—. Me preguntó quién era «esa señora».

—Le escribí todas las semanas —dije a la defensiva, pero incluso mientras lo decía me di cuenta de lo patético que sonaba. Lo habían alimentado, lo habían sostenido y lo habían mimado; tenían una relación con él. Yo le había enviado papeles que no podía entender.

—Le leí las cartas, por supuesto que lo hice, ¡pero solo tenía dos años! ¿Crees que entendió lo que eran? —Su pálida piel enrojeció. Nunca había visto a Frau Schurter perder la compostura.

—Y al principio, cuando hablábamos de usted, se ponía a llorar. Así que dejamos de hacerlo —dijo su marido.

—Copia a Max en todo. Cuando empezó a llamarnos «mamá» y «papá», nos pareció cruel detenerlo, como si eso le hiciera sentirse menos querido. No sabíamos cuándo… —Ida tomó aire antes de continuar, con la cara roja como el fuego, pero con una ira gélida—, o incluso si volvería.

—¿Por qué nunca nos dio su dirección? —preguntó Herr Schurter, sin poder ocultar su exasperación—. Al menos podríamos haber hablado con usted.

Tenían razón, no tenía excusa y lo sabía.

—No lo sé —dije, mirándome los pies—. Fue una estupidez por mi parte.

Herr Schurter volvió a tomar su servilleta y su anillo. Yo empecé a doblar la mía, mientras Frau Schurter se secaba los ojos con un pañuelo bordado. Todos teníamos mucho que digerir.

—Es un chico encantador —dijo Frau Schurter después de un buen rato—. Queríamos que se sintiera querido.

—No es solo que se sienta así, es que le queremos —dijo Herr Schurter con firmeza—. Le hemos dado más amor y constancia de lo que usted y todos sus vestidos bonitos jamás le han brindado.

Sentí una punzada de ira ante lo injusto que era eso.

—Fue idea tuya, Ida. Me dijiste que me fuera y que hiciera algo por mí misma. Para ganar suficiente dinero para independizarme y cuidar de él.

—¡Cómo se atreve a culparme! —replicó—. Le dije que empezara aquí, que empezara poco a poco y que trabajara hasta llegar a París. Se escapó al día siguiente y dejó a Laurin en nuestra puerta.

—Era joven. Estaba aterrorizada y pensé que podría ganar suficiente dinero más rápido sin él.

—Basta. Lo hecho, hecho está —dijo Herr Schurter, tratando de alcanzar la mano de su esposa. Ella la agarró con fuerza—. Se fue a París para ganar dinero y dejó a Laurin con nosotros. ¿Valió la pena?

—No. El dinero no basta —dije al final—. Pero no lo hice solo por el dinero; estaba tratando de construir algo, para poder cuidar de Laurin.

—Y el precio que pagó por ello es que ahora nos quiere —dijo.

—Lo sé. Y vosotros le queréis.

—Sí, lo queremos —dijo Ida.

—Pero…

—Pero ¿qué?

—Yo soy su madre. Él es mío.

A la mañana siguiente no hui de San Galo antes del amanecer como la última vez. En cambio, la familia Schurter, los cuatro, vinieron a la estación con Laurin y conmigo después del desayuno. Bajamos por el andén en silencio hasta que encontré el vagón que tenía asignado. Nos detuvimos de golpe. Herr Schurter llevaba la pequeña maleta que Frau Schurter había preparado para Laurin. No la dejó en el suelo.

Apreté la mano de Laurin.

—¿Estás listo para una aventura, Laurin? Nos vamos en el tren. Despídete de todos.

Me miró y volvió a mirar a los Schurter, mientras su frente se arrugaba con líneas de preocupación.

Frau Schurter se dejó caer sobre sus rodillas.

—Ven y dame un beso.

Retiró su mano de la mía y corrió hacia ella.

—Mamá, no quiero ir —dijo, con el labio temblando—. Quiero quedarme contigo.

—No, Laurin, debes ir con ella. Ya te lo he dicho esta mañana, ella es tu verdadera mamá y te va a llevar con un nuevo papá.

—No, vosotros sois mi mamá y mi papá. Max es mi hermano y Vreni es mi bebé —El pequeño empezó a llorar. Envolvió los brazos alrededor de sus piernas y sollozó.

Me arrodillé junto a él y le supliqué:

—Por favor, Laurin, ven conmigo.

Se alejó de mi contacto y gritó como si le hubiera golpeado.

Ida trató de apartarlo de ella con suavidad, pero él se aferró con más fuerza. Max corrió y rodeó con sus brazos a Laurin y me lanzó una mirada llena de ira. El rostro de Herr Schurter estaba blanco, con los labios apretados y tensos.

Como sabes, *ma chère*, me gusta robar la escena, hacer una entrada dramática, pero este fue el espectáculo más doloroso que he vivido nunca. Yo estaba llorando, Frau Schurter estaba llorando, Laurin y Max berreaban como solo los niños saben hacerlo, e incluso Vreni se unió a ellos. El único que no lloraba era Herr Schurter. Sin embargo, su voz tranquila me cortó la respiración aún más que los gritos de Laurin.

—Si lo quiere, haga lo que es correcto para él.

Dejó la maleta en el suelo, se giró sobre sus talones y se alejó por el andén. Lo vi irse, con mis sueños haciéndose pedazos ante mis ojos. Lo correcto no siempre es lo que parece. A veces lo incorrecto es lo correcto. No me gustan las historias bíblicas, pero me gusta pensar que la historia del bebé, las dos madres y el rey Salomón vino a mí en ese momento. Lo que me hizo recapacitar fue que Herr Schurter estaba eligiendo alejarse en lugar de hacer sufrir más a Laurin. Estaba poniendo a Laurin primero, y yo únicamente estaba pensando en lo que quería. Yo quería tener una familia con Charles, quería tener lo que Laurin tenía ya con los Schurters. Fue una terrible comprensión de que, para ser una buena madre, a diferencia de la mía, tenía que dar de forma desinteresada. Tenía que devolver a Laurin a su familia.

—¡Herr Schurter! —grité—. ¡Ottmar! Vuelva.

Me arrodillé delante de mi hijo y de Frau Schurter.

—Laurin, puedes quedarte —dije, alisando sus rizos rubios—. No te alejaré de tu familia. Debes estar aquí con ellos.

Me levanté. Herr Schurter estaba sin aliento después de haber regresado a toda prisa.

—Tendréis que adoptarlo —dije, con más brusquedad de la que pretendía.

—Por supuesto —dijo de inmediato Frau Schurter.

—Hoy mismo me pondré en contacto con mis abogados —dijo el padre de Laurin.

El color había vuelto a la cara de Herr Schurter. Ida se inclinó y abrazó a Laurin, que seguía envuelto en sus piernas. Le susurró algo al oído. Tras un momento de vacilación, él la soltó, se acercó al carrito de Vreni y sacó un paquete marrón de debajo del extremo inferior de la manta.

—Laurin quiere darle algo —dijo Ida.

Me arrodillé para mirar a mi hijo por última vez. Se acercó despacio y no demasiado cerca. Su cara estaba sonrojada y manchada; examinó mis ojos rojos.

—Mamá dice que llorabas mucho porque te dolía. Esto es bueno para las heridas. Hemos recogido las flores. —Entre sus pequeñas manos sostenía una bolsa de papel marrón, y en su interior estaba esta misma botella llena de cabezas de flores de árnica atrapadas en alcohol suizo.

La noche siguiente, de vuelta a París, hice que Charles me llevara a la cama, antes de nuestra boda. Solo atándome a él pude empezar a reparar aquella ruptura que sentía que me estaba desgarrando. Hay algunas heridas que el árnica no puede curar.

10
Pinzas

Un solo pelo puede arruinar horas de preparación. No es que el pelo destaque, pero inconscientemente distraerá de una presentación perfecta. Mira este, *ma chère*, se encuentra tres milímetros por debajo del arco de la ceja; eso, jamás. Ahí es donde destaco. ¿Te imaginas un pelo vagando por mi sombra de ojos de nácar brillante? Una vez, solo una vez, cuando llegué a Brasil, permití que me depilaran las cejas, pero nunca más. El arco estaba demasiado alto, la piel roja, dolorida y estirada, y odiaba someter mi cara a los caprichos y a las imprevisibles habilidades de otra persona. Prefiero hacer que mi mente y mis dedos se concentren en la tarea que tengo entre manos. Este par de pinzas, mis pinzas, es todo lo que necesito. Tenemos que trabajar con nuestra naturaleza, no destruirla. Eso es algo que aprendí de Charles.

La noche que estuvo conmigo, esa primera vez, apenas dormimos. Al final, el hambre nos llevó a la cocina para ver qué tenía Madeleine en los armarios. Nos quedamos junto a la ventana, con una sábana enrollada alrededor de los dos, dándonos de comer un camembert maduro. Me gustaría decir que la luz de la luna danzaba sobre los relucientes tejados y que estábamos bañados en un estanque de luz azul, pero, según recuerdo, la noche no tenía brillo. Una pesada y espesa nube se cernía sobre París. Pero la recuerdo como si fuera incandescente.

Y, sin embargo, por muy felices que fuéramos juntos, la tristeza de dejar a Laurin era tan palpable que Charles la trataba casi como a una tercera persona en la habitación. Cuando ya había lamido el último bocado de queso de sus dedos, me estrechó contra él. Me fascinaron los rizos negros del pelo de su pecho. Thomas, el único otro hombre con el que había hecho el amor, era delgado y no tenía pelo. Charles no era alto, sino más bien robusto y fuerte por naturaleza. Unos rizos oscuros y apretados le cubrían el pecho y necesitaba afeitarse dos veces al día si quería lucir una piel suave. Tenía la cara irritada de tanto rozar la sombra de una barba que parecía volverse más áspera a cada minuto que pasaba. Me deshice entre las yemas de los dedos de un pelo negro y apretado, y cerré los ojos para escuchar los latidos de su corazón en el interior de su pecho.

—Rosa —dijo con suavidad, sacándome de mi ensoñación—. Tengo una idea. Después de casarnos...

—Ahora somos marido y mujer —interrumpí con un beso.

—Legalmente, quiero decir. —Hizo una pausa y sus labios buscaron los míos—. Después de certificar nuestro matrimonio, creo que deberíamos irnos.

—¿Unas vacaciones? Me encantaría ir a la Costa Azul.

Negó con la cabeza.

—No, a otro país, de manera permanente.

Mi reacción inmediata fue decir que no, pero entonces pregunté:

—¿Por qué?

—Para empezar una nueva vida, para dejar atrás nuestro pasado —dijo, besándome de nuevo—. Para que no tengas que pensar en Laurin todo el tiempo.

Miré los tejados y el cielo nocturno incoloro y suspiré.

—Así no tendré la tentación de ir a espiarlo a San Galo, ¿quieres decir eso?

—Sí, tal vez. Creo que siempre es mejor seguir adelante. Es lo que hacemos.

—Lo pensaré. —Apoyé mi cabeza en su pecho e inhalé. Así era como olía la felicidad ahora.

Lo pensé, y cuanto más pensaba, más me daba cuenta de que tenía razón: era lo que hacía. Primero había dejado Oberfals, después San Galo y ahora me iría de París. Si me quedaba allí, algo moriría en mí; estaría anhelando siempre volver a Laurin. Sin embargo, mientras visitaba a los abogados que redactaban los papeles que iban y venían de San Galo, tuve que aceptar que tendría que renunciar al derecho de contactar con él. Lo que decidieran contarle dependería de Ida y de Ottmar Schurter, y sus abogados me hicieron saber que querían que no se sintiera diferente de los demás niños. Lamentaron el dolor que me causaría, pero me pidieron que abandonara todo contacto. Tenía que dejar de escribir, no ir nunca a visitarle, e incluso mi dinero no sería bienvenido, sino que me lo devolverían.

Cuando, por fin, tuve los papeles delante, los leí, tomé el bolígrafo, lo sostuve, lo dejé. No podía firmar. El abogado me trajo un vaso de agua y un pañuelo, pero estuve sentada sin poder moverme durante mucho tiempo. Fue lo más difícil que he hecho en mi vida. Al final, me obligué a tomar el bolígrafo y a firmar la renuncia a mi bebé. Por el dolor que me causó, la pluma estilográfica con punta de oro del abogado bien podría haber sido un cuchillo, y la tinta negra, sangre.

Charles y yo nos habíamos casado la semana anterior, en un pequeño acto en la alcaldía local seguido de un almuerzo con Christian, Madeleine y la asistenta de Charles, y desde entonces compartíamos la pequeña cama del piso de Madeleine. En su piso apenas había espacio para él, por no hablar de todos mis vestidos, y Madeleine parecía disfrutar de nuestra felicidad. Se dedicó a jugar a las cartas con los vecinos y a refunfuñar satisfecha porque ahora siempre llegaba tarde al trabajo. Pero la noche en que firmé los papeles, por primera vez desde que había vuelto de San Galo, su ausencia, ese gesto tan delicado, fue innecesario. Me aparté de Charles cuando se deslizó en la cama a mi lado y me puse de cara a la pared. Se inclinó sobre mí y pude sentir sus ojos sobre mi rostro mientras esperaba.

—Tendrá que ser en un sitio que esté lejos —conseguí decir—. Muy lejos.

Dobló el cuerpo en torno a mí, copiando mi forma arqueada, y acercó su mano para agarrar la mía.

—Me lo imaginaba —dijo, y me dio un suave beso en la parte superior de la cabeza—. Muy lejos.

Después de que Charles hiciera saber que estaba buscando trabajo en otra parte, llegó un aluvión de cartas maltrechas por correo aéreo que ofrecían puestos lucrativos en una serie de lugares exóticos. Fue entonces cuando me enteré de que no solo tenía olfato para el vino y los perfumes, sino que su doctorado había sido un brillante y elegante tratado sobre ésteres anestésicos, y que había publicado lo suficiente antes de la guerra como para haberse ganado una reputación notable. No sabíamos nada de Brasil, solo que a Charles le habían ofrecido un prestigioso puesto en el departamento de Química de la Universidad de Río de Janeiro, y, lo más importante, que estaba muy lejos de San Galo. En Brasil, el curso académico empezaba en febrero, así que no teníamos tiempo que perder para organizarnos. Llegamos a Río la semana entre Navidad y Año Nuevo.

Reservamos en el hotel Copacabana Palace, no porque pudiéramos permitírnoslo (no podíamos), sino porque era el único hotel brasileño del que habíamos oído hablar. A pesar de los precios astronómicos, no nos arrepentimos. Era un edificio parisino transportado a una playa rodeada de palmeras. Estaba amueblado con piezas de madera brasileña (en el futuro aprendería nuevo léxico: *jatoba, cumaru, ipe, maçaranduba*), pero como recién llegada me limité a pasar la mano por las sofisticadas maderas pulidas, admirándolas. Nuestra habitación tenía un pequeño balcón con vistas a la playa que se extendía entre dos bosques; al norte, el *Pão de Açucar*, el legendario Pan de Azúcar, se alzaba sobre un verde prometedor, y al sur, dos enormes rocas entrelazadas de granito marrón oscuro, los *Dois Irmãos* o Dos Hermanos, menos famosos que el Pan de Azúcar pero más espectaculares, ya que se alzaban desde las laderas inferiores cubiertas de vegetación. Y frente a nosotros, el mar, el océano Atlántico que se extiende hasta África y, más allá, hasta Europa.

Durante los dos primeros días apenas pudimos movernos. El calor y la humedad nos quitaban las fuerzas y nos pasábamos bebiendo cócteles de caipiriña junto a la piscina y paseando por la arena por la mañana y por la noche. El último día de 1947 nos sentamos en la playa a esperar que el sol se sumergiera en las olas, y luego regresamos al hotel para cenar. Después de la cena, volví a ducharme, ya que los suaves ventiladores del restaurante no eran lo bastante eficaces como para evitar que el sudor corriera en forma de riachuelos entre mis pechos; Dior no dominaba la ropa para un clima tan caluroso. Al salir de la ducha, encontré a Charles rebuscando en su maleta.

—No encuentro mi traje —dijo mientras lanzaba la mitad de la ropa al suelo—. ¿El de lino?

—Está en el armario —le dije—. ¿Para qué lo quieres ahora?

—Vamos a bajar a la playa —dijo, mirándome y sonriendo como un niño ilusionado.

—Son las diez. Y está oscuro.

Localizó su traje de lino color crema y lo descolgó de la barra.

—Mira por la ventana.

La noche anterior, la playa era un lugar sombrío más allá de la luz proyectada por las farolas que bordean la avenida Atlântica. Ahora, una masa de fantasmas blancos se movía bajo las palmeras y sobre la arena.

—El encargado me ha dicho que la gente se viste de blanco para dar la bienvenida al año nuevo con paz y armonía —dijo Charles mientras se abotonaba una camisa blanca de algodón—. Así es como empezaremos nuestra nueva vida.

Había comenzado a llover, y las gotas eran tan finas que parecían colgar en el aire. Las suaves nubes ocultaban una luna casi llena, pero la playa no estaba a oscuras. Había muchas velas encendidas en santuarios improvisados incrustados en la arena o sostenidas entre los brazos de los devotos vestidos de blanco, y por todas partes crepitaban y latían fuegos bajo la lluvia. Nos movimos entre la multitud que cantaba, y la gente nos daba la mano y nos arrastraba a sus bailes. Poco a poco, nos acercamos al ruido de las olas. Nuestros pies descalzos pisaban palos de cera y flores apagadas. Había flores por todas partes: en el suelo, en las manos de la gente, en los santuarios. Al llegar a la empinada pendiente que conducía al mar, vimos a una mujer de pie en la cima de la ladera. Era joven, morena, con el pelo largo y negro suelto sobre su vestido blanco. Más tarde, cuando me familiaricé con las sutilezas de las jerarquías raciales brasileñas, la describí como morena. Sus manos colgaban sin fuerza de sus brazos, por lo demás rígidos, y sus ojos estaban cerrados, con la cabeza echada hacia atrás. Gritaba como un animal que sufre. Sus compañeras la sujetaban con fuerza mientras ella gemía y se balanceaba, intentando separarse de las demás. Dio un grito y se desplomó sobre la arena. Las otras mujeres se reunieron a su alrededor; parecían despreocupadas y tranquilas. Mi cabeza zumbaba con una mezcla sobrecargada de emoción, confusión e incluso un poco de alarma.

Tiré de la mano de Charles y lo conduje a trompicones hacia el mar. La gente estaba de pie a la orilla del agua lanzando flores al agua oscura, mientras el oleaje chocaba contra la playa y las flores empapadas se esparcían por la arena. Todo era nuevo para mí: el aire espeso y húmedo de la noche, la masa de cuerpos vestidos de blanco, el sonido acompasado de los tambores golpeando mis oídos. La multitud no se parecía a ninguna otra que hubiera visto: jóvenes y viejos, ricos y pobres, blancos y negros, y todos los tonos intermedios. No se trataba solo de un nuevo año, de un nuevo comienzo, sino de un nuevo mundo.

Y entonces empezaron los fuegos artificiales. En Oberfals, unos cohetes de un lado a otro del valle habían sido suficientes como para emocionarme, pero aquí, en Río, a medida que avanzaba el año, los rayos de luz iluminaban la playa y las nubes hasta donde alcanzaba la vista, como si se hubiera dibujado una cinta de oro y fuego en el cielo. El público estaba de pie, emocionado. Todas las cabezas apuntaban hacia arriba.

Charles me rodeó con los brazos y me sentí en un extraño delirio. La víspera de Año Nuevo significaba para mí nieve y hielo, y sin embargo estábamos de pie bajo una lluvia fina, con ropa ligera de verano, acalorados y sudorosos. Cuando salí de Oberfals, no podía imaginarme que fuera a irme de Suiza. Sin embargo, no solo había pasado por San Galo, sino que también había conquistado París. Hacía exactamente cuatro años que Schleich me había amenazado por última vez mientras los fuegos artificiales de Silvester estallaban a mi alrededor, y ahora estaba en la playa de Copacabana, en Río de Janeiro, dejando que la arena se colara entre mis dedos. Sí, Laurin se había ido, pero la guerra había terminado, Europa estaba lejos y nuestro futuro se extendía como la arena cubierta de flores delante de nosotros, iluminada por destellos brillantes. Una enorme ola de esperanza me inundó mientras subíamos de nuevo a la calle.

Cruzamos la avenida Atlântica empujados por la corriente de gente que se movía a lo largo de su extensión, y regresamos sin decir nada a nuestra habitación. Nos desnudamos y nos duchamos de nuevo. Fue inútil: cuando salimos del baño, las pequeñas gotas de sudor ya empezaban a formarse otra vez. Salimos al balcón para contemplar la multitud blanca que seguía celebrando. Me apoyé en Charles, con la cabeza contra él, y una gota cayó de su barbilla a mi hombro.

—*Mon amour*, estás chorreando —me reí—. Ve a darte otra ducha.

No respondió, y noté que caía otra gota.

—Lo siento —dijo, volviendo a entrar en la habitación, y su voz sonó extraña. Le seguí, preocupada al ver que no era sudor sino lágrimas lo que recorría su cara.

Le tendí la mano, pero dio un paso atrás.

—¿Qué pasa?

—Todo… esto. —Extendió la mano en un gesto amplio que abarcaba nuestra vida entera—. No me lo merezco.

—¿Qué quieres decir? ¿No eres feliz?

Se volvió hacia mí, me abrazó y apretó sus labios contra los míos en un beso intenso y desesperado.

—Oh, Dios, sí —dijo cuando se separó de mí—. Te quiero. Pero no me merezco esto. No tengo derecho a tanta felicidad.

Me soltó y volvió a salir al balcón. Su rostro estaba marcado por el mismo dolor que había visto como una sombra cuando me dijo que no podía tener hijos. Se inclinó sobre la balaustrada. Estaba de pie en el único lugar donde podía estar solo, así que capté la indirecta y me retiré a nuestra cama.

Debí quedarme dormida porque cuando sentí su mano trazando las líneas de sudor que recorrían mi piel, el aire de la noche estaba tranquilo; los cantos de la playa se habían desvanecido. Abrí los ojos. Parecía estar tan triste. Nunca había visto ese estado de ánimo en él.

Me besó.

—Nunca me has preguntado por qué no puedo tener hijos —dijo en un tono tan bajo que tuve que esforzarme para escucharlo.

—No. —Tomé su mano entre las mías—. Tenías que decírmelo tú, a tu tiempo.

—Quiero decírtelo ahora; si no, nunca podré hacerlo.

—Más tarde —dije, atrayéndolo hacia mí.

Es curioso cómo los besos y hacer el amor son un lenguaje en sí mismos. Las mismas acciones, lenguas entrelazadas, toques, fusiones, todo eso puede ser tranquilo, cariñoso, suave, furioso e incluso violento. La mayoría de las veces, cuando nos uníamos, era como si Charles y yo estuviéramos movidos por la misma necesidad desesperada de fundirnos y unir nuestros cuerpos. Pero los mismos movimientos y gestos podían revelar compasión, simpatía o ternura.

Era como si cada toque, cada caricia, fuese un bálsamo, un ungüento aplicado sobre heridas inconfesables.

Después, se tumbó en la cama a mi lado mirando al techo mientras yo me apoyaba en él de costado, con mi brazo extendido sobre su pecho, el suyo enganchado sobre mi espalda, su semen resbalando por mi vientre, mezclándose con el sudor siempre presente.

—Mi apellido Dumarais es francés —dijo, justo cuando me estaba quedando dormida—. ¿Crees que soy un francés?

—Sí —dije, sorprendida—, por supuesto.

—Yo también lo creía. —Hizo una pausa—. Y, en efecto, mi padre era francés. Mi madre pensaba que era francesa. Pero en 1940, cuando los alemanes invadieron Francia, mi madre y yo dejamos de ser franceses. Lo único que importaba de nosotros era que éramos judíos.

—Oh. —Sostuve su pene. Era suave y pegajoso y en la punta era liso y estaba desnudo—. Me lo había preguntado.

Mi experiencia no era muy grande y mi habitación había estado a oscuras cuando me había entregado a Thomas, pero había notado la diferencia. Lo había aceptado junto con la diferencia entre un chico delgado y larguirucho de piel suave y mi hombre musculoso. Pero, ahora, las cosas empezaban a encajar.

—¿Así que estás circuncidado?

—Sí. Aunque nunca hubiese pensado en ello, aunque me considerara como un niño francés más, para los nazis eso era igual a tener la marca de una bestia impresa en la frente.

Se quedó mirando el techo durante mucho tiempo y yo atraje su mano hacia mí y apreté mis labios contra ella. Nunca había conocido a un judío antes de conocer al profesor, y la convivencia con él me había enseñado que era un humano más. La pérdida de su familia y su tristeza hicieron que conociera bien el Holocausto. Temía lo que estaba a punto de escuchar.

—Escapamos al sur cuando los alemanes llegaron a París, pero el régimen de Vichy no era mejor. Nos quedamos con unos

amigos, moviéndonos todo el tiempo, cada vez más desesperados. Mi padre lo intentó todo, pero no pudo hacernos desaparecer. Las autoridades lo hicieron. Al final, nos detuvieron. Los
esfuerzos de mi padre fueron en vano y nosotros, mi madre, mi
hermana y mi esposa y mi hijo, fuimos transportados a Drancy
en la víspera de Navidad de 1942 y después a Auschwitz en enero de 1943.

—¿Estuviste casado? ¿Tenías una familia? —La punzada que
sentí por Laurin era muy fuerte, pero al menos estaba vivo.

Charles estaba esforzándose. Miraba el ventilador del techo
que giraba sin cesar, con una línea líquida de sal y agua recorriendo sus mejillas, y se mordía con fuerza el labio. Le di un beso en la
frente y le tomé la mano.

—¿Qué les pasó?

—Mi madre, mi mujer Françoise y Louis, que aún era un bebé
de catorce meses, fueron seleccionados. —Cerró los ojos—. Mi
hermana y yo, no. Ellos fueron a la izquierda, nosotros a la derecha. Izquierda, derecha. La muerte, la vida. Mi madre, Françoise
y Louis estuvieron muertos en cuestión de horas. Ni siquiera pudimos despedirnos.

Se apartó y yo le acaricié el cuello.

—¿Y tu hermana? —pregunté, sabiendo ya la respuesta, pero
aun así temiéndola.

—Ella lo pasó mal. Estábamos separados, intenté guardarle la
comida. Pero no fue suficiente. Para cuando fuimos liberados estaba tan delgada, que murió de disentería una semana después.

Me resultaba difícil de entender. Había elegido no decir adiós a
mi familia. Solo me habían decepcionado, me habían hecho sentir
poco querida. Nunca había mencionado a sus padres sin ternura y
cariño. Nunca había mencionado a su mujer y a su hijo, pero no me
enfadé. Lo entendí, era un dolor que él había enterrado. Sabía que
nada podría consolarle.

—Lo siento —susurré. Nos quedamos tumbados sin movernos.
Sabía que no había terminado, pero no podía imaginar qué más iba a

pasar. No era como ahora, *ma chère*, que tenemos libros, películas, series de televisión y documentales sobre el Holocausto. Los supervivientes y las víctimas aún no habían conseguido hacerse oír.

Charles suspiró.

—Intenté no sentirme culpable por haber sobrevivido. Es muy duro. —Su mano cayó sobre el colchón a mi lado mientras respiraba profundamente—. Así que, seguí adelante y, dada mi profesión, me pusieron a trabajar en una fábrica de productos químicos. Pertenecía a IG Farben.

—¿Qué tenías que hacer?

—Por lo general, hacíamos goma. Después me pusieron a trabajar en sus laboratorios. Bayer compraba prisioneros para probar los medicamentos en ellos. Rosa —su voz se quebró—, vi cosas allí que todavía no puedo creer. Una o dos veces tuve que llevar los mejunjes que ordenaban al Bloque 10, donde realizaban experimentos médicos. Que me mataran de hambre, golpeado, sucio, enfermo y demacrado no fue nada. Sobreviví. Pero lo que vi que algunos hombres les hacían a otros hombres, a mujeres y a niños… Era un horror que superaba lo imaginable. ¿Conoces al Bosco, Hieronymus Bosch?

Sacudí la cabeza.

—Es un pintor. Te lo enseñaré algún día —dijo—. Sus cuadros evocan el miedo y la repugnancia. Cuando la mayoría de la gente los mira, siente esas cosas, pero después se aleja y el sentimiento desaparece. Yo vivo con esa sensación de asfixia todo el tiempo. Nunca me ha abandonado.

—¿Qué le pasó a tu padre?

—Cuando la guerra terminó volví a París, a nuestro antiguo apartamento. Él no estaba allí. Pero el portero me dijo que se había suicidado el día de Navidad de 1942, el día después de que nos deportaran.

Entonces lloró. Como si se rompiera la presa, fue arrastrado por unos sollozos enormes y profundos. No dije una palabra, solo lo sostuve hasta que se calmó, hasta que dejó de temblar.

—Nunca podría traer a otro niño a un mundo en el que podría suceder esto. Nunca. ¿Lo entiendes?

Besé su hombro, mojado por las lágrimas y el sudor. Se me rompió el corazón —una parte de mí había jugado con la idea de persuadirlo para que cambiara de opinión—, pero ahora lo entendía.

—Sí —dije.

Me desperté antes que él el primer día de 1948 y me quedé mirando cómo dormía, relajado y en paz. Abrió los ojos y me sonrió.

—Sigues aquí.

Le sonreí de vuelta.

—Siempre.

—Es gracioso. Después de lo de anoche pensé que hoy me sentiría peor, pero me siento diferente, más ligero.

—¿Qué quieres decir?

—Es como si hubiera tenido una astilla en el corazón durante estos últimos años. Un dolor constante. Pero ahora mismo, en este instante, ha desaparecido.

—Has estado conteniendo mucho dolor, *mon amour*. Tenía que salir.

—Anoche, la forma en que me escuchaste… fue como cuando mi madre solía sacar con cuidado una astilla con unas pinzas.

Le acaricié el pelo.

—Tuvo que quererte mucho.

Un año más tarde, en Nochevieja, volvimos a pasar la noche en la playa de Copacabana. Esta vez entendimos lo que pasaba; los *candomblistas* vestidos de blanco ofrecían flores a Iemanjá, reina del mar, diosa de la fertilidad. Encendían velas, cantaban y bailaban en su honor, y algunos entraban en estado de trance. A pesar de haber aprendido un poco de portugués para conversar, no entendíamos sus cánticos, ya que las palabras eran en dialecto yoruba, y el *candomblé* eran los restos que quedaban de las antiguas religiones africanas que los esclavos habían traído con ellos a través del Atlántico. Después de los fuegos artificiales, que parecían aún más espectaculares que el año anterior, volvimos a caminar por la playa hacia Leblon. Era un barrio en construcción y habíamos alquilado una casita en una calle lateral que daba al paseo marítimo. Si me asomaba al balcón, podía ver el océano extendiéndose en la distancia al final de la calle. Ahora ya no se puede encontrar nada parecido; hace tiempo que fue sustituido por un bloque de apartamentos.

Cuando volvimos esa noche, nos quedamos en nuestra terraza mirando el cielo estrellado. Aunque conocía muy pocas constelaciones de los cielos del norte por su nombre, fue en Brasil donde me di cuenta de lo familiares que eran esas estrellas. Cada vez que dirigía la mirada a los nuevos cielos del sur, me sentía perdida y desorientada. No podría explicarte la diferencia, *ma chère*, tan solo que así era. Charles me dio un codazo mientras miraba las intensas y desconocidas estrellas. Me ofrecía una caja.

—Navidad fue hace una semana —dije.

—Lo sé. ¿No la vas a querer? —Empezó a retirar su mano.

Extendí las manos y él dejó caer la caja en las mías, sonriendo. Estaba envuelta en un suave papel hecho a mano sujeto con una cinta dorada. Desaté la cinta y destapé la caja. En su interior, sobre un papel de seda blanco arrugado, había un par de pinzas bañadas en oro. Una gran «C» estaba grabada en un lado y una «R» en el otro.

Mira, *ma chère*, las letras siguen ahí. Algunas cosas nunca se desvanecen.

11

Esmalte de uñas

Siempre te ha gustado el arco iris de frasquitos alineados en este armario. El esmalte de uñas es el toque final necesario para cualquier atuendo. Por supuesto, podemos sacar más conclusiones al respecto. Las uñas astilladas pueden ser símbolo de trabajo y limpieza, mientras que unas uñas brillantes y sin manchas pueden interpretarse erróneamente como un símbolo de inactividad, o entenderse como un signo de riqueza. Y en cuanto a ponerse un color y proteger las manos durante una semana, es una idea ridícula. Como camarera en el Gasthaus de mis padres y como costurera en París, pensé que bastaba con limarme las uñas una vez a la semana y pintarlas para ocasiones especiales. Desde entonces he aprendido que las uñas pulidas significan solamente esfuerzo. Cada día, al igual que elijo un lápiz de labios a juego con la ropa que voy a llevar, me pinto con un esmalte de uñas a juego.

Siempre que quito el antiguo esmalte con acetona, me remojo las manos, dejando al descubierto mis lunas con la piel suavizada por el agua; después las froto con aceites antes de volverlas a pintar. Y pintarse las uñas no es fácil. El secado y el endurecimiento entre cada capa son la base de unas buenas uñas. No hay atajos, se necesita tiempo. Así que, por extraño que parezca, a menudo decido lo que voy a llevar el día anterior y me preparo las uñas por la noche mientras miro la televisión, si estoy en casa. Si no, me preparo las uñas a primera hora de la mañana, cuando estoy haciendo llamadas por teléfono. Por supuesto, ahora no tengo tiempo, ni para esta reunión ni para las de última hora, y todavía no tengo idea de lo que me voy a poner.

El tiempo nunca debería ser un problema cuando se trata de la apariencia. Por supuesto, entiendo que no todo el mundo pueda dedicarse al arte de la belleza en la medida en que lo hago yo, pero para mí no hay excusas. Por supuesto, me refiero a Graça. Es curioso pensar que mi relación más duradera es con ella, y empezó siendo mi criada. Y, por supuesto, me di cuenta de que las mujeres brasileñas no se sentían vestidas sin pintalabios y esmalte de uñas, pero solo junto a Graça empecé a comprender la verdadera importancia que esto tenía para ellas.

Graça vino a trabajar con nosotros en nuestro tercer año en Brasil. Era una joven tímida y modesta, muy alta y con mucha fuerza para ser brasileña, que se paseaba descalza por el suelo de piedra y madera de nuestra casa como una sílfide. Todas las mañanas llegaba antes de que nos despertáramos; abría las persianas y las ventanas para dejar que la brisa marina recorriera la casa, antes de volver a cerrarlas en un vano intento por evitar el calor. Bajábamos y encontrábamos un ramo de flores frescas junto a un desayuno a base de zumo de naranja recién hecho y una rodaja de lima lista para exprimir sobre la firme pulpa anaranjada de dos mitades de papaya, de las cuales Graça ya había sacado las oscuras y redondas semillas. Comíamos la fruta y el pan aún caliente con mermelada de maracuyá mientras leíamos los periódicos y nos tomábamos el café, al tiempo que Graça se movía discretamente, limpiando y ordenando entre bastidores. Desde el día en que empezó a trabajar para nosotros se volvió imprescindible para que mi vida funcionara bien.

Estaba muy ocupada. Por supuesto, había causado un gran revuelo en las primeras reuniones sociales a las que habíamos asistido cuando se me escapó, de forma casual, claro está, que había sido formada por el propio Dior y que, de hecho, había sido su musa. Las mujeres se reunían a mi alrededor como colibríes en torno a una flor cargada de néctar, suplicándome que les hiciera vestidos. A los pocos meses de llegar, ya hacía vestidos, faldas y trajes. Al cabo de dos años dirigía un taller de moda muy activo. Mi estilo y mi relación con Dior causaban bastante sensación, pero incluso las grandes damas de la sociedad brasileña que compraban en París acudían a mí, porque, a diferencia de Dior y de otros diseñadores de alta costura parisinos, yo utilizaba telas que podían llevarse en las zonas tropicales: sedas, algodones finos, lino. Empecé a experimentar con nuevos tejidos como el rayón y la viscosa. Desde el momento en que bajé del avión en el aeropuerto Santos Dumont y sentí el aire espeso, húmedo y cálido que me invadía, supe que el amor de Dior por el exceso, por los metros y metros de tela pesada, no funcionaría allí. Tenía que adaptar su New Look a las exigencias del entorno.

Habíamos llegado en verano al hemisferio sur, e imaginé que la abundancia de las frutas y las flores se desvanecería. Pero cuando llegó el invierno a Río me enteré de que hacía más calor que en el verano de Oberfals, y que no era menos verde. Mi instinto inicial fue elegir un motón de tonalidades, pero no tardé en darme cuenta de que mi clientela no era partidaria de la burla a su estilo que propagaba Carmen Miranda. Mis damas de Río, a miles de kilómetros de París, anhelaban ser sofisticadas. Al igual que sus hermanas antes que ellas, que habían enviado sus prendas sucias desde Manaos —una ciudad situada en la mayor fuente de agua dulce del mundo— «de vuelta» a través del Atlántico para que fueran lavadas en Portugal, querían que su ropa fuera moderna y elegante en lugar de «tropical».

Al principio, Graça se mostró tímida conmigo; pasó más de un año antes de que mantuviéramos una conversación en condiciones.

De hecho, apenas la veía; apenas estaba en casa durante el día. Sin embargo, poco a poco y por pura necesidad, empezó a hablar. Entonces comenzamos a compartir confidencias, casi de forma casual. Se enteró de los nombres de mis principales clientes y de nuestros amigos, mientras yo le decía de quién era el vaso que estaba limpiando, por qué esa almohada en particular estaba tan arrugada. Y poco a poco me enteré de que provenía de la *roça*, la zona rural del interior, y de que la ciudad le daba bastante miedo. Vivía con una prima en Dona Marta, una favela formada por una serie de chozas que se apoyaban en la ladera de la montaña que se eleva sobre Leme.

Río de Janeiro surgió en torno al borde sur de la bahía de Guanabara. Si te sitúas bajo el Cristo del Corcovado, el Pan de Azúcar se encuentra debajo, en el estrecho cuello de la bahía, un puerto irregular y natural que se extiende a lo largo de unos veinte kilómetros. Parece un gigantesco nido de termitas y es una de las muchas masas rocosas de granito negro-rojo que se elevan sobre la arena blanca y los restos de vegetación costera. Los colores son muy intensos: el azul del mar y del cielo, el verde de los árboles y el amarillo pálido de la arena descolorida por el sol. Los ricos pagaban por estar cerca de la playa y se apoderaban de todo el terreno liso que bordeaba el mar, lo cual obligaba a sus limpiadores, mecánicos y trabajadores a subir a las empinadas colinas bajo los acantilados. Dona Marta era una de las favelas más antiguas, la entrada era un camino estrecho que subía por la montaña. Las chabolas construidas con latas de aceite abiertas, puertas viejas y planchas de hierro ondulado se amontonaban de manera desordenada a ambos lados. Mientras Graça nos llevaba a pie por el último tramo hasta la casa de su prima, vislumbré la preciosa vista de las islas que flotaban como joyas en el agua azul de la bahía, de la que los *favelados* disfrutaban por encima de sus tendederos.

Graça tendría que haber sido una belleza. Con otro comienzo en la vida habría caminado erguida, vestida con trajes elegantes, pantalones a medida y faldas refinadas. Sin embargo, era como un billete arrugado. Llevaba el pelo corto y recogido sobre la cabeza, sujeto con horquillas y crema. A menudo se enrollaba un pañuelo alrededor, pero no al estilo de una bandana con un cuadrado de seda de colores, sino un trozo de algodón descolorido, rasgado por los bordes y bien anudado. Solo la veía con la ropa que llevaba para trabajar, sencilla y vieja: las blusas sin forma que colgaban por encima de faldas de corte cuadrado en forma de «A» que ahogaban su delgado cuerpo. Sus extremidades largas y angulosas parecían hambrientas, no delgadas. Tenía los brazos y las piernas siempre en movimiento, levantando y barriendo, quitando el polvo y puliendo, escurriendo y colgando, y eran fuertes y sinuosos. Entonces, resultaba difícil ver algo de belleza en ella.

En ese momento estaba demasiado ocupada con Charles y conmigo misma como para darme cuenta de nada. No es que haya mucho que contar: la felicidad, para cualquiera que no la experimente, es aburrida. Sin embargo, aquellos fueron mis años dorados, literalmente. Todas las mañanas paseábamos por la playa antes o después de desayunar, y los fines de semana nos tumbábamos en la arena hasta que el calor era demasiado intenso y nos poníamos siempre morenos. El ascenso meteórico de mi negocio junto con el puesto de Charles en la universidad hizo que se nos llenaran los bolsillos. Conseguí una vieja tienda en la ciudad y la renové, y, como Dior, hice que fabricaran mis creaciones en los pisos superiores de la tienda. Había sido muy barato en una zona tan poco elegante, pero mi tienda empezó a revivir la calle. Viajamos dentro de Brasil, siguiendo el Amazonas desde Belem, cerca de su desembocadura, hasta lo más profundo de la selva, más allá de Manaos. Nos paramos sobre las estruendosas cataratas del Iguazú, espiamos la vida salvaje en los vastos pantanos del Pantanal, recorrimos ciudades coloniales de la costa y las antiguas ciudades mineras de Minas Gerais, con sus pequeñas iglesias barrocas engalanadas con más querubines dorados de lo que se pueda imaginar. Compramos piedras preciosas sueltas: diamantes, rubíes, zafiros, esmeraldas y amatistas, así como piedras semipreciosas de las que nunca había oído hablar: aguamarina, berilo, cidra, peridoto, topacio y la magnífica turmalina, y el oro para engarzarlas. De vuelta a Río, las convertí en espectaculares joyas que yo misma diseñé. Eso me llevó a un segundo negocio.

Cuando dejé San Galo con el plan de hacer las cosas bien en París, mi aspiración era tener mi propia tienda. Ahora que tenía dos negocios con éxito, era como si hubiera dado con el tesoro de la fábula del rey enano de la montaña de los cuentos de hadas de mi niñez, que solo era visible en el resplandor rosado de la puesta de sol. Temía que nuestra felicidad fuera tan efímera como el atardecer. En tres años había comprado una casa en la avenida Atlântica de Leblon. A principios de los años cincuenta el tráfico era mínimo y podíamos cruzar la calle y estar en la playa en segundos. Charles estaba inmerso en su investigación y aceptó con gusto la comodidad en la que vivíamos, sin darse cuenta. Pero —porque, *ma chère*, siempre hay un «pero»—, de vez en cuando el pensamiento sobre Laurin entraba como una furia salvaje. Pero incluso entonces, a pesar de mi llanto y mis ruegos, Charles nunca cedía. Él no tendría hijos. Pensarás que es extraño, *ma chère*, que haya aceptado su decisión. A lo largo de los años me he preguntado por qué no quedé embarazada «por accidente». Sospecho que, en el fondo, no creía que mereciera ser madre. Nunca me perdoné por haber perdido a Laurin y, a fin de cuentas, quería respetar la decisión de Charles.

Una mañana, cuando me estaba yendo a mi oficina, tenía sed y me dirigí a la cocina a por un vaso de agua. Recuerdo que estaba de buen humor: se me había ocurrido un nuevo diseño durante la noche y lo estaba elaborando en mi cabeza. Siempre me ha gustado el impulso creativo. Abrí la puerta de la nevera, saqué la jarra de agua filtrada que Graça rellenaba cada mañana y me serví un vaso.

No fue hasta que guardé la jarra en la nevera que me di cuenta de que no estaba sola. Graça estaba sentada en un taburete al lado de la puerta de la cocina, al final de la hilera de armarios, con la espalda apoyada en las baldosas de color crema, los ojos cerrados y la cara mojada por las lágrimas.

—Graça —la llamé—, ¿qué pasa?

Se limpió las lágrimas con el delantal.

—No pasa nada —dijo poniéndose en pie.

—No, sí que pasa algo. ¿Hay algo que pueda hacer?

—Estoy bien. —Intentó forzar una sonrisa, recogió el plumero que había dejado en la encimera y salió de la habitación.

Me quedé un momento de pie balanceándome sobre mis tacones de aguja y después escuché el golpeteo de mis tacones en el suelo de mármol mientras me dirigía a la puerta principal, como si estuviera recibiendo una respuesta en código Morse. Luego de aquello, la observé con atención.

Su rostro era lo que más revelaba. Siempre había sido discreta, pero ahora apenas era visible. Sus ojos parecían haberse encogido; los iris se volvieron de un marrón apagado y las líneas rojas cubrieron el blanco amarillento. Debería haber tenido una piel de color marrón miel, pero la fatiga le había quitado el color y provocado una palidez cetrina en su rostro.

Y entonces un lunes no vino a trabajar. Me preocupé; nunca había estado enferma, nunca se había ausentado así. Una vez, había faltado un día para llevar a su prima al médico, pero había enviado a la hija adolescente de su vecino para que nos ayudara. A la mañana siguiente la oí trabajar, pero se mostró esquiva; salía de las habitaciones justo antes de que yo entrara, como si tuviera una especie de sexto sentido. El miércoles por la mañana el desayuno estaba preparado, pero no la vi por ninguna parte. Busqué por toda la casa hasta que la encontré puliendo el suelo de nuestra habitación de invitados. Ya estaba inmaculado, dado que no se utilizaba a menudo, pero era un lugar al que no solía ir. Se estaba escondiendo de mí.

—Buenos días —dije, intentando sonar casual, como si no la hubiera buscado—. ¿Estás bien?

—Sí, *senhora* —murmuró sin levantar la vista del paño en el suelo de parqué.

—¿Ya estás mejor?

—Sí, *senhora*. —Continuó puliendo la cera en la madera tostada.

Los moratones son más difíciles de ver en la piel oscura, pero cuando Graça extendió la mano y la blusa se estiró, pude ver las marcas negras y violáceas en su brazo. Sabía que no se daría la vuelta. Mi padre nos pegaba a Christl y a mí cuando estaba borracho. Nos escondíamos en casa hasta que no se veían los moratones porque nos daba vergüenza. La ira surgió en mi interior como un volcán, pero me obligué a contenerla; por el momento, lo mejor era dejarla en paz.

A la mañana siguiente, Charles y yo nos levantamos más temprano de lo que lo habíamos hecho en años, nos preparamos un café y nos sentamos en la mesa de la cocina a esperarla. Cuando abrió la puerta y nos vio, se quedó paralizada lo suficiente para que pudiéramos ver los moratones que tenía en la cara, los ojos hinchados, las marcas de los cortes en los labios y las quemaduras del cuello.

—¡Oh, Graça! —Me levanté de un salto y le tomé la mano—. ¿Quién te ha hecho esto? No puedes trabajar. ¿Has ido al hospital?

Su boca se abrió como si fuera a responderme, y después se cerró, en silencio. Sentí una mano en mi hombro; el contacto de la mano de Charles en mi piel siempre me detenía en mi camino.

—Rosa, Rosa. Ve al baño y busca el alcohol y los ungüentos, y si es posible, tiritas y vendas.

Cuando volví, Charles estaba sirviendo café recién hecho mientras Graça se sentaba encorvada, mirando hacia su regazo. Puse en la mesa los suministros médicos en un montón y después me senté en la silla junto a ella. Nunca nos habíamos sentado juntos. Charles sirvió el café y después rebuscó entre el montón de frascos, vendas, tubos y tiritas. Eligió una pomada y después, girando la cara de ella con el dedo, se puso a trabajar en silencio, aplicando el antiséptico. Arranqué un trozo de algodón de un rollo y descorché el preciado frasco de árnica de Laurin.

—No estás sola, Graça —dije, mirándola—. Nos tienes a nosotros. Nadie tiene derecho a hacerte esto. —Los ojos de Graça se giraron hacia mí, su rostro seguía bajo el escrutinio de Charles—. Te ayudaremos.

Empapé el algodón con el valioso tónico de árnica de Laurin y se lo entregué a Charles, que limpió todos los moratones que podía ver en sus brazos, cuello y cara. Cuando estuvo satisfecho, se sentó.

—Ahora, Graça, dinos: ¿es la primera vez? —preguntó Charles. Por la frialdad de su voz, me di cuenta de que, al igual que yo, estaba furioso, pero intentaba disimularlo para no alterarla.

Ella sacudió la cabeza.

—No lo creo —dije—. Pero nunca había sido tan grave.

Sus ojos estaban fijos en la mesa, y esperamos. Cuando levantó la vista, tenía los ojos encendidos y el rostro desencajado.

—Senhor Charles, Senhora Rosa, me iré y no volveré. No debería traer tal vergüenza a su casa.

—¡Avergonzada! —El grito de rabia de Charles escapó de su boca—. No deberías sentirte avergonzada. —Le apreté del brazo y continuó con más calma—. La persona que hizo esto debería estarlo. No tú. —Se apoyó en el fregadero y llenó un vaso con agua.

Graça se relajó de nuevo en su silla.

—Graça, Charles tiene razón. —Tomé su mano entre las mías—. No es tu culpa. Por favor, dinos quién te ha hecho esto.

Retiró la mano y se puso a llorar. En los trópicos, antes de un aguacero no tiene lugar la llovizna. En un momento el sol cae con fuerza, el cielo se oscurece y una nube gris se cierne sobre él y se produce un diluvio. Las lágrimas de Graça brotaron con violencia mientras sollozaba. Intenté rodearla con el brazo, pero se me rehuyó. Después, de repente, como si el viento se hubiera llevado la nube, se calmó, se frotó las lágrimas y se sentó.

—Se trata de Sé. —Escupió su nombre en un siseo—. El prometido de mi prima. Ella es una mujer buena, fuerte. No dormirá con él hasta que se casen, pero llevan tres años ahorrando para construir una casa. Empezó hace un tiempo… dice que, si quiero seguir viviendo con Gabriela y con él cuando se casen, tengo que empezar a pagar un alquiler ahora. Dice que si lo mantengo ocupado, no dejará a Gabriela.

Mientras hablaba, los dedos de su mano derecha empezaron a flexionarse y a contraerse, las largas uñas arañando el esmalte de las de los dedos opuestos.

—La mayor parte del tiempo lo evito, pero a veces, cuando sabe que Gabriela está fuera, viene a casa, borracho. Nunca dejaría entrar a un hombre en casa si estoy sola. No está bien. Pero no puedo decirle «no», y de todos modos entra, aunque yo le diga que no. De normal, me las arreglo para disuadirlo o para huir, pero el viernes pasado había estado bebiendo *pinga* en un bar. —Miró sus uñas destrozadas y apretó los dedos de la mano izquierda sobre la derecha—. Entró enfadado, muy enfadado, y me agarró por el cuello. Podía oler la cachaza en su aliento. Me enfrenté a él. Me enfrenté a él en serio. Y me escapé. Pero ahora en casa es horrible. No puedo decirle a Gabriela lo que ha estado pasando y él no quiere venir porque está muy herido. Pronto se pondrá nerviosa y empezará a hacer preguntas. —Extendió los dedos como para que yo admirara sus largas y bien formadas uñas, cuyo barniz rojo con estrías estaba desconchado y con destellos blancos en las puntas. Imaginé cómo se había desprendido el esmalte donde había clavado las uñas en la carne del monstruo.

Le tomé la mano y le besé los dedos en señal de aprobación.

—¿Dónde trabaja? —Charles estaba apoyado en el fregadero. No expresó ningún sentimiento, pero pude ver, por la forma en que sus nudillos estaban blancos en el lugar donde sujetaba el borde del fregadero, que la ira no había disminuido.

—Trabaja en Maluf Exports en alguna parte del centro —contestó Graça.

—No por mucho tiempo. Vamos a ir hasta allí. —En la cara de Charles había una mirada decidida y furiosa.

—No podemos —dijo Graça mirando de mí a Charles y al revés, con una expresión de pánico en los ojos—. Gabriela se enterará.

—¿Estás loca? —Las palabras estallaron antes de que pudiera detenerlas. Respiré hondo y me detuve; no podía dejar que mi ira hacia él se descargara contra ella—. Lo siento, lo que quiero decir es: piensa. ¿Quieres que le pase esto a ella? ¿Qué crees que hará una vez que estén casados?

—Pero, *senhora*, él la ama.

—Y no me cabe duda de que también ha dicho que te ama a ti. Ella asintió.

—Dice que lo estoy volviendo loco. No sé qué hacer. —Su sufrimiento y su desesperación redujeron su voz a un susurro.

En ese momento supe qué hacer. Me puse en pie de un salto.

—Voy a prepararme.

—Senhora Rosa —dijo, volviendo a rascarse las uñas—, no creo que deba involucrarse en esto.

—¿Por qué no?

—No es algo que usted pueda entender. Es mi problema. Es muy desagradable.

—Graça —dije, sosteniendo de nuevo sus manos y obligándola a mirarme a los ojos—. Sé más de esto de lo que puedas imaginar.

Me devolvió la mirada, su rostro magullado mostraba la dureza con la que se había enfrentado a aquel hombre.

—Juré hace mucho tiempo que no dejaría que los hombres se salieran con la suya —continué—. No si puedo evitarlo.

No se movió de la silla, pero sacudió la cabeza mientras decía:

—Perderé mi honor. Es mejor que no haga nada.

La observé un momento y luego pregunté con la mayor delicadeza posible:

—¿Conoces a alguien que trabaje con él?

—No.

—Entonces no importa. Lo que importa es que lo detengan.

Puso las puntas de los dedos en forma de arco, como si estuviera rezando. Sus ojos hinchados e inflamados estaban cerrados.

—Nos iremos en diez minutos.

Palideció.

—Senhora Rosa, no puedo ir a la ciudad así.

—Oh, está bien, te quedará bien mi ropa, te prestaré algo.

—No, no. Quiero decir así. —Extendió los dedos, mostrando el esmalte raspado y arruinado—. No puedo ir a ninguna parte así.

Para mí fue una revelación. Todas las mujeres, todas, querían lucir lo mejor posible. Tardaría un tiempo en entenderlo por completo, pero había entrado en el mundo de la moda gracias a mi habilidad para coser, para crear ropa. Y, me avergüenza admitirlo, daba por sentado que mi aspecto era bueno. Había asumido, estúpidamente, que todo el mundo podía tener el mismo aspecto que yo si lo deseaba. Entonces no entendía que las circunstancias son las que visten a la gente. Graça ejercía el poco control que tenía sobre su aspecto, y no iba a ir a la ciudad con las uñas estropeadas. Me enseñó mucho más que yo a ella.

—Oh. Espera un minuto. —Por aquel entonces solo tenía dos frascos de esmalte de uñas, uno rojo y uno rosa salmón. Los llevé junto con un vestido y una chaqueta de lino beige, que pensé que podrían favorecer su tono de piel. Ella estudió los esmaltes.

—El rosa —dijo finalmente.

Cuando se puso el vestido y la chaqueta de lino, nos sentamos juntas en la mesa de la cocina mientras yo le quitaba el esmalte antiguo; le pinté las uñas de un rosa refinado y elegante. Charles se paseó por la cocina, con la ira y la indignación escritas en su rostro, y después desapareció en el piso de arriba. Graça parecía estar tranquila con el ritual de belleza. Se quedó sentada mientras se le secaban las uñas, con el rostro magullado y maltratado mostrando una extraña paz. Me di cuenta de que, para ella, las uñas eran como la elección adecuada de zapatos; se trataba de estar preparada para enfrentarse al mundo. Sin ellas se sentía desnuda, pero con ellas, incluso humillada y golpeada, se sentía segura de sí misma. Al día siguiente salí y me compré lo que daría inicio a mi colección.

12
Cuchilla de afeitar

Ah, *ma chère*, ahora llegamos a la cuestión del vello corporal: ¿estar o no estar depilada? Era un poco como el esmalte de uñas. En Oberfals el suave plumón que cubría mis juveniles brazos y piernas nunca me molestó. En San Galo solo me expuse una o dos veces en los viajes dominicales al lago, pero todas las mujeres tenían vello corporal. En París, vestida con prendas bonitas, nunca iba con las piernas desnudas. Y Charles nunca se quejó. Me hundía la nariz en el sobaco, me acariciaba como si fuera un perro; decía que el fino vello atrapaba mi perfume, que el *parfum* que había creado para Dior era el segundo en importancia. Y en comparación a un hombre como él, yo era tan suave y sin pelo como un boto, el delfín rosado brasileño.

Aunque rara vez exponíamos nuestras piernas, excepto en los días de verano, y aunque el vello blanqueado por el sol apenas se veía sobre mi piel bronceada, en Brasil había que hacer invisible el vello. Si se tenía dinero había muchas formas de depilarse, pero para quienes tenían poco, el peróxido era la opción más barata aunque la menos eficaz. Las uñas y los labios tenían que estar pintados, siempre. Y la piel con un bronceado perfecto, siempre. Nadie decía nada en las fiestas en la piscina de los clientes cuando levantaba los brazos hacia la bandeja del camarero para tomar una copa de champán recién llegada de Francia; nadie comentaba nada mientras examinaba mis piernas cuando jugaba al vóleibol en la playa. Pero poco a poco me fui dando cuenta de lo depiladas que iban las mujeres; de cómo —de acuerdo con su estética— yo iba por mal camino, era demasiado macho. Y entonces la palabra *depilação* parecía estar por todas partes, en los escaparates, carteles y folletos, anunciando ese servicio vital: la eliminación del vello. Mi primer intento de depilarme fue un impulso. Saqué la cuchilla de Charles de su soporte y traté de afeitarme las piernas y las axilas. Fue una masacre digna de Norman Bates.

Así que la cuestión no era si había que hacerlo, sino cómo hacerlo. Si alguna vez has pensado que la belleza era fácil, *ma chère*, estoy segura de que estoy ayudando a acabar con esa idea. La depilación es un buen ejemplo. Desde la India, pasando por Irán hasta las tierras árabes, nuestras hermanas retuercen y tiran de finos hilos de algodón, tan rápido que arrancan los pelos indeseados. Otras mujeres de Oriente Medio prefieren pasarse una pasta de azúcar por las piernas; los pelos se clavan en la masa y se los arrancan por tandas. Aquí, en Nueva York, he evitado la electrólisis: no puedo imaginar por qué alguien elegiría que una corriente eléctrica se disparara sobre su vello. Siempre me ha parecido demasiado doloroso y lento. He probado las máquinas depiladoras, que son más un instrumento de tortura que de belleza; las cuchillas que giran, gritan y zumban mientras arrancan pelos resistentes tardan una eternidad en subir por las piernas y tiran sin cesar, como una larga ola de dolor.

En cuanto a las cremas, los vapores nocivos bastan para decirme que no está bien, que no puede ser bueno para la piel untarse con algo que pudre el pelo tan rápido. Otra solución química, con la que experimenté en Brasil, consistía en enjabonar con espuma de peróxido de hidrógeno. Hizo que el vello de mis piernas se volviera pálido y débil. Entonces, un día, mientras discutía sobre cómo blanquear distintos tejidos y el daño que hacía la lejía en la seda y el lino, me di cuenta de que no debía utilizarla en mi piel. Al final, me atreví a entrar en un *salão de depilação*. Me estremecí cuando me extendieron cera caliente sobre la piel, pero al menos con la cera el dolor se acaba en un instante.

Hoy en día utilizo las pinzas que me regaló Charles para depilarme las cejas, y la cera para las piernas y la línea del bikini. Y todos los días llevo la cuchilla de Charles a los huecos bajo mis brazos, donde él solía olerme.

Charles estaba especialmente apegado a su cuchilla de afeitar. Había sido de su padre antes que de él y era una de las pocas posesiones que tenía de su niñez. Un amigo de la familia había llevado un pequeño maletín con sus pertenencias al portero de su bloque de apartamentos de antes de la guerra en París, adivinando que, si algún miembro de la familia sobrevivía a los campos de concentración, allí sería adonde volvería. Como el profesor con los retratos y la porcelana, Charles guardaba los pocos recuerdos de su vida perdida cerca de él. Nunca le pregunté cómo se había suicidado su padre, pero a veces, al encajar una nueva hoja en el soporte de oro y marfil, pienso en la facilidad con la que se desliza sobre mi piel y lo sencillo que es derramar sangre.

Por mucho que Charles no se detuviera ni hablara del pasado, estaba atrapado en él. Su decisión de no tener hijos fue una respuesta a lo que había visto, e igualmente su aversión a cualquier tipo de violencia le obligaba a actuar. Ya había visto lo que sucede cuando los hombres buenos no hacen nada.

La mañana que nos enfrentamos a Graça, Charles desapareció en el piso de arriba mientras yo le pintaba las uñas. Bajó bien afeitado y se vistió con su traje más elegante antes de unirse a nosotras en la mesa. Observamos en silencio mientras ella extendía sus manos, con los dedos sobre la mesa como si fueran estrellas de color rosa en la víspera de Año Nuevo.

—Estoy lista —dijo tras una cuidadosa inspección de las uñas color rosa cuarzo.

—Iré a pedir un taxi —dijo Charles.

—No. No creo que debas venir —dije en tono neutro.

—¿Qué? —Una mueca transfiguró su rostro.

—Vamos, *mon amour*, estás demasiado enfadado.

—Claro que lo estoy. Quiero darle una paliza —gritó—. Quiero que pague.

—Exacto. Por eso no puedes venir.

—¿Graça? —le imploró—. Hazla entrar en razón.

Intercambié una mirada con ella.

—Si vas, habrá una pelea —dije—. Entonces se irá a casa y golpeará a alguien más débil que él.

—Sí, *senhor*, es así —dijo Graça en voz baja—. Le dará una paliza a Gabriela.

Charles no dijo nada.

—Charles —dije—. Se te da mejor limpiar heridas, y sabes que se me da bien la gente. Puedo asegurarme de que ese hombre no vuelva a hacer nada nunca más.

Al final, Charles asintió.

—¿Estáis seguras las dos? —Ambas asentimos.

Se dirigió a la puerta.

—Voy a llamar a un taxi para vosotras.

Unos minutos después le dio un beso a Graça en las mejillas y me abrazó antes de entrar en el taxi. Graça se sentó rígida en la parte trasera del pequeño escarabajo VW mientras nos llevaba por el paseo marítimo. Miraba fijamente por la ventanilla cuando giramos a la izquierda en Urca, a la sombra de la montaña del Pan de Azúcar. Me di cuenta de que era probable que nunca hubiera estado en un coche en Río. Mientras el taxi atravesaba Botafogo, Flamengo y Glória para después desviarse a la izquierda hacia el centro de la parte antigua de la ciudad, ensayé lo que iba a decirle a su acosador. Cuando Schleich me violó, mis padres no hicieron nada para consolarme ni para apoyarme. No me iba a mantener al margen con tanta facilidad como lo habían hecho ellos.

Cuando nos dejó, el taxista señaló con un gesto vago en dirección a un laberinto de calles empedradas y casas coloniales en ruinas. Tardamos en encontrar el edificio donde trabajaba Sé, pero cuando lo hicimos, nos mostraron el piso donde filas de mujeres se sentaban inclinadas sobre largas mesas, trabajando en silencio y concentradas. En lugar de esperar donde nos habían dejado, empecé a caminar por las mesas mirando por encima de los hombros de las mujeres. Estaban examinando, clasificando, empaquetando y envolviendo gemas. Unas cuantas golpeaban sus finas y esmaltadas uñas sobre máquinas de escribir.

—Disculpe, *senhora*, ¿puedo ayudarla?

Me di la vuelta con lentitud, lamentando a medias no haberme puesto un viejo traje de Dior que me habría sentado de maravilla. Había optado por un aspecto regio con una de mis propias creaciones, un vestido y una chaqueta de seda de color cobalto. Un hombre rollizo y de baja estatura, con un traje de una talla menos de cintura y dos tallas más de pierna, estaba de pie frente a mí. Se limpiaba la frente con un pañuelo grande y blanco.

—Soy Rosa Dumarais, de la Casa Dumarais —dije. No soy una mujer alta y todavía estaba en la mitad de la veintena, pero en Dior aprendí a mantenerme en pie, a erguirme y a imponerme en una sala. Le tendí la mano—. Quizás haya oído hablar de mí.

—Le costó un poco entenderme, pero al final la tomó y me la besó.

—Paulo Maluf, a su servicio. —Inclinó la cabeza levemente.

—Ah, Maluf como Maluf Gem Exports —dije.

—Sí, soy el dueño. —Hinchó el pecho y echó los hombros hacia atrás, aunque no pudo hacer nada para evitar que sus pantalones siguieran enredándose a la altura de los tobillos.

—Tengo una propuesta para hacerle. —Miré el taller—. ¿Hay algún lugar donde podamos hablar?

—Sí, por supuesto, sígame por favor. Mi despacho está…

—¿Puedo dejar que mi asistenta revise el trabajo de sus empleadas? —Le miré fijamente, para que entendiera que no era una pregunta.

—¿*Senhora*? —la voz de Graça parecía alarmada. Me había seguido como una sombra mientras recorríamos de arriba abajo las mesas de trabajo, y con mi vestido beige y mi chaqueta parecía que era mi mejor asistente, y no mi criada.

—¿Podrías examinar las diferentes piedras y los engastes, por favor? —Esperaba que entendiera que lo único que necesitaba era estar a solas con Maluf, que esto era una farsa. Me miró con una expresión de desconcierto que se convirtió en un gesto de comprensión. Sus ojos parecieron iluminarse y me sorprendió lo guapa que era.

Al final, Graça asintió y se volvió hacia el conjunto de mesas de caballete. Las manos de las mujeres seguían haciendo movimientos automáticos, pero yo sabía que todas me escuchaban. Estaba segura de que nunca habían visto a nadie con el mismo aspecto que yo en carne y hueso, ni tampoco a una mujer negra tan bien vestida como Graça.

El Senhor Maluf se detuvo, sin saber si debía liderar el camino o seguirme hasta su despacho. Su mano me indicó la dirección, así que avancé, como había aprendido cuando era maniquí en Dior, hasta la puerta, y esperé a que abriera y me hiciera pasar. Una vez sentado detrás de su desordenado escritorio de madera, se relajó. Me senté en la silla de madera de enfrente y observé la habitación. Al igual que la fábrica, todo era viejo y estaba deteriorado. Tenía una treintena de mujeres trabajando en la planta principal, y supuse por los débiles sonidos que llegaban a través del techo que había otras oficinas o talleres en el piso superior. Se mantenía a flote, pero por los pelos. Necesitaba hacer negocios, necesitaba pedidos. En el desván del maestro italiano había aprendido a adornar las telas con lentejuelas, plumas, encajes y gemas. Las gemas eran caras y laboriosas de colocar. Pero otorgaban distinción. Se podía hacer un buen negocio. En los pocos segundos que tardé en deducir todo esto, en mi cabeza el plan ya estaba claro.

—Así que, Senhora Rosa, ¿a qué debo el placer de esta visita? —Agarró un bolígrafo, adoptando lo que debió pensar que era una postura brillante, como si estuviera a punto de escribir algo.

—Lo que pasa con la moda, Senhor Maluf, es que es una forma de arte. Y el arte es inspiración. Esta mañana me he levantado y he pensado que la colección de esta temporada se llamaría *Cintilante*, va a ser brillante y resplandeciente, centelleante. Quiero impregnar mis telas no con lentejuelas, sino con gemas de verdad. Necesito encontrar una fuente fiable de piedras de buena calidad y a buen precio.

—Ya veo —dijo, con una expresión de perplejidad.

—¿Sabe algo de moda? —le pregunté, y me miró sin entender nada—. ¿Ha oído hablar de mí?

—Perdóneme, *senhora*, no. —Se sonrojó al admitirlo.

En los dedos regordetes de Maluf brilló un anillo de boda. Sonreí.

—Veo que está casado. ¿Tiene hijas?

Asintió con la cabeza.

—¿Puedo sugerirle que llame a su esposa y le pregunte si ella o sus hijas han oído hablar de la Casa Dumarais?

Me senté mientras marcaba el número y hablaba con su mujer.

—Isabela, ¿qué sabes de la Casa Dumarais? ¿Por qué? Porque la Senhora Dumarais está conmigo ahora mismo.

Su rostro pasó de rojo a blanco y de nuevo a rojo cuando su esposa habló al otro lado de la línea. Pude discernir un torrente de sonido emocionado. Cuando colgó el teléfono, me estaba mirando con asombro.

—Creo que su esposa me conoce.

—Sí, así es. —Me miró durante un momento. Le dejé pensar—. ¿Antes ha dicho «impregnar»?

En ese momento supe que lo tenía. Pude ver cómo hacía cuentas en su cabeza. Había un brillo febril en sus ojos mientras trataba de imaginar lo que esto podía significar.

—Sí, supongo que encargaría muchas. Si las condiciones necesarias se cumplen. Obviamente, las gemas tienen que ser lo suficientemente buenas y los precios tienen que ser los adecuados. ¿Estaría interesado?

—Por supuesto. —Su falta de astucia era encantadora y explicaba por qué su negocio apenas funcionaba.

—Hay una pequeña cuestión que me gustaría discutir. Se trata de uno de sus empleados.

Su rostro palideció y supuse que ya le habían engañado antes.

—Senhor Maluf, esto no es lo que usted imagina —le dije, con una sonrisa para tranquilizarlo—. Complázcame escuchándome, eso es todo, y después haremos un trato.

—¿Solo escuchar? —El pobre hombre parecía contrariado; pensaba que estaba jugando con él.

—Sí, déjeme contarle una historia. —Al principio, escuchó con amabilidad, pero distraído, sin duda estaba haciendo números en su mente otra vez, pero a medida que avanzaba, empezó a prestar atención y a mostrarse incómodo, golpeando el escritorio con el bolígrafo en señal de inquietud.

—Lo despediré de inmediato —dijo en cuanto terminé—. Déjeme que lo llame.

Sacudí la cabeza.

—No, eso no funcionará. Nadie sabrá de lo que es capaz, y seguirá en otra parte. Imagínese que esto les ocurriese a sus hijas.

—Entonces, quiere que... ¿me deshaga de él?

—¡No, Dios no lo quiera! —exclamé, realmente sorprendida.

Parecía aliviado, y entonces supe que lo haría. Aunque no estaba segura de si su motivación procedía de la indignación moral o de su desesperación por hacer negocios conmigo.

—No, quiero que lo mantenga aquí. Donde pueda vigilarlo. Ahí fuera quedará libre, la policía nunca lo perseguirá. Pero aquí estará en una prisión virtual. Aquí todo el mundo sabrá quién es, qué clase de hombre es, y sabrá qué tipo de carta de recomendación escribirá para él si alguna vez intenta irse. Será una sentencia de por vida, y si no es idiota, será un trabajador modelo para usted. Graça está fuera hablando con sus chicas, todas verán sus moratones. Cuando nos hayamos ido, le sugiero que lo lleve fuera y le haga contar lo que pasó y por qué lo mantiene. Déjele vivir con su vergüenza.

El Senhor Maluf me miró como si estuviese valorando mi propuesta. Un momento después, se levantó y dijo:

—Es inteligente, Senhora Rosa. Espere un momento, por favor.

Salió y se dirigió a la planta baja.

Volvió unos instantes después con un joven vestido con un mono de trabajo. Las mangas arremangadas y el escote abierto dejaban al descubierto un físico sano y fuerte. Hubiese sido difícil luchar contra él, pero los cortes en la cara y en las manos mostraban la fuerza de Graça.

—Senhora Rosa, este es José Ribeiro da Silva.

Me levanté de la silla y examiné al hombre de arriba abajo deliberadamente, desde los rizos oscuros y apretados, pasando por el rostro lleno de cicatrices y bajando hasta las alpargatas hechas trizas. Me devolvió la mirada, sin duda alguna le gustaba la atención.

—Senhor Maluf, vuelvo enseguida —dije y me fui. Graça había visto llegar a Sé y se había retirado al rincón más apartado de la tienda. Tal vez ni siquiera la había reconocido vestida con mi ropa.

—Ven. No puede hacerte daño. Lo tengo controlado.

—No quiero ir. —Era la primera vez que me negaba algo, pero su mirada no era de desafío sino de terror. La tomé de la mano, pero siguió resistiéndose.

—Debes hacerlo —razoné con ella—. De lo contrario, vivirás temiéndole. Tiene que ver que no puede tocarte.

Seguí tirando de su mano hasta que por fin me dejó llevarla al despacho de Maluf. Apenas entró en la habitación, cerró la puerta tras ella y se apoyó. Tenía la mano en el picaporte, lista para huir de un momento a otro. Sé la miró y después apartó la vista un instante antes de volver a observar a la dama con el traje de lino beige, y su rostro se tensó al reconocerla.

—Da Silva, no te sorprendas tanto. ¿Creías que Graça no tenía amigos? Ella…

—Senhor Maluf, yo… —Me interrumpió Sé, dirigiéndose a su jefe.

Maluf lo cortó en seco.

—Cállate y escucha a la Senhora Dumarais.

—Graça nos contó lo que pasó —dije, con la voz tan dura como un diamante—. Intentaste violarla. La golpeaste cuando se resistió. He visto sus hematomas. ¿Qué clase de hombre hace algo así? Ella se merece tu protección, no porque sea la prima de tu prometida, sino porque es una mujer. Graça no tiene nada de qué avergonzarse; debería estar orgullosa de haberse defendido. Pero tú, tú deberías agachar la cabeza. No eres un hombre.

—Senhor Maluf. —La voz de Sé se volvió llorosa y se llenó de pánico—. No se crea ni una palabra de lo que dice la *senhora*. —Me miró desafiante—. ¿Quién es ella para acusarme? No la conozco.

El disgusto y la determinación del Senhor Maluf estaban escritos en su rostro. Colocó las manos sobre el escritorio.

—No me pongas a prueba, chico. Puedo ver los moratones en la cara y el cuello de la dama, y los rasguños en los tuyos. Escucharás a la Senhora Dumarais si sabes lo que te conviene.

—Gracias, *senhor* —dije con amabilidad, y después me dirigí al matón avergonzado—. Debes saber que el Senhor Maluf quería despedirte, pero le he convencido para que te quedases aquí, donde todo el mundo sabrá lo que eres. Por supuesto, puedes decidir marcharte, pero tanto el Senhor Maluf como yo escribiremos cartas de referencia a tu nuevo jefe diciéndole lo que sabemos. Y, por supuesto, podríamos visitar a la policía.

—O puedes conservar tu trabajo, donde yo vigilaré todos tus movimientos.

Sé se infló y abrió la boca. Me pregunté si sería tan estúpido como cruel, si reaccionaría con fanfarronería e ira, pero entonces cerró los ojos y apretó los labios. Clavó los ojos en el suelo y pareció desinflarse. Cuando volvió a levantar la vista y asintió, estaba claro que se había dado cuenta de que estaba atrapado. Sonreí a Graça. Habíamos ganado.

Charles nos llevó hasta Dona Marta, donde empaquetamos las pocas pertenencias de Graça. Ese mismo día, se mudó con nosotros. Todas las casas antiguas tenían cuartos de servicio en la parte trasera de la casa, junto a la cocina, y ella se instaló allí encantada. No te asustes tanto, *ma chère*, en realidad era un gran paso para ella. Era más limpio y más grande, tenía su propio cuarto de baño con agua corriente y un retrete con cisterna y, al cabo de dos días, nuevos muebles para el dormitorio y un colchón que ella misma había elegido. En comparación, la chabola de su prima no era más que una habitación con un endeble tabique en un lado para su cama y una letrina comunitaria con desagüe en el exterior. Lo que más me impactó fue el olor fuerte e insoportable.

Inhalar fragancias dulces es uno de los placeres más sensuales de la vida. Al día siguiente de nuestro regreso de Dona Marta, el recuerdo de ese hedor me hizo refugiarme en las flores blancas de *pikake*, gruesas y parecidas a una rosa, que tenía en un jarrón sobre mi tocador. Algunos olores son delicados y efímeros, difíciles de absorber. Al igual que la meditación, el propio acto de alcanzar el placer hace que se desvanezcan. Era mucho más difícil deshacerse del incómodo olor de la miseria. Así que allí estaba yo, sumergida en el jarrón de flores, embriagada, cuando me llamó la atención algo que no había entendido hasta entonces.

Graça solía tener un olor permanente y un poco almizclado: su *cheirinho*. Era el aroma que se filtra por los poros a causa del trabajo y la fatiga, no del deporte y el placer. El sudor tiene muchos olores, muchas emociones: el miedo es amargo; la fatiga es insípida y mohosa; y la excitación es acre, y no dulce como debería ser. Graça siempre había olido como si hubiera estado de pie durante horas en autobuses llenos de cuerpos que se balancean, repletos y agotados por haber dormido poco, demasiado tiempo de viaje, todos apoyados unos contra otros en el aire fundido de Río. Y entonces llegaba y se cambiaba de su vestido de viaje a su ropa de trabajo, pasando de una identidad a otra, y empezaba a trabajar. Mientras caminaba por la casa, el olor del autobús de la favela la seguía.

Me enderecé, apartando la cara del encanto de los pétalos, y esperé, prestando atención. Graça estaba en algún lugar trabajando o sacando cosas del equipaje. La perseguí hasta el vestíbulo, donde estaba haciendo brillar los espejos. Una mujer nunca debe salir de su casa hasta que no haya comprobado su aspecto al menos dos veces, desde todos los ángulos: por detrás, por delante y por los lados. Yo tenía cuatro espejos de cuerpo entero (aún los tengo, un par para cada comprobación) y uno pequeño con aumento a la altura de la cara, junto a la puerta, para revisar el lápiz de labios en el último instante. Graça estaba puliendo, ignorando su propia imagen, no viéndose a sí misma sino manchas y motas.

—Para —le dije.

Dudó y se detuvo.

—Mira —dije.

Ella miró.

—¿Qué ves? —pregunté en voz baja.

Escudriñó el espejo que tenía delante, observando el cristal, no la imagen.

—*Senhora*, aún no he terminado de sacarle brillo —contestó, limpiando una mancha—. Seguro que en unos minutos brillará más.

—Oh, Graça —exclamé—. ¡Mira bien!

Se quedó mirando al frente con más fuerza todavía. Decidí que debía tener paciencia. Tardaría un poco. Así que me coloqué frente al otro espejo e inspeccioné mi aspecto. Llevaba un traje de seda color melocotón. Era otoño, tal vez mayo. El otoño tropical, la época más tranquila después del intenso y empalagoso verano de Río. Me entretuve unos minutos, moviéndome de pies a cabeza para dejar que unas suaves ondas agitaran mi falda de seda. Posé como había aprendido en el 30 de la Avenida Montaigne y miré mi silueta, me acaricié el vientre plano, revisé mi cabello.

—¿*Senhora*? —dijo en un tono tentativo—. Quiere que me mire, a mí, no al cristal.

—No —dije—. Quiero que te veas a ti misma.

—Oh. —Se echó hacia atrás—. Oh.

Su cara seguía golpeada y magullada; tenía el ojo derecho hinchado, apenas a medio abrir. Llevaba el pelo recogido y sujeto con alfileres. La blusa sin forma había sido lavada tantas veces que el dibujo no se distinguía, el blanco se había vuelto gris. El verde de su holgada falda estaba desteñido por haber estado expuesta al feroz sol brasileño para secarse. Tenía la piel apagada y agotada. Miraba y miraba, sin moverse. Al cabo de un rato, se acomodó sobre los talones y suspiró.

—¿Qué ves?

Se volvió y me sonrió, pero una mirada triste se reflejaba en sus ojos.

—No veo lo que usted ve cuando se mira a sí misma, *senhora*.

—No estoy preguntando por lo que veo yo. ¿Qué es lo que ves tú?

Al mirar su reflejo, su voz se hizo más gruesa con cada palabra que pronunciaba.

—Veo moratones. Veo ropa desgastada. Veo a una mujer maltratada y pobre.

—Quiero cambiar eso —dije, poniéndome detrás de ella y apoyando mis manos en sus hombros.

—¿Cambiar? —Se rio con ironía—. *Senhora*, no puedo cambiar. Me pidió que viera lo que soy. Esto es lo que soy.

Una lágrima rodó por su mejilla.

—¿Crees que crecí como si fuera la princesa de un castillo?

—Sí —dijo, moviendo los ojos hacia mi reflejo—. No tiene ni idea de lo difícil que es para mí.

—Tal vez no, pero no crecí en un palacio. Ni mucho menos. —Tomé aire. Me di cuenta de que iba a compartir mis secretos, mi historia, con Graça. Me pareció un gran paso—. Mi padre me pegaba, mi madre no me hacía caso y… bueno, la cosa se complicó tanto que a los dieciséis años me fui de casa sin nada. Deambulé por las calles, trabajé con mis propias manos como tú, cosiendo, y me hice a mí misma. Entonces decidí que ningún hombre iba a arruinar mi vida de nuevo.

Siguió mirando mi reflejo. Ella tenía diecinueve años, yo veinticuatro; ella era muy inocente, yo estaba casada; ella venía del campo, yo había visto el mundo. Pero mientras me miraba, pude ver que empezaba a comprender que, a pesar de todas nuestras diferencias, no éramos más que dos mujeres jóvenes.

—Levántate. —Le tendí la mano—. Por favor.

Se levantó del suelo con dificultad y se colocó frente al espejo.

—Mírate: eres alta y esbelta; tienes unas piernas increíbles, eres como una gacela.

—Estoy demasiado delgada —dijo, sonriendo.

Yo también la escudriñé como nunca antes lo había hecho.

—Tonterías. Tienes una estructura ósea maravillosa. —Tenía unos pómulos altos y cincelados y la nariz fina. Me recordaba a alguien, pero me costó pensar a quién.

—Mi abuela era india.

—Ah, eso explica tus rizos. —Llevaba el pelo recogido o cubierto con un pañuelo, pero la había visto peinarse los largos tirabuzones—. Eres hermosa; solo que lo tienes escondido. A partir de hoy vas a empezar de nuevo.

—¿Qué quiere decir, *senhora*? —preguntó enseguida.

—Ven. —La tomé de la mano y la conduje a mi cuarto de baño.

La bañera estaba reluciente, gracias a los esfuerzos de Graça, sobre su base de latón entre los azulejos portugueses azules y blancos. Abrí los grifos. Graça se quedó en la puerta con las manos entrelazadas por delante. Saqué un puñado de sales de baño del cuenco y las vertí en el agua.

—Senhora Rosa —protestó, entrando por fin en la habitación—. Deje que lo haga yo.

Levanté la mano y se detuvo.

—No —dije—. Hoy voy a cuidar de ti. No hay discusión.

Graça parecía incómoda, así que busqué algo que pudiera hacer.

—Bien, ¿podrías traerme un vaso de leche caliente con una cucharada de miel?

—Sí, claro, Senhora Rosa —murmuró y salió de la habitación. La bañera estaba llena cuando volvió con el vaso de leche con miel en una bandeja de plata con una blonda de encaje.

—Gracias —dije mientras vertía el contenido del vaso en el agua.

—¡*Senhora*! —exclamó, escandalizada.

—No es un desperdicio, no te preocupes. Está bien empleado. —Cerré los grifos. Me senté en el borde de la bañera y ella retrocedió hasta el umbral.

—Graça. Nadie puede ser feliz si no se quiere a sí mismo. Tienes que quererte a ti misma. Verse bien ayuda, tener la atención de un hombre digno ayuda. Pero hay que empezar desde aquí. —Me llevé la mano a la cara, la deslicé hacia abajo sobre mi barbilla y la apoyé en mi pecho, justo encima de mi corazón—. El arma secreta de cualquier mujer es su piel y su olor. Las dos cosas deben ser suaves, imperceptibles y delicadas. Cleopatra se bañaba todos los días en leche de cabra. Quizá te parezca un poco excesivo —dije, señalando la bañera—, pero este truco me lo enseñó mi tía abuela Bertha. Era una mujer de las montañas. Su piel había soportado inviernos duros y veranos intensos, pero incluso siendo una anciana brillaba como si fuera una piedra pulida, tersa y suave. Un vaso de leche y una cucharada de miel, decía ella, consumidos de forma correcta, mantienen a una mujer joven y hermosa. —Tiré de su mano y la atraje a la habitación—. Graça, esta es la manera correcta. Es hora de que disfrutes de un baño.

Vaciló y después dio un paso adelante.

—¿Está segura, Senhora Rosa?

—Sí. Ahora entra, y no salgas, ni te muevas, ni siquiera te enjabones hasta que yo vuelva. Solo métete, túmbate y sueña. Por favor.

Y con eso me sequé las manos en una toalla de manos, alcancé una toalla de baño grande y mullida de la pila y se la entregué a Graça. Cerré la puerta a mi espalda y escuché. Por un momento hubo silencio y entonces oí un silencioso chapoteo. Sonreí y me fui.

No tengo ni idea de lo que hizo o pensó en esos primeros veinte minutos de lujo. Pero cuando llamé y volví a entrar con un vaso de limonada para ella y lo coloqué en el estante suspendido sobre la bañera (que albergaba mis cócteles de los domingos), apenas se movió. Sus ojos se habían vuelto de un blanco lechoso y entonces me di cuenta de a quién me recordaba: Nefertiti, la reina egipcia. Cuando se dio cuenta de mi presencia, se revolvió y me lanzó una deslumbrante sonrisa que nunca antes había visto.

La gente asume que si creces en la pobreza estás acostumbrado a ella. Yo sabía por mi propia experiencia que, por muy habitual que sea la miseria, nunca deja de ser insufrible, mientras que la comodidad parece natural y fácil. El azar fue lo único que la privó de esto durante tanto tiempo.

—¿Puedo sentarme? —pregunté.

Ella asintió de forma soñadora.

—Por supuesto.

Me senté en el borde. Estaba tumbada en el agua, con los pies descansando en el extremo. Una pelusa dorada de pelo decolorado brillaba mientras se secaba su piel color chocolate. Parecía tan satisfecha como las mujeres ricas que se relajan después de haber sido mimadas en los salones de belleza de la Zona Sur, aunque era evidente que nunca había experimentado esos tratamientos. Me incliné y saqué la cuchilla de afeitar de Charles de la caracola con forma de pata de león que había traído de la playa. Tenía el tamaño perfecto para guardar la navaja e incluso tenía unas crestas de drenaje incorporadas.

—Cuando salgas te sentirás como si hubieras renacido, Graça —dije cuando abrió los ojos—, pero hay un último detalle. Los recién nacidos tienen la piel más suave. Toma esto, pero ten cuidado, está muy afilada.

Le entregué la cuchilla de Charles. Quería que saliera del baño como si fuera Venus saliendo del mar. Juntas, estábamos borrando el pasado.

13
Pastillas para dormir

Hay un problema con salir hasta tarde —al menos a medida que me hago mayor—, y es que me canso antes. Los días en los que podía ir de fiesta toda la noche, quedarme despierta hasta el amanecer y bañarme en la playa con el sol anaranjado despertando poco a poco de su sueño atlántico han quedado atrás, antes de tomarme el zumo fresco del desayuno y dirigirme a mi oficina en el viejo y deteriorado centro de Río. Allí tenía un diván, forrado con seda de color ámbar, donde podía dormir la siesta entre llamadas telefónicas, reuniones y diseños.

En aquella época no necesitaba nada de esto. Mira, *ma chère,* es la única botella sin etiqueta. Una discreta botella de plástico blanco. Siempre arranco la etiqueta de estas, no querría fomentar un mal uso. Hace mucho tiempo que no tengo que usar pastillas para dormir. Si se toman en cantidades pequeñas e irregulares los barbitúricos pueden ser útiles, pero mal empleados son peligrosos y adictivos. Empecé a consumir las pastillas después de una conversación con Graça que me impidió dormir.

—¿Qué le pasa al Senhor Charles? —dijo una mañana mientras me servía el café.

—Nada —dije, sin apenas registrar su pregunta. Pero mientras ella seguía con lo suyo, me vi incapaz de alejar la pregunta de mi mente y una sensación de malestar se instaló en lo más profundo de mi estómago. Cuando terminé el café, volví a subir a nuestro dormitorio y me quedé mirando desde la puerta. Charles seguía en la cama y dormía profundamente, por lo que entré con sigilo en la habitación para no despertarlo. No fue un pensamiento sino un impulso lo que me hizo apartar la sábana de su cuerpo y mirarle. Lo examiné no como su amante, sino como su esposa. Nunca había comprendido cómo un hombre que se pasaba el día encorvado sobre mesas de laboratorio, levantando y rellenando tubos, podía mantenerse en tan buena forma. Era un hombre fuerte y musculoso por naturaleza y rara vez se ponía enfermo. La tez aceitunada de Charles, el pelo oscuro y rizado y sus cálidos ojos marrones se habían adaptado bien al clima brasileño. Nunca tomaba el sol, pero la escasa exposición a las olas del Atlántico y a los juegos en la playa le había dado a su piel un saludable tono bronceado. Siempre estaba radiante.

Los cambios son difíciles de ver cuando uno está cerca de ellos, así que me obligué a escudriñarlo de la misma manera que examinaba la prueba de un vestido. Charles había perdido peso. Sus brazos y su pecho habían perdido volumen; los músculos de sus muslos, antes gruesos, habían perdido volumen. Cuando su pecho se llenaba y se hundía con cada respiración, podía ver las costillas. Pasé mi dedo por la piel de su brazo, que ya no era suave, sino áspera. Estaba pálido. Mi dedo encontró una pequeña mancha azul en la parte posterior de su rodilla y después otra mancha moteada en el interior de su muslo.

Besé el hematoma y recorrí la longitud de su pierna inmóvil y su espalda, cada vez más alarmada por la visión de los minúsculos vasos sanguíneos dañados, que estallaban en diminutos hematomas enmascarados por su bronceado decadente. Charles se dio la vuelta boca abajo, mostrando las marcas moteadas de pequeñas lesiones moradas que salpicaban su espalda. Tenía los brazos y el torso cubiertos de manchas.

Charles se revolvió y después volvió a dormirse. Hace más de treinta años, pero cuando me detengo y me lo permito, todavía puedo recordar la sensación de confusión que me invadió cuando me senté en la cama junto a él. La sensación de certeza y seguridad con la que había vivido durante una década se hizo añicos en un instante.

Hace tiempo compré una vajilla Meissen, una vajilla antigua pero que podía utilizar, y de vez en cuando se rompía un plato o desaparecía un cuenco —desconchados, grietas, pérdidas—, hasta que hace un año me di cuenta de que no me quedaban suficientes para una simple cena. Lo mismo ocurría con Charles. No me di cuenta hasta que fue demasiado tarde, no había detectado las primeras señales de alarma. Mientras estaba allí sentada mirándolo surgió un patrón, de repente tan claro que no podía imaginar cómo no lo había visto antes. Había empezado con que de vez en cuando no le apetecía dar nuestro paseo matutino junto a las olas del mar y la espuma, y después cada vez más a menudo. El fin de semana dejó de participar en el vóleibol en la playa. Comenzó a cancelar los partidos de tenis. Sin que me diera cuenta, se fue alejando de la actividad física. Siempre estaba cansado.

Las semanas siguientes estuvieron llenas de visitas a médicos y especialistas, y de una creciente sensación de pánico. Al final, Graça no pudo aguantar más.

—Senhora Rosa —dijo una mañana mientras yo estaba sentada sin moverme, mirando la papaya que había preparado para el desayuno—. He estado pensando. La medicina no está haciendo efecto. Esa cosa, no pueden detenerla. Quizá no tienen nada con lo que hacer frente a esto.

—¿Qué quieres decir?

—La medicina solo sirve si la enfermedad es natural. Esto que tiene el Senhor Charles no es natural.

Esperé, sin saber a qué se refería; en mi opinión, el cáncer era cruel pero natural.

—Es *macumba* —dijo.

—¿Magia? —Intenté no sonreír.

—Sé que no se lo cree —dijo con dignidad—. En su país no existe, me lo dijo el Senhor Charles, pero aquí es real. Cuando la gente está celosa, cuando no les caes bien o no les gusta lo que tienes, van a ver a alguien. Hacen hechizos, hacen este tipo de cosas, estos rituales, y entonces enfermas y los médicos nunca pueden ayudarte, no si se trata de magia, y entonces mueres. Si no hacemos algo por él, el Senhor Charles morirá, *senhora*.

Pocas veces había hablado tanto de golpe y yo me quedé mirándola, atónita. Tenía razón, no creía en nada de lo que decía. Pero tampoco tenía ninguna fe en nuestros médicos, que mantenían una conversación tras otra con Charles, llenas de palabras técnicas y médicas y de ideas, pero no le ayudaron ni un ápice. Intentarlo no hacía daño a nadie, y yo estaba desesperada.

—¿Qué podemos hacer, Graça?

Nunca había viajado en autobús por Río y me vi empujada por un grupo de viajeros, con ropa desteñida y desgastada.

La falda naranja y la chaqueta blanca habían sido un error; parecía un pez payaso nadando entre caballas. Esa fue la primera y última vez, en muchos años, hasta el día de hoy, que el vestuario me falló.

No dejaba de pensar que Charles creería que era una insensata. Pero fue mi elección perseguir esta esperanza inútil. Un caballero se levantó entre la multitud y me ofreció su asiento, que acepté de buen grado, y así continuamos, con Graça haciendo de guardia, su bolso y el mío rebotaban en mi regazo mientras el vehículo se esforzaba por atravesar la calurosa y plana llanura al norte del centro de la ciudad. Cuando nos detuvimos, seguí a Graça al interior de la favela, junto a las fábricas que ocupaban el borde de la carretera.

El paseo fue corto pero infinito. Los tacones altos no están hechos para saltar sobre alcantarillas abiertas, charcos fétidos y caminos llenos de chatarra que ni siquiera los pobres consideraban dignos de ser rescatados. Fue un alivio llegar a la gran puerta de madera encajada al azar en un tosco muro de ladrillo. Graça dio una fuerte palmada y gritó el nombre de Dona Aparecida. Tras una larga espera, oímos el sonido de unos pasos tambaleantes. La puerta se abrió y una mujer corpulenta, con la cara llena de arrugas y los rizos negros cubiertos de canas, nos invitó a entrar.

Cuando nos adentramos hacia la sombra de un árbol de mango, fue como ingresar en otro mundo. Detrás de nosotros, la suciedad marrón del estrecho callejón se extendía entre líneas desordenadas de chabolas, casas precarias y algún que otro edificio de ladrillo, pero detrás del muro se escondía un espejismo de verde y tranquilidad. Los papayos brotaban en el interior del muro irregular, contra el que trepaban enredaderas de *chuchu* que hacían colgar sus calabazas verdes y espinosas; debajo, grandes hojas de *couve* verde esperaban a ser recogidas y cortadas en rodajas finas. Un árbol de aguacate estaba repleto de enormes y oscuros frutos; en un huerto, las puntas de las zanahorias se agitaban con la brisa y, de alguna manera, crecía un racimo de maíz, cuyas mazorcas aún estaban verdes y eran pequeñas. Unas gallinas escuálidas y ruidosas correteaban a su alrededor. Al entrar en aquella granja urbana escondida entre la miseria de la favela, sentí una ráfaga de esperanza; quizá Dona Aparecida tuviera poderes curativos de verdad.

La seguimos hasta su casa.

—Siéntense ahí —ordenó, señalando una de las dos pesadas sillas de madera en el centro de la habitación y la cama para Graça. Me senté. La mujer se ocupó de preparar el café. Un lado de la habitación albergaba su cocina: una vieja estufa de leña, un gran fregadero de piedra y una mesa auxiliar, zanahorias cosechadas y *chuchu* verde pálido sobre una tabla de madera para cortar. Había una olla con alubias cocinándose en el fogón, que desprendía el mismo olor a ajo que emanaba de casi todas las casas de Brasil por las mañanas. La siguiente pared estaba cubierta de estanterías. En un estante estaban todos los utensilios de cocina, la cubertería, la vajilla y las sartenes de aluminio, limpias y brillantes. Encima había unas cuantas latas y un conjunto de tarros ordenados del más grande al más pequeño. Era la primera vez que veía este surtido de arroz, judías, azúcar, café y sal, como en la mayoría de los hogares brasileños.

Graça se había acomodado en la cama que estaba arrimada a la pared que daba a la «cocina». La cama estaba cubierta con una manta de algodón tejida a mano, como las que había visto vender a los hombres al borde de la carretera cuando conducía por la avenida Atlântica de camino a la playa o al centro de la ciudad. Un trozo de tela que parecía algodón estampado colgaba sobre un cajón de madera bajo la cama: su armario. Entonces me di cuenta de que esta habitación era toda la casa de Dona Aparecida. Fue una experiencia que me hizo pensar. Sentí que lo había perdido todo, como si me hubieran arrancado el corazón del pecho, pero al mirar esta casa supe que seguía teniendo tanto, tantas cosas, tanta comodidad. También sabía que lo habría cambiado todo por tener a Charles de vuelta.

—Senhora Rosa —comenzó cuando nos sirvió un café y un vaso de agua. Se sentó en la pesada silla de madera frente a mí; no había mesa—. Por lo que me ha dicho la Senhora Graça, usted en realidad no cree en el trabajo de los espíritus.

Dudé un momento, sin querer ofenderla.

—En mi país, nunca había oído hablar de ellos. Tenemos la Iglesia y ya está.

—¿La Iglesia católica?

—Sí.

—Entonces, ¿conoce al diablo y a sus demonios? —preguntó, y sus ojos parecían atravesarme.

—Sí —dije despacio, pensando en Oberfals por primera vez en años. Reconocía a un demonio cuando lo veía: había visto la completa ausencia de bondad en los ojos de Schleich. La última vez que me confesé, le dije al padre Matthias que había sido violada. No estaba segura de si había cometido un pecado o no. El sacerdote me había asegurado que no; la violación era un delito del violador. Fue un alivio escuchar que, incluso a los ojos de Dios, la transgresión había sido de Schleich.

—¿Y a los santos y a la Virgen santa? —insistió.

—Sí, pero...

—Es lo mismo. Mire detrás de usted —me pidió, y me giré en la silla. La pared de detrás de donde me sentaba estaba dedicada a las efigies de santos y deidades agrupadas en un pequeño santuario con un mantel dorado; flores y pequeñas ofrendas de arroz y frijoles para atraer su buena voluntad. La pared de fondo estaba pintada de color azul cielo—. Ángeles, santos, diablos y demonios. Nuestros *orixás* y fantasmas, son los mismos que los de la iglesia, solo que con otro nombre. Iemanjá es Santa Bárbara, Ogun es San Jorge.

—He visto las ofrendas a Iemanjá en la playa en Año Nuevo.

—Así que ha visto cómo los *orixás* entran en un cuerpo y se apoderan de él. Entonces, piense en lo fácil que es para los espíritus hacer que alguien enferme, basta con un pequeño pinchazo en lugar de hacerse con el control.

Nunca olvidé la imagen de la mujer poseída que gemía en la playa frente al hotel Copacabana Palace en aquel primer Año Nuevo en Río. Ahora me había acostumbrado a esquivar las pequeñas ofrendas de maíz y pollo que se dejaban en las calles, pues me habían enseñado a no pisarlas porque me traerían mala suerte. Incluso me había acostumbrado a los trances con los que me había cruzado muchas veces desde entonces. Pero nunca había pensado que aquello pudiera afectarme a mí o a Charles.

—Lo siento, quiero creer. Solo que no sé cómo.

—*Senhora* —dijo la médium con severidad—, estamos perdiendo el tiempo si no cree. Esto no es ciencia, pero es un hecho. Desde que era una niña he tenido problemas de visión.

—¿Pérdida de visión? ¿Está segura de que es un don? —Arrugué la nariz ante el repentino hedor de un aroma desagradable.

—Es una bendición liberar a la gente de los fantasmas y de los conjuros malignos, pero es una maldición ver a los muertos; es una maldición tener premoniciones y ser incapaz de detener lo que he visto suceder, y después ser culpada por ello.

—¿Culparse?

—Sí. Cuando era pequeña traté de avisar a mi padre para que no fuera a trabajar un día. Le rogué y le supliqué, pero se fue de todos modos. Cuando no volvió a casa, mi madre me llamó «bruja» y nunca me perdonó. Después de unas cuantas advertencias como esa, me echó de casa.

Otra oleada del punzante olor invadió mis fosas nasales. Miré a mi alrededor, pero los únicos alimentos que se veían eran las verduras y las judías que burbujeaban en el fogón. Tal vez habían dejado algo para darle de comer a un cerdo; Graça me había dicho que era una práctica común en las favelas.

—Entonces, ¿ahora cree?

Me llevó mucho tiempo responder. Mi cerebro me decía que esto era una tontería. Sin embargo, algo, tal vez su carácter directo o su falta de actuación, me impresionó. En cualquier caso, me sorprendí diciendo «sí» y me di cuenta de que lo decía en serio.

—Bien. Entonces, ¿asumo que ha venido por un espíritu?

A estas alturas, el olor se había vuelto tan intenso que me daba náuseas. Me tapé la boca con la mano y negué con la cabeza.

—No, he venido a buscar ayuda para mi marido. Está muy enfermo.

—Entonces, ¿ese espíritu no es su marido?

La miré sin comprender.

—No. —Tragué saliva.

—Senhora —dijo, como si fuera obvio—, tiene un espíritu carnal consigo.

Un escalofrío me recorrió la espina dorsal y miré a mi alrededor, alarmada.

—¿Qué espíritu? —Me estremecí, sintiéndome helada de repente. Al respirar de nuevo, sentí el desagradable olor.

Suspiró y se acomodó en la silla.

—Hay muchos tipos de fantasmas y espíritus. Están los traviesos, que acechan desde lejos. Son los diablillos, que aflojan las tapas de los frascos para que, cuando los levantas, el vidrio y la mermelada caigan con fuerza al suelo. También están los bribones, cuyo placer consiste en asustar con sonidos y apariciones. Pero los peores, con diferencia, son los espíritus carnales.

—¿Y eso es lo que tengo? —Sentí que mis paredes se levantaban; esto era ridículo.

—Sí, tiene una compañía así, *senhora*. Me preocupé por usted cuando llegó; supuse que él era la razón por la que había venido.

—Mientras hablaba, sus ojos estaban fijos en algo por encima de mi hombro.

—¿Él? —Miré detrás de mí, pero no vi nada; sin embargo, el olor desagradable parecía haber aumentado.

—Un espíritu carnal —explicó— aparece cuando alguien muere, alguien que está tan apegado a la vida o a una persona que toma una forma corpórea. Este fantasma se queda con la persona a la que estaba unido, se convierte en un compañero espectral.

—¿Porque aman a alguien?

—A veces. —Se encogió de hombros—. También puede ser por odio. Ambas pasiones son una especie de apego.

—Quieres decir que… ¿te persiguen?

Respondió a mi pregunta con la misma cara de tranquilidad, pero después se frotó la nariz, como si quisiera quitarse de encima un olor desagradable.

—Sí, algunos fantasmas son benévolos. Los amantes fallecidos a veces permanecen cerca de sus seres queridos, esperando el momento de reunirse. Otros son malos, siempre te persiguen, siempre tratan de causar daño. —Se me hizo un nudo en el estómago mientras hablaba.

El olor fétido me recordaba a algo.

—¿Qué pasa con ellos? —Me atreví a preguntar.

—A menudo acaban por quedarse a la deriva cuando su ser querido encuentra a otra persona. Esos fantasmas son inofensivos.

—Se levantó y fue a llenarse un vaso de agua—. Pero de todos los fantasmas a los que hay que temer, el peor es el fantasma carnal de compañía. Permanecen cerca de ti esperando cualquier oportunidad para perjudicarte con un sinfín de contratiempos. La gente acude a mí con una racha de mala suerte o un auténtico desastre, sus vidas se han torcido hasta quedar irreconocibles.

—Ya veo… —Había algo en el olor que me resultaba familiar—. Este fantasma, ¿está aquí ahora? ¿Dónde?

—Justo detrás de usted, junto a su hombro.

Tuve una repentina sensación de humedad y me estremecí. Tal vez, me dije, fueran el calor y el miedo los que me estaba haciendo sentir la humedad. ¿Quién podía estar pensando en mí cuando había muerto? Dior había muerto un año antes, pero era mi amigo. ¿Quién me odiaba tanto como para que sus últimos pensamientos fuesen para mí?

—¿Qué aspecto tiene? —pregunté.

Dudó.

—Percibo más de él que lo que puedo ver. Si pregunta, se vuelve más claro.

Hizo una pausa. ¿Tal vez Thomas había muerto en la guerra y por eso no había vuelto?

—¿Es joven?

Negó con la cabeza.

—¿Es delgado?

Volvió a negar con la cabeza.

—¿Es grande?

—Muy grande —dijo.

El corazón me latió más rápido. El mal olor hizo que me estremeciera.

—¿Es feo?

—Mucho. —Asintió.

—¿Sus manos son pequeñas y gruesas? —Ahora me temblaba la voz.

Observó y asintió de nuevo.

—*Schämst Du Dich!* —grité, dando un salto y dándome la vuelta. Durante muchos años sentía de repente que me apretaban las nalgas, que me agarraban los pechos, y yo daba un salto y miraba, y no veía a nadie. Solía pensar que me estaba volviendo loca, pero ahora sabía que era él: Schleich. No bastaba con que me hubiera violado en vida, no, sus manos pegajosas tenían que llegar, manoseando desde el mismo infierno. Cuando desapareció, *ma chère*, en mi inocencia nunca se me pasó por la cabeza que había muerto. Debes recordar que no me enteré del asesinato hasta mucho después de esta visita a Dona Aparecida. Lo había bloqueado de mis pensamientos. Pero ahora sabía que era él.

De repente pude verlo justo delante de mí, toda la masa de un alma perdida y arruinada que se revolvía. Sabía que él podía ver que yo le había visto, y fijé mis ojos en el punto más denso, el vórtice de ese remolino brillante y fantasmal. Pensé en sus manos, en sus dedos que me buscaban a través de los patéticos intentos del maestro en el ático de París, y en todo el dolor y el miedo que había sentido a lo largo de los años, al perder a Thomas y a Laurin, y ahora con la enfermedad de Charles. Entonces, como si me subiera la bilis, una oleada de ira me abrumó y una rabia que nunca había expresado brotó de mí mientras escupía hacia el centro de la aparición.

—Vete al infierno —exclamé, y después le di la espalda con decisión.

Esa tarde, Graça me llevó a las calles empedradas del centro de la ciudad, a las tiendas de las *macumbeiras*, las espiritistas que veíamos en la playa cada Nochevieja. Dona Aparecida me había dado una lista de la compra. Después de la aparición y de la posterior disolución de Schleich estaba dispuesta a probar cualquier cosa que me propusiera. Cuando llegamos a casa, fumigamos la vivienda con manojos de hierbas y sándalo. Graça me ayudó a

recitar conjuros con palabras extrañas e hice ofrendas a la vario-
pinta colección de estatuas de *orixás*, santos y viejos esclavos que
Graça había insistido en comprar. Esa noche, preparé un baño
para Charles y estaba vertiendo una poción especial en el agua
cuando él entró.

—¿Qué es eso? —dijo, inspeccionando el pequeño frasco de
cristal que tenía. Se lo llevó a la nariz e hizo una mueca—. No lo
compraste por el aroma. ¿Es medicinal?

Dudé. No quería mentir, pero sabía que él no lo aprobaría. Al
final, opté por ser sincera.

—Hoy he ido a ver a alguien. A buscar ayuda para ti.

—¿A alguien?

Observé cómo se quitaba la ropa con dificultad. Cuando nos
conocimos había sido difícil distinguirle los huesos, su cuerpo era
muy musculoso, pero ahora se veía afilado.

—Sí. ¿Conoces a esas hermosas *candomblistas* que vemos en
Año Nuevo? Fui a una en busca de ayuda.

Me sonrió.

—Continúa.

—Bueno —dije—, no es ciencia, pero es poderosa y dijo que
esto ayudaría. Y me dijo que te hiciera beber esto. —Le mostré
otra botella pequeña y marrón.

—¿Qué es eso?

Volví a dudar.

—Era muy caro.

Me lo quitó y lo olió, arrugando la nariz, perplejo.

—Bueno —dijo—, no podemos malgastar el dinero. —Se llevó
el líquido ámbar a la boca e hizo una mueca—. ¿Qué era?

—Esencia de boto.

—¡Delfín del Amazonas! —farfulló—. ¿Me has hecho beber eso?

—¡La esencia del macho está destinada a salvar vidas!

Se quedó en silencio mientras entraba en la bañera y se su-
mergía. Cuando salió del agua caliente, rosada y humeante, tomó
una gran bocanada de aire.

—Rosa, sé que no quieres que me muera. Pero no me va a salvar ningún Ave María en ningún idioma, ni ninguna esencia de delfín. Me estoy muriendo —suspiró—. Ambos tenemos que aprender a vivir con ello. Y, por favor, no pierdas más tiempo ni dinero en esta tontería. Ni siquiera tu amor podría salvarme.

Y entonces tomó aire y se deslizó de nuevo bajo el agua.

Perdió peso, perdió fuerza. Pero, aun así, cada día, aunque cada vez más y más tarde, se levantaba y se iba a trabajar; cada fin de semana nos las arreglábamos para pasear por la playa y visitar a nuestros amigos. Los paseos y las visitas sociales se volvieron cada vez más espaciados y más cortos.

Cuando nadar en el mar se le hizo imposible, sin ninguna discusión, nos cambiamos a la piscina del hotel Copacabana Palace, donde nos habíamos alojado por primera vez tras nuestra llegada a Brasil. Él se reclinaba en una tumbona para leer el periódico de la mañana mientras yo nadaba.

Una mañana estaba nadando de un lado a otro de la piscina, con la mente sumida en el miedo. Me obligué a seguir nadando, como si cada largo hiciera que Charles estuviera más sano. Yo era y sigo siendo una nadadora nefasta —aprendí cuando era adulta, en Brasil—, así que me detenía a menudo en la parte poco profunda, en parte para comprobar si Charles estaba bien, en parte para recuperar el aliento. En una de esas pausas, Charles no estaba sentado en la tumbona donde lo había dejado. Me puse de pie, con la parte superior del cuerpo temblando en el aire invernal de finales de julio. Me di la vuelta para ver cada silla, cada huésped cubierto con una toalla, cada tumbona; no estaba sentado en la piscina. Intentando no preocuparme, salí del agua y miré hacia el bar pensando en preguntarle a Alessandre, el camarero, dónde había ido. Me di la vuelta y fui a buscar mi toalla, recorriendo el camino más largo; no quería que Charles se diera cuenta del pánico que había sentido.

Llevaba en la mano un vaso medio lleno de líquido pálido y verde lima con hielo picado.

—Parece que tú también necesitas algo fuerte —dijo cuando me acerqué a él.

Sonreí a medias y negué con la cabeza.

—Sí, lo necesitas. —Se dirigió al camarero—. Alessandre, dos caipiriñas más, por favor.

Observamos al camarero preparar las bebidas, sin hablar, solo escuchando la música que salía de los altavoces. Alessandre llenó dos vasos hasta el borde y los empujó hacia nosotros. Respiré el dulce olor a caramelo de la cachaza. Charles vació su primer vaso, las cáscaras de lima trituradas se arremolinaron en el hielo picado. Bebió la caipiriña fresca.

—¿Qué te ha hecho tener ganas de beber a las 9:30 de la mañana? —pregunté, luchando por mantener mi voz tranquila.

—*Amour*, acabo de darme cuenta de que no tengo que preocuparme por mi salud nunca más. No me va a matar. —Se rio—. Y casi nunca me he emborrachado y, no sé, me pareció una buena idea.

Era cierto, bebía a nivel social, pero nunca mucho. De mala gana, tomé un sorbo del mío. Un vaso me relajaba, dos me ponían eufórica y después de tres, no podía estar de pie. Sentí que un escalofrío me recorría.

—Ahora vuelvo —dije, dejando el vaso—. Voy a vestirme. —Necesitaba un momento para recomponerme.

Cuando volví, Charles se había bebido la mitad de su segunda copa.

No estaba bromeando, estaba decidido a emborracharse. Mientras me acomodaba a su lado y recogía mi vaso, una nueva canción empezó a sonar en la radio: una trompeta inició la melodía, después una flauta melosa se hizo cargo de la canción antes de que la voz dulce de una mujer flotara sobre el rítmico rasgueo de una guitarra y una suave batería.

—*Vai minha tristeza...* —cantó la mujer—. *Go my sadness.* —Charles se sentó.

—*Oi*, Alessandre —llamó al camarero—. Sube el volumen, por favor.

Esforzándose por avanzar, Charles escuchó el canto agridulce con el ritmo de la música. Nunca habíamos escuchado una música así, con su suave ritmo sincronizado, el dulce y lánguido dolor. La guitarra sugería un baile, pero fueron las palabras las que me paralizaron.

Enough longing, in reality
There can be no peace nor beauty without her,
Just sadness and melancholy
Which won't ever leave me.

Charles apartó el vaso. Hice flotar mi mano sobre la encimera y la apoyé sobre la suya. Él la agarró y la llevó a su regazo, apretando la mía entre las suyas, con la cara apartada hacia el gran y amplio océano.

—¿Quién es? —le preguntó a Alessandre cuando la música se apagó.

—João Gilberto. Se llama «Chega de saudade».

—«Chega de saudade» —repitió Charles. Su acento francés suavizó la ya suave «d» que hacían los brasileños: *sow-da-jee*. Afirman que *saudade* es una palabra exclusivamente brasileña que engloba el anhelo, el dolor por algo o por alguien. El título significa «basta de anhelar, no más de echarla de menos».

Nos sentamos en la barra y nuestras bebidas se mantuvieron intactas mientras las siguientes canciones nos acompañaban. El hielo ya se había derretido cuando Charles se movió y se volvió hacia mí.

—Cuando me vaya, no debes rendirte a la *saudade* —dijo, haciendo referencia a la palabra brasileña.

—No me digas cómo debo ser cuando tú... —empecé, enfadada, pero llevó su dedo a mis labios.

—Shh, *mon amour*. —Se inclinó y me besó. Después, habló en voz alta—. Quiero escuchar a ese tal Gilberto.

Es difícil de imaginar ahora, pero en aquella época João Gilberto no era conocido. Ipanema todavía era la playa entre Leblon, donde vivíamos, y Copacabana, donde estábamos sentados en el bar. Unos años más tarde, su suave voz se escuchó en todo el mundo cuando «A garota de Ipanema», «La chica de Ipanema», se convirtió en un éxito mundial. Sin saberlo, habíamos escuchado el nacimiento de la *bossa nova*. Charles reconoció algo grande en este nuevo sonido y en las semanas previas a su muerte se convirtió en una pasión singular.

La canción impulsó a João Gilberto a la fama en Río. Todos los clubes de la Zona Sur querían que tocara, todos los que habían escuchado el disco querían verlo. Era imposible conseguir entradas, incluso con mi nombre y la mitad de mi personal de oficina en el asunto. Llamé a todo el mundo que conocía, moví todos los hilos que pude, pero no había entradas. Pero Río estaba lleno de chismes y mi desesperación debió ser comentada, porque al final alguien a quien conocía solo por su nombre me llamó y me dijo que su novio era un amigo íntimo de Gilberto y que guardaba una guitarra en su casa para cuando Gilberto se pasara por allí. Se me ocurrió una idea.

Unas tres noches después, casi a medianoche, el timbre de la puerta sonó y bajé corriendo antes de que Graça pudiera salir de la cama. Cinco jóvenes estaban de pie en el porche y pude ver más, que bajaban de un taxi frente a la casa, mientras un taxi vacío se alejaba.

—Lo he traído —anunció la joven de manera triunfal mientras entraba, seguida por la guitarra y el guitarrista.

João Gilberto se sentó de inmediato y comenzó a rasguear y a afinar su guitarra mientras yo me ocupaba de buscar las bebidas. Gilberto abrió la boca y empezó a cantar. Graça llegó sin avisar y, al ver la escena, me quitó la bandeja de las manos con suavidad.

—Vaya a buscarlo —me instó.

Cuando empecé a subir las escaleras Charles ya estaba a mitad de camino, metiendo la camisa en los pantalones que acababa de ponerse.

—¿Esta magia es obra tuya? —preguntó.

Asentí con la cabeza y le sonreí mientras las lágrimas resbalaban por mi cara.

Me rodeó con sus huesudos brazos y me apretó fuerte contra él.

—Tengo mucha suerte de haberte encontrado.

João Gilberto tocó toda la noche. Canción tras canción, adoptando clásicos de la tradición de la samba y llevándolos a su nuevo sonido; la síncopa, la disolución de la palabra y el compás, la alteración del ritmo. Aparte de las bromas y de las risas entre las canciones, los jóvenes que habían venido con él se sentaron en silencio a beber y a fumar en nuestro salón, escuchando. Charles y yo nos acurrucamos en el sillón. Charles apenas hablaba, pero cuando terminó se levantó y se acercó a Gilberto, mientras la multitud salía a la calle y el amanecer empezaba a suavizar la profundidad de la noche tropical.

—No tienes ni idea de lo que esta noche ha significado para mí. Gracias. —Estrechó las manos del guitarrista. Después se inclinó más cerca del músico. Compartieron una breve e intensa conversación antes de que João Gilberto se marchara.

El tiempo pasó despacio mientras la enfermedad avanzaba. Una noche hicimos el amor por primera vez en semanas. Abrazados, me sorprendió sentir lo delgado y débil que se había vuelto. Parecía saborear cada momento; cada movimiento era como una ola prolongada de intenso placer o dolor. Fue más lento y estaba más concentrado que cualquier otra vez desde nuestro primer encuentro y confundí su estado de ánimo con fatiga. Después de corrernos, pude sentir cómo disminuía dentro de mí y me di cuenta de que no se había retirado ni había derramado su semilla fuera. Conocía mi ciclo menstrual mejor que yo y nunca se arriesgaba, pero eligió esa noche para correrse dentro de mí, para completar nuestro amor.

Durante un rato se acostó sobre mí, respirando con dificultad. Pesaba tan poco que no tuve que empujarlo como hacía antes. Él me besó en la boca con firmeza y después gimió.

—¿Estás bien? —pregunté. Salió de mí y rodó sobre la cama, dejando su mano en mi pecho.

—No —gimió—. El dolor se ha vuelto insoportable, Rosa.

—¿Necesitas más medicación?

—Por supuesto, pero no es suficiente. Rosa... —dejó de hablar y volvió a hacer una mueca de dolor—. Ahora es cuestión de semanas, o de días.

—No digas eso, podemos...

—Shh. —Me pasó los dedos por la boca.

Nos tumbamos juntos en silencio hasta que mis lágrimas disminuyeron y mi respiración agitada se ralentizó.

—He terminado mis cuadernos —dijo. Desde el diagnóstico, había pasado todas las tardes libres y las noches que no podía dormir escribiendo los recuerdos de su tiempo como prisionero durante la guerra. Había llenado dos cuadernos con su prosa pulcra y precisa.

—¿Ya puedo leerlos? —pregunté.

—No. Los he empaquetado para enviarlos a Yad Vashem.

Me apoyé sobre el codo.

—¿Dónde?

—Al Museo del Holocausto en Jerusalén.

Le miré fijamente.

—¿Por qué? ¿Por qué no puedo verlos? Tus recuerdos son míos; son parte de mí.

Se puso de espaldas para que yo no pudiera verle la cara.

—Hemos pasado diez años muy buenos, ¿no es así, mi amor?

Asentí con la cabeza. Las lágrimas volvieron a brotar. Me limpié la cara.

—Eso es lo que quiero que recuerdes —dijo—. No lo que ocurrió durante la guerra, antes de que nos conociéramos. He escrito mi testimonio porque quiero que quede registrado, como prueba, pero no es así como quiero que me recuerdes.

Ahogué un sollozo.

—Ven aquí, Rosa —susurró. Se había vuelto a poner de lado y estaba frente a mí—. Eres invencible. Te recuperarás. Guárdame en tus recuerdos, pero tienes que vivir. Y amar.

—No es demasiado tarde —supliqué entre lágrimas—. Podemos ir a Nueva York mañana, o a París. Los médicos de allí podrían salvarte.

—Ya hemos pasado por esto. No hay nada que hacer, nadie puede salvarme. No hay cura para este cáncer. Debes prometer que vivirás, que vivirás por los dos.

Me besó despacio, sin prisa, y se dejó caer sobre la almohada.

—Después de la guerra, cuando volví a París, estaba tan enfadado, tan triste, que nunca pensé que podría volver a ser feliz. Y mira, hemos tenido diez años de cielo en la Tierra. No te rindas ahora, Rosa.

Me abrazó y nos quedamos así, pegados el uno al otro. Poco a poco me di cuenta de que el sudor brotaba de su cuerpo y que pequeños temblores le recorrían. Respiraba de forma acelerada. No podía hacer nada para aliviar su sufrimiento y nunca me había sentido tan impotente.

—Rosa —jadeó—, ¿podrías ir a buscar el whisky? Ya sabes, el que Jorge trajo de Londres.

Me sorprendió verlo sentado en la cama cuando volví con la botella y un vaso. Se sirvió una buena cantidad y me acurruqué contra él. Me había tomado mi pastilla antes de bajar las escaleras y me quedé dormida acurrucada en su regazo.

Cuando me desperté a la mañana siguiente frente a él, con la mano extendida sobre su brazo, estaba tan frío como una piedra. Mis ojos se centraron poco a poco en la piel manchada y pálida de su pecho, que no se movía; no había subida ni bajada de ninguna respiración. Me levanté con el corazón acelerado, como si quisiera reparar el hecho de que el suyo no volvería a latir. Estaba tumbado de espaldas, con un brazo colgando de la cama y el otro tendido hacia mí. La botella de whisky vacía estaba junto a la caja de pastillas para dormir en la mesilla de noche.

14
Popurrí

Ah, tengo que darle una vuelta a mi popurrí. Trato de removerlo una vez al día para fomentar la liberación de la fragancia. Ahí está. ¿Puedes oler eso, *ma chère*? ¿El repentino torrente de rosas, el aroma de una tarde de verano? La esencia de un popurrí: una olla podrida. El truco consiste en dejar que los pétalos o la corteza y las hierbas, sea cual fuere la elección, se descompongan con elegancia. Originalmente, en Francia, los pétalos se cubrían con sal gruesa a medida que pasaban los meses de verano, y se agregaban otras hierbas aromáticas, hojas o flores. Cuando todo el mundo volvía a entrar en casa para refugiarse del frío invernal, y el hedor de demasiados cuerpos sin lavar adulteraba el ambiente, bastaba con quitar la tapa, y el olor de los pétalos de rosa, ahora preservados, salía de la vasija. En mi caso, siempre me ha gustado tener flores alrededor, pero este baño no tiene ventanas y ninguna flor debería soportar la falta de luz. Así que me conformo con este montón de pétalos deshechos y pastosos. Después de la muerte de Charles, Graça y yo escondimos todos los jarrones y las vasijas en los armarios; no podía soportar ver ninguna flor.

Todavía no entiendo muy bien cómo reaccioné cuando me desperté y me encontré acostada junto al cuerpo frío de Charles. Era muy temprano, apenas las seis. Me levanté y me vestí con un traje alegre y colorido, lista para un nuevo día, una nueva vida, y bajé las escaleras. Graça se había levantado, pero ni siquiera había empezado a preparar el *desayuno*.

—Quiero volver a Dona Aparecida —empecé, y mi voz me resultó extraña, demasiado alegre—. Una última vez.

Graça no se sorprendió por mi repentina petición, solo asintió.

Dona Aparecida parecía un poco sorprendida por nuestra temprana presencia.

—No lo entiendo —dijo—. No puede ser que esté aquí por el fantasma.

—¿El fantasma? Oh, no, no es eso, se ha ido. Pero espero que haya otro, ahora. Mi marido… murió anoche.

—¡Senhora Rosa! —gritó Graça, saltando de la cama—. ¿Por qué no me lo ha dicho? Está solo en casa. Tenemos que volver. —Había abierto la puerta y se disponía a salir cuando se dio cuenta de que yo no me había movido.

—Está bien, Graça, no puede ir a ninguna parte, no necesita nada. Pero yo… —Tragué saliva—. Tengo que volver a hablar con él. Tengo que despedirme. —Mi voz se quebró—. No me dio la oportunidad.

—Lo siento, *senhora* —dijo Dona Aparecida con solemnidad—. Pero, dígame, ¿estaba en paz cuando murió?

Cerré los ojos. Él había elegido el momento.

—Quería vivir, pero sí, estaba preparado. Estaba en paz.

—¿Qué aspecto tenía? —preguntó la médium.

—Tenía… —Había utilizado el tiempo pasado—. ¿Qué importancia tiene?

—Es que creo que no está aquí —dijo, disculpándose.

Y entonces no pude contenerme. Lloré. Lloré y lloré. Graça vino y se puso a mi lado, y apoyó la mano en mi hombro mientras yo sollozaba.

Eran casi las diez cuando llegamos a casa. Me derrumbé en el sillón en el que Charles y yo nos habíamos sentado a escuchar a João
Gilberto. Diez minutos después, Graça regresó con un montón de
anotaciones que había encontrado en el escritorio de Charles. Se
trataba de una serie de listas: listas cortas de personas a las que
llamar, en qué orden y con qué propósito, y después listas más
largas de amigos y colegas a los que avisar e invitar a su funeral.
Me sentía incapaz de hablar, y mucho menos de llamar a alguien,
pero si esto era lo que quería, entonces debía hacerlo. El primer
nombre era uno que no reconocí, Ernst Hoffman. Charles lo había
subrayado y había apuntado «LLAMAR EL PRIMERO». Marqué el número y esperé que no sonara, que no tuviera que explicar nada.

—Ernesto Hoffman. Buenos días. —El acento alemán acortó
las vocales alargadas brasileñas.

—Hola. Mi nombre es Rosa Dumarais. Mi marido Charles...
—Me quedé sin palabras, incapaz de terminar.

—¿Frau Dumarais?

Intenté hablar de nuevo, decir las palabras, pero solo salió un
sollozo estrangulado.

—Lo siento mucho —dijo el hombre, su voz se suavizó y se
convirtió en un agradable acento vienés—. Charles dijo que usted
llamaría cuando él muriese. Estaré con usted en media hora. Lo
siento mucho. Era un buen hombre.

—Muy amable, Herr Hoffman —respondí—, pero ¿quién es
usted?

Hubo un largo silencio al otro lado del teléfono.

—¿No se lo ha dicho? —preguntó por fin.

—No.

—Soy de la Chevra Kadisha. Ahora nos ocuparemos de él por
usted. Pero debe llamar a los médicos de inmediato.

El médico era muy amigo de Charles y vino en cuanto lo convo-
qué. No tardó en firmar el certificado de defunción, que confirmaba

que las causas habían sido una insuficiencia cardíaca y otras complicaciones producto del cáncer. Todos sabíamos que se avecinaba. Poco después de que se fuera, volvió a sonar el timbre y abrí la puerta para encontrar a un hombre bajo y calvo con un traje de lino beige.

—Ernesto Hoffman —dijo con delicadeza, inclinando la cabeza hacia mí.

—Herr Hoffman. —Le tendí la mano, pero él mantuvo la suya sujetando con firmeza el ala de su sombrero de paja frente a su redondo estómago, por lo que dejé caer mi mano, sintiéndome tonta.

—Frau Dumarais —dijo, inclinándose de nuevo—. Quiero que se sienta cómoda. —Hizo una pausa y pareció inseguro; después continuó—. Lo siento, pero el tiempo es esencial. ¿Puedo verle?

Balbuceé, incapaz de hablar, así que me di la vuelta y me dirigí hacia las escaleras, indicándole que me siguiera. A mitad de camino me detuve y me volví hacia él.

—¿Qué es la Chevra Kadisha?

—Es algo que hacemos los judíos. Es como una sociedad. Significa «los Santos Amigos». Haremos todo por usted. —Dio un paso hacia arriba.

—¿Todo?

—Sí —dijo, dando otro paso para estar cerca de mí, impulsándome con suavidad hacia adelante. Me di la vuelta y seguí subiendo las escaleras mientras él explicaba—. Limpiamos, preparamos y vestimos el cuerpo, y lo colocamos en el ataúd.

—¿Esto es lo que quería Charles? —Me quedé atónita. No había nada en nuestras vidas que estuviera relacionado con su origen, y sin embargo quería un entierro judío. Era como si me hubiera aislado de su núcleo, de su ser más íntimo.

—Sí.

—Nunca dijo nada. —Herr Hoffman no respondió y su silencio me hizo sentir aún más triste. Estábamos de pie sobre la cama donde había dejado a Charles. Herr Hoffman asintió con la cabeza y murmuró una oración en un idioma gutural que no reconocí. Supuse que era hebreo.

—¿Cómo lo conoció? —pregunté.

—¿Puedo? —Indicó la silla junto a la ventana. Asentí con la cabeza y me senté a los pies de la cama, cerca de los pies de Charles.

—Nos encontramos dos veces. Yo estaba en Auschwitz, en la cabaña de al lado de la suya. Jugamos al ajedrez una o dos veces; él me ganó. No éramos amigos, pero nos conocimos allí y ambos sobrevivimos. —Miró a Charles con una expresión de dolor—. Se trata de un vínculo especial.

—Solo puedo imaginarlo. —Traté de imaginar a este hombre de mediana edad en el campo con Charles, pero era imposible. Charles siempre había sido firme y musculoso, pero ahora su cuerpo sin vida se veía tan esquelético como en aquel entonces. Me invadió un deseo de saber todo lo que este hombre sabía sobre el pasado de Charles, que él me había ocultado.

—¿Cuándo fue la segunda vez? —pregunté.

—Fue hace unos años. Nos encontramos en la calle, en Lapa. Tomamos un café, intercambiamos direcciones.

—Nunca lo mencionó, no lo entiendo. —Lapa era un barrio del centro de la ciudad; Charles no solía ir allí. Una cosa era que Charles me hubiera ocultado su pasado, pero me dolía saber que me lo había ocultado cuando estábamos juntos… Yo creía que habíamos compartido todo.

Herr Hoffman fijó en mí sus amables ojos.

—Para ser franco, teníamos poco en común aparte de nuestro tiempo en el *Lager*, sobre el que ambos no queríamos insistir. —Suspiró—. Frau Dumarais, por favor no se sienta mal. Cuando reconstruyes tu vida sobre las cenizas de los muertos no puedes mirar atrás. No se lo dijo porque no quería empañar su felicidad.

—Es difícil de entender —dije, incapaz de hacerlo—. Pero si usted no lo volvió a ver, ¿cómo es que dejó un aviso para que le llamase?

—Cuando cayó enfermo, me llamó de nuevo. Sé que Charles no era religioso, pero quería un entierro judío. Nosotros, los que sobrevivimos, vimos a demasiados de nuestro pueblo quemados sin contemplaciones, sus cenizas esparcidas al viento, o fusilados y enterrados medio vivos en pozos de cal. Él quería ser enterrado con todos los rituales —por su hijo y su esposa, por su madre y su hermana—, tanto por los que murieron antes como por él mismo.

El dolor era profundo. Al igual que su decisión de no tener hijos me pareció definitiva, él había elegido cómo sería su muerte. Podía anularlo (Dona Aparecida me había convencido de que no iba a protestar), pero sabía que no tenía elección. Charles nunca había cedido en nada. Y yo le quería por eso.

—Si ese era su deseo —dije con resignación—, entonces lo acepto. Pero ¿por qué tanta prisa?

—Tenemos que enterrarlo hoy, si podemos. En menos de veinticuatro horas.

—¿Veinticuatro horas? —exploté, olvidando todo decoro—. Es una locura. No puede hacer eso. —Me levanté, me senté, alcancé la mano fría de Charles, pero la solté de inmediato. No me pareció que fuera él. El timbre de la puerta sonó.

—Lamento que Charles no le advirtiera, pero estos eran sus deseos.

—¿Tengo alguna opción?

—Frau Dumarais, ninguno de nosotros habría elegido esto, pero es nuestra costumbre, y es lo que él quería.

Cerré los ojos. Era todo demasiado precipitado, demasiado apresurado, y nada de esto era lo que yo quería. Me obligué a mirar el cuerpo de Charles, que no se había movido. Nunca se movería, ni hoy ni mañana; ni una hora más, ni un día más cambiarían eso.

—Tiene razón —dije—. Por supuesto. —El timbre volvió a sonar.

—Será uno de mis colegas —dijo mientras se levantaba—. Para cumplir los deseos de Charles tenemos que trabajar rápido. Ahora la dejaré para que se despida y volveré en unos minutos.

Me quedé en la cama mirando la forma inerte de Charles. Se parecía más a un maniquí de exhibición que a mi marido. Hacía apenas doce horas que habíamos mezclado nuestras salivas, el calor y el sudor, que me había quedado dormida con su cálido brazo envolviéndome. Quería ser capaz de besarle y acariciarle de nuevo, y de empaparme de su olor, pero era inútil. Eso era un cadáver. No era él.

Después de que Herr Hoffman me hiciera salir del dormitorio, me duché en el baño de Graça. Me trajo un sencillo vestido de seda negro y me senté en el escritorio de Charles para hacer las llamadas telefónicas que me había indicado, tachando los nombres en el orden en que él los había escrito. Una vez que las llamadas estuvieron hechas, no quedaba otra cosa que esperar al coche fúnebre. El funeral sería a las a las cuatro. Me reuní con Graça en la cocina y jugué con el vaso de agua que me puso delante.

En algún momento, Herr Hoffman entró.

—Frau Dumarais —dijo, y su voz tranquila me sobresaltó—. Está listo. Tal vez quiera verlo antes de cerrar el ataúd.

Un ataúd de madera áspera y sin barnizar estaba colocado sobre un soporte portátil junto a nuestra cama. Di un paso hacia el dormitorio y me detuve. Graça se acercó a mí, me puso la mano en el codo y me guio hacia dentro. En el interior del ataúd había una pálida efigie con la apariencia de mi Charles. Lo habían vestido con unas prendas de lino blanco poco familiares y sin forma; no eran las que yo hubiera elegido. El traje gris de seda y lino había sido su favorito.

Le habían peinado con demasiada precisión y tenía los ojos cerrados. Se parecía mucho a él, pero no era él.

—Esto no está bien —dijo Graça.

En gran parte Graça era servicial, pero en los ocho años que había estado con nosotros, Charles y yo habíamos aprendido que algunas cosas entraban en su categorización de lo que estaba bien y lo que estaba mal. Y esto estaba claramente mal. Había algo de determinación en su voz que debería haber hecho sonreír y suspirar a Charles, pero sus labios permanecieron inmóviles. Ella se dio la vuelta y salió de la habitación, y yo estiré la mano para tocar la piel fría, pero mis dedos retrocedieron. Sabía que debía besarlo por última vez, pero no podía. Quería que el tierno beso de la noche anterior fuera el último que recordara.

Graça volvió con un brazo lleno de flores. Debía de haber recorrido la casa recogiendo todos los ramos de todos los jarrones y cortado todas las flores de sus macetas. Me las puso en los brazos y empezó a cortar las cabezas de las flores y a colocarlas en el ataúd.

—Ejem. *Senhora*, esto no es costumbre —dijo Herr Hoffman, extendiendo la mano como para detenerla.

Ella no le prestó atención.

—Puede que no sea la costumbre del Senhor Charles, pero es la mía y todavía estoy aquí —dijo con esa seguridad absoluta que tanto le gustaba a Charles—. No tardaré mucho. —Tomó una orquídea nívea teñida de rojo de mis brazos y volvió a su labor.

Asentí y Herr Hoffman suspiró. Nos quedamos mirando mientras Graça hacía un halo de flores, pétalos y orquídeas alrededor de su cabeza. Después, se inclinó hacia el ataúd e hizo lo que yo no había podido hacer.

—*Tchau, Senhor* Charles. Has sido como un hermano mayor para mí. —Plantó los labios con firmeza en su frente—. Hasta que volvamos a vernos.

Dio un paso atrás y buscó mi mano.

Herr Hoffman y los tres hombres que le habían ayudado se acercaron, levantaron la tapa y la cerraron sobre mi amor, rodeado de flores.

Esa misma tarde, seguimos el féretro hasta la tumba en el cementerio judío de Inhaúma. Durante el breve funeral en la capilla, una sensación de irrealidad se apoderó de mí. Las oraciones se cantaban en hebreo. Los hombres llevaban gorros y botas, las mujeres estaban de pie a un lado frente a ellos, y el rabino pronunció un discurso sin sentido sobre un hombre al que nunca había conocido. Salimos de la capilla y nos encontramos con una hilera tras otra de tumbas lisas y de color gris pálido, dispuestas bajo un cielo inmaculado. En el lugar de la sepultura, los hombres que habían lavado y preparado el cuerpo de Charles sacaron el ataúd del carro y lo colocaron junto a la tumba sobre gruesas cintas para bajarlo. Quería creer que era un sueño.

Y entonces comprendí que estaba despierta, que esto era real.

—¡No! ¡No! Tengo que verlo —grité, dando un paso adelante—. No le he dado un beso de despedida.

Herr Hoffman y el rabino intercambiaron unas palabras, después alguien se adelantó y abrió el ataúd. Me acerqué, preparándome para verle por última vez: pero me encontré con una pesadilla. En el calor y la oscuridad del ataúd cerrado, el rostro pálido y muerto de Charles había cobrado vida debido a un enjambre de pequeños insectos negros que debían haber salido de las flores que Graça había dispuesto a su alrededor. Las diminutas criaturas se deslizaban por sus fosas nasales y entraban y salían de su boca inmóvil. Grité y me desmayé.

Cuando recuperé la conciencia, minutos u horas después, oí una especie de golpeteo errático. Me puse en pie tambaleándome y vi que los hombres con botas estaban echando tierra con palas, con un ruido sordo cuando cada palada caía sobre el ataúd de madera. Era demasiado tarde.

Tardé años en volver a tener flores en mi casa, y cuando lo hice empecé con pétalos limpios y desecados, como los de este cuenco de cristal.

15
Espejo

Nunca has hecho comentarios sobre mi espejo, *ma chère,* ni sobre el número de los que hay en el apartamento. ¿Tienes idea de lo caro que es un buen espejo? Pero supongo que no te das cuenta de que hay diferencias entre ellos. En una tienda, los espejos deben adelgazar y alargar al cliente. En un gimnasio, realzan el volumen por el que los hombres sudan. Esos espejos manipulan la realidad de forma sutil. La primera vez que me di cuenta de la importancia de un buen espejo fue cuando trabajé con Dior.

Aquí, en mi casa, quiero la verdad pura y dura. Este espejo es lo más caro de mi baño. En comparación, el precio del suelo de mármol y el de los lavabos es una minucia. Cuando adquirí este apartamento, lo primero que hice fue asegurarme de que el pasillo me permitiera colgar cuatro espejos de cuerpo entero junto a la puerta. Si no, ¿cómo podría una mujer estar en condiciones de salir al mundo?

Lo primero que noté cuando volvimos del cementerio fue que los espejos del pasillo habían sido cubiertos con un grueso calicó. Me acerqué a quitarlo.

—Frau Dumarais, *bitte nicht* —imploró Herr Hoffman—. Durante la *shiva*, la primera semana de luto, cubrimos nuestros espejos. Vamos dentro. —Me condujo al salón.

—¿Qué es *shiva*? —Fue todo lo que pude decir. Me sentí aturdida, como una mosca a la que hubiesen abatido sin pensarlo dos veces.

—*Shiva* significa «siete». Guardamos siete días de luto. Durante los próximos siete días, Frau Dumarais, deberá llevar la ropa rota y no usar zapatos; debe sentarse en un lugar bajo, cerca del suelo. Cubrimos los espejos porque lo último que necesita es preocuparse por el aspecto que tiene.

Me llevó a la única silla baja que alguien había colocado en el otro extremo de la estancia.

—Aquí es donde debe sentarse —dijo. Mientras me acomodaba en el asiento, me di cuenta de que tenía razón. No me importaba mi aspecto, ni me imaginaba que volvería a importarme. Se quedó un momento a mi lado y siguió explicando—. Igual que el mundo se creó en siete días, tardamos siete días en llorar una muerte. —Dio un paso atrás y añadió—. Le deseo una larga vida.

¡Larga vida! No había nada que estuviera más lejos en mi mente.

Pronto cayó la noche y la gente que había asistido al funeral empezó a venir a casa. El rabino dirigió las oraciones; los hombres cantaban con él, las mujeres se quedaban a un lado. Uno de los colegas de Charles pronunció un panegírico. El taburete bajo me permitía ver un bosque de piernas. Cerré los ojos, pero lo único que podía ver eran los insectos que pululaban por las fosas nasales inmóviles de Charles y en sus labios entreabiertos. Apreté los puños y los hice aterrizar en las baldosas de jacarandá del suelo.

Se escuchó un sonido, el rasgueo de una guitarra. Entonces una voz susurrante impregnada de dolor se puso a cantar «Chega de saudade». Era João Gilberto. Levanté la cabeza, preguntándome si estaba alucinando, pero un silencio descendió sobre todos como si se tratara de una oración. Cerré los ojos con fuerza. Charles debió pedirle a João que volviera, aquella noche en la que habían hablado con tanta vehemencia. Lo consideré su último abrazo y su postrer regalo para mí. Mientras la canción me envolvía, dejé que las lágrimas fluyeran, borrando de mis ojos la asquerosa imagen de los insectos que se arrastraban. Pero no quería alejar mi tristeza; era la única manera que tenía de sentir a Charles. Quería mantener el dolor tan cerca de mí como la ropa. Levanté la mano hacia el broche de oro que llevaba y lo desenganché. Flexioné el alfiler y lo clavé en la tela negra, y empecé a pinchar y a tirar hasta que la seda empezó a rasgarse.

Las personas pasaban delante de mí una a una, dándome la mano, y algunas se inclinaban para abrazarme. Y después solo quedamos Graça y yo. La casa estaba oscura y en silencio. Al final, me levanté de mi silla baja y subí las escaleras.

Me detuve en el umbral de la que ahora era mi habitación, no la nuestra, y me quedé mirando la cama. De algún modo, Graça había encontrado tiempo para desmontarla y rehacerla con sábanas limpias y blancas. Me armé de valor y pasé por delante de la cama vacía para entrar en el cuarto de baño. En lugar de ver mi reflejo en el espejo que cubría toda la pared, me encontré mirando una sábana que había sido pegada con cinta adhesiva. Me di cuenta de que la casa parecía más oscura. No era solo por mi estado de ánimo, era un hecho; todos los espejos de la casa habían sido cubiertos.

Los austriacos y otros refugiados judíos de Europa acudieron cinco veces más a rezar por Charles. Si hubiera estado alerta, me habría desconcertado esta amabilidad, pero la acepté como otro deseo incomprensible de Charles, que se había vuelto más judío en muerte que en vida. Durante estas oraciones nocturnas tenía tiempo para considerar por qué él había elegido esta partida, estos ritos, este lenguaje incomprensible. No había nada en nuestra vida que fuera judío. Pero tal vez ese fuera el punto; ser judío solo había significado para él la muerte. El judaísmo había causado la muerte de su familia. Quería vivir sin esa carga, pero al morir deseaba volver al rebaño, dar testimonio de su supervivencia. De un modo extraño, sentí que él me estaba haciendo sentir su presencia, incluso en su ausencia. En lugar de enfadarme, agradecí esa rara intrusión de sus deseos.

A pesar de que la mayoría de los visitantes eran extraños para Charles, y también para mí, descubrí que me gustaba tener gente cerca. Estas mujeres singulares traían más comida de la que Graça y yo podíamos comer, así como palabras de consuelo y amabilidad. Las dos habíamos perdido el apetito, por lo que Graça dio la mayor parte de la comida a su iglesia para que la repartiera entre los pobres. Durante el día me quedaba en la casa; ni siquiera llamaba a mi oficina. Mi asistente me traía cartas, cheques y pagarés para que los firmase, y esa fue la única vez en toda mi carrera que firmé sin leer, revisar ni releer. En ese momento, habría firmado cualquier cosa.

El día después de que la *shiva* hubiese terminado la casa se sumió en el silencio. Fuera, las olas seguían estrellándose en la orilla y los coches rugían sin cesar por la avenida Atlântica, pero dentro todo estaba en silencio. Por la noche no vino nadie. Sospecho que la gente pensó que me estaba dejando en paz. Pero no había paz. En el silencio sepulcral, solo podía oír el rugido de mi dolor y de mi terror. Desde la primera noche en la que nos conocimos en aquella cena con Dior, Charles había inundado mi cabeza y mi vida. Nunca nos habíamos separado, nunca habíamos pasado una noche lejos del otro después de nuestra primera vez juntos —salvo cuando fui en busca de Laurin—, y ahora solo me tenía a mí misma y su ausencia.

Me quedé sentada hasta que me dolieron las piernas y tuve que moverme. Cuando el sol empezó a ponerse y las sombras se extendieron por todas las habitaciones, recorrí nuestra casa tocando sus cosas: sus chaquetas en el armario, sus zapatos y su ropa, su pincel de afeitar y su cuchilla. Acaricié con el dedo el filo de la cuchilla y recordé su petición: «Vive por mí».

Cuando levanté la vista y vi la sábana pegada a la pared, me di cuenta de que la *shiva* había concluido y los espejos podían ser descubiertos. Agarré la sábana de algodón y tiré con fuerza. La sábana cayó y yo me alejé del espejo de un salto, horrorizada. No reconocía el rostro ausente, con los ojos hundidos e inyectados en sangre. No era la cara que Charles había amado, no era mi cara. Me subí a la superficie de mármol y volví a poner la sábana en su sitio.

Al día siguiente le pedí a Graça que quitara todos los espejos. Se negó a tirarlos y los guardó en el estudio de Charles. A pesar de las protestas de Graça, me empeñé en tapar el espejo que había en mi baño y que estaba sobre una encimera. Durante años, los espacios vacíos de las paredes me recordaron lo que había perdido.

Por supuesto, no podía permanecer recluida durante mucho tiempo y tenía que regresar al mundo, *ma chère*. Herr Hoffman me dijo que, después de la *shiva*, los judíos debían rechazar las invitaciones a eventos sociales durante un mes, pero que luego debían volver a salir.

Tenía un negocio que dirigir; el salario de muchas personas dependía de mí. Acepté suficientes invitaciones a fiestas y eventos como para mantenerme a flote y mantener los contactos de mi negocio. Pero no me apetecía hablar con nadie. Reduje mi vestuario al negro, eligiendo entre seda, algodón, lino y lana, pero siempre de color negro. No era que hubiera dejado de brillar, pero al igual que el diamante y el grafito se componen de carbono, durante un tiempo elegí ese rasgo más sombrío de mí misma. Dio un nuevo aspecto a mis diseños, una mayor claridad en las líneas y en el corte que ayudó a que mi negocio creciera a medida que mi estilo se volvía más sencillo y elegante.

Sin ninguna duda, en ausencia de Charles, la relación entre Graça y yo cambió. Todo empezó con el desayuno, que ahora tomábamos juntas. Y después de algunas noches cenando sola en la mesa, tomé mi plato y me uní a Graça en la cocina. Ninguna de las dos quería estar sola, ella también sufría su propia pena. Se había vuelto parte de nuestras vidas, y ahora compartíamos este dolor. Poco a poco se convirtió en mi amiga y compañera. En poco tiempo, a no ser que tuviéramos invitados, siempre estábamos juntas.

Diez meses después de la muerte de Charles —nunca lo consideré un suicidio, solo precipitó el calendario de la propia naturaleza—, Graça me pidió que fuera al salón. Herr Hoffman estaba de pie mirando al mar por la veranda, de espaldas a mí. Llevaba el mismo traje y tenía el sombrero en las manos, igual que la primera vez que nos habíamos encontrado en la puerta.

Nos saludamos y, de nuevo, no me tomó la mano para estrecharla ni la besó como haría la mayoría de los vieneses. Había aprendido lo suficiente sobre el judaísmo desde la muerte de Charles como para comprender que los hombres judíos ortodoxos nunca tocaban a las mujeres que no fueran de su familia.

Cuando ambos estuvimos sentados uno frente al otro en el salón, habló en un alegre alemán.

—He venido por lo de la colocación de la piedra. Ya es la hora.

—Oh. —Ni siquiera había empezado a pensar en una lápida.

—¿Ya ha puesto una?

—No. —Inspiré hondo antes de confesar—. Ni siquiera he vuelto al cementerio. No podía… Sé que debería, pero… —Me interrumpí, sintiéndome culpable. Una buena viuda debía ocuparse de la tumba, y yo había fracasado.

—No, está bien. No volvemos, no antes de la colocación de la piedra.

—Oh —dije con cierto alivio—. ¿Y cuándo se supone que es eso?

—A los once meses.

Envidiaba la sencillez y la seguridad de sus rituales, y a estas alturas aceptaba con gusto la ayuda.

—Supongo que debería diseñar algo para él.

—También hay costumbres para esto; algo sencillo. Una losa sencilla y una lápida.

Apartó el sombrero del sofá y miró el brillo rojizo del pulido parqué de jacarandá.

—Rosa —dijo, utilizando por primera vez mi nombre de pila—. No puedo evitar notar que sigues sin colocar los espejos.

—Había dicho *Du*, la versión informal de «tú», y un salto tan grande de intimidad enfatizó su sinceridad e hizo que prestara atención.

—Nuestras costumbres son sabias. Tienen un propósito y nos ayudan durante el luto. Después de que la piedra sea colocada, el luto debería terminar. Puedes señalar el aniversario de su muerte y encender una vela en su honor, y hacerlo cada año. Pero cuando este primer año haya concluido —dijo, mirándome de cerca—, está prohibido guardar luto. Es una exageración dañina, y nosotros creemos en la vida. Rosa —dijo—, deberías volver a colgar los espejos y seguir con tu vida.

Al día siguiente, cuando terminé de desayunar, ya tenía listo mi diseño para la tumba de Charles. Incluso una losa sencilla puede estar bien diseñada; las proporciones, la lápida, el borde: el detalle es clave. Lo arreglé todo, pero no pasé a la colocación de la piedra. Eso era mucho pedir.

Sin embargo, intenté atender al consejo de Herr Hoffman de seguir con mi vida, o al menos con mi trabajo. La moda estaba a punto de sufrir otro cambio radical. El New Look de Dior había encabezado la posguerra para devolver a las mujeres a la domesticidad, a la feminidad y a la cocina. Pero ahora estábamos en 1958 y podíamos sentir una nueva ola de energía que surgía a medida que la generación que había crecido tras la guerra iba llegando a la madurez. Mi primera visita a Dona Aparecida ejerció una influencia inesperada pero duradera. Una vez había cruzado un paso de montaña estando embarazada, pero apenas había podido sortear los fétidos charcos por el callejón hasta la casa de la médium con mis zapatos de tacón. Decidí que mi ropa no sería un estorbo nunca más. Me centré en siluetas que siguieran los contornos del cuerpo. Prescindí de los pliegues y los fruncidos, cortando líneas en forma de «A» que se adaptaran a las curvas y que se ajustaran bien. Mis prendas se volvieron más ponibles. Cuanto más trabajaba, más trabajo había para concentrarse. Trabajé para mantener la pena a raya. A veces lo conseguía.

En los dos años siguientes amplié el negocio a la perfumería y a la cosmética. Desde que le había pintado las uñas a Graça antes de ir a la tienda del Senhor Maluf, mi interés y el conocimiento del maquillaje se convirtieron en una pasión, e inevitablemente eso influyó en mi negocio. Los brasileños adinerados, que eran mi clientela, habían estado mirando hacia el oeste. Siempre habían deseado los productos de París, Londres, Nueva York y, en menor medida, Lisboa, pero tenía la sensación de que los tiempos estaban cambiando. Como inmigrante, los intensos colores de los pájaros y las flores y los embriagadores aromas tropicales siguieron entusiasmándome, así que los tomé como inspiración para mi colección. Empecé con los cosméticos, utilizando cacao y crema de nuez de Brasil como base, y les puse nombres de flores, pájaros y piedras preciosas autóctonas: sombra de ojos de aguamarina, de esmeralda y de jacarandá; lápiz de labios de hibisco, de *ciriguela* y de *tucano*. Mi corazonada fue correcta, y aproveché un apetito voraz por productos bonitos y bien empaquetados que tuvieran la calidad de los importados, pero no su precio. Me centré en su comercialización, visitando las principales ciudades de Brasil, Chile, Argentina, Venezuela y Colombia.

No sé si fue por mi concentración en el trabajo o por la derrota final de Schleich, no puedo asegurarlo, pero mi negocio creció y creció. En tres años me había convertido en la figura de un imperio, ya que contraté a más y más gerentes, personal de marketing y diseñadores para mantener el volumen de trabajo.

Todos los días empezaban y terminaban con el mismo ritual que ves ahora, *ma chère*, preparándome para recibir al mundo. Durante tres años trabajé tanto que apenas tuve tiempo de respirar, y mucho menos de llorar. Incluso mientras diseñaba ropa y cosméticos utilizando la llamativa paleta tropical de colores intensos y brillantes, seguía vistiendo de negro, como una viuda italiana. Agradecí a Coco Chanel la creación del vestido corto negro.

Evitaba los espejos hasta en el trabajo (utilizaba una cajita compacta para maquillarme), y me basaba en el tacto y en la sensibilidad para evaluar el talle del vestido. Eso también influyó en el estilo de mis diseños, ya que la comodidad y el movimiento se convirtieron en un objetivo importante. A estas alturas no me importara mi aspecto, sino que temía ver lo que la ausencia de Charles provocaba en mi rostro. Me fijaba en la definición de la raya del ojo, en la suavidad de los polvos, en el borde del pintalabios, pero con la polvera conseguía evitar que se viera toda mi cara.

Y entonces, un día, al mirarme en el pequeño espejo redondo, me pareció que solo mostraba una imagen distorsionada y borrosa. Las lágrimas que ya no podía reprimir seguían brotando, empañándome la vista e impidiéndome ver con claridad, emborronando cada intento. Como no podía salir sin maquillaje, me desesperé cada vez más hasta que acabé hundiéndome en el suelo de mármol del cuarto de baño, el mismo suelo en el que Charles se había recostado cuando sacó mi caja de pastillas para dormir del armario. Lloré y aullé como una de esas *macumbeiras* poseídas de la playa en Año Nuevo. Graça debió de escucharme, la gente de la calle que pasaba por mi casa debió de oírme, pero no vino a buscarme. Solo me detuve cuando me di cuenta de lo frío y duro que estaba el suelo del baño. Me levanté, me lavé la cara con agua fría y bajé las escaleras.

Graça me esperaba en la cocina, sentada a la mesa con un vaso de agua. Me había preparado la comida. Se levantó y me puso un brioche caliente en el plato (desde que Charles le había enseñado a hacer *brioches* y *croissants*, eran sus favoritos) y me dio un gran tazón de café con leche.

—Pensé que podría tener hambre, Senhora Rosa.

Estaba hambrienta. Me vio comer y cuando terminé, dijo:

—Creo que necesita unas vacaciones. —Extendió un plato hacia mí con dos rodajas de pepino—. Para los ojos.

Cuando llegamos al Ritz de París, el recepcionista me dijo que mi reserva había sido cancelada por una tal Madame Fournel. Sonreí y le pagué al botones una buena propina para que llevara todas mis maletas directamente a otro taxi.

—¿Cómo se te ocurre quedarte en otro sitio? —me regañó, inclinándose sobre la barandilla en la parte superior de la escalera a medida que subíamos en espiral para reunirnos con ella. Cuando llegué al último escalón, extendió los brazos para recibirme y me dejé caer en ellos. Su forma, antes amplia, se había encogido tres o cuatro tallas, calculé. Se había vuelto tan frágil que me sentí como si la estuviera sosteniendo. Cuando dejamos de abrazarnos, mis manos se encontraron con las suyas. Graça se apartó. Pero, a diferencia de los agentes de aduanas y del taxista que la habían tratado como si estuviese infectada de algo, Madame Fournel le sonrió con cariño.

—Madeleine, Graça —dije, mirando a los dos con solemnidad—. Sois mis mejores y más queridas amigas.

Sin dudarlo, Madame Fournel soltó mi mano y tomó la de Graça, de color café, y la besó en ambas mejillas. Yo dormí en mi antigua cama y Graça en el diván del salón. Estaba en casa.

Yo había conocido París a través de los ojos del trabajo, pero con Graça descubrí las galerías y las tiendas. Dior había muerto un año antes que Charles y, a pesar de las numerosas personas a las que me había presentado, ninguna resultó ser una amistad. Por supuesto, me las arreglé para conocer a Yves Saint-Laurent, un joven de gran talento que, sin duda, había ocupado el que habría sido mi puesto si no me hubiera ido a Brasil. Pero, aparte de él, no quedé con nadie más. Cuando no estábamos de compras o comiendo fuera, nos quedábamos en casa con Madeleine. Aunque le había comprado a Graça ropa para el viaje y le había regalado algunas de mis prendas viejas, fue en las tiendas de París donde comprendí el sentido innato del estilo que tenía, muy diferente al mío. El suyo era más clásico y chic; era una apasionada natural de Chanel. Para entonces tenía treinta y tres años y Graça veintiocho, pero mi estilo era más juvenil. Caminamos por los bulevares, comprando ropa en las tiendas que, por suerte, eran demasiado caras como para tener una etiqueta con el precio; de lo contrario, Graça se habría negado a llevarse nada. Eligió vestidos de corte recto, faldas de tubo y chaquetas sencillas en tonos rosa pálido, azul cielo y camel. Cuando las cabezas se volvían a nuestro paso, me preguntaba —con orgullo y diversión— a quién estarían admirando.

Un día, al final de ese viaje, estábamos sentadas en el Jardin des Tuileries cuando Graça preguntó qué era ese gran edificio. Una vez que descubrió el Louvre, volvió allí todos los días durante dos semanas hasta haber recorrido todas las salas y cada cuadro, estatua o dibujo. Fue entonces cuando empezó su obsesión por el arte.

Después de tres semanas en París ya hablaba un poco de francés, así que no me sorprendió encontrarla una mañana conversando tímidamente con Madeleine durante el desayuno.

—Ah, *ma chère*, pareces descansada. —Madeleine sonrió, acercándose para darme su habitual beso matutino en la mejilla—. Graça y yo hemos estado hablando.

—Ya veo. —Tomé un *pain au chocolat* de la cesta y me acerqué a la cafetera.

—Y hemos decidido que vamos a visitar San Galo y Oberfals —dijo Graça.

Dejé la cafetera, con más fuerza de la que pretendía. Graça la levantó y me sirvió el café y la leche caliente.

—No puedo.

—Debes —dijo Madeleine, apretándome la mano—. Perder a Charles no significa que debas perderlo todo.

Revolví el café. Había rechazado cualquier idea de ver a Laurin. No creía que pudiera soportar verle y alejarme de nuevo. Pero cuanto más lo consideraba, más agradable me parecía la idea de saber que estaba feliz con Ida. Tal vez ayudaría a llenar ese agujero negro que sentía en el pecho. No podía causarme más dolor, razoné; eso era imposible. Pero nada me convencería de viajar a Oberfals.

—Madeleine —dije—, has sido más madre para mí que mi propia madre. Y no quiero volver a ver a mi padre nunca más.

—¿Y tu hermana?

Me encogí de hombros.

—No es que ninguno de ellos haya intentado buscarme, y no soy precisamente difícil de encontrar.

Mi ropa nunca había cruzado el océano, pero mi línea de cosméticos *Beija Flor* («colibrí» o, literalmente, «besador de flores») estaba siendo un éxito en toda América Latina. No era una desconocida, e incluso en el escondido valle de Oberfals estaba segura de que habrían leído sobre mí. De hecho, el año anterior había concedido una entrevista a un periodista italiano. Si hubiesen querido, habrían podido encontrarme.

—Quizá sea la vergüenza lo que les hace guardar silencio —dijo Graça—. Pero a veces es mejor dejar a la familia atrás. —Se levantó y salió de la habitación. No había visto a su prima Gabriela desde nuestro enfrentamiento con Sé en la tienda del Senhor Maluf.

Dos días después, las tres estábamos de pie delante de la vieja casa de los Schurter. Había llamado desde París, había enviado un telegrama y había intentado llamar de nuevo desde el hotel de San Galo, pero no había obtenido respuesta. Cuando llegué, vi por qué. La casa de Laurin estaba vacía y había sido tapiada. Llamé a las puertas de los vecinos. El de la izquierda se había mudado hacía poco y no sabía nada, y en la casa de la derecha o en la siguiente no había nadie. Tres puertas más allá, un anciano estaba en su jardín delantero cortando las flores marchitas y recogiéndolas en una cesta.

—Oh, sí, la familia Schurter —dijo, mirándonos a través de sus lentes gruesas—. Se han ido. —Cortó el capullo de otra rosa con las tijeras de podar.

Sentí que la sangre se me escapaba; me sentí débil.

—¿Sabe usted a dónde han ido? —pregunté, de repente tan desesperada por ver a Laurin como la última vez que había estado allí.

—Lejos, no estoy seguro. Déjeme ver. —Se levantó—. El señor Schurter murió, eh, hace diez o quince años, poco después de la guerra. No estoy seguro. Sí, los niños tenían unos cuatro o cinco años, y la pequeña era todavía un bebé. Fue horrible. La pobre Frau Schurter fue tan valiente.

—¿Cómo murió Herr Schurter? No era tan mayor.

—Un ataque al corazón. Decían que trabajaba demasiado. Y ella, sola en esa casa tan grande con los niños. Aunque me parece que estaba bien de dinero. Y entonces un día, como un año después, recogió todo y se mudó. —Se agachó hacia otro rosal, y después se levantó de nuevo—. Algunas personas dijeron que había un nuevo hombre, pero no me lo creo, habría venido a buscarla si ese hubiera sido el caso. No, ella empaquetó todo y se fue.

Mi corazón se agitó con esperanza.

—¿A dónde fueron?

—No pregunté.

Se habían ido. Lo había perdido.

Como última opción, visité a los abogados que los Schurter habían contratado para el proceso de adopción, pero me dijeron que no podían ayudar. En efecto, Frau Schurter se había vuelto a casar y se había trasladado a Alemania, y no tenían ninguna otra dirección. En su momento la casa se había vendido, pero estaba de nuevo en venta.

La compré esa misma tarde, *ma chère*. Cuando me fui de San Galo, quince años antes, no tenía un céntimo; ahora, que me enviaran el dinero no era más que una simple formalidad. Durante el tiempo que tardaron en hacer las gestiones, fui a la iglesia más cercana, busqué e incorporé a un ama de llaves. Frau Wegelin era una viuda de guerra con dos hijos adolescentes. Parecía conmocionada mientras recorría con ella las tiendas, comprando muebles y accesorios.

Unos días más tarde, una vez que todo estuvo resuelto, estábamos de pie en el andén esperando el tren que nos llevaría a Zúrich. Según el horario, habíamos llegado casi con media hora de antelación. La espera en el andén fue como una puñalada en el corazón. Allí había visto a Laurin por última vez. Ahora tenía menos esperanzas que nunca de volver a encontrarlo. Mientras mis ojos se llenaban de lágrimas, me alegré de que la luz fuese escasa bajo el arco de acero del techo. Como si estuvieran jugando con mis recuerdos, un chico y una chica corrieron por el andén, saludando para llamar nuestra atención:

—Son los niños de Wegelin —dijo Graça.

Les hice un gesto para que supieran que los había visto. Me indicaron que no me moviera, se dieron la vuelta y volvieron con su madre.

—Frau Dumarais —jadeó Frau Wegelin, con la cara roja por el esfuerzo.

—¿Ocurre algo? —le pregunté.

—No, pero tenía que volver a preguntárselo. —Se mordió el labio con nerviosismo—. Es que no parece real.

—¿El qué?

—¿No hay nada más que quiera? —Me miró a los ojos—. ¿Solo que viva allí, con mis hijos, cuidando la casa para usted y abriendo la puerta a cualquier extraño que llame?

—Eso es —dije, sonriendo de la forma más tranquilizadora posible—. Abra la puerta, averigüe quiénes son y avíseme.

—No lo entiendo. Nos ha dado un hogar. —Sus ojos estaban llenos de lágrimas.

—No tiene que entenderlo —dije. No tenía intención de hablarle de mi desesperación ni de mis razones—. Solo haga lo que le pido. Por favor.

Era una estrategia muy desesperada y cara, pero no se me ocurría un plan mejor. Tal vez un día Laurin o Frau Schurter aparecerían. Era lo único que podía hacer.

A la mañana siguiente de nuestro regreso a Río me encontré mirando el papel pintado que cubría el espejo del baño. Algo en mí había cambiado. Seguía echando de menos a Charles como si fuera una extremidad que había perdido, seguía queriendo encontrar a Laurin, pero ahora había algo más dentro de mí. Me incliné hacia delante e intenté arrancar el papel por las juntas, pero no cedía. Mientras me subía a la encimera de mármol y empezaba a limpiar el papel pintado con un trapo empapado, pensé que nada era para siempre. Nunca le pregunté a Graça qué la había hecho venir, pero cuando apareció por la puerta volvió a desaparecer antes de regresar con dos cuchillos planos y su kit para limpiar las ventanas. Trabajamos sin mediar palabra, empapando, quitando y raspando. No nos detuvimos hasta que estuvo al descubierto por completo.

Por primera vez en tres años me examiné a fondo. En el espejo, una mujer mayor y más delgada, con un rostro decidido y seguro, me miraba con un rastro de esperanza en sus ojos.

16
Delineador

Cuando me maquillo la cara, siempre empiezo y termino con el delineador de ojos. De hecho, ni siquiera considero maquillaje el trazado del contorno de los ojos. Se trata de una simple cuestión de definir. Las mujeres lo utilizan desde hace mucho, mucho tiempo. Las mujeres egipcias de hoy en día llevan el kohl, como lo hacían sus antepasadas en la época de las pirámides y los faraones. Cuando Mary Quant sorprendió al mundo en los años sesenta —fue la siguiente después de Dior en lanzar por sí sola un nuevo concepto—, aumenté el grosor de la línea que me pintaba alrededor de los ojos de forma drástica. Hoy en día uso kohl y lápices, prefiero difuminar y mezclar, ya sea alrededor del borde de los ojos o debajo de las pestañas, dependiendo de la imagen que quiera proyectar. Incluso si me quedo en casa, trazo una línea sobre mis pestañas. Pero el día del funeral y las semanas siguientes, mis ojos estaban inundados por la oscuridad del dolor que llevaba como si fuese una máscara. Solo después de haber despegado el papel pintado del espejo del baño empecé a delinearme los ojos otra vez.

En los negocios he aprendido que las empresas más arriesgadas, cuando funcionan, pueden ser las más rentables. Dos años después de mi viaje a San Galo, en septiembre de 1963, recibí una llamada telefónica. El operador internacional me conectó con Frau Wegelin a través de una línea que crepitaba.

—Frau Dumarais —dijo su voz diminuta—, ha venido.

—¿Quién? —Mi corazón latía con fuerza. Laurin debía tener diecinueve años. ¿Habría venido a buscarme?

—Un joven —continuó Frau Wegelin.

—¿Ha dicho cómo se llama?

—Dijo algo sobre Laurin.

Sujeté el auricular con tanta fuerza que me dolió.

—¿Qué edad tiene? ¿Es Laurin?

—Tiene veinticinco. Se llama Dov. Es de Israel. Quiere hablar con usted. Dijo algo sobre un profesor.

Puso al joven israelí al teléfono. Tras una absurda conversación, comprobé que era un pariente del profesor Goldfarb. El joven estaba estudiando en Zúrich y el profesor le había pedido que viera si podía averiguar qué había pasado con un chico llamado Laurin, que vivía con los Schurter. Al día siguiente, Graça preparó mis maletas y me acompañó al aeropuerto de Galeão.

Un día después, con jet-lag y aturdida, llamé a la puerta de un apartamento en una colina de Jerusalén. Todavía estaba llamando cuando una niña abrió. Unos minutos después, un hombre demacrado y de pelo blanco salió del interior y se detuvo, agarrando la puerta con tanta fuerza con la mano huesuda que los nudillos se le volvieron blancos.

—Saba. —La niña se dirigió a él en un lenguaje gutural.

Él se agachó y le susurró algo y ella desapareció en el apartamento.

—¿Profesor? —La última vez que lo había visto no había cumplido cincuenta años; ahora era mayor, tenía casi setenta. El tiempo había sido cruel con él.

Se limitó a mirarme. No había calidez en su expresión severa. No me dio la bienvenida. Nos quedamos de pie a ambos lados del umbral, toda la emoción se desvanecía como si fuera agua yéndose por el desagüe.

—He venido desde muy lejos para verle, Herr professor —dije al final.

—Supongo que debería invitarte a pasar. —Su voz era neutra, la voz que podría haber utilizado para dirigirse a un comerciante en San Galo.

Cuando me había presentado congelada y desesperada en la universidad veinte años antes, me había acogido en su casa y me había preparado leche caliente y miel en su cocina. Esta vez me llevó a su estudio y se sentó detrás de su escritorio, con un dedo flexionado hacia una silla. Levanté la pila de libros y los puse sobre la alfombra. Observé el asiento de lino raído donde habían estado los libros y me pregunté si sería seguro sentarme ahí, antes de dejarme caer.

Miré a mi alrededor, intrigada. Si hubiera aceptado su propuesta, esa podría haber sido mi casa. El piso era pequeño, pero estaba en una calle muy bonita con árboles y vistas a las colinas empedradas que se extienden hacia el mar. Había rehecho su vida, y suponía que la niña debía ser su nieta o incluso su hija. Fue agradable verlo. Pero nunca le habría dejado vivir así, ni tener ese aspecto. Había encogido; la ropa le colgaba holgada, sin disimular la angulosidad de sus huesos. Estaba tan delgado como cuando le había conocido por primera vez. Tenía el pelo y la larga barba de color blanco sobre un cuello desgastado y una chaqueta raída. Era el aspecto que yo imaginaba que debía tener un profesor, pero no se parecía al hombre que yo había conocido.

—Así que, ¿qué te trae por aquí Rosa Kusstatscher?

—M-mi apellido ahora es Dumarais. Me casé hace tiempo.

—Casada. —Movió algunos papeles en el escritorio—. ¿Cuántos hijos? —No me miró.

—Murió. Soy viuda. Nunca tuvimos ninguno.

—Ya veo —dijo, levantando los ojos hacia mí por primera vez—. ¿Estás sola?

Habría sido imposible explicar mi relación con Graça, así que me limité a decir:

—Sí.

Asintió y sentí que me estaba juzgando.

—Te ves bien, como si hubieras hecho algo por ti misma.

—Lo hice —respondí—. Construí una empresa de moda. No solo de ropa, sino también de cosméticos, perfumes y joyas. En Brasil —añadí al final.

—Pensé que solo querías tu propia tienda; al menos, eso fue lo que escribiste en la carta. Ida Schurter trató de explicármelo. ¿Ibas a hacer algo por ti misma y después volver a por Laurin?

—Ese era mi plan.

—¿Y todo porque te ofrecí un hogar y un padre para tu hijo?

Lo que recordaba era que me había ofrecido un poco más, pero he aprendido que lo mejor es elegir el momento adecuado para hacer un comentario, y este no lo era.

—No, nada de eso —dije, escogiendo mis palabras con cuidado—. Me entró el pánico.

—¿Fue una mala idea? —dijo, clavándome su penetrante mirada.

—No. No —dije—. Fue un gesto amable por tu parte.

—¿Amable? —se burló, y a continuación resopló con fuerza. Tomó un libro de uno de los muchos montones que había en el suelo y pasó unas cuantas páginas antes de dejarlo. Siempre se había refugiado en los libros. Las personas no cambian, pensé, no de verdad.

—Te quería —dije y esperé que me mirara antes de continuar—, pero como a un padre, no como a un marido.

—Eso es lo que deduje cuando te fuiste —dijo, con la voz entrecortada.

—No es algo que podamos elegir —dije.

Se inclinó hacia delante y apoyó la barbilla sobre sus puños.

—¿Tienes idea de lo mucho que lloró Laurin? Cada vez que iba a verle a casa de Ida Schurter, y era todos los días, porque le quería como a un hijo, se ponía a llorar cuando me iba.

Me llevé la mano a la boca para reprimir un sollozo.

—¿Cómo pudiste hacerle eso a tu propio hijo? —preguntó, y me di cuenta de que, para él, que había perdido a sus dos hijos, lo que yo había hecho era imperdonable.

La puerta se abrió y la niña entró corriendo. Le susurró algo al oído y él le respondió, después salió trotando de nuevo.

—¿Es tu hija?

—No, es mi nieta —dijo, orgulloso y desafiante.

Pude ver en sus ojos que había abandonado a mi único hijo. Me había ofrecido la oportunidad de quedarme con Laurin; había creado esa segunda familia que había prometido, y yo seguía sola. No veía ninguna posibilidad de recuperar su respeto o su afecto.

—Venir ha sido un error. —Me levanté—. Me voy.

Él dirigió la mirada al suelo, evitando mis ojos.

—La verdad es que ha sido una sorpresa verte. Deberías haberme avisado. Escribe los datos de tu hotel. —Me acercó un bolígrafo y un papel a las manos—. Hablaremos.

Al día siguiente, un viernes, me llamó por teléfono. Me invitó a cenar para conocer a su familia.

—Esta es Rosa —dijo al grupo—. Era una refugiada procedente de Tirol, a la que di cobijo durante la guerra.

Estreché la mano de cada persona mientras me presentaba.

—Esta es Agnieska, mi hija polaca —dijo refiriéndose a una mujer de pelo oscuro, de unos veinticinco años—, su marido, Samuel, y su hija, Rahel, a la que conociste ayer.

La niña sonrió y dijo:

—*Shabat shalom* —con una voz fuerte y clara en presencia de sus padres.

—Este es Ármin —continuó—, mi hijo rumano. —Un joven alto y larguirucho de unos veinte años se levantó y me tendió la mano.

—Y su madre, mi mujer, Judith, es austriaca. —Puso su mano en el hombro de una mujer de aspecto cansado, de unos cincuenta años, que me saludó con un encantador acento vienés.

La familia se acomodó para la cena del viernes. Judith encendió algunas velas, el profesor leyó unas oraciones y después bendijeron y compartieron el vino. Él eligió una barra de pan trenzado de una bandeja decorativa.

—Cuando llegué aquí —me dijo, mirando alrededor de la mesa—, descubrí que muchas personas habían perdido a sus familias; había muchos huérfanos. Fui testigo del dolor y del miedo de los niños abandonados. —Hizo una pausa y continuó hablando—. Así que formé una nueva familia. Como el pan, la familia es la base de la vida.

Quería decir algo, cualquier cosa para defenderme, pero no era el momento ni el lugar para hacerlo.

Bendijo el pan en hebreo y después cortó siete trozos y los roció con sal. No recordaba la última vez que había comido con una familia. Sabía lo que estaba haciendo; me estaba mostrando lo que era una vida en familia, lo que había perdido: el ruido, el jaleo, la compañía.

—Tienes una familia encantadora —dije en la puerta después de la cena, tras habernos bebido el café y habernos atiborrado de baclava.

—Es lo que quería.

—Yo también lo quería —dije, sin poder luchar contra la necesidad de justificarme—. Volví por él, cuando me comprometí, pero era demasiado tarde.

Me agarró del brazo.

—¿Demasiado tarde? ¿Había muerto?

—No, se había olvidado de mí. Pensaba que Ida Schurter era su madre.

—Oh —exhaló y algo cambió en su expresión; su rostro se suavizó.

—No podría volver a separarlo de su madre. Ni siquiera yo podía ser tan egoísta —dije, tratando de mantener la ira lejos de mi voz.

Relajó su mano en mi brazo.

—Ah —exhaló.

—¿Lo entiendes?

Asintió y me soltó. Me dirigí al rellano. Él salió y, sin decir nada, se dirigió a la escalera y empezó a bajar. Le seguí, con los tacones repiqueteando sobre las baldosas. Tenía casi veinte años de resentimiento y prejuicios que disipar, años en los que había pensado en mí como en alguien muy egoísta. Necesitaba unos momentos para recordar que habíamos sido buenos amigos. Me estaba esperando en el piso de abajo. Me abrió la puerta de la calle y me detuve frente a él.

—¿Cuándo te vas? —me preguntó, ahora con una voz más suave.

—El domingo —dije—. Ya he hecho lo que había venido a hacer.

—Hay cosas sobre las que debemos hablar antes de que te vayas. ¿Puedo ir a tu hotel mañana por la tarde?

El surtido de pasteles que nos sirvieron en la terraza del reconstruido hotel Rey David habría alimentado a toda su familia, pero el profesor se negó a comer uno siquiera. Se sentó de nuevo en la silla y contempló la vieja ciudad, que brillaba con un color dorado bajo el sol de la tarde, mientras yo me servía leche en el café.

—Necesito saberlo, Rosa, ¿por qué has venido?

Me detuve un momento, considerándolo. ¿Por qué había ido?

—Cuando murió mi marido —terminé diciendo—, me derrumbé. Hace dos años, volví a Europa de visita. Quería dejar de huir.

Apoyé la taza y extendí las manos sobre mi regazo, alisando el lino.

—Volví a San Galo. Quería ver a Laurin, solo para saber que estaba bien, pero se habían ido. Ottmar había muerto; Ida se había vuelto a casar y se había mudado a Alemania. No sabía qué hacer. Entonces, pensé que, si compraba la casa de los Schurter, un día alguien podría ir a buscarlos, o ellos mismos podrían ir de visita.

—¿La compraste?

Me encogí de hombros.

—Me escapé para ganar dinero y así poder cuidar de Laurin como es debido. La mitad del plan funcionó.

Me miró durante mucho tiempo.

—¿El plan siempre fue volver?

Me encontré con su mirada, intentando transmitir la verdad que había en mí, el dolor de todos estos años, mi constante arrepentimiento por haber perdido a mi pequeño.

—Siempre.

—Mi primo iba a ir hasta allí. ¿Por eso estás aquí?

—Sí. El ama de llaves me llamó cuando apareció y hablé con él el martes.

—¿Hace dos días?

Asentí.

Debajo de la terraza había un camino polvoriento flanqueado por altos y oscuros cedros. Apoyé la mano en la barandilla de piedra, que estaba ardiendo; a última hora de la tarde todavía estaba bajo el calor del sol. El clima había cambiado.

—¿Adoptaste a Ármin y a Agnieska? —pregunté, tan intrigada por su vida como él lo estaba por la mía.

—Sí, quería otra familia, Rosa, y Laurin era como mi hijo.

Desvié la mirada.

—No, él era como tu nieto, yo era como tu hija. O debería haberlo sido.

El profesor tomó su taza de café. Bebió, haciendo pausas, sorbo a sorbo, observando la ciudad hasta que la taza se vació.

—Tal vez. —La dejó en la mesa y se recostó de nuevo en la silla blanca de hierro—. No lo sé. Éramos como una familia. Es complicado. —Hizo una pausa—. ¿Qué vas a hacer ahora?

—preguntó, y reconocí esa pregunta como si fuera una ofrenda de paz.

—Esperar —suspiré—. No hay nada más que pueda hacer. Ni siquiera sé el nuevo apellido de Ida. Sería imposible encontrarla.

Se sirvió un trozo de tarta, le dio un mordisco y se quedó mirando hacia las colinas bañadas en oro.

—¿Y Thomas? —Fijó sus ojos en mí, observando de cerca cómo reaccionaba.

—¿Qué pasa con Thomas? —Vi algo en sus ojos que me inquietó—. Está muerto, ¿no? No he sabido nada de él desde que lo dejé en Oberfals en 1944. Han pasado casi veinte años.

El profesor sacudió la cabeza y me respondió:

—No está muerto.

—¿Qué? —La noticia me dejó sin aliento y jadeé.

El profesor se dio cuenta de mi sorpresa y continuó.

—Al menos, no murió en la guerra.

—¿Lo has visto?

—No. En 1948 me escribió. Había ido a San Galo a buscarte.

—Me fui a Brasil a finales del 47.

—Ambos nos habíamos ido para entonces, pero la Hochschule le dio mi dirección.

—¿Y le respondió? —pregunté, desesperada por saber todo lo que pudiese contarme.

—Le dije lo que sabía —dijo, y suspiré: sabiendo lo que el profesor pensaba de mí en aquella época, no le habría dicho nada bueno.

—¿Dónde estaba?

—Estaba en Berlín.

—¿Has tenido noticias de él desde entonces?

—No.

A la mañana siguiente, de pie frente al espejo del baño del hotel, con los pies apoyados en las baldosas frías, me detuve y me examiné.

Tenía quince años cuando conocí a Thomas, dieciséis cuando nos enamoramos. Dieciocho cuando dejé a Laurin y al profesor en San Galo. En ese momento no lo sabía, pero había sido una gran belleza sin adornos; fresca, vibrante y salvaje como el perfume que Charles había creado para mí. Ahora, desnuda ante mi tocador, a los treinta y cinco años, las líneas empezaban a aparecer alrededor de mis ojos y la boca, y mi piel había perdido parte de su brillo. La chica que Thomas había conocido ya no existía.

Cuando había huido a través de las montañas a San Galo era joven, no tenía dinero y estaba desamparada. Había abandonado a mi hijo. Ahora era diseñadora y empresaria. Había trabajado y me había esforzado, era una mujer importante. Podía volar por todo el mundo de un momento a otro para ver a mis amigos. Tenía éxito. Había hecho algo por mí misma.

Tomé mi delineador y me incliné hacia adelante, lista para usarlo. Una lágrima brotó por el rabillo del ojo. Me limpié y dibujé una línea bajo las pestañas. Otra lágrima se derramó y corrió el delineador húmedo. Descendió por mi mejilla formando un surco negro. Había visto lo que el profesor me había ofrecido, lo que yo había rechazado. Él tenía una familia.

Volví a inclinarme hacia delante, pero no podía enfocar la vista; tenía la visión borrosa, y las oscuras gotas caían sin cesar en el lavabo.

Durante años continué con mi soledad; vivía a medias. Las exigencias de mi negocio me mantenían en pie, pero solo en la música, el último regalo de Charles para mí, encontraba algo de placer. El año después de mi viaje a París, en 1962, Stan Getz lanzó una interpretación de los clásicos de la *bossa nova* y, desde entonces, los músicos de jazz americanos inundaron la vida nocturna de Río desesperados por tocar el jazz de moda, su interpretación de la música brasileña. Charles se había perdido esta explosión musical por unos pocos años; le habría encantado. Brasil se estaba convirtiendo en un centro cultural; la gente estaba entusiasmada con el nuevo presidente socialista João Goulart, y la sensación de optimismo combinada con mi viaje a París había cambiado algo en mí. Empecé a ir a los lúgubres locales de jazz, solo para escuchar *bossa nova*. Aunque salía, como tú dices, no «hacía un esfuerzo», pero, aun así, al principio, los hombres intentaban acercarse a mí. Pero pronto se dieron por vencidos y me convertí en alguien habitual, la viuda negra y sombría que se sentaba sola. La música me transportaba. Me levantaba el ánimo del mismo modo que lo había hecho con Charles y le había sacado de su dolor aquellas últimas semanas. La música me llevó a él, pero también me sacó de mi *saudade* por él.

Graça se había pasado los años que siguieron a la muerte de Charles rechazando una corriente constante de pretendientes y de llamadas, contestando al teléfono y diciendo que yo estaba fuera o indispuesta. Cuando volví de visitar al profesor en Israel, empezó a apuntar los nombres de los hombres que habían preguntado por mí. Me dejaba pequeñas notas en la mesa del teléfono, junto a la puerta del vestíbulo, para que yo no pudiera ignorarlas.

Fue en la última noche de 1963, en la víspera de Año Nuevo, casi seis años desde la muerte de Charles, cuando decidí hacerle caso. Me había dicho que tenía que vivir por él, pero yo no estaba viva, me limitaba a dejarme hacer. Tenía que hacerlo mejor, por los dos. Así que le dije al siguiente hombre que me invitó a salir que, si conseguía entradas de primera fila para la actuación de tres noches de Isaiah Harris, un saxofonista de jazz neoyorquino, le acompañaría. Era justo antes del carnaval, el aire veraniego era caliente y pegajoso y Río estaba en su época dorada. La ciudad estaba radiante. La *bossa nova* atraía a los mejores músicos del mundo, que deseaban tocar con los maestros brasileños. Isaiah Harris era uno de los músicos de jazz más célebres de la década. Las entradas se habían agotado cuando intenté comprar una y no estaba dispuesta a pagar los sobornos necesarios para asegurar los asientos que le había exigido a este optimista pretendiente, así que confiaba en que no tendría que salir con él.

La tercera esposa del conde de Sabará, la más joven, acababa de huir con un periodista argentino con bigote. Estaba claro que no era un hombre que aprendiera de la experiencia, tres matrimonios fallidos y seguía cortejando a base de gastar, y ahora estaba sentada con él en la mesa central frente al escenario. Tal y como había pedido, el conde había conseguido los mejores asientos de la sala para las tres noches.

—Senhora Rosa —dijo después de ayudarme a sentarme y acomodarse frente a mí—. Está deslumbrante, con tanta clase y elegancia.

—Vaya, conde, gracias. —Sonreí con dulzura.

—Sí, ahora veo que un hombre como yo necesita a una mujer madura y refinada en su vida. Se acabaron la juventud y la belleza.

No se dio cuenta, mientras me sentaba enjoyada en azabache victoriano y con un ajustado corpiño de lentejuelas negras que empujaba mis pechos hacia arriba de forma decorosa en un escote tentador, que su cumplido con doble intención significaba que el soborno que había pagado para conseguirme la mesa era dinero mal gastado.

Así que me senté de forma elegante, bebiendo champán y sonriendo. Por una vez estaba emocionada, no por mi cita, por supuesto, nunca tuve la intención de que saliera algo de ahí, sino por ver a Isaiah Harris. El conde estaba bastante encantado y halagado por mi pulida charla, algo que había tenido años para perfeccionar. La música del telonero pasó por encima de mi cabeza y entonces el presentador aplaudió con fuerza cuando Isaiah Harris subió al escenario.

Era un hombre firme, lleno de energía y que se movía con sigilo como un gato a punto de saltar. Se detuvo y se colocó frente a mí. Fino, estirado y vestido de negro de los pies a la cabeza, nos reflejamos mutuamente: incluso tenía la camisa desabrochada, como mi profundo escote. Se llevó el saxofón a los labios y tomó aire.

Después de un barrido inicial del público, sus ojos se quedaron atrapados en los míos. Tocó con desenfreno, sus improvisaciones fueron salvajes y repentinas. Me quedé embelesada y me sostuvo la mirada durante toda la actuación.

La noche siguiente, el conde debería haberlo sabido. Había conseguido la misma mesa del centro, y Harris me buscó y me saludó con la cabeza cuando salió al escenario. Se inclinó ante los aplausos y se quedó con los ojos cerrados mientras el baterista y el bajista empezaban a tocar. Desde las primeras notas pude ver que había cambiado la actitud; parecía perdido en la música, que era más tranquila, más melódica, y miraba al público sin verlo. Fue únicamente durante su solo cuando me miró, y yo le devolví la mirada a sus ojos castaños y oscuros. Se volvió hacia el pianista y no volvió a fijarse en mí hasta el momento en que se inclinó. Sus manos acunaban el instrumento.

La tercera noche, el conde desistió en su intento debido a un dolor de cabeza, y yo estaba encantada de haberme quedado sola. Le dije al camarero que le llevara una cerveza al señor Harris, junto con la petición de que se uniera a mí para tomar una copa después. Isaiah Harris me hizo un gesto de asentimiento cuando salió al escenario y después tocó con la misma energía intensa de la primera noche; su talento hizo que contuviera la respiración más de una vez. Y todos sus esfuerzos parecían dirigidos a mí. Al final de la actuación me senté y esperé.

Estaba nerviosa. No me había interesado ningún hombre desde la muerte de Charles, pero el saxofonista tocaba de una forma física y pasional que me recordaba a él, y a su versión más suave con una ternura exquisita. Me sentía embriagada por la más intensa *saudade*, un sentimiento que no era doloroso ni placentero, sino vigorizante. Ya estaba harta de añorar y de llorar. Como había dicho Charles, necesitaba vivir.

Por delante, el vestido que había elegido parecía recatado, con un escote alto, pero por detrás se abría hasta la cintura. Era atrevido y modesto a la vez. Isaiah Harris apareció por la puerta lateral del escenario. Llevaba su saxofón en un estuche negro y maltratado. El público había empezado a irse a casa, aunque algunos seguían bebiendo. Si se fijaron en él, no lo manifestaron. Bajó el maletín a la silla junto a la mía. Sus uñas pálidas y rosadas, con unas medialunas grandes y cremosas, me llamaron la atención cuando aferró la parte superior de la silla con sus largos dedos. Estaba de pie frente a mí, aún más alto fuera del escenario.

—¿Senhora Dumarais? —dijo con una voz profunda y melodiosa.

—Buenas noches, señor Harris —dije, esperando que mi acento no estuviera demasiado marcado. Mi inglés en esos tiempos era torpe pero pasable; después de dejar París y abandonar las cenas con los amigos americanos de Dior, la única manera de practicar que tenía era con expatriados americanos y británicos que parecían tener dificultades para entender el portugués—. Siéntese, por favor.

Le indiqué la silla que estaba al otro lado, ya que quería que viera mi espalda desnuda mientras pasaba por detrás de mí.

Había una mirada curiosa en su rostro mientras retiraba la silla para sentarse.

—¿Parece que mi música le ha conmovido?

—Sí.

—Disculpe, pero supongo que no es usted brasileña.

—No, italiana.

—Pero su acento… ¿la cadencia?

—Es alemán.

Me miró con la misma intensidad lenta y reflexiva que había visto en su forma de tocar.

—Mi vida ha sido, ¿cómo decirlo?, complicada.

Llegó un camarero.

—¿Quiere un trago, señor Harris? ¿Una caipiriña, quizá? Es la bebida nacional aquí en Brasil.

Negó con la cabeza y sonrió.

—Gracias, pero no bebo.

—Oh —dije—, perdone que le haya mandado el chopp.

—No pasa nada, a mi bajista le gusta una cerveza bien fría. Yo tomaré… ¿cómo llaman aquí a la fruta de la pasión?

—*Maracujá* —dije, sonrojándome—. El nombre en inglés no es correcto, ¿lo sabía? Te da sueño, no pasión.

—Eso es decepcionante —respondió.

Entregó el menú de bebidas al camarero, metió las manos bajo la mesa, se sentó con la postura erguida de un músico y me miró. Le di las gracias al camarero con una sonrisa y después la dirigí al señor Harris.

—¿Dónde está su marido esta noche, señora Dumarais? —Ladeó la cabeza, con una sonrisa jugueteando en sus labios.

—¿Mi marido? —Por un momento me quedé desconcertada, pero después me reí—. Oh, ¡el conde! Apenas lo conozco. Soy viuda. —No se me había ocurrido que alguien pudiera pensar que yo estaba ligada al conde, pero ¿qué decía del señor Harris que hubiera accedido a reunirse de todos modos?

—Lo siento —dijo, y la sonrisa desapareció de su rostro.

—Mi marido murió hace casi seis años. —Para mi sorpresa no me causó ningún dolor decir aquello; ahora su muerte formaba parte de mí tanto como lo había hecho su presencia.

—Ya veo —dijo, sonando mucho menos seguro.

—Permítame presentarme como es debido: me llamo Rosa Dumarais. —Le tendí la mano—. Soy diseñadora de moda.

Él tomó mi mano.

—Soy Isaiah Harris. Toco el saxo. —Su mano estaba tan caliente, su piel era tan suave; la mía parecía tan pequeña en la suya. Me estremecí.

El camarero volvió con nuestras bebidas. Fue casi reverencial mientras las colocaba en la mesa.

Isaiah Harris alzó su copa hasta la mía y se bebió su *suco de maracujá* de un trago, terminando de inclinar el vaso para que las últimas gotas se deslizaran en su boca. Sus dedos trazaron el contorno de sus labios antes de devolver el vaso vacío a la mesa.

—Néctar brasileño. La cosa es, señora Dumarais, que después de un concierto no soy de los que beben. Pero estoy hambriento. Se me abre el apetito.

—En ese caso, señor Harris —dije—, ¿le gusta la comida italiana?

—Soy americano, por supuesto que me gusta la comida italiana.

—Hay una *trattoria* excelente muy cerca.

Me excusé y le pedí que esperara mientras me empolvaba la nariz. La iluminación del baño de mujeres era escasa, pero, de alguna manera, parecía estar iluminada en el espejo. La mujer que me devolvía la mirada me recordaba a la criatura radiante y llena de vida que una vez había iluminado París. Pero algo fallaba: la línea de los ojos se me había emborronado. El maquillaje se me había corrido al llorar de alegría cuando la música de Isaiah Harris me había abrazado. Lo inspeccioné más de cerca antes de fijarlo con polvos y dibujar una nueva línea clara sobre mis pestañas inferiores.

17

Bidé

U na vez entrevisté a una joven para trabajar como mi asistente de negocios que me dijo que cada vez que iba a la casa de un hombre por primera vez, siempre fingía que necesitaba ir al baño en los primeros cinco minutos. Decía que se aprendía más sobre la vida de un hombre por lo que había en su botiquín que por cualquier cosa que dijera o hiciera. Demasiados somníferos o cuchillas de afeitar, fármacos que tenían otros usos distintos a los prescritos —o, una vez, según me contó, un kit quirúrgico completo con bisturíes y equipo de sutura—, bastaban para que buscara una excusa y se marchara. Fue un buen consejo y consiguió el trabajo. Creo que su método era correcto, aunque limitado. No se trata solo de lo que se esconde en los armarios y cajones, sino del propio cuarto de baño, que puede servir para obtener señales. Hay algo aquí, en mi refugio de mármol, que es común en Brasil y en Francia, pero inusual en este país que, por lo demás, es maravilloso. Sí, *ma chère,* tienes razón, estoy hablando del bidé.

Hay ciertas cuestiones de higiene que están determinadas por prácticas nacionales y que son incomprensibles para los extranjeros. A los estadounidenses les gusta hacer infinitas bromas sobre la pobreza de la higiene dental británica, pero no puedo entender cómo una nación obsesionada con la limpieza y el olor corporal

no tiene bidés. En Brasil, no es extraño encontrar bidés en los baños de las oficinas: muy civilizado. La primera vez que fui a El
Cairo y a Estambul, me sorprendieron las minúsculas tuberías del
interior de las tazas de los váteres. Cada inodoro estaba equipado
con su propia función de minibidé. Como ya he dicho, es algo
cultural. El Imperio Otomano gobernó una amplia extensión de
países que bordean el Mediterráneo y el Mar Negro e inculcó en
sus colonias el interés por tener el trasero limpio. Los americanos
se obsesionan con los dientes blancos, el olor de las axilas y las
duchas a diario, por no decir con más frecuencia, pero parecen
ignorar lo que tienen entre las piernas.

Cuando terminé de maquillarme en el destartalado baño del club
de jazz, llevé al saxofonista a un restaurante italiano que Charles
y yo solíamos frecuentar. Era la primera vez que volvía desde su
muerte y el dueño vino corriendo a saludarme.

—Signora Rosa —exclamó con una sonrisa—. ¿Come stai?

El Signor Lorenzo saludó con cortesía a Isaiah, pero no le ofreció la mano cuando los presenté. Me sorprendió cuando nos condujo al fondo del restaurante, ya que la mesa que siempre había
ocupado, con vistas a la calle, estaba desocupada.

Me quedé boquiabierta. Por lo general, los dueños de los res-
taurantes hacían todo lo posible para tenerme sentada cerca de
los ventanales, como si fuera un maniquí en una tienda. El Signor
Lorenzo debió ver mi disgusto porque dijo, con un aire de educada disculpa:

—Aquí hay más intimidad —y me acercó la silla en la silen-
ciosa sala de la parte de atrás. Abrí la boca para quejarme, pero
Isaiah se llevó el dedo a los labios y negó con la cabeza.

Cuando el Signor Lorenzo se marchó, dijo:

—No lo entiende, ¿verdad?

—¿Entender el qué?

—Tu amigo no puede sentarnos delante sin perder toda su clientela. —Su tono de voz era muy serio. Dejé de jugar con los *grissini* que había sacado sin pensarlo de la panera.

—¿Porque no es blanco?

—Ahora se da cuenta. —Esta vez la sonrisa que había en su rostro era irónica y desafiante.

Estaba tan sorprendida por mi propia ingenuidad como por el comportamiento del Signor Lorenzo. En Brasil, era fácil fingir que la segregación racial era un resultado desafortunado de la historia y de las circunstancias económicas. Sabía que en Estados Unidos era diferente. El desafío seguía en los ojos de Isaiah, pero estaba tranquilo.

—¿Por qué no está enfadado? —le pregunté.

Se encogió de hombros.

—No estoy sorprendido ni enfadado. A diferencia de usted, para mí, esta no es la primera vez.

Cuando no dije nada, se rio.

—La experiencia es una buena maestra —dijo, y su rostro se relajó como si yo hubiera pasado algún tipo de prueba—. Enfadarse no sirve de mucho.

Isaiah comió cada uno de los tres platos que le fueron servidos, haciendo una pausa para hablar y beber agua entre bocado y bocado. Jugué con el *carpaccio* y después con los langostinos mientras daba sorbos al vino argentino. En aquella época apenas se podía degustar sin hielo.

—Lo único que sabía de Río, antes de venir, era la *bossa nova* y esa película, la del conductor de autobús y esa chica durante un carnaval.

—¿*Orfeu do Carnaval*?

—Eso es, *Orfeu Negro. Black Orpheus*. Ganó un Oscar, ¿no?

—Sí —dije tras una pausa. La película era una interpretación basada en la leyenda de Orfeo y Eurídice, sobre la imposibilidad de traer de vuelta a un amante muerto. Me resultaba difícil verla—. Aquí es una película famosa.

—Me hizo pensar que las cosas no debían ser tan diferentes aquí que en casa. —Señaló nuestro comedor vacío y aislado—. Tenía razón.

—Lo siento —dije, y mi indignación se mezcló con la vergüenza por mi propia ignorancia—. Debería haberlo sabido.

—Bueno, ahora lo sabe —dijo con generosidad—. Y todavía está aquí.

—Así es. —Le ofrecí mi sonrisa más deslumbrante—. De modo que —dije, tratando de cambiar de tema—, ¿dónde está su casa? ¿Dónde vive?

—Vivo en Nueva York, en Harlem.

—Oh. Por lo que he leído, pensaba que todos los músicos vivían en SoHo y en Greenwich Village.

Negó con la cabeza.

—Está bien para un negro como yo, un músico de jazz conocido, vivir en el Village, aunque no es normal. Quiero relajarme cuando paseo por mi barrio. Mi hogar está en Carolina del Norte. Es precioso, pero no quería quedarme allí.

Bebí otro sorbo de vino, sintiéndome un poco mareada.

—¿Dónde está su hogar? —se recostó en la silla y posó su mirada de forense sobre mí.

—Me gusta este lugar, pero no me siento como en casa. —Levanté la copa, bebí un poco más de vino y apreté los labios—. No me siento parte de esto. No lo sé.

—¿Su marido era brasileño?

—No, era francés —dije, y añadí—, y judío.

Levantó las cejas.

—¿Y usted es una italiana que habla alemán?

Abrí los brazos y me encogí de hombros.

—Así es, puede ver que no tengo un hogar.

Asintió con simpatía.

—¿Y su marido murió hace seis años?

—Casi.

—¿Ha estado saliendo con alguien?

—No —dije.

—¿Y el conde?

—Fue el primer hombre al que le permití llevarme de acompañante —dije con un gesto despectivo—. Pero porque era la única manera de conseguir entradas para oírle tocar. Me encanta el jazz.

Se rio. Era una risa cálida y grande. Bajó la mirada y pude ver cómo le daba vueltas a la situación.

—Seis años es mucho tiempo.

Supuse que había empezado la velada imaginando que sería una discreta cita con una mujer casada.

—Sí, tal vez sea demasiado tiempo; al menos, eso es lo que dice mi amiga Graça.

—Bueno, si el conde fue su primera cita, no me extraña que no pudiera quitarme los ojos de encima. —Se rio de nuevo y se inclinó hacia mí con su amplia sonrisa. Mi estómago dio un vuelco.

—Su forma de tocar es embriagadora —admití—. Por eso seguí viniendo.

—¿Solo mi forma de tocar? —Era una sonrisa realmente deslumbrante.

Cuando los platos fueron retirados y los vasos quedaron vacíos, pagué la cuenta. Me despedí con frialdad del Signor Lorenzo, hablando en portugués y no en nuestro familiar italiano, y salí con Isaiah Harris a la oscura y brillante acera. Había estado lloviendo. Nos quedamos parados bajo el aire espeso y húmedo, el cual sentía que me acariciaba la espalda mientras el portero llamaba a un taxi. La espera fue larga: el carnaval había comenzado y la mayoría de los taxistas seguramente estaban bailando detrás de una *escola de samba*. Finalmente, un coche se acercó y durante unos breves instantes el saxofonista se mostró inseguro.

—¿Dónde se aloja? —pregunté.

—Hotel Regina.

—El hotel de los políticos. —Le indiqué al taxista cómo llegar. Isaiah Harris me abrió la puerta y después caminó hacia el otro lado y se ubicó junto a mí.

Viajamos en silencio. El aire de la noche transportaba el sonido de los tambores, la música y las voces lejanas de un desfile de samba en algún lugar cercano.

—Deberías llamarme Izzy.

—Soy Rosa.

Comenzó a tamborilear un ritmo sobre la chapa del techo del coche mientras tenía el brazo apoyado en el marco de la ventanilla bajada. Acabaría sabiendo que para él crear música y ritmos era como respirar. En un cruce pudimos ver a una *escola de samba* a una manzana de distancia, paralela a nosotros. Izzy se inclinó para ver a la gente que bailaba, los tambores y la fiesta que era el desfile.

No tenía ni idea de lo que pasaría cuando llegáramos a su hotel y me puse nerviosa. De repente, la demora me pareció una buena idea.

—¿Quieres ir al carnaval? —le pregunté.

—¿Y perderte como a Eurídice? No. No tengo intención de perderte.

Su mano buscó la mía al otro lado del coche en la oscuridad y yo rodeé sus dedos con fuerza. Recordé cómo me había sentido cuando hice el amor con Charles por primera vez; nuestra conexión había sido inevitable y completa. Ahora era mucho más sencillo: quería tocar y ser tocada, sentirlo, volver a sentir. La incertidumbre se desvaneció mientras nuestros dedos exploraban la piel del otro.

El silencio nos siguió hasta el vestíbulo del hotel, donde Izzy recogió la llave en la recepción y después le comunicó al botones la planta en la que se encontraba. Le seguí desde el ascensor por el pasillo con suelo de mármol; el ritmo acompasado de sus pasos y el golpeteo de mis tacones rompieron el silencio. Había una cama doble, una pequeña zona de estar con un sofá, dos sillones y una mesa de café, y un balcón que daba al mar. Fui derecho al balcón.

—¿Quieres un trago? —dijo Izzy detrás de mí.

—No, gracias, he tenido bastante.

—Toma. —Me ofreció un vaso de agua. Él también tenía uno. Me lo bebí y me volví hacia el mar. La carretera frente a mí parecía lejana y los sonidos del tráfico nocturno y los tambores del carnaval se oían remotos. Todos mis sentidos estaban concentrados en él; podía sentirlo de pie detrás de mí. Me besó en la nuca y a continuación pasó sus dedos por mi espalda desnuda.

Tenía un vuelo a Buenos Aires reservado para el día siguiente, y cuando le dejé al amanecer ya había empezado a hacer las maletas. Eran las seis en punto cuando metí la llave en la puerta y entré en mi casa. Me miré en el espejo y sonreí. Unos finos mechones de pelo ya se habían escapado de mi apresurado moño. Tenía los labios hinchados y mi barbilla estaba en carne viva por la barba de Izzy. Me quité los zapatos porque quería evitar el chasquido del mármol, para no despertar a Graça, pero después de dos pasos escuché el sonido de una cafetera cayendo sobre el fogón. Olvidé mi idea de bañarme y dormir. Isaiah tenía previsto volver a Río de camino a Nueva York dentro de dos días y dijo que prolongaría su escala. Tenía que preparar a Graça y, me di cuenta de que tenía que sincerarme con ella.

Estaba exprimiendo una naranja para mí cuando entré en la cocina. Su rostro mostraba una mirada atenta.

—Buenos días, Graça —dije, tratando de sonar tan natural como cualquier otro día.

—Buenos días, *senhora*, pensé que podría tener hambre. —La mesa estaba llena de fruta, pan y mermelada. Tenía razón. Estaba hambrienta.

—No me habrás esperado toda la noche, ¿verdad?

—No, *senhora*, no lo hice —dijo, evitando mi mirada—. Pero cuando supe que no habías llegado a casa, me emocioné tanto por ti que me desperté temprano. —Me dio el zumo de naranja.

—¿Emocionada? ¿No estás enfadada? —Me sentí muy aliviada.

Levantó su propia copa de zumo como si fuera champán y me miró para que la imitara. Choqué mi vaso con el suyo. Ella sonrió y bebió un sorbo.

—El *senhor* Charles se habría enfadado si malgastabas tu vida. —Vació el vaso—. Ha pasado demasiado tiempo.

—Vendrá dentro de dos días, para una breve visita —dije de forma tentativa.

Sirvió un poco de café para mí y después para ella. Intentaba no reírse.

—Es ese músico —dije—. Es americano.

—Ya veo, *senhora*. Tendré que ir de compras.

Graça no hizo ningún comentario cuando le pedí que colocara un juego de toallas extra en mi baño; se limitó a sonreír y a cerrar la puerta de la habitación de invitados. Compró grandes cantidades de comida y se pasó el día antes de su llegada cocinando. El olor a coco y a especias se extendía por la casa mientras preparaba *vatapá de galinha*, un guiso bahiano de gambas y pollo, y leche cocida para hacer un *pudim*. Me vestí y desvestí tres veces mientras esperaba que llegara a última hora de la tarde, y me estaba cambiando de nuevo cuando sonó el timbre.

Cuando bajé, Izzy estaba sonriendo y bebiéndose un vaso de zumo de *maracujá* recién hecho, de pie al lado de Graça, que parecía congelada mientras sostenía un cuenco de nueces de Brasil con la mano extendida. Izzy me tomó entre sus brazos y me besó delante de ella. Después puso su maltrecho estuche sobre la mesa, sacó el saxofón y lo ajustó. Empezó a tocar. Graça no se movió.

Cuando Izzy terminó, se inclinó hacia Graça y después hacia mí. Ella parecía asombrada.

—Dile que esto es lo que hago —dijo—. Hago música.

Traduje.

La cara de Graça permaneció inmóvil.

—No me dijiste que era negro, *senhora*. Es más oscuro que yo.

Durante la visita, ella estuvo muy ausente. Cocinaba la comida, que servía en el comedor, pero no se unió a nosotros ni solicitó mi compañía. Nos perdimos en mi habitación, apareciendo a la hora de las comidas y para las salidas esporádicas a la playa o a los clubes de música por la noche. Al final de ese segundo fin de semana yo había lamido, besado, sentido y explorado cada centímetro de su piel, igual que él había hecho lo mismo con la mía. Habíamos hecho un mapa del cuerpo del otro y de los secretos de nuestro placer. Nuestra intimidad era completa y totalmente física. Y entonces se fue, y yo trabajé de nuevo con entusiasmo. Conseguimos encontrarnos tres veces más en los meses siguientes: una vez en Chile, después en Venezuela, y más tarde en un viaje a Nueva York.

Cuando volví, miré a mi alrededor y me di cuenta de que era hora de marcharme. Río ya no era el mismo lugar que cuando había llegado. Cuando conocí a Izzy, en febrero de 1964, gran parte de Brasil se encontraba en pleno encaprichamiento por João Goulart, un presidente con credenciales socialistas, pero los ricos no lo querían, los militares se pusieron en contra de él y los grandes amigos de los Estados Unidos lo querían fuera. La Guerra Fría estaba extendiendo sus dedos pegajosos y paranoicos desde el hemisferio norte hasta Sudamérica. Una democracia tras otra caía bajo la dictadura militar, y las juntas se extendían como un contagio maligno. El 31 de marzo hubo un golpe de Estado, y a finales de año, Castelo Branco, un dictador militar, presidía el país. No perdió el tiempo en mostrar su poder para acabar con la democracia; todos los partidos políticos, excepto dos, fueron prohibidos, e incluso entonces la nueva oposición oficial era solo un títere. La gente empezó a desaparecer. De la noche a la mañana, la atmósfera de felicidad se evaporó y la democracia se volvió tan insustancial como un fantasma. Había sufrido los crueles disparates del fascismo de Mussolini de niña, y después había vivido la ocupación nazi. No tenía intención de soportar otro régimen despiadado. No tenía ninguna razón para quedarme en Brasil. Izzy me proporcionó un destino.

Vender mi casa fue fácil. Las otras villas que bordeaban la avenida Atlântica ya habían sido derribadas y sustituidas por bloques de apartamentos. Nuestra casa reunía los requisitos para ser reedificada. El único obstáculo que encontré fue mi negocio: tenía demasiados empleados que dependían de la empresa. Al final, decidí nombrar a un director general y jefe de diseño, y mantenerla. Significaría empezar con menos dinero en Nueva York, pero, por otro lado, seguiría teniendo una empresa exitosa y en funcionamiento. A finales de julio estaba lista para reservar mi vuelo. Fue entonces cuando me planteé la pregunta más importante de todas.

—¿Graça? —me atreví a preguntar durante el desayuno el día después de haber decidido no vender el negocio—. Sé que no lo apruebas.

—¿A quién? —Frunció el ceño, fingiendo ignorancia.

—Y sabes que me voy a Nueva York —continué como si no hubiera dicho nada—. Me preguntaba si vendrías conmigo.

—*Senhora*, ¿de verdad crees que no lo apruebo? —Suspiró y negó con la cabeza.

—Sí. Bueno, quizá no a él, pero...

—No estoy acostumbrada a ver a hombres negros con mujeres blancas. Me sorprendió. —Volvió a suspirar—. Pero que no sea lo típico no significa que esté mal.

—Exacto. Quiero vivir en un mundo donde lo que tenemos no sea extraño sino normal. —Ni siquiera yo tenía claro si estaba refiriéndose a ella, a Izzy o a ambos.

Asintió.

—Pensé que podrías conseguir algo mejor. El conde...

— ... es un viejo presumido y aburrido.

—Pero es un conde. Podrías ser condesa —dijo, y me di cuenta de me estaba tomando el pelo.

—No sabía que fueras tan esnob —dije, sonriendo.

—Soy negra y pobre, no puedo permitirme otra cosa. —Apretó los labios tratando de no reírse.

—Izzy es un genio.

—A mí lo que me importa es que te haga feliz. —Se acercó a través de la mesa y atrapó mis manos entre las suyas—. Y me alegro mucho de volver a verte así.

—Entonces, ¿vendrás conmigo? —pregunté, ahora con esperanza.

—Antes de responder —continuó, ahora con seriedad—, quiero saber por qué no vuelves a Europa. Si te vas de aquí, ¿acaso no es tu hogar?

Estudié la taza de café.

—No hay nada para mí en Europa, solo malos recuerdos. Me gustaría volver si las cosas fueran diferentes, pero… —Laurin tendría diecinueve años; no recordaría nada de mí. No tendría sentido. No tenía ni idea de si sabía de mi existencia, o que yo era su madre—. Izzy me está ofreciendo un futuro, algo diferente que va más allá de las sombras del pasado.

—Son buenas razones. Entonces no se trata de una locura.

—No, tan solo es el tiempo. Entonces, ¿qué?

—Oh, Rosa —suspiró y en el momento en que me llamó así empecé a celebrarlo; era raro que dejara de lado el *senhora*; guardaba mi nombre para nuestras conversaciones más íntimas—. ¿Cómo has podido pensar que no lo haría? Si no me gustara, iría de todas formas para cuidar de ti, pero siendo así, me iré contigo encantada. —Y entonces esa mirada testaruda cruzó su rostro, y me preparé—. Claro está que tendré que asistir a clases de inglés. Y a él no le importará que le escuche practicar, ¿verdad?

Tomé sus manos y las apreté.

—Tendrá que tocar solo para ti todos los días.

Vendí todo lo que había en la casa. Graça trató de detenerme, pero yo quería empezar de nuevo. Recordé cómo había dejado Oberfals y después a Laurin en San Galo, con una sola maleta, y ahora sacaba la misma una vez más. Estaba maltratada y desgastada y la llené con los recuerdos, las cartas y las fotos de las que no pude desprenderme. Empaquetamos algunos baúles con ropa, libros y música y los enviamos en barcos por delante de nosotras mientras subastaba los muebles y algunas prendas que ya no quería. Fue como si la Senhora Dumarais hubiera muerto y su casa estuviera siendo desalojada. Estaba abandonando todo aquello a mi espalda. Un nuevo país y una nueva vida me esperaban.

Dejamos el invierno en Brasil para llegar a Nueva York al final del verano. Todo parecía estar al revés. Los muelles y las playas de Nueva York y de Nueva Jersey eran insignificantes en comparación con la densa selva tropical que caía por los acantilados de granito hacia el azul del Atlántico sur al que me había acostumbrado. La beneficiosa venta de mi casa a los promotores inmobiliarios me había permitido comprar un apartamento decente, aunque algo más pequeño, en Greenwich Village. Aquel otoño, en más de una ocasión, me pregunté si había sido una tonta al estirar el cuello para vislumbrar la pequeña porción de cielo que había sobre una calle estrecha y un edificio de ladrillos que constituían mis vistas en Manhattan, y la comparé con las vistas al mar resplandeciente y a la enorme cúpula azul del cielo del sur que había disfrutado desde mi villa, ya demolida.

Al menos, el apartamento era el ático de una mansión de los años treinta. Las habitaciones, aunque no eran enormes, estaban bien proporcionadas y ventiladas. Todo, salvo las viviendas, se podía adquirir en tamaños enormes en esta ciudad atestada de gente; pedí la cama de trineo más grande que había visto y la coloqué sobre una gruesa alfombra azul marino. Durante los primeros meses me pasé los días recorriendo las grandes avenidas en busca del mobiliario perfecto, junto con Graça, y volviendo a casa siempre con las manos vacías. Cuando nos cansábamos de las compras, explorábamos museos y galerías.

Por la noche, si Izzy estaba en la ciudad, lo veía tocar en el Village o me quedaba en casa con él. Mantuvo su casa en Harlem, pero se quedaba conmigo la mayoría de las noches. No sabía que era posible ser tan abierto, tan carnal. No me mires así, *ma chère*, no creerás que no me he dado cuenta del tiempo que tú y tu chico os dedicáis a «estudiar». Ambas sabemos que al principio es como si fuera un hambre insaciable. Y yo había soportado años de hambre. Había guardado luto durante casi seis años. Ahora, a los treinta y seis, mi apetito por la vida había vuelto.

Esa primera semana, mientras caminaba por la Quinta y la Sexta Avenida buscando los objetos necesarios para construir un hogar, sentí que me faltaba algo. Y entonces supe lo que era. Era tan esencial como un lavabo, una bañera, un retrete. Una vez que me di cuenta, se convirtió en una urgencia y, a la semana siguiente de mi llegada, localicé a un fontanero y a un decorador. Para mí era algo tan básico como lavarse las manos; en el extraño jolgorio de los primeros días de nuestra relación, necesitaba uno. Los obreros estuvieron diez días trabajando sin descanso para reconstruir el baño e instalar un bidé.

18
La píldora

Tienes razón. Es extraño que guarde tantas pomadas, cremas y medicamentos inútiles o caducados en este armario. No tiene sentido. Mira, *ma chère*, esto es ridículo. ¿Sabes qué es esto? Sí, la píldora, la prescripción es para un mes.

Cambió mi vida. No creo que las mujeres jóvenes de hoy en día sean conscientes de hasta qué punto estas pequeñas joyas cambiaron nuestras oportunidades. A los dieciséis años aprendí la importancia de la anticoncepción. Más que cualquier otra cosa (e incluyo el voto y la educación), esto es lo que puso a las mujeres en igualdad de condiciones. Estamos en 1960. La gente no piensa en ello como una línea divisoria, los hombres no lo valoran demasiado (siempre pueden conseguir sexo de una forma u otra), pero para las mujeres hay dos épocas, una antes y otra después de la píldora. No me sorprende que fuesen necesarias dos mujeres con recursos propios, Margaret Sanger y Katharine McCormick, para impulsar y financiar la investigación, y, sin embargo, nunca han proclamado sus nombres como santos. Los hombres se quejan de que las mujeres los «atrapan» quedándose embarazadas, pero es al revés: los hombres esclavizan a las mujeres inseminándolas. Salvo que las mujeres sean independientes. Aunque la píldora estuviera disponible en 1960, en Nueva York y en casi la mitad de los estados, los hombres nos impidieron usarla hasta 1965, si estabas casada, y hasta 1972, si estabas soltera.

¿Te imaginas la vida sin ella? ¿Crees por un momento que podría haber tenido tanto éxito en la construcción de una empresa de moda rentable con las manos atadas al fregadero de la cocina? Sí, *ma chère*, sé que ahora las mujeres tienen oportunidades, pero aun así se ven obstaculizadas por los hijos de una manera que los hombres no. Fue la razón por la que tuve que dejar atrás a Laurin. Podía trabajar más y ganar más para él si estaba bien atendido en San Galo. Brasil es un país diferente; la píldora estuvo al alcance de los que pudieran pagarla desde 1962. Había visto a mis amigas consumiéndola, quejándose de dolores de cabeza y aumento de peso, de la pérdida de libido o del deseo excesivo, pero también las había visto convertirse en criaturas más independientes. Ni siquiera sé si habría estado con Izzy sin ella. Si no podía estar con Laurin, ni tener un hijo de Charles, entonces no quería quedarme embarazada de nuevo.

Cuando me mudé aquí, vine con una pila de píldoras envueltas en la lencería más sexy que tenía. En esa época los oficiales de aduanas no revisaban la ropa interior de seda de una dama. Por supuesto, no he necesitado usar la píldora desde hace mucho tiempo, pero la guardo aquí, por si acaso, como si fuera una tirita o alcohol quirúrgico. Son evidencias de tiempos diferentes. Los arqueólogos consagrarían la primera rueda si la encontraran. Esta pequeña caja es igual de importante. En cualquier caso, es mejor estar preparada. Siempre hay otras personas en las que pensar, *ma chère*.

No tardé en descubrir que la vida de un músico independiente es dura, sobre todo cuando hay que dejar atrás a los seres queridos. Sin embargo, como tenía el control de mi vida y buscaba nuevos mercados, a menudo me iba de gira con Izzy. Me llevó de vuelta a Europa, ofreciéndome una perspectiva diferente. Eso significaba que dejaba a Graça cada vez más sola. Lo cual fue un error.

Es difícil recordar ahora en qué viaje fue, pero en el momento en que entré de nuevo en el apartamento supe que algo había cambiado, que en nuestras vidas había alguien nuevo. Fue el inconfundible aroma espeso y dulce del ajo y las judías que me asaltó al abrir la puerta. Había costado años apartar a Graça del *feijão*, el plato nacional brasileño. No era que no me gustara, sino que prefería variar mi dieta en lugar de comer lo mismo dos veces al día. Sabía que se daba un capricho en mi ausencia, pero era inusual que lo cocinara para mi regreso. La encontré en la cocina, revoloteando junto a los fogones; había una chaqueta de hombre sobre el respaldo de una silla.

—*Olá*, Graça.

—¡Senhora Rosa! —Se giró, asustada, agitando una cuchara de madera.

—Veo que has estado ocupada —dije en inglés. Estaba contenta por ella. Necesitaba un romance en su vida. Pasaba demasiado tiempo leyendo libros de historia del arte.

—No es lo que parece —dijo; parecía mortificada—. Lo conocí en la iglesia. Te va a caer bien.

—¿En la iglesia? Debe ser buena persona.

—Eso espero —dijo un hombre mientras entraba en la cocina. Era alto, de complexión delgada, e iba vestido con una sencilla camisa blanca y pantalones. No era tan negro como Izzy; su tez era más parecida a la del café con leche, y la mirada color avellana era luminosa. Había rasgos indígenas en sus cincelados pómulos; si era guaraní o tupí o de una tribu amazónica, sería un hecho perdido en su historia familiar. Podía ver por qué se había enamorado de él.

—Usted debe ser la Senhora Rosa. Soy Luiz Nonato Moraes. —Hablaba también en inglés y su acento era bueno. Miró a Graça antes de añadir en portugués:

—*Sou o noivo de Graça*. —Inclinó la cabeza en una ligera reverencia.

Lo miré fijamente, aturdida.

—¿Qué? —Graça estaba brillando de felicidad.

—Soy el prometido de Graça —proclamó de nuevo, yendo a su lado y tomándole la mano. Parecía satisfecho con lo que acababa de decir.

Me costó encontrar las palabras.

—¿No es un poco precipitado? —titubeé, preguntándome si me había perdido algo—. ¿Cuándo se conocieron?

—Hace cinco semanas, *senhora* —Graça regresó a pelar y triturar el ajo. Por supuesto, el arroz era para él, no para mí. Se había olvidado de que volvía.

—Nos conocimos el domingo antes de que se fuera —dijo Luiz—. Así que nos conocemos desde hace casi dos meses.

—Seis semanas —dije, acercándome al grifo y llenando un vaso. Le di un sorbo al agua y le miré. Graça había tenido novios durante nuestro tiempo juntas, pero él no era como ninguno de los hombres tranquilos y tímidos que había traído a casa antes. Era asertivo y seguro de sí mismo. Podría ser bueno para ella, pero no quería que se precipitara a nada.

—¿Cuándo os vais a casar? —le pregunté a ella.

—El mes que viene —respondió él.

—¿Por qué tanta prisa? —Miré a Graça y desvié mis ojos hacia abajo, a su estómago. Me miró sin comprender y luego puso las manos sobre su vientre.

—Oh, no, *senhora,* no es eso —dijo, riéndose de mi preocupación.

—Bueno, entonces —dije con firmeza—, no me da tiempo a hacerte un vestido o a preparar el banquete. No puedes casarte sin más; tendrás que celebrar una boda. Tendremos que invitar a tu familia, y tendrán que aclimatarse. No, no, necesitamos por lo menos cuatro meses.

Graça me abrazó.

—¿Me harás el vestido? —exclamó, sonriendo a Luiz—. Ves, te dije que se alegraría por mí. —Después frunció el ceño—. Pero mi madre no vendrá.

—Tendrás que ir a buscarla. —Sonreí mientras se me ocurría otra táctica para retrasarlo—. ¿O es mejor que sea en Brasil?

—Oh, *senhora*, gracias —dijo, abrazándome de nuevo.

Miré a Luiz por encima del hombro. Sus ojos ardían.

—No —dijo con un tono de voz muy marcado—. Lo haremos aquí. En tres meses.

Me costó acostumbrarme a tener cerca a Luiz. Era limpio, ordenado y educado. Cuando le traía flores a Graça, siempre sacaba una flor, se inclinaba y me la regalaba. No daba un paso en falso, pero yo tenía una sensación de inquietud cada vez mayor. La flor que me entregó era demasiado grande, su cortesía era casi excesiva. Me parecía que estaba jugando, burlándose de mí. Pero no había nada que pudiera decirle a Graça; estaba enamorada y mi malestar no se basaba en nada tangible.

A los treinta y cuatro años, era una mujer de una belleza impresionante. Desde nuestro viaje a París se vestía bien, de forma elegante y minimalista. Llevaba el pelo corto, y con la edad sus rasgos se habían afinado. Luiz no podía dejar de tocarla, de agarrarle la mano, de apoyar los dedos en su espalda o en su brazo cuando pasaba por delante de ella o se ponía a su lado. Y las manos de ella se dirigían hacia él de la misma forma.

Entendía bien esa hambre. Habíamos estado viviendo en Nueva York dos años y medio, y aunque la intensidad inicial de la pasión entre Izzy y yo se había convertido en algo más sostenible, seguía compartiendo mi cama con él la mayoría de las noches. Solo que el patrón había cambiado. Al principio, pasábamos la mayor parte del tiempo juntos en la cama. Después de un tiempo, Izzy se quedaba por la mañana y practicaba durante horas, o leía mientras yo trabajaba, diseñando mis colecciones o planificando.

Para mi sorpresa, mudarme a Nueva York ayudó a que mi negocio creciera. Ya fuera por el caché añadido de tener Río de

Janeiro y Nueva York en el logotipo de mi empresa o por el nuevo impulso y la inspiración que la mudanza me había dado, mis ventas en Brasil y en Sudamérica en general estaban creciendo. Lancé mi nuevo negocio en América vendiendo la gama de cosméticos Beija Flor en los grandes almacenes de alta gama. Los cosméticos eran más fáciles y baratos de enviar y eran menos arriesgados que la ropa. El segundo año que estuve en Nueva York, Neiman Marcus compró mi ropa para el verano, y para la temporada siguiente había vendido la gama a siete grandes almacenes. Cuando Luiz llegó a nuestro mundo, yo estaba buscando una tienda vacía en la que embarcarme.

Por mucho que trabajara, siempre que Izzy practicaba, tarde o temprano dejaba mi lápiz inmóvil sobre el papel. Su música siempre tenía el mismo efecto en mí. Tenía acceso directo a mi alma. Solo cuando estaba con él, permitía que salieran a la luz recuerdos de Charles, o me preguntaba dónde estaría Laurin, en quién se habría convertido. Y a veces incluso pensaba en Oberfals: en Thomas, mi primer amor, preguntándome qué le habría pasado, y en Herr Maier, en el cartero y en mi hermana, pero nunca en mis padres, cuyos fantasmas había dejado de lado tanto como al del sargento.

Entonces Izzy se ponía inquieto y quería salir. Escuchábamos a otros músicos, nos escondíamos en los cines, recorríamos los estudios de los artistas comprando lienzos aún húmedos, o veíamos los últimos espectáculos de sus amigos y comíamos con los actores a deshora. El sexo, aunque menos frecuente, seguía siendo igual de intenso. Lo que hizo que mi propia molestia por los sonidos de placer que provenían de la habitación de Graça fuera aún más desconcertante. Sabía que debería haberme alegrado por ella, y me preocupaba no haberlo hecho. Estaba segura de que no eran celos. Luiz no me había dado ningún motivo, pero, llámalo «instinto» o «intuición», cada vez que intercambiábamos cumplidos, me erizaba. Simplemente no me fiaba de él, pero no encontraba ninguna razón sólida para no hacerlo. Sin embargo, tenía miedo. Pero eso no me molestó tanto como la relación de amistad cada vez mayor entre Luiz e Izzy.

Un domingo, Izzy estaba durmiendo hasta tarde después de un concierto. Era uno de esos días en los que Nueva York se deshace de la penumbra invernal y del frío y da paso a la primavera. El cielo era de un azul intenso y el aire, cálido y ligero, sin la humedad del verano que más tarde nos frenaría con su fuerza abrasadora. Salí a comprar *brioches* y *croissants* recién hechos: que hubiese este tipo de bollería en Nueva York era algo que me encantaba. Me entretuve para tomar un café, disfrutando del ambiente festivo creado por ese primer brote de calor.

Cuando llegué a casa me encontré a Izzy y a Luiz jugando a las cartas. No era la primera vez. Luiz lo había convencido de jugar varias veces cuando volvíamos a casa de los clubes a altas horas de la noche. Aquellas partidas habían sido breves, pero a juzgar por las colillas apagadas en el cenicero y el vaso de whisky de Luiz, debían de haber empezado a jugar poco después de que yo había salido. Nunca había visto a Izzy beber, pero su mano descansaba junto a un vaso vacío. Los posos tenían un brillo ambarino.

Luiz se levantó de un salto en cuanto entré y se puso a limpiar la botella y los vasos. Mientras estaba fuera de la habitación, Izzy se acercó y me besó, con el aliento agrio por el whisky y el tabaco.

—Tengo que irme. —Me besó de nuevo, levantando las manos para apretar mis pechos. No era una caricia de afecto; pellizcó mi carne, como un perro que marca su territorio.

Se despidió de Luiz, que había regresado sin hacer ruido, y se fue. Una sonrisa de satisfacción apareció en el rostro de Luiz mientras recogía el cenicero.

Quince minutos después, Luiz llamó a la puerta del salón. Yo estaba en el sofá disfrutando de los pasteles y de un café, y hojeando la edición dominical de *The New York Times*. La lectura se había convertido en una parte importante de mi ritual matutino, algo que había aprendido de Izzy. *¿Cómo puedes enfrentarte al mundo si no sabes lo que está pasando?*, decía.

—*Senhora* —dijo, con una voz inusualmente tranquila—. ¿Podemos hablar un momento?

—Por supuesto —dije, haciendo un esfuerzo por parecer amable—. Pasa, siéntate. —Señalé el sillón que había al final de la mesa de café.

Me ignoró y se sentó a mi lado en el sofá.

—*Senhora* —suspiró—. Quería darte las gracias por haberme aceptado en tu casa y por habernos dado tu bendición. —No había nada sugerente en su tono, nada que reprochar en la expresión de su gratitud, pero sentí que no era así. Estaba asumiendo una intimidad a la que no tenía derecho. Me miró con rapidez y después bajó la mirada a su regazo.

—Bueno —dije, alisando mi corta falda escocesa y estirándola hacia abajo, de repente consciente de la cantidad de pierna que dejaban al descubierto las minifaldas—, parece que haces feliz a Graça y eso es lo que quiero.

—Gracias. —Se acomodó contra el sofá y extendió su brazo sobre el respaldo, hacia mí.

Separé las piernas y me moví hacia el otro lado del sofá.

—Graça es una mujer maravillosa —dijo. Podía sentir sus ojos sobre mí. Volví a tomar el periódico, esperando que entendiese la indirecta—. Tiene todas las virtudes que un hombre puede esperar de su esposa. —Su mano se acercó al cuero crema.

Abrí el periódico.

—Sí. Es buena, fuerte, fiel y cariñosa.

Estaba tan cerca que podía oler el tabaco en él.

—Exacto —dijo.

Yo estaba apoyada en el brazo del sofá.

—¿Cuidarás de ella?

—Por supuesto. —El contraste entre la exactitud de lo que decía y lo incorrecto de su presencia era inquietante. Quería lo mejor para Graça; deseaba estar malinterpretando la situación. Si hubiera sido cualquier otra persona, no su futuro marido, lo habría echado mucho antes.

—Me refiero a que la trates bien —dije, sin dejar de mirar el periódico. Sentí que me estaba observando fijamente.

—El único defecto de Graça —dijo, examinando sus uñas— es que no tiene ningún defecto. A veces a los hombres les gusta una mujer... ¿cómo se dice aquí en América? Que sea vulgar. —Hubo un atisbo de sonrisa en la comisura de los labios.

Le clavé la mirada.

—Jamás llamarás así a Graça.

—No, no estaba hablando de ella. —Sonrió. Me quedé atónita ante su audacia al pensar que podía jugar conmigo.

—¿Me estás diciendo que te gustan las mujeres vulgares? —pregunté, disimulando mi molestia. No iba a morder el anzuelo.

—Solo una. —Me miró con sorna. Dejó que el significado de lo que había dicho calara. Sentí que mi cuerpo se ponía rígido, como un gato listo para saltar—. Pensé que lo entenderías. Una mujer de clase alta como tú con un hombre como el Senhor Isaiah. —Se apoyó en el sofá, cerró los ojos y suspiró—. Puedo ver que te gusta un hombre de verdad. Te gustan las pollas negras. —Levantó los párpados, mirándome fijamente otra vez.

Esa mirada me pareció una bofetada. Toda mi desconfianza hacia él se justificó en un instante, pero mantuve la boca cerrada. Era un hombre peligroso.

Los negocios me habían enseñado que era mejor dejar que el adversario pusiera sus cartas sobre la mesa antes de mostrar las mías. Me las arreglé para devolverle la mirada con un gesto inexpresivo, a pesar de lo furiosa que estaba.

—¿Sabes cómo viaja el ruido por la noche? —preguntó, despreocupado, con sus dedos acariciando el cuero crema—. Intento averiguar lo que te está haciendo por los sonidos que haces. —Golpeó ligeramente el sofá—. Conmigo harías otra música.

Puse mi periódico entre nosotros.

—Lo que me gusta no es de tu incumbencia, pero Graça sí que es de la mía. Pensé que la amabas.

—Lo hago. Hablo de gratificación, no de amor. Pensé que, ya que estamos solos, podría ofrecerte algunos placeres nuevos. —Mostró los dientes en una sonrisa de cazador.

Tenía lo que quería: una proposición rotunda, una prueba de que él no era bueno para ella.

—Fuera —escupí—. Graça se merece algo mejor que esto.

—Por supuesto, lo siento mucho. Nunca haría nada que la perjudicara —dijo, con la habitual sumisión en su voz. Se levantó de un salto, pero luego continuó en un tono totalmente diferente—. Y no perdonaría a nadie que le hiciera daño. —Dio un paso hacia mí, mirándome con la misma sonrisa cruel que se le había dibujado en la cara cuando había visto a Izzy acariciándome—. Creo que ahora me entiendes, *senhora*. No me subestimes.

Se dio la vuelta para irse y gritó mientras se alejaba:

—No molestes a Graça y yo no molestaré a Izzy.

Tres días después, cuando Izzy aún dormía, me dispuse a desayunar. Luiz no estaba; no lo había visto desde nuestra conversación. Graça dijo que estaba trabajando, pero nunca me quedó claro qué «trabajo» era. Decía que trabajaba como camarero, pero nunca había oído hablar del restaurante que mencionaba.

—*Senhora*, tengo una noticia —dijo Graça, y algo en su tono me hizo levantar la vista del *Times* extendido sobre la mesa—. Se me ha retrasado la regla. Dos semanas. Creo que estoy embarazada. —Su cara estaba llena de expectación.

A pesar de mi sonrisa fija y cuidada, mi corazón se hundió. Ahora estaría atada a esa serpiente para siempre.

—Vaya, eso es maravilloso, Graça. Simplemente maravilloso —dije—. Luiz estará contento.

—Oh, todavía no lo sabe. Quiero estar segura antes de decírselo.

Esa mañana, más tarde, el ginecólogo revolvía los papeles en su escritorio de caoba pulida después de que hubiéramos estado sentadas durante cuarenta y cinco minutos en los sillones de terciopelo naranja de su sala de espera, viendo a los peces tropicales que nadaban en el acuario.

—Señora Dumarais, puedo confirmar que la señorita Mendes está esperando un bebé. —Si no hubiera bajado la vista a sus papeles, podría haber notado la sonrisa que iluminó el rostro de Graça—. Es una suposición, pero ¿tengo razón al pensar que quiere eliminar las molestias de su criada? —Le costó pronunciar la última palabra mirando hacia mí solo cuando terminó de hablar.

Ha habido pocas veces en mi vida en las que me he quedado sin palabras, y esta fue una. Tardé un momento en comprender lo que estaba diciendo, pero Graça lo entendió de inmediato. Se levantó enseguida e hizo la señal de la cruz.

—*Graças a Deus*, doctor Brown —dijo con frialdad—. Hasta ahora pensaba que era un grosero, pero ahora veo que es un racista. Vamos, Rosa, vámonos. —Se dio la vuelta y salió de la habitación con dignidad.

—Envíeme su factura —dije, clavando en el ruborizado hombre una mirada glacial—. No necesitaremos sus servicios para la atención ginecológica.

Media hora más tarde estábamos de pie en el vestíbulo de un edificio leyendo el gran tablero que mostraba las diferentes oficinas, en busca del consulado brasileño.

—Graça, no es necesario que registres que estás embarazada.

—Lo sé, pero quiero averiguar todo lo que pueda sobre la concesión de la nacionalidad para el bebé. —Estaba tan emocionada, tan llena de planes y de sueños, que no podía dejar de hablar—. No quiero que le falte nada de nada. Y luego tenemos que registrar la boda, tenemos que averiguar eso de todos modos.

—Luiz dijo que lo investigaría —dije, dándome la vuelta. Todavía estaba luchando conmigo misma por contarle el incidente del sofá, pero quería que fuera feliz. Escaneó el tablero mientras yo miraba a mi alrededor. Era un vestíbulo muy concurrido, lleno de gente que entraba y salía de los ascensores que daban acceso a los pisos. Miré a ciegas el enjambre de gente, y después el patrón de las puertas de los ascensores que se abrían y cerraban.

—¿Crees que se alegrará? —Enlazó su brazo a través del mío.

—Por supuesto —dije, acariciándole la mano.

Un ascensor arrojó otro torrente de trabajadores y visitantes, y cuando la avalancha disminuyó, salió un último pasajero. Luiz se detuvo y observó el vestíbulo. Sus ojos se encontraron con los míos. Lentamente se pasó la lengua por los labios y salió a la calle. Ella no lo vio y yo no dije nada.

—Estoy preocupada por Graça.

Estaba acostada con la cabeza apoyada sobre el pecho de Izzy y él estaba acariciándome la espalda.

—¿Por qué? Ha encontrado a un hombre competente que quiere casarse con ella. Y es bueno que esté embarazada.

—Sí, sé que está encantada de estar embarazada, pero… Izzy, no confío en él.

Su mano dejó de acariciarme.

—No eres su madre. Estás siendo sobreprotectora.

—No —dije, apoyándome sobre mi codo—. Es más que eso… Sé que no trama nada bueno.

—¿Cómo? Dame un ejemplo.

Dudé. No quería contarle lo que había pasado con Luiz ni su amenaza velada. Las palabras de Luiz habían calado hondo en mí. Pensé que el amor de Thomas y de Charles habían curado la sensación de verme sucia, manchada por Schleich, pero la ostentosa falta de respeto de Luiz había desatado algo. Y si era sincera conmigo misma, no sabía cómo reaccionaría Izzy. Su abstinencia de alcohol había terminado y su estado de ánimo era impredecible. Estaba cambiando.

—No lo sé —dije al final, con la frustración filtrándose en mi voz—. Es solo una sensación. Pero fíjate en la forma en que te tiene jugando a las cartas... —Hice una pausa, sabiendo que si continuaba abriría el cajón. Tomé aire— ... y bebiendo. Sé que no lo he visto, pero lo noté en tu aliento. —Izzy retiró la mano. Debería haber parado entonces, pero no podía—. Estoy preocupada. Estoy segura de que lo has estado viendo cuando no estás aquí. Y no tienes buen aspecto; estás pálido y estás perdiendo peso.

—Nunca pensé que te acusaría de esto, pero eres una hipócrita —dijo, dándose la vuelta para mirarme.

—¿Qué? —respondí, completamente aturdida.

—Está bien que tengas a un hombre para ti y que disfrutes del amor y la lealtad de Graça, pero en el momento en que ella consigue tener algo para sí misma, te molestas. —Nunca se había enfadado tanto—. No puedes soportar el hecho de que él solo se sienta atraído por ella, no por ti.

—¡Eso no es verdad! —Protesté antes de tener el sentido común de detenerme.

—¿Qué, crees que a él también le gustas? ¿Acaso a todo el mundo le gustas? ¿Incluso a los hombres que están enamorados de otras mujeres? —Se dio la vuelta, giró las piernas sobre la cama y se sentó de espaldas a mí.

—Mira, solo sé que no es lo que parece. —Toqué la base de su columna vertebral, donde le gustaba que le acariciara. Se apartó.

—Dijo que las mujeres son como los perros. Algunas necesitan una correa larga, otras una corta, pero mientras las domines, son felices. —Se puso de pie. Tenía el rostro marcado por un gesto de enfado—. Él dice que tu problema es que te crees la líder de la manada y yo tengo que recordarte lo que eres: solo una perra. —Tomó aire. Él parecía tan sorprendido como yo.

—¡Izzy! —exclamé.

—Vamos, acéptalo, aquí mandas tú y de eso se trata todo —dijo con menos ira. Parecía un poco arrepentido, pero no se detuvo—. Graça está recibiendo más atención que tú. No te pongas a llorar, no va a funcionar.

No pude evitar las lágrimas.

—Eso no tiene sentido.

—No, lo que no tiene sentido es que yo no sea suficiente y tú quieras a otro hombre en tu cama.

—Eso es injusto. —Las lágrimas salían con fuerza y rapidez—. Y no es verdad.

—Lo que no es justo es que de vez en cuando juegue a las cartas con Luiz, y solo porque me estoy divirtiendo sin ti, quieras que deje de hacerlo.

—No es eso en absoluto. Es porque no estás bien. En casi tres años no has tocado ni una gota y ahora de repente…

Se acercó a la cama, inclinándose sobre mí.

—Acéptalo, Rosa, eres una malcriada y una celosa. —Su mano se levantó en un puño apretado y listo para golpearme mientras gritaba:

—No soy tu chico de los recados.

Jadeé y me llevé la mano a la boca. Se congeló en su posición de luchador, como si de repente se hubiera dado cuenta de lo que estaba haciendo. Su hermosa mano cayó sin gracia a un lado. Ninguno de los dos dijo una palabra más mientras recogía su ropa del suelo y se la ponía. Se fue sin despedirse.

A menudo me he preguntado si habría cambiado algo si le hubiera dicho que Luiz se me había insinuado. Pero no lo hice. A pesar de que no estaba de acuerdo con Izzy, no quería ser quien se lo arruinara a Graça. Luiz me había advertido que no lo subestimara, y debí haberlo escuchado. Hice tal lío en mis comienzos que no puedo presumir de darte consejos, *ma chère*, pero creo que lo que pasó después podría haberse evitado si hubiera hablado. No estaba segura de si alguien hubiera creído mis motivos. Y para ser franca, ni siquiera yo estaba segura. Tuve que considerar que podría haber algo de verdad en lo que Izzy había dicho.

Cuando volví sin Izzy esa misma tarde, encontré a Graça sentada sola en la cocina, llorando en la mesa.

—¿Qué ha pasado? —le pregunté, sentándome a su lado y tomando sus manos entre las mías.

—Se lo dije —dijo, con la voz entrecortada.

Hice una pausa para formular mis palabras.

—¿Y no se alegró?

—Dijo que era demasiado pronto.

—¿Solo eso?

—No, él dijo que no quería tener hijos —se apresuró a decir—, que me amaba y me quería solo para él y que era una egoísta si creía que iba a compartirme con mi asqueroso bebé.

Había una mirada de confusión e incredulidad en su rostro cubierto de lágrimas.

—Seguramente estará sorprendido —dije al final.

—No lo entiendo. Hasta hoy era tan amable conmigo. Era como si fuera otra persona, tan brusco, tan cruel.

Me mordí la lengua. Pensé que estaba contribuyendo a mantener la calma.

A la mañana siguiente, cuando apenas había luz, unos extraños sonidos se filtraron en mi sueño y me despertaron. Tardé un rato en averiguar qué era y, cuando me di cuenta de que eran las arcadas de Graça, me levanté. Estaba vestida con su bata de algodón color crema, inclinada sobre el retrete de su cuarto de baño; el sudor le perlaba la frente.

Le toqué la frente.

—Estás enferma. Voy a llamar a un médico. —Empecé a salir al pasillo.

—No. No —dijo ella detrás de mí—. Es demasiado tarde.

—¿Qué quieres decir? —Me detuve, pero no me volví para mirarla.

—Anoche, antes de que se fuera, me obligó a tomar esto.

—¿Qué? —pregunté, arrodillándome a su lado.

Sacó algo del bolsillo. Una caja blanca y estrecha.

—Son tuyas, lo siento, me obligó a agarrarlas. —Puso la caja en mi mano.

—¿Cuántas? —pregunté en un susurro.

—Me hizo tragar todo el paquete.

Cerré los ojos para asimilarlo. Sus ojos rojos y llorosos estaban fijos en mí cuando volví a abrir los míos.

—¿Todo el paquete?

Asintió y volvió a vomitar.

La llevé al hospital, donde permaneció unos días. Perdió al bebé y necesitó tiempo para recuperarse de la sobredosis. Cuando Luiz volvió a llamar, le dije que no era bienvenido.

Aprendimos por las malas que la píldora puede ser utilizada para interrumpir embarazos. Lo que no supimos apreciar entonces fue el profundo conocimiento farmacológico de Luiz.

19
Jeringuillas

A veces pienso que el mundo moderno está loco. Mira esto. Las gasas, las toallitas antisépticas, un vial de suero sanguíneo y algunas jeringuillas. ¿Qué crees que es, *ma chère*? Es un kit de viaje de emergencia para el sida. Puede parecer irracional, pero sigo llevándolo cada vez que visito Brasil. Hace unos cinco años, el doctor Michaels insistió en que lo llevara por si acaso. Pensé que estaba siendo demasiado precavido hasta que fui a almorzar con una vieja amiga en Río. Había descubierto que su novio se había estado acostando con hombres además de con ella; al parecer, él no lo consideraba una infidelidad, ya que no había sido con otra mujer. Ella lo había arrastrado a la clínica de ETS en el hospital local. Fue la primera en recibir el pinchazo automático de penicilina que les dieron incluso antes de que se confirmara su sífilis, y después observó con incredulidad cómo la enfermera limpiaba la jeringuilla antes de rellenarla y volver a clavarla en el brazo de su amante. *Las jeringuillas*, me había dicho, *son como las llaves, el dinero y el pintalabios. No salgas de casa sin ellas.*

Pero me estoy adelantando, se nota que todavía estoy nerviosa. Por lo de esta noche, quiero decir. Hablar así, contándote mi historia, me está ayudando a calmarme, pero si pierdo el hilo es como si todo se viniera abajo.

Más o menos en el momento en que se prohibió que Luiz viniera al apartamento, Izzy empezó a beber en exceso. Ninguno de los dos volvió a hablar de Luiz, pero algo había cambiado. No tengo claro si fue la pelea o el alcohol. Llegaba por la noche después de un concierto con una botella en la mano y se quedaba dormido frente al televisor. Su apetito sexual se tornó impulsivo, incluso animal. Al principio esos cambios me preocuparon, pero en algunos aspectos era excitante. Me acostumbré a que se satisficiera a sí mismo en cualquier momento o en cualquier lugar en que lo necesitara. El decoro y la cortesía fueron olvidados. A veces era tan mecánico y tan irreflexivo como sacar una cerveza de la nevera; otras, parecía que iba a morirse si no le dejaba entrar en mi casa de inmediato. Ser objeto de aquella urgencia y obsesión enfermiza era seductor, incluso embriagador. Puede que te parezca extraño que te cuente esto, *ma chère*, pero no lo entenderás si no te lo explico todo. Las decisiones que tomamos se basan en elecciones anteriores, y en errores.

Nunca volví a Brasil con Izzy, aunque viajé mucho con él. Siempre que estaba de gira, si el trabajo me lo permitía, yo también iba. Atravesamos los Estados Unidos y volamos de un lado a otro del Atlántico. Los viajes no eran una pérdida de tiempo. Allá donde iba comprobaba la competencia, visitando los puntos de venta de alta gama de los mejores diseñadores. Buscaba telas, patrones y fabricantes, y más tarde incluso acudía a los desfiles de las mejores casas de moda. Y entonces me expandí: primero a Los Ángeles y a San Francisco, después a Boston y a Washington DC. Pronto estuve inaugurando franquicias en grandes almacenes. Mi plan a largo plazo era crear una cadena de tiendas en las principales ciudades. Elegí ciudades con buenas perspectivas para el jazz y, entre las giras de Isaiah y mis viajes de negocios, subía y bajaba de los aviones casi con la misma frecuencia con que utilizaba los taxis amarillos de Nueva York.

Cuando viajaba siempre me llevaba libros de cuentos y novelas. Izzy se dedicaba a marcar el ritmo en las mesas, a leer el periódico o a jugar al ajedrez con su bajista, Greg. Hacían un buen equipo y pasaban el rato. Izzy siempre elegía las piezas blancas; era una broma suya porque Greg vivía en Harlem e Izzy con los blancos. Teníamos rutinas que eran aburridas y cómodas, así que fue la monotonía lo que hizo que me enfrentara a la gravedad del problema. Estábamos en el aeropuerto de Roma —sé que era Roma, porque tuve un lapsus momentáneo de fe y consideré volver al rebaño— y estaba leyendo *El secreto de Santa Vittoria*, el libro que todo el mundo me había dicho que leyera sobre cómo un pueblo italiano había resistido la ocupación nazi. Me evocaba rabia y recuerdos olvidados a partes iguales; no lo encontraba tan divertido como a todos los demás les parecía. En algún momento me di cuenta de que Izzy se había ido. Greg miraba el tablero de ajedrez, con la barbilla apoyada en la mano ahuecada. Parecía preocupado.

—¿Qué pasa?

Greg se sentó con la espalda recta y empezó a despejar el tablero.

—Ha perdido otra vez —dijo.

—¿Otra vez? —dije, con el corazón hundido. Por lo general, el que jugaba mejor de los dos era Izzy, pero un vistazo al tablero me mostró que las piezas negras de Greg eran las que dominaban.

—Y no solo otra vez, lo he masacrado. —Después de jugar con la torre que tenía en la mano, la dejó caer en la caja—. Tal vez no me corresponda, Rosa, pero tengo que decírtelo: algo va mal, muy mal. —Recogió el rey blanco, que había sido derribado.

—Lo sé —suspiré—. Estoy preocupada.

—Y su forma de tocar el saxo; no es la misma. —Greg dudó, sin duda incómodo por criticar a su jefe y amigo—. O bien está en un lugar extraño, hermoso e inquietante, pero que a veces creo que desconcierta al público, o parece tan fuera de sí que apenas puede tocar dos notas juntas. Si no hubiera estado con él todos estos años… —Se calló y terminó de recoger las piezas—. Está tan enfadado, todo el tiempo —dijo, doblando el tablero por la mitad.

Greg llevaba mucho tiempo tocando con Izzy. Era leal. Sabía que podía confiar en él.

—Está bebiendo. —Había evitado hablar de ello, incluso con Graça, como si el silencio pudiera hacer que las cosas mejoraran. Fue un alivio admitirlo ante otra persona.

—¿Drogas también? —preguntó Greg en voz baja.

—Creo que sí. —Decirlo en voz alta lo hizo real. Me mordí el labio.

La silla entre nosotros se retiró, arañando el suelo de forma ruidosa, sacándonos de la conversación. Izzy se sentó.

—¿Has estado contando historias sobre mí a mi bajista? —dijo, poniendo su mano en mi rodilla—. ¿Sabías que le gusta jugar sucio, Greg?

—¡Izzy!

—La cosa es, Greg, que le gusta cómo la trato ahora. Fue Luiz quien me dijo que no era una princesa.

—¡Luiz! ¿Has estado viendo a Luiz?

Introdujo la mano bajo mi falda. Apreté las piernas. Extendí mis manos sobre la tela —una atrevida pata de gallo en blanco y negro, muy *à la mode* en esa época—, haciéndola tan firme e inaccesible como pude. Que me levantara la falda detrás de los cubos de basura en una callejuela a altas horas de la madrugada cuando salíamos de un club de jazz había quedado entre nosotros. Esto era diferente; era de día, y no estábamos solos. Nunca lo había visto tan borracho durante el día. Pero no iba a montar una escena, no ayudaría en nada. Izzy me había enseñado eso la primera noche que nos conocimos. Sus dedos forzaron un poco más el camino hacia arriba.

—¡Izzy, no! —siseé. Estaba tan cerca de mí que inhalé el agrio aroma del whisky en su aliento. Me puse de pie—. ¡He dicho que no!

—Y siempre hacemos lo que Rosa quiere, ¿no? —Izzy sonrió y agitó los dedos bajo su nariz—. Ah, el olor del hogar.

Me quedé boquiabierta, *ma chère*. El hombre del que me había enamorado era gentil y civilizado, con un alma noble, y no grosera y cruel.

Se limpió los dedos en la manga. Entonces se volvió hacia un Greg muy incómodo y dijo:

—¿Quieres otra partida?

Se dio la vuelta, recogió las piezas de ajedrez y procedió a colocar el tablero. Necesitaba calmarme, así que me fui a comprobar los horarios de salida. Cuando volví, Izzy estaba dándole una paliza a Greg.

Pareces escandalizada, *ma chère*, pero ya soy tan mayor que podría haberle ocurrido a otra persona, y tú acabas de embarcarte en el mundo de los hombres; necesitas saber que las cosas pueden salir mal.

Después de nuestro regreso de Roma, no volví a ver a Izzy durante un mes. Pensé que todo había terminado. Echaba de menos al caballero y al músico, pero no a su réplica borracha. Me sentí aliviada de que se hubiera ido.

Entonces, una noche, se metió en mi cama, tan tarde que era casi por la mañana. Me hizo el amor como solía hacerlo, tratándome como un instrumento que necesitaba ser tocado. Sus labios, su lengua y sus dedos recorrieron cada uno de los rincones de mi cuerpo, me acariciaron hasta dejarme exhausta. Por la mañana, tumbado a la escasa luz de mi habitación, con la sábana encima, parecía apagado y esquelético. Cuando se despertó, le llevé un poco de café y una tostada con mantequilla que brillaba con mermelada de *maracujá*, un pequeño lujo que me enviaban desde Brasil cada vez que traían muestras. Cuando dejé la bandeja sobre la cama, me agarró la muñeca.

—¿Me quieres? —Su voz sonaba ronca y a la vez desesperada. Nunca me lo había preguntado, ni él mismo lo había dicho, y yo nunca había pensado en decirlo. Sus ojos brillaban con intensidad, y en su frente se formaron gotas de sudor. Tenía los ojos muy abiertos a causa del miedo. Durante meses me había follado con la misma penetración y el mismo empuje sin sentido de los animales salvajes que se emparejan, pero esa mañana estaba aliviada gracias a una noche de su tierna forma de hacer el amor. Supe que aún quedaba bondad y música en su interior. Nos miramos durante un largo rato: él en busca de su respuesta, yo en busca de un atisbo de lo que solía ser.

Al final dije:

—Sí.

—Entonces enciérrame aquí. No me dejes salir, para nada, y aliméntame solo con pan y agua, nada de alcohol, ni siquiera café. ¿Harás eso por mí?

—Sí. —Besé sus dedos, que seguían agarrando mi muñeca con fuerza. Él ladeó la cabeza, suspiró y me soltó.

Graça había estado desconsolada tras la pérdida de su bebé y la desaparición de Luiz, pero en cuanto le expliqué el plan, algo en ella se despertó. Preparaba platos de fruta en rodajas y pan blanco suave de granja con queso, y se lo llevaba en bandejas. Sabíamos de drogas, pero no tanto como la gente ahora; incluso la idea de dejar de fumar no era muy conocida. Durante casi dos semanas lo mantuvimos prisionero. Sudó, tembló y vomitó. Gritó y se enfureció, se agitó y tembló, lloró y suplicó que le dejaran salir. A veces estaba demasiado asustada como para entrar; otras, dormía con tanta profundidad que podíamos entrar a hurtadillas y ordenar, reponer la comida tirada en el suelo, limpiar el agua derramada a su alrededor y cambiar las sábanas sucias. Después de diez días, se tranquilizó y empezó a leer los libros que escogía para él, y volvió a tener hambre. Después de dos días más lo celebramos saliendo a comer, en Chinatown. Izzy me abrió la puerta del taxi, me retiró la silla y me tomó de la mano.

Fue como volver a empezar.

Durante un tiempo nos mantuvimos en equilibrio. Poco a poco, la rutina inicial fue desapareciendo e Izzy iba y venía con más fluidez; a veces se quedaba a dormir, pero no siempre. Parecía más estable. En ocasiones, cuando viajaba por trabajo, volvía y Graça me decía que me había estado esperando como un cachorro abandonado.

En otoño de 1967 abrí mi primera tienda independiente en Florida. Habían inaugurado un nuevo centro comercial de lujo unos años antes en Bal Harbour, y aposté por que mi ropa tropical y ligera se vendiera durante todo el año. Fue un éxito, pero me hizo ver que no podía vender solo para la temporada de verano en Nueva York, Chicago y otros estados del norte; también tenía que producir colecciones de invierno. La calma que reinaba en Izzy y en nuestra casa me ayudó a concentrarme. Poco a poco, Graça fue colaborando con los asuntos administrativos y, en parte para distraerla de su melancolía, le pedí que volara a Río como mi representante para llevar a cabo los negocios que fueran necesarios. Al principio se mostró reacia, pensando que la tarea estaba por encima de ella, pero me la gané seduciéndola con visitar a su madre, que estaba envejeciendo. De todos modos, le dije que ella sabía mejor que nadie qué alimentos echaba de menos para que me los trajera. Una confiada mujer de negocios regresó de su primera visita en solitario, trayendo consigo una maleta llena de mermelada de *maracujá* y *goiabada*. Conocía mi empresa mejor que nadie y era un modelo de eficiencia y sentido común. Por supuesto, cuando contratamos una nueva empleada del hogar, fue Graça quien tomó el control del proceso. Tenía unos estándares muy exigentes.

Y entonces, de repente, las cosas volvieron a ponerse patas arriba. Bobby Kennedy anunció el asesinato de Martin Luther King Jr. y los disturbios se extendieron por todo el país. El concierto que Izzy iba a dar en Nueva York esa noche fue cancelado.

A la mañana siguiente Graça no apareció durante el desayuno; estaba demasiado alterada. Yo estaba sirviendo café cuando Izzy leyó el titular en voz alta.

—Martin Luther King Jr. muere en Memphis. —Dobló el periódico y lo puso sobre la mesa. Lo apretó con fuerza y después volvió a alisar el papel—. Eso es todo —dijo—. Ni siquiera pueden decirlo.

—¿Qué?

—¿Qué clase de palabra es «muere»? —Escupió la última palabra—. Él... no ha «muerto», ha sido asesinado, le han matado, disparado. —Se levantó, agitando el periódico con fuerza.

—Es solo una palabra —dije con calma—. No significa nada.

—No fue una jodida gresca; fue un linchamiento. —Empujó el periódico contra el cubo de la basura—. ¡Muere! ¡Esto es una mierda!

Se paseó por la cocina, abrió la nevera, sacó un poco de leche y la volvió a guardar. Después cerró la puerta, se apoyó en ella con fuerza y se cruzó de brazos. Tenía el cuerpo tenso debido a la rabia.

Esperé un momento antes de decir en voz baja:

—No todo es una mierda.

Él resopló.

—Tú y yo. No hay ningún sueño. King se equivocaba. Los negros y los blancos no pueden ser iguales. —Se dirigió a la puerta—. ¿A quién queríamos engañar? —Segundos después la puerta principal se cerró de golpe.

Sé que es difícil para ti entenderlo, *ma chère*, por qué el asesinato de un defensor de los derechos civiles podría hacer caer a cualquiera. Pero en abril de 1968 fue literalmente el fin de un sueño, un sueño que él nos había dado. Cinco años antes, el famoso discurso del doctor King había llegado a Brasil, y Graça y yo lo habíamos discutido. Quizás haya sido una de las razones por las que aceptó venir conmigo a los Estados Unidos. Para la generación que creció en la Segunda Guerra Mundial, el futuro que King y Kennedy imaginaron para nosotros era embriagador. ¿Sabes lo emocionada que estabas el año pasado cuando lanzaron a Nelson Mandela? Bueno, imagina toda esa emoción, toda esa esperanza, y entonces imagina que al día siguiente le hubieran disparado. Eso fue lo que sentimos con el asesinato del doctor King.

Unos días más tarde, de camino a casa desde la oficina, me paré a tomar un café en un bar a dos manzanas del apartamento. Dedicar unos momentos a saborear un buen café es tan necesario como respirar, *ma chère*. Solo me fijé en ellos cuando volví del baño. Izzy estaba sentado en la barra con Luiz, sujetando un vaso medio vacío delante de él.

Me quedé helada y observé, con el pulso acelerado. Toda la postura de Izzy estaba mal; estaba encorvado hacia delante, hablando con seriedad, sometido al desdén y a los breves desaires de Luiz. Luiz deslizó algo en el bolsillo de la chaqueta de Izzy. Izzy, todavía encorvado, sacó lo que pensaba que era un cigarrillo de una caja, hasta que Luiz lo desplegó y contó los billetes bajo el mostrador. Se los metió en el bolsillo y se levantó para irse. Cuando se enderezó, vio que me acercaba y sus labios se estiraron en una fina y cruel sonrisa.

—Mira, tu mujer está aquí.

Izzy se volvió y me miró, con una peculiar mezcla de desafío y culpabilidad en su rostro.

—¿Por qué no le dejas en paz? —gruñí a Luiz—. ¿No fue suficiente con hacer que Graça se sintiera miserable? ¿Por qué también Izzy?

—Lo de Graça era amor —dijo, suave como la seda—. Lo de aquí con el señor Isaiah son negocios. Muy buenos negocios.

Introduje la mano en la chaqueta de Izzy y saqué el pequeño paquete de plástico.

—Toma, llévate esto —dije, dándoselo a Luiz—. Devuélveme su dinero.

—Señor Isaiah, ¿va a dejar que esta zorra le trate así? —Luiz buscó en su bolsillo interior, sacó el fajo de billetes y los agitó en mi cara, y después los metió en el bolsillo delantero del pantalón—. Entonces, ¿vas a recoger el dinero, *puta*?

Hice una mueca.

—Olvídate del dinero, pero llévate también tu veneno. Vamos, Izzy. —Puse el paquete en la barra y lo agarré del brazo, que se tensó, el bulto de su bíceps se convirtió en piedra—. Izzy, venga.

—No puedo —gimió. La ira y la vergüenza se habían desvanecido de su rostro, y habían sido sustituidos por una mirada de terror—. No lo entiendes. No puedo.

—¡Izzy!

Retiró el paquete de la madera de teca pulida y me empujó con tanta fuerza que caí de bruces. Pasó corriendo junto a mí y salió por la puerta. Luiz levantó la copa y brindó en silencio, sonriendo, mientras un camarero se apresuraba a ayudarme

La siguiente vez que Izzy llegó al apartamento encontró toda su ropa y su música en bolsas al lado de la puerta, junto con una nota diciéndole que dejara sus llaves.

El domingo 20 de julio de 1969, el *Apolo 11* aterrizó en la Luna, y yo estaba feliz. Ese día, Izzy me había llamado. No nos habíamos visto en más de un año y aun así quería ver el alunizaje conmigo. Su entusiasmo era contagioso. Me alegré de escucharle tan bien.

Vino y se sentó pegado al televisor durante horas, los tres viendo la superficie plateada de la luna acercarse cada vez más a la ventana de visión sesgada del módulo lunar. Estábamos con Houston cuando el *Apolo* aterrizó. Seguimos viendo las horas de preparación por las que pasaron los emocionados astronautas hasta que abrieron la escotilla y Armstrong descendió por la escalera. Nos esforzamos por escuchar las palabras de Armstrong mientras daba un pequeño pero gran paso. Izzy era como un niño pequeño que acabara de abrir todos sus regalos de Navidad. Nos quedamos despiertos toda la noche, su euforia burbujeando mientras los astronautas orbitaban sobre nosotros. Las vistas de la Tierra desde la Luna eran abrumadoras. A la hora de la comida del lunes, el *Apolo* se lanzó de nuevo al espacio, y cuando a primera hora de la tarde el *Eagle* se acopló al *Columbia*, nos fuimos a la cama. Nos dormimos agotados y felices.

No me sorprendió descubrir que Izzy no estaba en la cama cuando me desperté a la mañana siguiente, ni que la televisión estuviera encendida. Graça seguía durmiendo. Me levanté, me duché y me dirigí a la cocina, a preparar el café. Llevé las bebidas al salón y pasé por delante de los pies extendidos de Izzy para dejar la bandeja. No me preocupé cuando no respondió a mi «buenos días». Retrocedí y grité al pisar algo afilado y duro.

Levanté el pie y vi una jeringuilla abandonada. Se me congeló el corazón. El brazo de Izzy todavía tenía el torniquete puesto, lleno de heridas y pliegues por el maltrato. La jeringuilla se había caído de la mano extendida más cercana a mí, con su mortífera carga agotada.

20
Pestañas postizas

No, *ma chère*, no voy a llevar esto esta noche. Creo que debo optar por un aspecto más natural, ¿no estás de acuerdo? Estoy muy nerviosa, y aunque quiero estar lo mejor posible, incluso las mujeres más bellas entienden que la elegancia y la edad van de la mano en las cuestiones de belleza. A mis cuarenta y pocos años aún podía salirme con la mía con estas arañitas en los ojos, pero ya no, porque resultaría bastante patético. Lo que algunas mujeres no entienden es que sí, el mundo es un escenario, pero hay diferentes teatros y diferentes públicos, y hay que interpretarlos de forma adecuada. No está bien llevar el mismo maquillaje para una fiesta de Nochevieja en Los Ángeles que para un almuerzo un domingo en una mansión en Long Island. Entender las reglas no escritas del maquillaje, al igual que las de la vestimenta, es algo esencial para tener éxito en la sociedad. Piénsalo, *ma chère*: ¿quién empezó a utilizar estas pestañas negras onduladas? Sí, exacto: las estrellas del cine mudo como Louise Brooks. No podíamos oírlas, así que teníamos que ver lo que sentían, tenían que hablar con los ojos. Hace tiempo me di cuenta de que los hombres a menudo no oyen a las mujeres, nos ven; responden a nuestro lenguaje visual. Mira: si enmarco mis ojos con estas largas pestañas negras, por muy irreales que sean, cualquier hombre podría entender lo que estoy tratando de decirle. Lo malo que tienen es que nos hacen parecer infantiles e inocentes. Supongo que por eso se pusieron de moda otra vez en los años sesenta, junto con todo el *flower power*. Pero no eran las hippies con sus faldas largas, sus vientres desnudos y sus pies descalzos las que las llevaban; eran las mujeres modernas con minifalda, como yo.

Tras la muerte de Izzy, fui a la peluquería de Vidal Sassoon y les pedí que me cortaran el pelo y me lo tiñeran de marrón oscuro, y empecé a llevar el estilo frío y afilado que Mary Quant había hecho suyo. Me puse kohl oscuro alrededor de los ojos para disimular las ojeras de las noches de insomnio. La invitación a «hacer el amor y no la guerra» se desvaneció. Los hippies, con su amor esperanzador, las protestas de paz y su estilo de vida alimentado por las drogas, parecían inocentes y estúpidos. Me volví más dura; llevaba trajes con minifalda de atrevidos diseños geométricos y colores fuertes. Era un aspecto diferente para la nueva yo. Le estaba diciendo al mundo, tanto como a mí misma, que había terminado con la frivolidad: con el amor.

Aunque no había visto a Izzy durante el año anterior a su muerte, estaba devastada. En esa última noche había estado tan vivo y emocionado, embriagado por el progreso que significaba un hombre en la Luna, que me dormí feliz imaginando que podría volver a ser el hombre que sabía que era, el hombre que me había sacado de mi dolor con su interpretación lírica y apasionada. Había perdido a todos los hombres a los que había amado: Thomas, Laurin, Charles y ahora Izzy. Después de su muerte, la única música que permitía que me moviera era la del sonido de la caja registradora.

Hice un balance. Lo que me había mantenido a flote una y otra vez había sido mi independencia y capacidad para trabajar. Estaba en América, *ma chère*, la Tierra de las Oportunidades, y me pareció obvio que el único camino para seguir adelante era trabajar más duro, hacer crecer mi negocio y alcanzar el sueño americano. Y eso fue lo que hice, me sumergí en el trabajo. Aumenté el número de puntos de venta que tenía repartidos a lo largo de los estados e incrementé las superficies. Pero solo se pueden absorber algunos metros cuadrados de unos grandes almacenes. Neiman Marcus, Bergdorf Goodman, Saks, Lord & Taylor y Bloomingdale tenían la ropa de la Maison Dumarais, así como las joyas y los cosméticos de Beija Flor. Viajé a todas las grandes ciudades y negocié buenas ofertas de puestos privilegiados en los grandes almacenes, pero escuchaba el mismo comentario una y otra vez: un perfil más alto. La tienda experimental de Florida estaba vendiendo mejor de lo que esperaba y pensé que mis ventas se estancarían si no ascendía en mi posición en el mercado. Habiendo desarrollado también colecciones de invierno, calculé que era el momento de ser valiente y audaz. Necesitaba una tienda oficial en Nueva York, y después en París y en Londres.

Hasta ese momento había invertido la mayor parte de mis ganancias en expandirme. Tenía un equipo de diseño cada vez más numeroso y mi propia planta de fabricación, pero, aparte del alquiler de Bal Harbour, había tenido unos costes inmobiliarios bajos. Si abría una tienda en solitario en Nueva York, tenía que ser espectacular para resistir frente a los precios del alquiler en las manzanas más deseadas de Manhattan. Sería una apuesta arriesgada y cara. Mi tienda de Río había sido asequible. Aquí en Nueva York no había gangas. Invertir en una propiedad en determinada ubicación, lo que era esencial, me dejaría muy expuesta. El periódico estaba lleno de las hazañas de los grandes promotores, sus beneficios, sus edificios y sus llamativos estilos de vida. Ninguna cantidad de dinero parecía protegerlos de las burlas de los periodistas del *Times*. Y entonces se me ocurrió una idea.

Habían pasado dos años de la muerte de Izzy cuando conseguí conocer a Jimmy Mitchell. Era un magnate inmobiliario de la Costa Este, que había creado un imperio de bienes raíces con su asombrosa capacidad para ver las tendencias y los patrones antes que el resto. Tenía la reputación no solo de manejar el mercado, sino de dirigirlo, comprando con descuentos cuando otros vendían con pérdidas, y dando la vuelta a bloques y zonas enteras.

Jimmy Mitchell también era la comidilla de la ciudad por su estilo de vida ostentoso y su serie de novias guapas, y aparecía constantemente en las páginas de finanzas. Había salido de la nada o, mejor dicho, de Monticello, un pequeño pueblo del norte del estado de Nueva York, y había construido un imperio empresarial a partir de las acciones que su padre poseía de algunas tiendas locales y del periódico del condado. Cuando le conocí tenía casi cincuenta años, el rostro brillante, con la cabeza calva mal cubierta por finos mechones de pelo castaño engominado, y llevaba un traje elegante que disimulaba su vientre mullido. Era una persona muy rica, pero conocida por su falta de sofisticación y su mal gusto.

No fui de cualquier manera a una reunión tan importante. Hacer una entrada es un arte infravalorado, *ma chère*. Cuando viví en París fue cuando perfeccioné la mía. Había observado a las damas parisinas y a los maniquíes de Dior, por lo que aprendí con exactitud cómo entrar en una habitación. No caminé, sino que me contoneé. No me refiero a la exagerada inclinación de las caderas de un lado a otro que las modelos utilizan para desfilar por las pasarelas, sino a un imperceptible movimiento de ballet: una curva, un equilibrio, un suave gesto, mientras el pie y la pierna avanzan suave pero con firmeza hacia adelante. Estaba a punto de entrar en el santuario de uno de los hombres de negocios más inteligentes de los Estados Unidos con un plan escandaloso, y necesitaba todas las armas de mi arsenal para ganármelo.

Mi última colección utilizaba la paleta tropical de Brasil combinada con los patrones geométricos que estaban de moda en ese momento. Tuve cuidado en elegir tonos que realzaran los míos; el vestido recto de color esmeralda, la chaqueta turquesa y los zapatos con hebillas también en la gama del esmeralda podrían haber distraído la atención de no haber sido por el efecto que causaban en mis ojos. Me había puesto unas pestañas grandes, que enmarcaban mis ojos azules para que fueran inolvidables. Di dos pasos hacia la oficina del señor Mitchell en el último piso de su nuevo edificio en la Quinta Avenida, eché un vistazo a la gruesa alfombra de pelo y le di las gracias a Roger Vivier y al heredero de mi *maître* Dior, Yves Saint-Laurent. Nunca habría podido cruzar las enmarañadas borlas con tacones de punta, pero afortunadamente Vivier había introducido los sólidos tacones cuadrados en la colección Dior. Hice acopio de toda mi elegancia y atravesé la retorcida masa de lana.

Era un despacho que hacía esquina y las paredes de cristal ofrecían una vista impresionante de la ciudad detrás de un gran escritorio de caoba anticuado que parecía fuera de lugar sobre la alfombra blanca. El señor Mitchell estaba sentado detrás del escritorio, recostado en un enorme sillón de cuero negro. Una silla más pequeña, a juego, estaba situada delante. En el centro de la sala se enfrentaban un par de sofás de dos plazas de cuero marrón junto a una mesa de cristal. Pude ver de inmediato que en el mobiliario había dinero, pero no estilo; ganaba oro, pero se rodeaba de basura cara e insulsa. Me detuve cerca de su escritorio y le tendí la mano en señal de saludo; mi gesto le obligó a levantarse y a acercarse a mí. Di un paso simbólico hacia él y deslicé mi mano en su firme apretón.

—Señora Dumarais —dijo—, un placer conocerla.

Dejé mi mano en la suya un segundo más de lo que era habitual y sonreí antes de responder:

—El placer es todo mío.

Señaló los sofás y fue a sentarse sin esperarme. Ignoré sus indicaciones y me dirigí a la ventana.

—Parece tan pequeña desde aquí, señor Mitchell —dije, mirando hacia la ciudad—. Como un tablero de Monopoly. Y si estoy en lo cierto, gran parte es suya.

Al cabo de unos instantes le oí levantarse del sofá; se acercó y se puso a mi lado.

—Puedo mostrárselo si lo desea —dijo.

Me di la vuelta y le regalé una amable sonrisa.

—Me gustaría mucho.

Señaló todos los edificios y terrenos que poseía, desde el centro hasta la zona sur de Manhattan, y los lugares que quería adquirir. Yo había determinado mis objetivos de antemano, pero viendo la extensión de sus propiedades me dio un momento para reflexionar. Había muchas pruebas para demostrar que era un buen hombre de negocios. Volvió a los sofás.

Primero se sentó de nuevo y después se recostó en el mullido tapizado, antes de hacerme un gesto para que me uniera a él.

—Señora Dumarais, ¿qué puedo hacer por usted?

Me senté frente a él, acomodando mis piernas para que no pudiera mirar por debajo de mi falda.

—Bueno —empecé—, mi idea es quizás un poco descarada, pero como usted es muy consciente, nadie que no se arriesgue...

—Gana. Dispare —me interrumpió—. Soy todo oídos.

Tosí antes de recuperar la fluidez.

—La prensa habla mucho del nuevo rascacielos que está terminando en la Sexta Avenida. Sin duda será la joya de su corona, y debe estar buscando buenos inquilinos.

Asintió.

—Verdad. —Sus ojos estaban fijos en mí y me escuchaba con atención. Me alisé la falda.

—Le propongo que me dé la planta baja, a pie de calle, con un contrato de alquiler a diez años, con el primer año de alquiler libre, en el nuevo edificio que está construyendo en la Sexta Avenida.

Echó la cabeza hacia atrás y se rio; después se acomodó entre los cojines.

—No estoy bromeando —dije, respondiendo a su risa con una máscara glacial—. Será un buen negocio.

Cuando se dio cuenta de que hablaba en serio, la diversión desapareció de su rostro. Cruzó las piernas y las apoyó en la mesa de cristal.

—¿Por qué iba a considerar esto?

Sonreí.

—Porque quiere caché, porque quiere que el «dinero veterano» le acepte, porque es un trepador social. Y su gusto por tener novias jóvenes le ha convertido en... déjeme decirlo con delicadeza... alguien que no es tan respetado como podría serlo. —Hablé rápido para que no pudiera interrumpirme, pero no tanto como para parecer nerviosa. Me observó, pero no me interrumpió, y supe con qué atención me escuchaba por la forma en que su cabeza se inclinó apenas un centímetro hacia mí—. Usted debería ser el emperador de Manhattan, pero es como una especie de bufón, señor Mitchell. La gente se ríe de usted, y usted lo sabe. Yo podría cambiar todo eso.

—Usted es un poco descarada —dijo, y su cara no revelaba nada—. ¿Y cómo lo va a hacer?

—¿Sabe algo de mí?

—No mucho. Es una diseñadora de moda de gama media y alta. Construyó su negocio en Brasil y lo ha hecho crecer aquí.

—Esa es solo una parte de la historia —dije—. Déjeme que le cuente el resto.

Le conté la historia de mis comienzos como costurera, de mi llegada a Dior, de la creación de la Maison Dumarais y de Beija Flor. Le conté que estaba haciendo crecer el negocio en Estados Unidos, que la Maison Dumarais estaba preparada para arrasar en el país, y que todo lo que necesitaba era una tienda oficial de prestigio y relevancia social.

—Por lo tanto, señor Mitchell, lo que le propongo es lo siguiente: que nos comprometamos. —Hice una pausa para dejar que mis palabras calaran—. Como su prometida le acompañaré a todas las reuniones sociales, inauguraciones, fiestas y cenas. Le enseñaré a comportarse en las altas esferas de la sociedad. Le haré «llegar», por así decirlo. Y a cambio, me dará el primer año de alquiler gratis y los próximos nueve años a una tarifa comercial, y, en algún momento, de mutuo acuerdo, podremos romper nuestro compromiso.

Me miró largo y tendido. Desenredé mis piernas y las volví a cruzar en la otra dirección. Me miró las piernas y después se levantó y se acercó a la ventana. Se quedó contemplando una de las vistas más caras de Manhattan. Esperé.

—¿Cómo sabe todo eso sobre mí? —preguntó, con una voz plana y sin emoción, dándome la espalda, para que no pudiera leerlo.

—Está todo en los periódicos, señor Mitchell, y reconozco a un espíritu afín. —Me levanté y me uní a él, disfrutando de la vista desde Midtown hasta Wall Street y más allá. Las avenidas atravesaban el mosaico urbano como ríos vistos desde la cima de una montaña—. Verá, al igual que usted, vengo de un pequeño pueblo y llegué de la nada. Crecí como una simple chica de montaña, señor Mitchell, y he conquistado continentes. Dior me enseñó todo lo que necesitaba saber. Y… —Hice una pausa, me volví hacia él y esperé a que me mirara—. Ahora tengo clase. Puedo cambiarle a usted también, y eso será lo que marque la diferencia.

—¿Así que es como María? —Su rostro era ilegible.

—¿María? Ah, Von Trapp. ¿Porque vengo de los Alpes? —Me reí—. No exactamente.

—Es una propuesta interesante, señora Dumarais. Tendré que llevar a cabo ciertas diligencias.

—Por supuesto, me parece razonable.

—La llamaré.

No pongas esa cara de asombro, *ma chère*. Sé que fue un trato frío, pero debes entender que estaba tan dolida, tan afectada, que construí un caparazón calculador a mi alrededor, para evitar abrirme de nuevo. Tenía demasiado miedo de no sobrevivir a otro golpe. Mi negocio era el único bebé que me quedaba y quería dárselo todo.

Una semana más tarde, su secretaria me llamó y me preguntó si podía reunirme con el señor Mitchell en el restaurante Four Seasons a las siete de la tarde. Le propuse a las ocho; tenía que empezar a aprender las costumbres refinadas más pronto que tarde, y las siete era demasiado pronto. Graça estaba de mal humor mientras me vestía para salir y, cuando fui a ponerme mi Miss Dior, no encontré el frasco. En su lugar, me puse el Rive Gauche de Yves Saint-Laurent; era dulce y femenino, y me serviría para vencer sus defensas. Me puse el vestido de Yves Saint-Laurent que había comprado en mi último viaje a París, un crepé de seda azul y negra que contrastaba con las medias mangas y el escote sumergido en un corsé bordado que se ceñía como una armadura.

El Four Seasons es un lugar elegante y con clase, pero no muy romántico. Me pareció apropiado que nos reuniéramos allí para discutir mi propuesta en compañía de hombres trajeados que hablaban de negocios, dinero y golf, con solo unas pocas mesas decoradas con elegantes esposas de Manhattan. El señor Mitchell me estaba esperando en una mesa, con el menú abierto delante de él; no era que yo estuviera llegando tarde, sino que él había llegado temprano. Aquello me pareció extraño, quizás una señal de nerviosismo. Durante la siguiente hora dirigió la conversación, describiendo sus últimas adquisiciones, los planos que tenía entre manos y las pesadillas de la construcción. Me gustó y me sorprendió su firme oposición a la guerra de Vietnam. No era un hippie, pero tampoco era republicano. Mientras los camareros retiraban el postre, empecé a perder la paciencia y tomé las riendas.

—Entonces, señor Mitchell, ¿ha llevado a cabo sus diligencias? —Traté de parecer desinteresada.

—Creo que lo he hecho —dijo, mirándome sin ningún atisbo de aspereza ni una sonrisa. Por un momento, me vino a la memoria un recuerdo lejano de Schleich jugando con mi padre a las cartas. La idea de que estaba fuera de mi alcance me aterrorizó, pero la aparté. Yo también había aprendido a jugar por las malas. Para la cara de póquer del señor Mitchell, yo era una partida.

Acercó la taza de café hacia él a través del mantel de lino blanco.

—¿Y?

—Ha hecho muchas cosas en su vida —dijo, todavía inescrutable.

—Sí —dije con firmeza—. Me mantengo ocupada.

—Su visión para los negocios es evidente. Por las cifras que he visto, lo hace muy bien en Brasil; ha creado un pequeño imperio rápido, y está en camino de hacer lo mismo aquí. —Dejó caer un terrón de azúcar morena en su taza.

—Tengo buen olfato para los negocios, buen ojo para la moda y trabajo duro. —Removí mi té de menta para liberar algo de calor.

—Y tiene el sentido de la ambición empresarial. Pero tiene razón: si se quedara con mi fachada, podría conquistar América. Pero el trato implica una relación, así que también investigué su vida personal. —Me sostuvo la mirada—. Creo que lo sé todo. El soldado alemán, ¿Fischer?

Eso me pilló por sorpresa; creía que nadie lo sabía.

—Thomas, Thomas Fischer —dije, luchando por mantener una voz casual—. Fue mi amor de juventud. Perdimos el contacto hace veinticinco años.

—Su apellido, Charles Dumarais. ¿He de suponer que se casó con él por amor?

—Por supuesto. Le amaba. —Alcé mi pequeño vaso de Fernet-Branca y agité el espeso líquido oscuro.

—Y después Isaiah Harris.

Tenía el vaso a medio camino de la boca, pero lo volví a dejar en la mesa.

—Era un músico brillante.

—Y un drogadicto.

Le miré, frustrada. Todavía no había dicho nada; podíamos haber estado discutiendo sobre la bolsa de valores.

—Señor Mitchell —dije, ya enfadada conmigo misma; debería haber estado preparada—. Sé que para un hombre de negocios es difícil comprender el talento artístico, pero el talento en cualquier campo es fascinante y trae consigo sus propias recompensas, y también desafíos.

—Bueno —dijo, suspirando—, como sabe por la prensa sensacionalista, he sido fotografiado con más de una joven brillante.

No dije nada. No iba a rebajar mi relación con Izzy comparándola con las modelos y estrellas con las que se le había visto.

—Lo que me pareció muy extraño es que, para una mujer de su edad y belleza, no haya tenido muchos... enredos.

Me llevé el vaso a los labios y me bebí el Fernet-Branca de un trago. Intenté no hacer una mueca y le miré a los ojos.

—Me valoro mucho.

—Ya lo veo. —Me miró.

—Bueno, ese es un enfoque importante para la gestión de activos. Pero la información que me ha llevado a mi decisión vino de una fuente muy valiosa. Y la información que necesitaba era esta: es fiable, honesta y muy leal.

Tomé el primer sorbo de té de menta para eliminar el mal sabor del Fernet.

—Gracias. —Asentí agradecida—. ¿Quién ha sido su fuente?

—De acuerdo, este es el trato —dijo, ignorando mi pregunta—. Un compromiso corto. Se queda con la tienda en los términos que propuso, la mitad de la fachada de la calle Mitchell Heights, puede elegir qué lado, y yo le daré el apartamento de abajo de mi ático en la cima de la torre como regalo de boda. Para...

—¿Regalo de boda? —interrumpí.

—Sí, el apartamento del ático y el de abajo comparten el mismo ascensor privado. Nadie tiene por qué saber que no vivimos juntos. A todos los efectos, para el mundo exterior, estaríamos felizmente casados y viviendo la buena vida.

Empecé a hablar, pero me hizo callar.

—¿Me deja terminar? En resumen, cumplo todas sus condiciones, con una sola modificación en el trato. En lugar de comprometernos, nos casamos. ¿Está de acuerdo?

Me quedé boquiabierta.

—Sugerí un compromiso —respondí por fin—. ¿Un matrimonio no complicaría las cosas?

—Lo sé —dijo, sacudiendo la cabeza—. Pero un compromiso no tiene sentido. Es algo a medias. Imagine las puertas que se nos abrirían como pareja casada. Entonces habremos llegado de verdad. Puedo escriturar el apartamento entero a su nombre. Será suyo. Sin ataduras. Es lo que se llevará cuando nos divorciemos, en un momento de mutuo acuerdo. Es una propiedad valiosa. Y si hacemos un acuerdo prenupcial, nos ahorraremos los honorarios de los abogados a largo plazo.

Su contrapropuesta me sorprendió. Lo que decía tenía cierto sentido, pero casarse para obtener un beneficio comercial me parecía un paso demasiado grande. Mi matrimonio con Charles había sido sagrado, había sido lo mejor de mi vida. Casarme con este despreciable hombre de negocios sería una mala imitación de eso.

—Se lo agradezco —vacilé, ganando tiempo. No pude evitar reconocer el sentido de lo que decía. Charles seguiría estando conmigo en mi corazón, razoné.

—Entonces, ¿está de acuerdo?

—Esto es un negocio, no un romance, señor Mitchell.

—Soy muy consciente de ello.

—No habrá derechos conyugales.

—Ninguno, por supuesto que no. No habrá derechos conyugales, a menos usted que cambie de opinión —dijo, con el rostro aún inescrutable—. Aunque eso estaría sujeto a nuevas negociaciones. ¿Y no le importarán mis novias?

Lo pensé por un momento.

—Siempre y cuando sean discretas.

—¿Tenemos un trato, señora Dumarais?

Me obligué a mostrar mi más cálida sonrisa.

—Puedes llamarme Rosa, Jimmy.

Su cara de póquer se convirtió por fin en una amplia sonrisa aniñada.

—Tendrás que disculpar el momento y la elección del lugar, pero creo que servirá para nuestro propósito mutuamente acordado. —Se tomó el café de un trago, echó la silla hacia atrás y se levantó. Se acercó al lado de la mesa y se arrodilló—. Rosa Dumarais, ¿quieres casarte conmigo?

Sacó una pequeña caja de terciopelo azul del bolsillo de su traje y me la ofreció. Por segunda vez esa noche, estaba confundida. No solo había cambiado el trato, sino que había tenido la confianza para suponer que ganaría la negociación. Yo no levanté la vista, *ma chère*, pero fui consciente de un discreto silencio a nuestro alrededor y de la sensación de estar siendo observados. Así que, concentrándome mucho, me arqueé hacia delante y besé al señor Mitchell lenta y prolongadamente en los labios.

—Por supuesto, Jimmy. Sí.

El silencio en el restaurante se rompió por los aplausos y los vítores y hubo un destello de bombillas, que se mantuvo cuando abrí la caja. Y entonces jadeé, sorprendida una vez más.

—Es precioso, de verdad.

—¿Sorprendida?

—Desde luego —dije, con una sonrisa y una respuesta auténticas. Era un jugador inteligente, lo había subestimado—. Creo que deberías ponerlo en mi dedo.

Sacó el anillo de la caja y, sosteniendo mi mano, me lo puso. Extendí los dedos y admiré el gran zafiro acompañado de dos diamantes más pequeños a cada lado, engastados en oro blanco sobre el rico y cálido oro amarillo de la alianza. Me quedaba perfecto.

Después de nuestro compromiso público, me había llevado a casa en su limusina. Estaba nerviosa y emocionada por lo que esto significaría para mi negocio, apenas pude contenerme en el ascensor que subía a mi apartamento. Normalmente, Graça era parte de todos mis planes y sueños, pero después de mi primer encuentro con Jimmy no le había contado nada. Quería estar segura del resultado antes de aumentar sus esperanzas, o eso me dije.

La encontré leyendo en el salón. Como había estado de viaje y dirigiendo el negocio de Sudamérica, y la limpiadora se ocupaba de la casa, cada vez que tenía un momento libre Graça se dejaba ver con un libro en la mano. Cuando llegamos a Nueva York había asistido a clases de inglés y había descubierto el gusto por aprender. A lo largo de los años había realizado muchos cursos, empezando por Lengua Inglesa, después Literatura Inglesa y de ahí a Historia del Arte y Español. Era una erudita por naturaleza. La transición de criada a compañera, y a mejor amiga y persona de confianza estaba completa. Era el pilar en mi vida, la que me conocía a la perfección y, *ma chère*, me da un poco de vergüenza admitirlo, pero estaba muy orgullosa de haber ayudado a pulir ese diamante en bruto.

Dejó el libro abierto sobre la mesa y su mano se posó sobre una lámina en color de Leda y el cisne.

—¿Has pasado una buena noche?

—Oh, Graça, no sé por dónde empezar —dije mientras me acomodaba en el sillón.

Cruzó las manos sobre su regazo.

—He hecho un trato brillante. Me voy a casar con Jimmy Mitchell.

—Enhorabuena —dijo, cambiando al inglés—. Es toda una sorpresa. —Su voz era plana, pero yo estaba demasiado emocionada para notar su falta de calidez.

—Voy a tener un ático y un gran espacio comercial en su nuevo edificio. Y todo lo que tengo que hacer es aumentar su estatus y su posición en la sociedad, usando mi propio caché social. Será fácil.

—¿Vas a vender este lugar?

—No lo sé. No había pensado en ello. —Hasta hacía una hora nunca se me había ocurrido que me mudaría de nuestra casa. Ni siquiera se me había pasado por la cabeza que ella pudiera no querer mudarse al nuevo apartamento.

—Tal vez deberías mantenerlo como un refugio. —Su vocabulario en inglés era preciso y frío. Normalmente hablábamos en portugués entre nosotras, era parte de lo que compartíamos. Se inclinó hacia adelante, buscando su libro.

—Graça, ¿no te alegras por mí? —pregunté, como una patética niña que no tiene el favor de su madre.

Se miró las manos y después a mí.

—No. No me gusta. No me parece bien.

—¿Qué quieres decir?

—Toda tu vida has seguido tu corazón.

—No —dije con calma—, construir mi negocio siempre ha sido lo primero.

Fue un momento crucial para darme cuenta. ¿A quién quería engañar? Era lo que el profesor había intentado decirme en Jerusalén. Yo siempre había sido egoísta; nunca me había merecido más.

—¿De verdad? —dijo Graça, sin tratar de ocultar su desacuerdo.

—Sí, es lo que me impulsa. —Jugué con el anillo. Era cierto, siempre me había motivado la ambición. El amor que había tenido en el camino había sido suerte. La decisión que había tomado esa noche, me decía a mí misma, era honesta; reflejaba quién era yo en realidad. No era digna del amor verdadero. Lo había demostrado una y otra vez. Mi opinión de mí misma nunca había sido tan baja, *ma chère*.

—Si tú lo dices. —Cerró el libro, lo recogió y se levantó para irse—. Aparte de estar sorprendida, no tuve ningún problema cuando viniste a casa con el Señor Isaiah. Incluso después de la primera tarde, cuando tocó música solo para ganarse mi simpatía, me di cuenta de que, aunque no era lo que tenías con el Senhor Charles, era algún tipo de amor. Pero este tal Jimmy Mitchell, es… hortera, tiene dinero, pero no tiene gusto. *Senhora*, él no está hecho para ti.

—¿Cómo lo sabes?

—Yo… he leído sobre él. —Hubo una ligera vacilación en su voz. Era una mentirosa mediocre y sin experiencia.

Entonces caí en la cuenta.

—¿Te ha seguido la pista?

Me miró fijamente.

—Lo conociste, ¿no es así? —Le devolví la mirada.

—Era muy insistente. —Suspiró, sentándose de nuevo—. Al principio le dije que no, que no era de mi incumbencia.

—¿Pero?

—Pero dijo que, por lo poco que sabía, el hombre con el que estabas a punto de casarte era asunto mío.

—¿Eso fue lo que dijo?

—No lo sé, Rosa —dijo, haciendo un gesto exasperado—. ¿No podrías haberme dicho algo? ¿En qué podía pensar? —Su rostro se ensombreció—. Insistió en almorzar conmigo.

—¿A dónde te llevó?

—A Lutèce —dijo, sonriendo de mala gana—. Cree que puede comprar cualquier cosa.

Le devolví la sonrisa, aliviada de que se estuviera relajando.

—¿Qué te preguntó?

—Todo y nada. Debe haber contratado a un detective privado. Sabía del Senhor Charles y del Señor Isaiah. Incluso sobre tu soldado alemán. Sabía de tus negocios, todo lo relacionado con Maison Dumarais y Beija Flor, lo que valen. No había nada que pudiera decirle. Tuve la sensación de que lo que realmente quería saber era por qué me había quedado contigo.

Sentí un escalofrío ante esta intromisión. Graça y yo compartíamos una intimidad en la que nadie se había entrometido, no desde la muerte de Charles.

—¿Sabía lo de Laurin?

—No, fue extraño, no lo mencionó. —Hizo una pausa—. Fue divertido, ¿sabes? El restaurante elegante, el coche. Envió a su chófer a recogerme y después regresó en la limusina conmigo. Pero esa fue solo una estratagema.

La miré de manera interrogativa.

—Para entrar y ver el apartamento —explicó.

—¿Entró aquí?

Se encogió de hombros.

—Me pareció grosero negarme.

Quería enfadarme, pero no tenía derecho. Las dos sabíamos que yo debería haberle contado mi plan desde el principio.

—¿Qué dijo?

—No mucho, se paseó mirando y levantando cosas. Dijo que tenías clase, que él no tenía estilo y que necesitaba mi ayuda. Me convenció de que volviera al coche, me llevó al distrito de los diamantes y me hizo elegir el anillo para ti.

—¡Ahí está! —jadeé, levantando la mano izquierda—. Eso explica por qué es perfecto. —Me lo quité del dedo y lo puse sobre la mesa.

—Sí, tuve que apartarlo de las enormes rocas solitarias. Oh, *senhora* —exclamó—, no tiene ni idea. ¿Cómo puedes considerar casarte con él?

A pesar de su evidente desesperación, me reí.

—Pero Graça, yo no lo amo. No voy a estar con él de esa forma.

—Exacto. No lo amas. —Negó con la cabeza—. No deberías casarte con él.

—Pero no le estoy engañando.

Levantó las cejas y se encogió de hombros.

—No estoy preocupada por él. Estoy preocupada por ti.

—¿Por mí? ¿Cómo puedo salir herida? —Hasta yo pude notar que mi voz sonaba a la defensiva y estaba llena de quejas.

—Rosa, este hombre está acostumbrado a salirse con la suya. Es inteligente y poderoso. Puede ser mejor que tú.

—Oh, creo que somos un buen equipo.

—No lo sois —se burló—. ¿Qué sabes tú de él comparado con lo que él sabe de ti? ¿Qué le has ofrecido?

—¿Qué es lo que saca él? —Me miró fijamente.

No tenía nada que decir.

—Dime, ¿quién ha conseguido el mejor trato esta noche? Y no digas que fuiste tú.

—Graça, no necesito tu ayuda. —Mi voz se endureció—. Sé cómo manejar mis asuntos. Esto funcionará, créeme. Puedo ser más astuta que él.

Graça no respondió durante un rato, simplemente se sentó encorvada sobre la mesa. Jugó con el anillo y después se sentó y me lo dio. Me lo puse de nuevo.

—Aprendí sobre las gemas cuando hiciste la colección *Cintilante* en Río —dijo en voz baja. Me alivió que pareciera haber renunciado a intentar disuadirme.

—¿En Maluf Gem Exports? —Sonreí—. Eso fue hace mucho tiempo. ¿Qué te hizo pensar en eso?

—Pensé que nunca te perdonaría que hubieras hecho que me enfrentara a Sé de esa manera.

—Solo quería protegeros a ti y a tu prima. La policía no habría hecho nada.

—En ese momento, no sabía de dónde venías. Estaba enfadada. —Me miró, con la tristeza grabada en su rostro—. Esta vez eres tú la que necesita que la protejan, Rosa. Estás lejos de la realidad. Laurin nació porque tu padre te entregó como un juguete a Schleich. Jimmy Mitchell es un hombre que juega, ¿estás preparada para ser su nuevo juguete?

Me levanté de un salto.

—No seré el juguete de nadie, nunca más.

—Entonces no dejes que juegue contigo —suplicó.

—No lo haré. Es un contrato sencillo. Él consigue lo que quiere, yo obtengo lo que necesito. Es un buen trato.

—*Senhora*, tienes que escucharme. —Volvió a hablar en portugués—. Te estás engañando. Ven, por favor. —Me tomó de la mano y me llevó por el pasillo hacia la entrada donde estaban mis espejos de cuerpo entero.

—Mira, ¿qué ves? —dijo.

Me examiné y me llevé una mano a la cara. El azul del vestido realzaba mis ojos; Graça había elegido el zafiro para que hiciera juego con ellos. Era un tono más oscuro, pero no mucho más.

—¿A mí?

—No. Hace muchos años me pediste que me mirara en el espejo. Me enseñaste a mirar más allá de la miseria de mi ropa, para ver quién era, quién podía ser. Ahora, te pido lo mismo. ¿Qué ves?

—¿Una mujer que todavía se ve bien, que parece diez años más joven de lo que es?

Graça se burló de mi vanidad.

—Veo una ilusión. El maquillaje, el pintalabios rosa, la sombra de ojos azul y esas ridículas pestañas. *Senhora*, tienes cuarenta y tres años y vas maquillada como una adolescente. Si te casas con este hombre y entras en esta gran farsa, creo que perderás de vista quién eres. Y yo odiaría eso.

Me miré fijamente al espejo y solo vi la máscara que me pintaba cada día para enfrentarme al mundo exterior. Graça era la única persona que me conocía y me amaba.

—Te equivocas, pero no te obligaré a mudarte. Puedes quedarte aquí. Es tu casa tanto como la mía. De hecho, la escrituraré a tu nombre. Y en cuanto al amor, no tengo ganas de volver a amar. Los negocios son todo que me queda.

Me acerqué al espejo y me quité las pestañas postizas. Graça me las arrebató y las apretó en su puño.

—Sea cual fuere la verdad —dijo con tristeza—, estas no curan el dolor. Tan solo lo cubren.

Y las dejó caer en la papelera que había bajo la mesa del salón.

21

Paracetamol

Te duele la cabeza; debe ser el cansancio por escucharme. Toma, te daré uno de estos. Cuando era joven, el único calmante que conocía era la aspirina, pero poco a poco se han ido ampliando las opciones. Hoy en día no tengo tantos dolores de cabeza; mis molestias son diferentes. Hago todo lo que puedo para mantener mis articulaciones flexibles y móviles, pero la artritis viene de dentro. Por mucho que lo desee, por mucho que luche contra ella, no puedo detener el envejecimiento. Puedo ralentizarlo, pero no más. Hoy en día es más probable que utilice ibuprofeno para el dolor y que me reserve una dosis baja de aspirina para mantener la sangre sana, pero a finales de los años sesenta, para la población, el paracetamol había usurpado el lugar que ocupaba la aspirina como principal analgésico.

Nunca he sufrido mucho de dolores de cabeza, excepto en ese periodo de mi vida. Durante el compromiso, y la preparación de esa farsa de boda, a veces sentía que mi cabeza iba a estallar. Era como si hubiera una bestia malévola comiéndome por dentro, royendo mi cerebro. Empecé a tomar paracetamol sin parar.

Todo empezó con la atención a la prensa. Nuestro romance «relámpago» apareció en los periódicos y en las revistas después de su propuesta en el Four Seasons, y para alimentar el hambre de pulgadas en las columnas de noticias sociales, filtré historias a amigos periodistas que conocía del Village sobre mi vida en París y en Río. Muy pronto, Jim (le dije que tenía que dejar el Jimmy; le faltaba seriedad) se encontró con invitaciones a todas partes. Nos casamos seis meses después, en los que diseñé una nueva colección para lanzar la tienda, y amueblé y equipé su ático, su oficina y mi apartamento, *ma chère*. Empecé revisando su oficina y después me hice cargo de su ático, llevándole a las inauguraciones de las galerías y a conocer a los artistas. Esto le dio el pistoletazo de salida a una nueva y fascinante pasión. Tenía que elegir los cuadros para sus paredes porque en cada galería que visitábamos se alejaba de los óleos, dibujos, grabados y acuarelas, y lo encontraba frente a las esculturas, tocándolas y sintiéndolas tanto como viéndolas. Me gustó ver que compraba buenas piezas, y aún más que pareciera realmente conmovido y emocionado por ellas. Anulé todos los pedidos de su diseñador de interiores y empecé de cero, centrándome en sus esculturas más que en los muebles vistosos. Y durante dos meses le prohibí la entrada.

Cuando por fin dejé que viera mi trabajo, me sorprendió lo emocionada y nerviosa que estaba. Estábamos de pie frente a la escalera que había encargado en un principio, que bajaba desde los dormitorios. Había dado instrucciones a los obreros para que quitaran todo el dorado y recuperaran las barandillas con plástico ABS blanco; era mi broma privada: es el mismo material que se utiliza en los bloques de Lego, por lo que me parecía apto para el apartamento de un magnate de la construcción. Poco podía hacer con el suelo de mármol marrón, así que compré una gran cantidad de preciosas alfombras hechas en Persia. Utilicé los colores de las alfombras y pinté las paredes en tonos complementarios de naranja, perla, beige y rojo. Ahora no lo haría así, pero entonces tenía una nota perfecta de modernismo y misticismo oriental. Sus dos esculturas más grandes, una Moore y una Hepworth, estaban a ambos lados de la escalera, y en el rellano donde la escalera se curvaba sobre sí misma, un gran Buda de bronce que no había visto antes estaba sentado meditando con toda tranquilidad. Caminó por el vestíbulo, rodeando cada una de sus estatuas, y después subió los escalones hasta el Buda. No emitió ningún sonido y no pude determinar su reacción; me había dado cuenta de que gran parte de su éxito empresarial podía ser atribuido a su perfecta cara de póquer. Bajó los escalones, tomó mi mano y la apretó contra sus labios.

—Si no lo hubiera hecho ya, Rosa, te pediría que te casaras conmigo ahora mismo.

Sentí que el rubor me recorría la cara.

—Nunca lo hiciste; yo sugerí nuestro compromiso.

—Y yo, nuestro matrimonio. —Todavía me sujetaba la mano. Era la primera vez que me tocaba cuando no había una horda de fotógrafos de la prensa.

Me desprendí de su mano y extendí los brazos.

—Bienvenido a tu casa.

Nuestro acuerdo requería una boda a lo grande. Almorcé con los columnistas sociales de los principales periódicos y revistas de moda de Nueva York y consulté con Forbes, y en dos semanas tenía una lista de invitados que incluía a todas las personas que debían ser vistas en un evento de este tipo, y a todas las personas que no eran vistas habitualmente pero que eran necesarias. Después incluí a algunos amigos que conocía de la parte más bohemia de la ciudad, para darle algo de teatralidad.

Por supuesto, tuve que diseñar un vestido y hacer que lo hicieran, pero esa era la menor de mis preocupaciones. Debería haber contratado a un organizador de bodas, pero sabía demasiado bien lo que quería y, honestamente, dudaba de que alguien pudiera lograrlo. Visité papelerías, cocineros, floristas, empresas de alquiler de limusinas, sastres (para Jim); me reuní con sacerdotes y abogados, recorrí iglesias, hoteles y salones de fiesta. No tenía ni idea de lo que suponía organizar una boda; aquello era un negocio por sí solo. Y cada mañana me despertaba con un dolor de cabeza que duraba todo el día, nunca tan fuerte como para tener que acostarme, pero sí lo suficiente como para que me molestara en todo momento, interfiriendo en cada uno de mis pensamientos y decisiones. De alguna manera, también me las arreglé para acudir a citas médicas y me sentí decepcionada por mi buen estado de salud. El diagnóstico de los médicos fue «estrés». Me quedé perpleja; la presión del trabajo jamás me había causado estrés.

Graça y yo nunca retomamos la discusión que tuvimos la noche en que llegué a casa con el anillo. Pero la mañana de la boda le pedimos a Alejandra, el ama de llaves de Costa Rica, que fuera testigo de mi entrega del apartamento a Graça. Cuando volvimos a estar solas, Graça me miró por encima de la mesa de la cocina. Ninguna de las dos había podido desayunar mucho.

Puse los documentos en un sobre y se los pasé.

—Son tuyos. Ahora es tuyo.

Atrapó el sobre de papel manila bajo sus uñas que brillaban como perlas; las había dejado crecer ahora que ya no se dedicaba a las tareas domésticas.

—¿Y tienes todo lo que necesitas para el negocio? —pregunté.

Había nombrado a Graça directora general en funciones de la Maison Dumarais mientras yo estaba de viaje. Ella me había acompañado cada vez más al trabajo y conocía el negocio como la palma de su mano, y yo le había hecho los bocetos iniciales de la próxima temporada para que el equipo de diseño trabajara en ellos. Ambas sabíamos que se lo tomaría con calma.

—Sabes que está todo controlado, y si hay algún problema me pondré en contacto contigo. Tengo tu itinerario; siempre puedo llamarte o enviarte un fax si surge algo que no pueda manejar. —Dio un golpecito al sobre—. Hay una cosa más, Rosa.

—¿Qué?

—¿Estás segura? —fijó sus ojos oscuros en los míos—. No es demasiado tarde, podríamos romper esto y quedarnos como estábamos. Si es solo una cuestión de orgullo, mejor dejarlo ahora.

Me acerqué a la mesa y le tomé la mano.

—Funcionará. Estaremos bien.

Liberó sus manos y se levantó.

—Entonces, Senhora Dumarais, creo que es hora de que nos pongamos nuestros vestidos de boda.

Graça fue mi dama de honor. Llevaba un vestido sencillo de seda color crema con tirantes, que le llegaba hasta las rodillas y le permitía lucir su hermosa figura. Estaba preciosa. Los brazos y los hombros quedaban cubiertos por una fina gasa de seda que le llegaba hasta el cuello y las muñecas. Era perfecto y discreto, y había sido fácil de diseñar.

El mío había sido más complicado. No sé qué había sido del vestido de la Fidelidad que había llevado cuando Charles y yo nos casamos. Había capturado el romance, la emoción y el amor vertiginoso que Charles y yo habíamos sentido. Había sido ridículo intentar meterlo en la pequeña oficina de registro de la alcaldía del distrito. Pero ahora me enfrentaba a una boda de la alta sociedad, en la que habría cámaras, prensa y un montón de invitados. Me sentí exhausta y paralizada por el inminente acuerdo, y luché por estar inspirada.

Entonces se me ocurrió la idea. Se trataba de un acuerdo contractual y en circunstancias normales dos socios comerciales irían vestidos de traje para firmar un contrato. Cuando Graça me acompañó hasta el pasillo, algunos fotógrafos la confundieron con la novia y supusieron que era yo quien la estaba entregando, porque llevaba un traje de seda blanco. Había escogido el diseño de una chaqueta de seda basada en el original del *Bar*, pero lo había actualizado: la caída era más suelta, pero seguía marcando la cintura, y se abrochaba con dos perlas grandes en lugar de tres. Colgaba sobre un pantalón estilo marinero de *charmeuse* con las piernas anchas. Quería recordarle a Jim que no se trataba de una boda de cuento, sino de un acuerdo comercial.

Jim se mostró poco flexible a la hora de llevar esmoquin, a pesar de que era una boda de tarde. La única concesión que me permitió negociar fue que fuera de seda de color blanco o crema. No pude hacerle entender que un esmoquin solo debía lucirse por la noche. Nunca he sido partidaria de vestir ropa inapropiada; de hecho, no tendría muchas ventas si la gente no comprara piezas para diferentes ocasiones.

Cuando llegué hasta donde esperaba Jim en el altar, parecía un poco sonrojado. Habíamos ensayado la boda (para planificar dónde se colocarían los fotógrafos) y ya habíamos practicado los votos, pero eso no significaba nada. Sin embargo, de pie frente a los bancos abarrotados, mirando la cara de Jim mientras recitaba la liturgia católica, me inquietó. Mi propia voz temblaba mientras me comprometía a él: *En lo bueno y en lo malo, en la riqueza y en la pobreza, en la salud y en la enfermedad.* La solemnidad de los votos me afectó de forma totalmente inesperada. Cuando el sacerdote nos pidió que nos besáramos, Jim me envolvió en un abrazo dramático, inclinándome con facilidad y presionando sus labios contra los míos. Mientras la congregación aplaudía, me volvió a levantar.

—Soy un hombre afortunado —susurró antes de soltarme, y se inclinó sonriendo hacia los bancos. Fijé una amplia sonrisa en mi rostro y agarré el ramo con fuerza entre mis manos temblorosas.

Si no había apreciado lo mucho que iba a cambiar mi vida, lo hice en el momento en que entré en la cabina de primera clase del jumbo. Nunca había viajado en primera clase, no te sorprendas, *ma chère*. Como mujer de negocios, jamás dejé de contar cada centavo que gastaba. En mi opinión, los gastos se restan de los beneficios. Eso era algo que Izzy me había inculcado; nunca estaba seguro de cuándo se le acabarían las reservas.

Todos mis vuelos con Izzy no sirvieron de preparación para el jumbo. No había volado mucho durante el último año cuando subimos a bordo y me maravilló su amplitud. En los años siguientes, nos acostumbramos a volar con el *Concorde* a Londres para realizar breves viajes. Siempre me hacía pensar en el *Titanic* y en cómo su primera clase estaba llena de la *crème* de la *crème* de la sociedad neoyorquina y londinense. La idea de semejante concentración de riqueza me ponía nerviosa. Ninguna cantidad de caviar o de champán gratuitos me convencería de que yo era algo más que otra sardina en una lata apretada. Pero esto todavía pertenecía al futuro; el jumbo era diferente. En él me sentía segura, como si estuviera en una especie de crisálida.

Un chófer trajeado y con gorra se reunió con nosotros en la zona de llegadas VIP de Heathrow y transportó nuestros montones de equipaje a juego. Un viaje de última hora a Neiman Marcus por parte de Graça me había asegurado ese aspecto tan importante de llegar al aeropuerto con maletas Louis Vuitton a juego, en forma de pirámide, decoradas con el reconocible motivo «VL» entrelazado. Y después nos sentamos solos, separados del chófer por cristales tintados en la parte trasera de un Rolls-Royce, y atravesamos el tráfico londinense en hora punta mientras los coches iban dejando paso.

Hasta ese momento nunca había estado realmente a solas con Jim. En el jumbo él había pasado la mayor parte del tiempo en el bar del compartimento de primera clase, bebiendo champán y codeándose con los demás hombres, que se dedicaban a evaluar a los demás. Nos sentamos en silencio. Tenía sueño y me dolía la cabeza. Había sido un largo día: la boda, la recepción y después el vuelo por la noche. Habíamos reservado la mejor suite del Savoy. No estaba acostumbrada a semejante lujo, pero era necesario. El objetivo de la luna de miel, en mi opinión, era posicionarnos una vez más como la pareja más nueva y poderosa en llegar al escenario de Nueva York para cuando volviéramos.

La suite imperial constaba de dos habitaciones, cada una con su propia pirámide de maletas Louis Vuitton y baño contiguo, y entre los dormitorios había una sala de estar amueblada con gusto y un comedor. El mobiliario y los accesorios venían de la *belle époque*. Mientras Jim se paseaba examinando los soportes de las lámparas y los ceniceros, yo miraba el río Támesis. Se veía sombrío y oscuro bajo el cielo plano y blanco, pero justo delante los jardines del hotel estaban llenos de árboles, matorrales decorativos y pequeños arbustos de rododendro en flor. El verde de la hierba estaba interrumpido por macizos de narcisos, algunos blancos, otros amarillos. El dolor que me había partido la cabeza sin cesar pareció disminuir.

—Oye, Rosa, esto del matrimonio va a ser genial —dijo Jim—. Soy bueno ganando dinero y veo que tú me vas a ayudar a gastarlo bien.

Todavía no sabía leerle, por lo que no estaba segura de si estaba hablando en serio o estaba dando su aprobación.

—Tenemos que quedarnos aquí, o en algún lugar como este, para establecer el perfil correcto —dije, volviendo a las vistas.

Se acercó y se puso a mi lado en la ventana. Agarró la manilla y salió al balcón.

—Guau —dijo, volviéndose hacia mí, con una sonrisa que se extendía por su rostro, casi siempre inexpresivo. Parecía más joven y con los ojos bien abiertos. Lo atribuí al nuevo corte de pelo que le había hecho llevar: corto por todas partes, de modo que la calvicie de la parte superior formara parte de un conjunto elegante, en lugar de esconderse bajo una fregona grasienta.

—Vamos, sal.

Me puse mi rebeca y me uní a él apoyándome en la balaustrada de estuco.

—No me quejo. Ahora veo que no tenía ni idea. Coches rápidos, mujeres hermosas, lo tenía, pero esto, Londres... Nunca se me había ocurrido.

—No solo Londres, Jim. Vamos a hacer el Grand Tour.

—¿Qué es eso?

—Lo que todos los americanos ricos han estado haciendo durante siglos para conseguir cultura y sofisticación.

—¡Ja! —Se rio—. Tienes mucho trabajo por delante.

Le miré. Sus ojos estaban fijos en la distancia. Estaba irreconocible, sonriendo de oreja a oreja como un niño entusiasmado. Su sonrisa era contagiosa. La sensación de pesadez en mi estómago se aflojó.

—Este trato que tenemos, Rosa, será una gran inversión. Estoy seguro.

Me sentí como si me hubieran abofeteado y me volví para ver los barcos moviéndose contra la corriente de agua marrón turbia. Me encantaba mi negocio, pero ni siquiera yo sentía la necesidad de reducir todo a tratos e inversiones.

—¿Vas a decirme a dónde vamos? —preguntó, con los ojos todavía fijos en el Támesis.

—París, Ginebra, Venecia, Florencia, Roma y Nápoles.

—¿Y Viena?

—Viena está demasiado lejos. —No podía tener todo.

En nuestro primer día Jim quería pasear por las calles, pero yo quería visitar galerías y museos. Llegamos a un acuerdo. Tomó un mapa de la recepción y nos guio. Nos topamos con Stanfords mientras subíamos desde el Savoy por Covent Garden hasta el Museo Británico. Jim me arrastró al interior de la tienda. Se dedicó a examinar la variedad de mapas, abriéndolos y volviéndolos a colocar en su sitio, para encontrar los que fueran perfectos. Me di cuenta de que leer un mapa, trazar el contorno de las ciudades, las carreteras y las montañas, era algo natural para un hombre cuya riqueza se basaba en la tierra y la propiedad. Después insistió en ir a Carnaby Street. Yo estaba fascinada por el desfile de chicas en minifalda, de hippies con sus maxis e incluso de algunas con pantalones sexis. Jim apenas se fijó en ellas; prefirió mirar los edificios, e iba señalando la ecléctica mezcla de estilos y épocas. Toleró mi interés por las tiendas, pero después de entrar en una pequeña boutique llena de faldas étnicas, tops de colores y vaqueros con flecos, me esperaba fuera cada vez. En la calle principal, los hombres con trajes bien hechos lucían bombines y llevaban paraguas; la influencia de Mary Quant seguía por todas partes.

A la mañana siguiente, después del desayuno, Jim extendió sobre la mesa un gran mapa de Europa que había comprado en Stanfords y se sentó encorvado sobre él bebiéndose un café.

—¿Vamos en avión? —preguntó, pasando el dedo por el Canal de la Mancha hasta Francia.

Lo consideré un momento.

—No, Europa es tan pequeña que vamos a viajar en tren. Verás más cosas.

—¿Qué tal si vamos en coche? Podríamos alquilar uno, o comprarlo, un buen coche, y viajar así.

—Esto no es como Estados Unidos, Jim. Las carreteras no son tan buenas, están más concurridas. Tardaríamos una eternidad.

—Tenemos tiempo. —Siguió recorriendo con el dedo las carreteras marcadas en rojo que unían los centros de comercio y cultura europeos—. Todo el tiempo que otros recién casados pasan de otra manera podríamos conducir. —Tomó un sorbo de su café—. A no ser que tengas alguna idea mejor.

Hice una pausa, desconfiada, pero su tono no delataba nada; su cara se volvió hacia el mapa. Por muy claro que fuera nuestro acuerdo, ahora que estábamos de luna de miel era algo inquietante. Sabía a qué atenerme, pero a veces, por un momento fugaz, tenía la clara impresión de que me estaba tomando el pelo. Tenía que elaborar una estrategia. Iba a demostrar que Graça se equivocaba.

—No, ya tengo todo reservado —dije—. Reprogramar todos los hoteles sería una pesadilla. De esta forma veremos mucho más.

Al día siguiente, dejé a Jim en la sastrería de Savile Row. Le estaban probando algunas chaquetas deportivas y trajes para el trabajo, así como un buen esmoquin. Se había opuesto por los precios, pero yo había insistido, argumentando que la vestimenta era la clave de la vida social y que había suficientes esnobs en las altas esferas de la sociedad de Manhattan como para que un nuevo vestuario de Savile Row marcara la diferencia. Al igual que muchos hombres, comprar ropa no era su idea de divertirse, pero los sastres y ajustadores estaban acostumbrados a manejarse con los clientes poco dispuestos, y lo dejé en sus manos. Mientras tanto, tomé un taxi hasta Kings Road. Tenía que ver y sentir la moda londinense por mí misma.

No me sorprendió encontrarlo de vuelta en nuestra suite antes que yo. Estaba sentado en uno de los sofás, con las piernas cruzadas y una mirada de satisfacción.

—¿Cómo fue la prueba? —le pregunté cuando la puerta se cerró tras de mí.

—Bien. —Se encogió de hombros—. La ropa estará lista la semana que viene, o podemos recogerla cuando volvamos.

Su tono impersonal sugería que no era la ropa lo que le hacía feliz, así que miré a mi alrededor en busca de cualquier otra cosa que se hubiera colado en la habitación.

—Ya veo. —Dejé mis bolsas en el suelo. Además de algunas compras necesarias en Mary Quant, había adquirido una variedad de suéteres de cachemira en el Burlington Arcade para los dos, para el invierno—. ¿Y las camisas?

—Volví a Jermyn Street —suspiró, sin ocultar su desinterés—. Misma historia.

Hice un rápido examen de la habitación que no reveló nada nuevo, excepto una bandeja con un juego de té de plata que incluía un soporte de varios niveles con sándwiches, pasteles y bizcochos.

—¿El té sigue caliente? —pregunté.

—Sí, el servicio de habitaciones acaba de traerlo. Únete a mí. —Dio una palmadita en el espacio junto a él.

Me senté.

—¿No hay más mapas, Jim? —Había una pequeña pila junto a la bandeja. Levanté el mapa de carreteras más grande que tenía delante, y allí, debajo, había dos juegos de llaves de coche. El logotipo «RR» estaba estampado en plata en las etiquetas de cuero negro.

Anulé nuestros billetes de tren y fuimos a París en un Rolls de dos plazas descapotable.

Dos días de turismo en París fueron suficientes para él, y ahora que Madeleine Fournel había fallecido (asistí a su funeral en el 68), no había razón para que insistiera en quedarme más tiempo. Jim quería abrir una cuenta en un banco suizo, así que al día siguiente partimos hacia ese país. Ahora que le había encontrado el gusto a conducir, anulé también todas las reservas de hotel para darnos más flexibilidad. Envié un fax a Graça para que lo supiera, pero sabía que no se alegraría. Si necesitaba ponerse en contacto conmigo, ahora no sería tan fácil.

No es que Jim se entretuviera —conducía de forma constante en el límite legal—, sino que insistía en parar el coche a menudo para apreciar mejor una vista, o para mirar un castillo o una iglesia, o para hallar un sitio donde comer. Cada vez que parábamos, ya fuera en un pueblo o en una gran ciudad, lo más predecible era que detectara una oficina inmobiliaria y escudriñara el escaparate, calculando el valor del terreno y de la propiedad, y comparándolo con el norte de Nueva York y el centro de Manhattan. Conocía los valores inmobiliarios de todas partes a lo largo de la Costa Este y le gustaba mantener la nariz en el suelo.

Pasamos dos días en Ginebra. Me quedé en nuestra habitación de hotel tomando paracetamol para calmar el cuchillo que me atravesaba el cerebro, mientras Jim visitaba los bancos privados y se sentaba en la habitación a garabatear notas en un cuaderno de cuero, comparando las tarifas y las condiciones.

Sabía que Laurin ya no estaba en San Galo, pero estar de vuelta en Suiza me bajó el ánimo. Para ser honesta, *ma chère*, estaba descubriendo que nuestro acuerdo era agotador. Mi nuevo marido nunca insinuó nada inapropiado, era todo consideración, pero me sentía incómoda cuando estábamos solos. Después de todo, éramos unos extraños. Me sentía como si estuviera actuando, no viviendo, y eso me hacía sentir mal. Sentada y sola en la habitación del hotel de Ginebra, me resultaba difícil no pensar en el pasado, en lo que había dejado atrás. Jim parecía ajeno a cualquier posible causa de mis dolores de cabeza y trató de animarme con una visita a Vacheron Constantin, la relojería. Ambos salimos con un bonito reloj.

Era fácil dormir en el Rolls; la tapicería de cuero crema era suave. Cuando me desperté, miré la hora en mi nuevo y elegante reloj, admirando el marco dorado alrededor de una sencilla esfera blanca, que estaba sujeto con una correa de cuero también blanco. Habíamos conducido durante cuatro horas desde que salimos de Zúrich (Jim se había desviado hasta allí para asuntos financieros). No tenía ni idea de dónde estábamos, pero supuse por las señales de tráfico que seguíamos en Suiza, y no en Austria como esperaba.

—Bienvenida de nuevo —dijo, girando la cabeza para mirarme—. Has dormido mucho.

—¿Dónde estamos? —Me incorporé y bostecé.

—Bueno, he mirado el mapa y he pensado que sería divertido tomar un atajo por las montañas en lugar de pasar por todas esas ciudades austriacas.

—¡Atajo! —Ahora estaba muy despierta.

—Claro, esto era cerca de la mitad de la distancia. —Miraba fijamente hacia la carretera, con las manos en el volante.

Estaba molesta; había querido ir a Austria.

—No existe tal cosa en las montañas —dije.

—De verdad, he comprobado el mapa detenidamente. Esta ruta es más directa y cortamos camino por un paso. Solo es un trayecto más corto.

—Siempre es más rápido ir por los grandes valles. Los pasos pueden ser traicioneros y, de todos modos, nunca son tan directos como parecen si tienes en cuenta las curvas.

—¿Qué curvas?

—Las curvas de serpentina. No aparecen en los mapas.

La carretera era ancha y recta. Me sentí un poco tonta. Tal vez estaba armando un escándalo demasiado grande.

—Confíe en mí, señora Mitchell. —Se volvió hacia mí y sonrió. Miré por la ventana. No me gustaba cuando sonreía. Me hacía sentir como un ratón en un juego de gatos.

Subimos por un valle llano. Un lago azul como el hielo llenaba la cuenca que un glaciar había excavado hacía milenios. Paramos a comer en las afueras de Davos. El aire era cortante y frío, y el cielo era de un azul muy claro que no había visto en muchos años. Era junio, y las cimas de las montañas estaban todavía espolvoreadas de nieve. Comimos *rösti* y salchichas y mi cabeza pareció despejarse.

Cuando el coche empezó a subir y subir a primera hora de la tarde, comencé a preguntarme a dónde íbamos. Me obligué a pensar, a recordar lo que había apartado de mi mente tantos años atrás. No hay tantos pasos de Suiza a Italia. Solo había unos pocos pasos hacia Italia, uno de los cuales cruzaba Falstal. Miré a Jim. Estaba concentrado en conducir. Tenía que ser una coincidencia, razoné. Era la ruta más directa en línea recta. El dolor me golpeó de nuevo en la sien. Me incliné hacia delante para buscar más paracetamol. Decidí que dormiría hasta que estuviéramos a salvo en Vinschgau, el valle principal que nos llevaría directamente a Venecia.

El sonido del portazo de Jim me despertó. Los abetos que cubrían la ladera de la montaña frente a mí parecían casi negros en la sombra que llegaba hasta el fondo del valle. Era tarde. Me pregunté por qué nos habíamos detenido y me bajé. De inmediato el aire frío me golpeó; teníamos que estar muy arriba. Busqué a Jim. Estaba de pie junto a un portal situado en un muro bajo de piedra, frente a un cementerio. Un muro de piedra conocido, una puerta conocida. Me giré para estar segura, para confirmar lo que ya sabía, para ver las fachadas pintadas de Oberfals justo detrás de mí. Fue como una descarga eléctrica. De repente, estaba completamente despierta.

Me abalancé sobre Jim. Abrí la boca para gritarle, pero antes de que pudiera hacerlo, me puso el dedo en los labios.

—¡Shh! Ya me echarás la bronca más tarde. Ahora mismo, vamos a entrar aquí para averiguar qué es lo que pasa.

Estaba temblando y no podía moverme. Me tomó del codo y me hizo avanzar. El cementerio estaba más lleno de lo que recordaba. Empecé a caminar de forma automática hacia las tumbas de mis abuelos, pero no pude avanzar más que unos pocos pasos al ver los nombres de personas que había conocido, jóvenes y mayores, grabados en las lápidas. El pomposo alcalde Gruber estaba bajo una losa, y el tendero Demetz bajo otra. Allí la parcela de Ramoser estaba más llena —por lo que pude ver, Rudi había conseguido mantenerse al margen—, al igual que los Holzners, los Mahlknechts y los Koflers. Entonces llegué a las tumbas de los Kusstatscher. Me detuve. Había una nueva lápida junto a la de mis abuelos, en la que se leía: *Norbert Kusstatscher, nacido en 1904, fallecido en 1953.*

—¿Esta es la de tu familia? —preguntó Jim después de un rato.

—Sí. —Levanté la vista y me alejé—. Es mi padre.

—Lo siento —dijo con suavidad.

Me di la vuelta para mirarlo.

—No hay nada que lamentar. —Le clavé la vista y me miró sin inmutarse—. No fue un buen padre.

—Así que tu madre sigue viva —continuó en el mismo tono calmado—. ¿Hay alguien más?

—Sí, mi hermana, supongo. —Una pequeña lágrima cayó por el rabillo del ojo. La ignoré.

Volvimos al coche. Dentro me sentí arropada y segura. Jim no hizo ningún intento de marcharse.

—Así que ¿de verdad nunca has vuelto? —Parecía sorprendido.

—No desde 1944. Ni una sola vez. —Cerré los ojos. El dolor de cabeza había regresado con fuerza.

—¡Veintisiete años!

—Era muy joven y estaba muy asustada cuando me fui.

Podía sentir sus ojos sobre mí.

—¿Estabas huyendo? —preguntó después de un largo rato.

—Sí, supongo que sí. —Abrí los ojos y le miré. Tenía una expresión que nunca había visto en él—. Pensé que estaba escapando a un lugar seguro.

—¿Y no era así?

Sacudí la cabeza.

—Tal vez he estado huyendo desde entonces —suspiré.

La sombra se extendía ahora por el coche. Recordé lo rápido que atravesaba el valle al anochecer. Pronto todos los árboles que trepaban por las laderas adquirirían un tinte azul verdoso. Volví a mirar a Jim y vi que en su rostro había preocupación de verdad. Estaba lleno de sorpresas.

—Me preguntaba... —Jim vaciló y después siguió. Rara vez dudaba—. Porque...

—¿Qué?

Se sentó erguido, se estiró la cara y continuó en su tono de siempre:

—Porque cuando realicé la debida diligencia había algunas preguntas sin respuesta, algunos agujeros negros. Y debido a nuestro acuerdo... digamos, quería una divulgación completa.

Lo fulminé con la mirada.

—¿Cómo te atreves? —dije, escupiendo las palabras con una furia glacial. Abrí la puerta, salí y la cerré de golpe, pero no había ningún lugar al que pudiera ir, así que me apoyé en el coche. Unos minutos después le oí abrir la puerta, y al poco tiempo el crujido de sus zapatos resonó en el suelo pedregoso.

—Lo habías planeado desde el principio —dije con frialdad. Graça tenía razón. Era peligroso.

—No —tartamudeó—. No, lo has entendido mal.

—¿Cómo? Estamos aquí, ¿no?

—Es cierto —concedió—, pero si no hubiéramos tropezado con la tienda de mapas y yo no me hubiera dado cuenta de lo pequeña que es Europa, y si el hombre que estaba delante de mí en la sastrería no hubiera presumido incesantemente del Rolls que acababa de comprar en Berkeley Square, y si no hubiera estado a una o dos manzanas de Savile Row, nunca habría comprado esto y no estaríamos aquí. Sí admito que iba a contratar a un detective privado en Londres o en París. Pero esto solo apareció de repente.

El dolor en mi cabeza chillaba, ensordeciendo sus palabras y mis pensamientos. Recuperé mi bolsa del coche. Tenía el paracetamol en un pequeño compartimento central. Me peleé con la cremallera para sacarlo.

—¿Esperas que crea que esto es casualidad? —dije, impregnando mis palabras de desprecio—. ¿Que traerme aquí, a mi pueblo natal, no fue planeado? —Saqué el frasco de pastillas.

—Sabes, Rosa, los mejores tratos que he hecho han sido así. Investigo, conozco todos los detalles, hago planes, pero siempre que he seguido mi instinto es cuando he conseguido un éxito. Y esto es como eso. Te he visto tomar las pastillas desde que nos comprometimos. Es el estrés. Hiciste un gran número redecorando mi oficina, los apartamentos, tu nueva colección, la tienda y la boda en esos pocos meses. Y después, los dolores recomenzaron tan pronto como empezamos a acercarnos. No puedes huir de esto, sea lo que fuere, toda tu vida.

Había conseguido desenroscar la tapa y me enfrenté a él sujetando el frasco en una mano y la tapa en la otra.

—¿Qué quieres que haga? —grité—. ¿Qué más puedo hacer?

—Quiero que vuelvas a meter el frasco en el bolso y me lleves al pueblo —dijo de nuevo con ese tono suave—. Vamos a buscar a tu madre y a tu hermana.

Se dirigió a su lado y subió al coche, pero yo me quedé apoyada en el frío metal. Intentaba no llorar: las lágrimas causan destrozos en un rostro maquillado. Hacia el final del valle, incluso con la luz oscura, pude distinguir el camino por el que Herr Maier me había llevado hasta el paso y hacia Suiza, que seguía serpenteando por debajo de los acantilados de color gris plateado. Hacía mucho tiempo que no veía nada de aquello, pero lo conocía mejor que San Galo, París, Río o Nueva York. Falstal estaba en mis entrañas. No era de extrañar que me doliera tanto intentar separarlo de mí; era como si me lo estuvieran amputando. Abrí la puerta del coche y subí.

—Dos cosas —dije sin mirarle.

—Sí.

—Una, quiero que sepas que estoy furiosa contigo.

Pude sentir, más que ver, su asentimiento.

—Supuse que lo estarías —dijo en voz baja—. ¿Y la segunda?

Le tendí el paracetamol.

—No los necesitaré más. Da la vuelta y después gira a la derecha, directamente hacia el pueblo.

22
Crema solar

Te ha sorprendido mi crema de día; es SPF 15, factor de protección solar 15. Te preguntarás por qué necesito protección solar en pleno octubre. Desde luego has oído hablar sobre las líneas, las arrugas y la luz del sol, *ma chère*. Hoy en día nunca salgo del apartamento sin protección solar a menos que sepa que habrá una gran nubosidad durante todo el día. Mejor una piel suave y pálida que una bronceada y carcomida. La crema solar original, la «crema glacial» de Piz Buin, fue desarrollada por un estudiante después de que se quemara por el sol escalando los Alpes suizos. Cuando era pequeña me quemaba en los primeros días del verano y después me volvía de un tono bronce dorado. En Río nos untábamos una crema espesa de manteca de cacao y aceite de coco para evitar que la piel se secara después del baño o de los paseos por la playa. A veces me frotaba con aceite de oliva mezclado con zumo de zanahoria para acelerar, no para impedir, mi bronceado. A principios de los años setenta todavía no estábamos paranoicos con el bronceado. De hecho, seguíamos intentando pasar tiempo al sol. Como no había planeado ir a la playa, Coppertone era lo único que no había metido en mi bolsa de aseo. Los Alpes no estaban en mi itinerario.

Jim esperó antes de girar el contacto. Me quedé mirando al frente hacia el bosque que se oscurecía y agarré mi nuevo bolso Chanel que había comprado en París. No era así como había imaginado el acuerdo que había hecho con Jim. Pensaba que, si yo era coqueta pero distante, podríamos establecer un orden en nuestros papeles con bastante rapidez. Pero no había planeado que él se involucrara personalmente en mi vida, y desde luego no tenía intención de que interfiriera. Era obvio que Jim tenía éxito en parte porque sabía cómo manejar una negociación difícil, pero su mayor habilidad era que sabía cómo jugar con la gente, cómo sacar lo mejor de ella.

Cuando salió del cementerio y giró a la izquierda en lugar de a la derecha como le había pedido, y me llevó por el valle hasta San Martín, no me sorprendió. Cuando llegamos al pueblo, las señales nos dirigieron a un hotel.

—Suficiente por un día. Nos quedaremos aquí si tienen sitio.

Las banderas italianas, suizas, alemanas y austriacas ondeaban en los postes que bordeaban el camino de entrada de guijarros blancos, y las jardineras rebosantes con geranios rojos alegraban los balcones. Jim aparcó el coche bajo un árbol.

—Conocí a la familia que vivía aquí —le dije en voz baja—, los Pernter. Tenían un hijo de mi edad, Hans. Siempre se metía en problemas por no ir a la escuela.

—¿Era un mal chico? —Jim frunció el ceño—. Tal vez deberíamos ir a otro lugar.

—No, tenía que ayudar en la granja. Sus padres siempre encontraban trabajo para él.

—¿Esto era una granja?

—Sí. Puedes ver lo que han construido sobre ella. —Señalé el rastro de la granja original y cómo se había ampliado hacia los lados y hacia arriba. En el marco de madera oscura sobre la puerta de entrada habían grabado con tiza blanca: *19*G+M+B+71*. La ampliación no había sido terminada; los balcones y las ventanas de madera estaban en su sitio, pero las tejas no estaban puestas. Un pequeño abeto se balanceaba en la cresta por encima de las vigas de madera. Había olvidado esta costumbre local, había olvidado cómo cada 6 de enero, para celebrar la visita de los Reyes Magos, se marcaban con tiza las iniciales de Gaspar, Melchor y Baltasar sobre la puerta de entrada. El hotel era más grande, más nuevo, más elegante que la granja de los Pernter, pero algunas cosas no habían cambiado.

La recepcionista era una joven vestida con un *dirndl*, con el pelo castaño trenzado sobre la cabeza. Sus ojos eran de un azul claro cuando levantó la vista para saludarnos. Era tan perfecta como una caja de bombones. Abrí y cerré la boca antes de hablar en italiano. Esto era San Martín, pero todavía estábamos en Falstal y yo aún no estaba preparada para ser nada más que una turista de paso. Aunque utilizara el *Hochdeutsch*, el alto alemán, en lugar del dialecto local, mi acento teñiría mis palabras y no podría evitar caer en la lengua vernácula.

Detrás de la recepción había una foto de los propietarios. Un Hans Pernter más viejo y regordete pasaba el brazo alrededor de una de las chicas Stimpfl, parecía la hermana pequeña de mi amiga Ingrid. En el retrato había tres niños junto a ellos. Miré a la recepcionista y la foto; era una de las hijas.

Para la cena me vestí y me pinté la cara con un maquillaje tupido y pálido. Me delineé los ojos con kohl e hice un mohín mientras me ponía capas de rosa pálido en los labios. Quería llevar una máscara. No me parecía en nada a mi yo juvenil con mi traje de pantalón de Ossie Clark. Solicité asientos en la esquina; el estilo tirolés de antaño creaba un lugar resguardado. Jim me dejó pedir la comida y el vino. Yo no tenía hambre y jugué con un *semmelbrot*, partiéndolo en trozos mientras él comía un *minestrone*. Una mujer de mediana edad bien vestida con un *dirndl* de corpiño rojo, falda larga azul y delantal estampado se paseaba saludando a los huéspedes. Se parecía a la madre de Ingrid y me di cuenta de que era su hermana, la que se había casado con Hans. Me empujé en el asiento de cuero, con la esperanza de hacerme invisible. Frau Pernter pareció no verme y desapareció en la cocina.

—Irmgard —dije, acordándome de repente.

—¿Qué? —Jim me miró desconcertado, con la cuchara a medio camino de su boca.

—Se llama Irmgard, la dueña; era amiga de mi hermana.

Asintió con la cabeza y tragó saliva antes de decir:

—¿Podrías preguntarle por tu hermana?

—No, ahora no, Jim —dije—. ¿No ves que me estoy volviendo loca? Dame un poco de tiempo.

Después de eso no pude hablar, pero el silencio no pareció importarle. Jim habló por los dos. Habló de su idea de comprar un inmueble en Europa, de cómo estaba sopesando los pros y los contras de Londres y de París. Yo sonreí y asentí con la cabeza, pero apenas pronuncié una palabra.

Había pedido trucha salvaje para los dos. Mientras mordía la pálida y suave carne, otro recuerdo volvió sin avisar: había olvidado cómo este pescado blanco y delicado sabía de alguna manera a tierra. Me pregunté cuánto más habría olvidado. Cuando los platos estuvieron vacíos, bebí vino blanco ligero del Etschtal y me decidí.

—Quiero quedarme otra noche. Mañana me gustaría dar un paseo.

—¿Un paseo? —Parecía sorprendido.

—Sí, sería un pecado estar aquí y no pasear. Entonces, mañana por la noche, tendré más ganas de hablar.

Dar las buenas noches fue incómodo. Habíamos reservado dos habitaciones contiguas. Nadie nos conocía aquí, no teníamos que fingir, pero mientras Jim me acompañaba a la puerta sentí un tirón de algo. Ya fuera gratitud o no, se trataba de alguna emoción. Se puso detrás de mí mientras yo buscaba la llave en mi bolso.

—¿Sabes por qué acepté tu oferta? —me preguntó de repente.

Encontré la llave y levanté la vista.

—La verdad es que no —dije—, no tengo ni idea.

—Fue lo que dijiste sobre ser un espíritu afín —dijo—. No hay mucha gente como nosotros. Pero lo que nadie entiende, pero creo que tú sí, es que no es más solitario en la cima, al menos no más que cuando empezamos.

Puse la llave en la cerradura.

—Pero tú lo entiendes, ¿no?

Giré la llave y la puerta se abrió.

—Este mundo, este valle, era demasiado pequeño para ti. Nada iba a mantenerte encerrada entre estos árboles. Tenías que salir. A mí me pasó lo mismo en Monticello. Si hubiera nacido aquí, también habría escapado.

No estoy segura de quién se sorprendió más cuando me giré y le di un beso en la mejilla.

—Gracias —murmuré en su oído. Fuera de la mirada de la prensa neoyorquina, no nos habíamos tocado desde que subimos al avión a Londres. Su piel todavía era suave, tal vez se había afeitado antes de ir a cenar. Llevaba un nuevo *aftershave*; debía de haberlo comprado en Londres. Sus dedos se alzaron hacia su cara y después volvieron a bajar mientras se volvía hacia su puerta.

A la mañana siguiente, me desperté temprano y salí al balcón para ver el amanecer. La brillante luz de la mañana bajaba como una guadaña a través de las laderas cubiertas de árboles, ahuyentando las sombras. A diferencia de los lentos y suaves amaneceres costeros de Río y de Nueva York, el amanecer en la montaña es brusco y súbito. El sol ya estaba bastante elevado cuando emergió de detrás de las altas cumbres. Había dormido bien, la primera noche en meses sin el martilleo en mi cabeza. Sin embargo, más que el dolor de cabeza que había desaparecido, lo que sentía era una mayor ligereza, libertad.

Cuando dejé el valle, me adentré en un futuro desconocido. Cuanto más tiempo pasaba con Jim Mitchell, más dudas tenía sobre lo que me esperaba. Mi acuerdo con él parecía cada vez menos sencillo. No podía entender qué esperaba ganar trayéndome de vuelta a Oberfals, pero sospechaba que habría que pagar un precio. Me preocupaba no entender sus motivos; me inquietaba que le hubiera dado un beso en la puerta de mi cuarto la noche anterior; me preocupaba que se hubiera marchado con tanta facilidad. Graça me había dicho que tuviera cuidado. Estaba a solas con uno de los hombres de negocios más exitosos de los Estados Unidos, si no del mundo. Tenía que cuidar de mí misma. Empujé el pestillo, abrí la puerta que dividía el balcón de Jim del mío y golpeé los postigos de su ventana para despertarlo.

Condujimos el coche hasta Oberfals. La plaza se había convertido en un aparcamiento. Los espacios para los coches estaban marcados con pintura, y aparcamos donde los camiones y los coches nazis se habían detenido el primer día que entraron en Oberfals en 1943. Aparte de eso, no había cambiado mucho en casi treinta años, salvo por alguna que otra mano de pintura.

No había hecho la maleta para ir a la montaña y lo mejor que pude conseguir fueron unos pantalones de estilo Jaeger, un top de seda beige, una chaqueta de punto y unos mocasines de cuero. Parecía una dama inglesa. Sabía que un Rolls-Royce color crema con matrícula inglesa entrando en Oberfals no pasaría inadvertido, y me alivió que Jim, vestido con unos chinos y camisa de cuadros, fuera tan evidentemente americano que no nos tomarían por nada más que por turistas. Me acomodé el pelo detrás de las orejas y me sacudí el recogido. Comprobé en el espejo mi pintalabios rosa, que estaba perfecto, y salí del coche.

Guie a Jim por la ruta que siempre había tomado, pasando por el fresco descolorido de la casa de los Kofler, por encima del arroyo donde había derrotado a Rudi Ramoser con una piedra, hasta salir del pueblo. Subimos por el mismo camino que Thomas y yo habíamos encarado tanto tiempo atrás. Era mucho más empinado de lo que recordaba, y lo que entonces había sido fácil ahora era duro. Los dos tuvimos que detenernos a menudo para admirar las vistas. Por fin llegamos a la parte en la que el camino serpenteaba en horizontal, ascendiendo con más suavidad. Me detuve frente a la cueva donde el Hombre de Jabón, Schleich, había sido encontrado. La entrada era oscura, estrecha y estaba medio oculta por la roca. Nos habíamos escondido en ella cuando éramos pequeños, pero ya no podía imaginarme el interior; no quería imaginarme el cadáver de Schleich allí dentro. No había nada que pudiera decirle a Jim, así que seguí caminando. Continuamos hasta la roca donde me había sentado a esperar a Thomas. Donde Thomas me había dado mi primer beso.

—Estás llorando.

—No. —Me limpié una lágrima del ojo—. Solo es el viento.

Podía sentir los ojos de Jim sobre mí. Estaba esperando algo.

—¿No te encanta esta vista? —pregunté, tratando de distraerlo. Miró a su alrededor, contemplando el estrecho valle, el paso que bajaba desde Suiza, el camino por el que habíamos venido, las casas que salpicaban Oberfals y St. Martin más abajo.

—Es muy bonito. ¿Te sientes bien al estar de vuelta?

—¡Bien! —me reí—. ¿Dijiste ayer que había un agujero negro en mi pasado?

—¿Sí?

—Es esto.

Jim apenas había dicho una palabra en toda la mañana, pero no había nada sombrío en su silencio. Me di cuenta de que había estado esperando que yo hablara.

Las cosas no iban según mi plan. Había organizado nuestro itinerario con cuidado. El Grand Tour debía ser un espectáculo que proporcionara suficientes fotos de nosotros en destinos culturales y turísticos clave para que nuestra imagen quedara renovada cuando volviéramos a nuestros apartamentos separados en Mitchell Heights. Pero ahora me daba la sensación de que, de alguna manera, él tenía todas las cartas en la mano y estaba cambiando las reglas del juego. Quería recuperar el control, pero también me alegraba de estar allí. Al igual que nunca había tenido la intención de darle un beso aunque lo había hecho la noche anterior, no quería contarle nada. Pero las palabras salieron a borbotones.

—Aquí me dieron mi primer beso. En este lugar. Fue Thomas Fischer. —Era difícil hablar, pero Jim se quedó a mi lado mirando el valle—. Me habían violado. Pensé que nunca me recuperaría. Entonces, un par de meses más tarde, Thomas me llevó a dar un paseo hasta aquí y me quedé dormida, y cuando abrí los ojos me preguntó si podía besarme. Fue como despertar de una pesadilla. Estaba enamorada de Thomas, tuvimos un romance. Fue tan inocente.

Hice una pausa: todos esos sentimientos, de hacía tanto tiempo, todavía me parecían tan reales, tan reales como las colinas que me rodeaban.

—Estaba embarazada en ese momento, no de Thomas, sino del monstruo que me violó. Herr Maier, el cartero y un amigo, me tomó bajo su protección. Ya era bastante malo en aquellos días quedar embarazada fuera del matrimonio, pero ser la madre de un bebé bastardo nazi era impensable. Maier y Thomas decidieron que yo estaría más segura en Suiza y Herr Maier me acompañó por este camino y a través del paso.

—¿Y nunca volviste?

—No.

Después de un largo silencio, preguntó en voz tan baja que el viento casi se llevó las palabras:

—¿Y el bebé?

Me alejé unos pasos y después volví para reunirme con él.

—Fue niño. Lo llamé Laurin, por Herr Maier. Y entonces, cuando tenía casi dos años, lo abandoné y me fui a París, a hacer fortuna, como dicen.

—¿Y qué pasó con él?

—No lo sé. —Estaba mirando sin ver el valle que conocía tan bien. Advertía aquí y allá nuevos edificios, algún que otro gran hotel, los inicios de un telesquí. Podía ver el cambio—. Lo vi una vez más y después lo di en adopción. Conocía a su madre adoptiva mejor que a mí, y tenía sentido.

—Eso debió ser duro —dijo, contemplando el valle, con cuidado de no mirarme.

—Era joven y egoísta. —Me encogí de hombros—. No fue fácil. Nunca debería haberlo dejado atrás. Y nunca me he recuperado. Ese es mi agujero negro.

Me senté en la roca y él se apoyó cerca.

—Sigamos —dije al final, y le guie por el camino hacia el paso. Empecé a decirle los nombres de las montañas y de las flores que reconocía, recordando más poco a poco. Al final, el hambre y la sed interrumpieron nuestro paseo y volvimos al valle.

—Iremos al Gasthaus —dije, comprendiendo que no tenía otra opción—. Mi madre y mi hermana podrían estar allí. Somos los dueños.

Caminamos unos pasos y entonces me detuve.

—Jim, estoy aterrada.

—Mira, Rosa —dijo él, tocando mi codo—. Lo peor ya ha pasado. No puedes avanzar hasta que dejes descansar a tus fantasmas. —Me dio un suave empujón.

Jim abrió la puerta y entró delante de mí. El bullicio de voces disminuyó cuando los lugareños se volvieron para mirarnos. Me aferré al pomo de la puerta y dejé pasar a Jim. La gente nos observaba y después volvía a sus conversaciones. Apenas había cambiado; las únicas diferencias eran que los manteles ahora eran rojos, no verdes, y que los menús estaban apilados en la barra, mientras que antes solo teníamos uno o dos que mi madre guardaba celosamente junto a la caja. De todos modos, nuestros clientes habituales conocían el menú tan bien como su propia dirección.

Jim se dirigió al otro lado de la barra, donde Herr Maier y Thomas solían sentarse, y sacó una silla. No tuve más remedio que sentarme en el banco contra la pared que daba a la sala. Un joven camarero estaba poniendo las bebidas en una bandeja y una mujer de mediana edad charlaba con algunos de los hombres sentados en la barra. Después de que el camarero nos entregara las bebidas, nos ofreció el menú. Estaba tan nerviosa que ni siquiera lo miré —sabía que no habría cambiado—, y pedí en italiano.

Oh, *ma chère*, crees que fui una tonta por haber llegado tan lejos y no aprovechar la oportunidad de pavonearme y lucirme. Sabía que los aldeanos debían haber oído hablar de mi éxito en los años que había pasado, recordaba bien cómo los cotilleos corrían como la espuma por Oberfals, cada movimiento de cada persona era conocido y comentado. Pero me sentí como la joven insegura que había servido cerveza y *knödel* allí muchos años atrás. Yo, que me había pasado la vida puliendo una gran entrada, solo quería deslizarme, comer y salir sin ser vista, de incógnito.

Jim levantó el vaso de cerveza.

—Salud.

—*Zum wohl* —respondí—. A tu salud.

Después de decirle al camarero lo que queríamos, le pregunté quién era el dueño del Gasthaus. Dijo que era de los Demetzes, lo que explicaba por qué mi madre y mi hermana no estaban allí. Siempre me habían gustado los Demetzes. Habían sido los dueños de la tienda de comestibles antes de la guerra, antes de que se vieran obligados a venderla a los Ramoser.

—Tu cara —dijo Jim entre sorbo y sorbo de sopa *goulash*—. Te ha dado el sol. Estás completamente roja.

Me toqué la mejilla y sentí que me ardía.

—Tendré que ir a por un poco de crema después de comer.

Los Ramoser seguían siendo dueños de la tienda de comestibles, les había ido bien bajo el régimen nazi. Caminé, embriagada por el familiar aroma de alcaravea y centeno procedente de los *schüttelbrot*, el pan local que se secaba en perchas colgadas del techo, y el olor ahumado del *speck*, el jamón curado al aire con especias y condimentos, con grasa blanca y gruesa bajo una costra oscura. Me acerqué al mostrador.

—*Guten Tag* —dije, y después hice una mueca de dolor. No tenía intención de hablar alemán, pero las palabras salieron de mi boca por instinto, y no tuve más remedio que continuar—. Trescientos gramos de *speck*, lo mismo de queso Falser y un paquete de *schüttelbrot*, por favor.

La puerta crujió detrás de mí cuando una mujer joven y un niño salieron y un anciano alto entró en la tienda. Llevaba un periódico en la mano. Jim se paseaba por la tienda, comprobando los precios y la mercancía.

—Nunca había visto tantos encurtidos en mi vida —dijo Jim.

Me volví hacia la mujer que estaba detrás del mostrador, mientras ella llevaba un pesado cuchillo al bloque de *speck* y me miraba, con las cejas levantadas en forma de pregunta. Asentí con la cabeza. Lo cortaríamos más tarde con una navaja.

—¿Qué pasó con los Kusstatscher y el Gasthaus? —pregunté mientras la veía atravesar la carne con el cuchillo.

—Murieron. Hace mucho tiempo —dijo.

Tal vez era una nieta de los viejos Ramoser, o incluso la hija del matón, Rudi.

—¿Todos ellos?

—Déjeme ver —dijo ella, haciendo una pausa para arrancar un poco de papel para envolver el *speck*—. El padre se fue primero.

—Oh. ¿De qué murió?

—No lo sé con certeza.

—Tuvo un accidente —dijo el anciano del periódico. Estaba inclinado sobre la vitrina del refrigerador mirando el salchichón, el *speck* y el queso. Conocía esa voz y sentí una profunda emoción al darme cuenta—. Era un viejo borracho, fue un accidente esperado.

El hombre continuó mientras se enderezaba, tan alto y enorme como lo recordaba. Sus ojos azules se encontraron con los míos. Empecé a ver más allá de los rasgos curtidos por el viento, más allá de las patas de gallo alrededor de los ojos y la piel tostada. Sentí mariposas en el estómago.

—¿Y Frau Kusstatscher? —susurré.

—No fue viuda por mucho tiempo. Me casé con ella. —Herr Maier me sonrió, pero después sus labios se curvaron hacia abajo en las esquinas.

—Eso es maravilloso —exclamé—. Entonces, ¿está con usted? Me tomó la mano.

—Lo siento. Tuvo una vida dura y en el 66 sufrió un ataque al corazón.

—Apenas tenía sesenta años —dije, limpiando una lágrima inesperada de mis ojos—. ¿Y Christl?

—Se quedó, se convirtió en maestra de escuela y se casó con un hombre de Merano. Vive por ahí. Tiene tres niñas y un nieto. Eres tía, incluso tía abuela.

Me volví hacia la dependienta, que permanecía en silencio, con la mandíbula desencajada y las manos inmóviles sobre el paquete que había envuelto.

—No te olvides del queso —le dije con firmeza—. Trescientos gramos, por favor.

—Así que por fin has vuelto. —Laurin Maier me limpió otra lágrima de mi mejilla quemada. Volví a poner su mano moteada y arrugada en la mía y presioné mis labios en el suave y fresco hueco de su palma. Vi a Jim observando desde el pasillo, con un tarro de cerezas en la mano.

—Pero pensé que ya sabrías cómo cuidarte —se quejó. Se dirigió a la vendedora, todavía sosteniéndome la mano—. Johanna Ramoser, puedes dejar de mirar y meter todo esto en una bolsa.

También necesitaremos Piz Buin. Rosa Kusstatscher ha olvidado cómo usarlo. Ponlo en mi cuenta.

—Déjeme…

—De eso nada, ¡shh! Basta. —Se volvió hacia la chica—. Y Johanna, límpiate los oídos y ni se te ocurra divulgar chismes por todo el pueblo. Yo sabré de dónde vienen, recuerda mis palabras. —Le dirigió una mirada fulminante. Después, aun sosteniendo mi mano, asintió a Jim y sonrió—. Y usted, *Mister James Mitchell* —enunció en inglés con cuidado—, viene a mi casa con mi amiga Rosa. ¿De acuerdo?

23
Crema hidratante

Las quemaduras por el sol son un desastre en el campo de la belleza. Ninguna esteticista embadurnaría la cara con colorete desde el nacimiento del pelo hasta la barbilla, pero esto es lo que hace la naturaleza. Después de una quemadura de verdad, no hay nada que hacer. Normalmente las cremas hidratantes mantienen la piel suave y flexible, pero ninguna de ellas, con todos sus ingredientes activos como las perlas marinas trituradas o la seda, tienen algún efecto sobre la piel quemada, y en 1971 la ciencia de la belleza era bastante básica. No había nada que pudiera hacer. Hoy podría haberme untado un poco de aloe vera. Graça me hace tener una planta en la cocina para las quemaduras. Es tan eficaz que se ha vuelto demasiado exigente. Como ya sabes, parece estar constantemente embadurnándose con el gel que exprime de las hojas después de que le salpica el aceite o cuando el brazo roza sin querer la bandeja del horno. Nunca se quema ni se le hacen ampollas. Pero el caso es que, después de que Laurin Maier nos llevase a Jim y a mí a su casa, me empujó hacia el baño, me puso una lata azul de Nivea en las manos y me dijo que me la untara bien.

Algunas cremas hidratantes penetran en la piel casi al instante, mientras que otras se quedan en la superficie. Sintiéndome raramente despreocupada, me apliqué tanta que salí del baño con el aspecto de una tarta recubierta de glaseado. Encontré a Jim y a Laurin sentados en la mesa tomando café, con un *strüdel* espolvoreado con azúcar glas en un plato entre ellos, a la espera de que lo cortaran. Junto a él había una botella de aguardiente y tres vasos. Herr Maier llenó los tres vasos y nos pasó uno a Jim y otro a mí. Levantó el suyo.

—Rosa Kusstatscher, te conozco desde antes de que nacieras. Me casé con tu madre, he sido un padre para tu hermana, me he preocupado por ti durante casi treinta años y, aunque eres la señora Mitchell, me gustaría que nos *duzen*.

Levanté mi copa hacia él.

—Sí, me encantaría.

—Rosa, no llores —dijo, inclinándose hacia delante sobre la mesa y enlazando su brazo con el mío. Nos llevamos los vasos a la boca y bebimos el aguardiente. El sabor me golpeó de inmediato.

—Frambuesas —jadeé.

—Sí, lo he hecho yo. —Sonrió y se dirigió a Jim—. Tú también, señor Mitchell, dijo en su torpe inglés antes de rellenar su propio vaso—. Me llamo Laurin, te voy a llamar James.

Chocaron sus vasos y bebieron los tragos.

—*Danke* —dijo Jim—. Por favor, llámeme Jim.

Cerré los ojos y los volví a abrir. Tuve la tentación de pellizcarme los brazos. Esto tenía que ser un sueño. Estaba sentada de nuevo donde había empezado, con el hombre que había sido mi ángel de la guarda, pero con Jim de Nueva York, un hombre en el que mi mejor amiga no confiaba.

—Voy a cortar el *strüdel*. Lo compré en la panadería esta mañana.

Laurin tomó el cuchillo para pasteles. Era de mi madre, había sido un regalo de boda de su madrina. Sentí que estaba nadando en un mar de recuerdos. Pensaba que todos habían desaparecido hacía tiempo.

—¿De qué se trataba? —preguntó Jim.

—Acaba de decirnos que le llamemos por su nombre de pila y que usemos *du*, la forma familiar de tú, como *tu* en francés.

—Es algo importante, supongo.

—Es algo muy importante —confirmé—. Lo llamaremos Laurin a partir de ahora.

—¿Siempre tiene tarta en casa?

—No, ha dicho que la ha comprado esta mañana. —Mientras lo decía me di cuenta de que no me había encontrado en la tienda por casualidad. Él sabía que yo estaría allí. Sonreí. Siempre iba un paso por delante de mí.

Laurin le pasó un plato a Jim y otro a mí. Y después, *ma chère*, tuve lo que solo puedo describir como un momento proustiano; el agudo sabor de las manzanas, las dulces pasas y el toque de canela me devolvieron a mi infancia. Me sentí abrumada.

—Está bueno —dijo Jim.

—*Dank you.*

—Mi madre solía hacer un *strüdel* todos los días para el Gasthaus —le conté a Jim, cerrando los ojos. Podía imaginarla en la cocina echando la canela y el azúcar en el bol con las manzanas peladas y cortadas en rodajas, y agregándole un puñado de pasas. Ella nunca tenía tiempo para medir o pesar, sino que se guiaba por su instinto. Sus tartas nunca eran consistentes, pero a veces eran perfectas, como esta.

—Lo que quiero saber es: ¿cómo es que Laurin sabía que estábamos aquí? —preguntó Jim.

Traduje.

Laurin dio un sorbo al café y después sonrió, y sus dientes aún lucían bien para un hombre de más de setenta años. Me sirvió un café.

—¿Leche? ¿Azúcar? —Sacudí la cabeza, impaciente por su respuesta—. La gente se confundió con la matrícula inglesa, pero cuando escuché que un Rolls-Royce había entrado en el cementerio ayer, estuve bastante seguro.

—¿Fue solo por el Rolls? —preguntó Jim después de que yo tradujera. Laurin le miró y respondió, dejando largas pausas después de cada frase u oración para que yo pudiera traducir.

—Claro que no. Rosa habló en italiano en lo de los Pernter, pero incluso en italiano su acento de Tirol del Sur es fuerte. Podrían haber fingido no darse cuenta, pero Irmgard la reconoció. En el momento en que llegó al Gasthaus esta mañana, Hans Pernter ya me había llamado.

—¿Por qué nadie dijo nada? —pregunté, sonrojándome al darme cuenta de lo tonta que había sido... y de lo maleducada.

—Bueno, *Mrs Mitchell*, estaba claro que no querías que lo hicieran.

Jim me observaba con atención.

—¿Qué ha dicho?

Levanté el dedo y continué en alemán.

—Todo el mundo sabía quiénes éramos, ¿desde el principio? —dije.

—Por supuesto —dijo Laurin.

—¿Cómo?

Suspiró.

—Sé que este es un pequeño pueblo en lo alto de los Alpes, pero ahora leemos los periódicos y tenemos televisión. —Levantó las cejas de forma teatral—. ¿Cuántas personas del jet-set internacional han nacido en Tirol del Sur?

No pude responderle. Esto sucedía antes de que Reinhold Messner se diera a conocer como uno de los mejores alpinistas de finales del siglo xx; Giorgio Moroder aún no había ayudado a Donna Summer a conocer el amor. Gilbert (un tirolés) y George recién estaban empezando a colaborar.

Laurin se levantó y se dirigió a una pila de periódicos en el aparador.

—¿Qué acaba de pasar? —preguntó Jim.

—Oh. —Volví a sacudir la cabeza—. Acabo de hacer el ridículo, todo el mundo en el hotel y en el Gasthaus sabía quiénes éramos desde el principio. Demasiado para mantenernos en el anonimato.

Jim me miró pensativo.

—No pasa nada —dijo—. Esto es lo que importa. —Señaló a Laurin, que estaba hojeando el montón de papeles.

Laurin sacó un viejo ejemplar del *Dolomitten* y volvió a la mesa, lo desdobló y lo puso frente a mí. En la primera página había una foto de Jim y de mí de pie en las escaleras de la iglesia después de nuestra ceremonia de boda. El titular decía «Rosa se vuelve a casar», y la leyenda bajo la foto explicaba: «Después de muchos años de luto, Rosa Dumarais (nacida como Kusstatscher en Oberfals) vuelve a encontrar el amor con el empresario Jim Mitchell». Leí el artículo, que describía brevemente mi carrera y mi vida. Había más en el interior y otra foto de nosotros en el aeropuerto de Heathrow junto al equipaje Louis Vuitton que Graça había comprado.

—Así que ¿lo sabes todo? —pregunté.

—No, no todo, aunque tengo esto. —Volvió a la cómoda y abrió una puerta. Movió jarrones, jarras y candelabros antes de sacar un libro de recortes descolorido y cubierto de muselina. Me lo entregó. El libro estaba muy usado y era frágil. Las páginas de cartulina negra se habían descolorido hasta volverse marrones en los bordes y los recortes de periódico estaban amarillentos y se despegaban—. Era de tu madre.

Los primeros artículos y fotos eran de Dior y de mí. Me quedé atónita. Nunca se me había ocurrido que mi madre me echara de menos y mucho menos que intentara seguirme la pista. No tenía sentido. Nunca había tratado de encontrarme, nunca me escribió. Miré a Laurin. Si este maravilloso hombre había visto algo bueno en ella, la había amado, no podía carecer de corazón por completo. Entonces una idea trágica cruzó mi mente: ¿era posible que ella nunca hubiera procurado ponerse en contacto conmigo porque pensaba que yo estaba mejor sin ella, igual que yo había abandonado a mi propio hijo por la misma razón? Rechacé esa idea.

—Eras tan joven, Rosa, tan joven —dijo Jim por encima de mi hombro, sorprendiéndome. No me había dado cuenta de que se había colocado detrás de mí, con la mano agarrando el respaldo de mi silla mientras se inclinaba sobre mi hombro para ver. Conocía los hechos de mi vida, pero ver las fotos debía de ser otra cosa—. Y muy guapa.

Me veía ridícula, una joven inundada por metros de tela que colgaba del brazo de un hombre mucho mayor.

—Éramos tan buenos amigos y colegas —dije—. Yo era la única persona que realmente podía discutir con él, aunque a menudo no era necesario.

Y entonces pasamos a las páginas de Brasil. Había menos fotos, pero algunos recortes más pequeños informaban del crecimiento de mi negocio, de la expansión internacional, e incluso había una foto mía con aspecto apenado, apoyada en Graça, al llegar del funeral de Charles. Ni siquiera recordaba que la prensa hubiera estado allí, pero ese día casi tuvieron que llevarme de vuelta al coche después de que me desmayara sobre su ataúd abierto.

Agradecí que hubiera una sola foto mía en un humeante club de jazz con un pintalabios afilado y sofisticado, mirando lánguidamente hacia el escenario. El pie de foto se preguntaba si me casaría con la música. Luego había unos recortes que mencionaban el crecimiento de mi negocio en Estados Unidos. Ninguno de los artículos de Nueva York estaba pegado.

—Después de que tu madre murió, los recorté, pero… —Laurin se interrumpió—. Pero tal vez ahora puedas hacerlo tú misma.

Cerré el libro y lo aparté. Jim se sentó y lo tomó.

—No lo sé. —Me encontré con la mirada de Laurin—. No sé cuánto tiempo nos quedaremos.

—Debes haber estado muy dolida. Tu madre siempre esperó que volvieras. Nunca se perdonó lo de Schleich. Nunca.

No encontraba las palabras. Jugueteé con el vaso de chupito vacío y lo incliné para ver si quedaba alguna gota. Jim estaba absorto por los viejos recortes, pero Laurin me observaba.

—Leí sobre el hombre de jabón —logré decir al final—. ¿Ella lo sabía?

—No. Murió antes. —Miró hacia abajo. Nunca le había visto parecer inseguro.

—Laurin, fue la guerra —exclamé, sorprendida de que se sintiera culpable—. Me salvaste.

—No me siento mal por eso —dijo mirando a Jim.

Me sentía confundida.

—Entonces, ¿por qué?

—Debería haber sido yo quien lo hiciera —dijo con un tono de voz bajo.

—¿No fuiste tú? Pensé que...

—Thomas insistió en que debía ser él. Dijo que era una cuestión de disciplina militar.

Me llevé la mano a la boca.

—¿Qué pasó?

—Llevé a Schleich a la cueva. Le dije que lo estabas esperando allí. Era demasiado codicioso para pensar. Thomas estaba dentro con su pistola y una cuerda. Era casi demasiado fácil. Una vez que Thomas tuvo la cuerda alrededor de su cuello, le sujeté las muñecas mientras él lo estrangulaba.

—¿Quizá pueda usar el baño? —dijo Jim. Habíamos estado hablando en alemán y su pregunta se inmiscuyó como un cuchillo en la oscura escena que teníamos en nuestras mentes. Laurin se levantó, lo guio fuera y volvió solo.

—Gracias —le dije—. Te debo todo lo que soy.

Se miró las manos.

—Puede que no fuera yo quien tirara de la cuerda, pero ayudé y lo vi morir.

Tomé sus manos entre las mías y las llevé a mis labios.

—A veces lo que hay que hacer no es lo correcto. Yo mismo lo aprendí.

—Por eso lo hicimos.

—Me salvaste la vida. Nunca lo he olvidado.

Nos miramos fijamente. Asintió, se levantó, retiró los pasteles y el café, y trajo una baraja de cartas.

—Ahora podremos ponernos al día con tranquilidad, Rosa, pero estamos descuidando a tu marido.

Cuando Jim volvió a entrar, Laurin dijo en un inglés con acento muy marcado:

—Juguemos al rummy, ¿sí?

Pasamos la siguiente hora jugando a las cartas. Jim no tardó en pescarle el tranquillo y en la segunda partida ya intercambiaba y negociaba encantado. Una sonrisa se dibujó en su rostro mientras se deleitaba con los puntos que conseguía. No le pudo ganar al anciano, pero a mí sí.

Laurin apiló las cartas en un montón ordenado y miró su reloj.

—Jim, ve al hotel y recoge las maletas. Quedaros *mit* mí. Esta casa.

—No podemos quedarnos aquí, es mucho lío para ti —dijo Jim.

—Os quedáis aquí —dijo, y su tono no admitía discusión—. Esta también es la casa de Rosa.

—No puedo. Todas nuestras cosas están fuera de la maleta —dije. Siempre deshacía las maletas tan pronto como llegaba a un hotel; la ropa siempre se veía mejor al estar colgada.

Laurin puso los ojos en blanco.

— Rosa, traduce esto adecuadamente: Jim, hace más de treinta años que no veo a mi amiga, tengo más de setenta. ¿Quién sabe si volveré a verla? Los dos os quedáis aquí. ¿Entendido?

Traduje su súplica con una sonrisa de rendición.

—El viejo tiene razón, Rosa —dijo Jim, sonriendo mientras se levantaba y sacaba las llaves del coche de su chaqueta.

Laurin me dio pegamento y tijeras y me dijo que arreglara el álbum de mi madre mientras él preparaba la cena. Se movía más lento de lo que lo hacía antes, pero con constancia; sus movimientos seguían siendo precisos y hábiles. Pasé las páginas y volví a asegurar los recortes sueltos, pegando por primera vez las historias de Nueva York y de la boda y las fotos, mientras él ponía la mesa a mi alrededor. Puso un trozo de *speck* y algo de queso en bandejas de madera, panecillos, el *schüttelbrot*, vasos, platos, cubiertos y una botella de vino tinto. Se sentó, tomó dos vasos y sirvió el vino.

—El álbum de recortes cuenta parte de tu historia —dijo, dudando mientras me entregaba un vaso—, pero falta un episodio importante.

—Sí. —Quería a este hombre aún más por su delicadeza. Había esperado tanto tiempo sin saber nada y aun así no me metía prisa.

—¿Qué pasó en San Galo? ¿Con tu bebé? —Giró el vaso entre sus manos, agitando el líquido rubí, el único signo de su inquietud.

Respiré hondo.

—Tuve un hijo. Se llama Laurin.

Se levantó de golpe, con los ojos muy abiertos y una expresión de asombro en el rostro.

—¿Laurin?

—Le puse tu nombre porque consideré que eras el mejor hombre que había conocido. —Me acerqué a la mesa y puse mi mano sobre la suya, que aún sostenía su vaso de vino—. Todavía lo pienso. Hiciste más por mí de lo que mis padres nunca hicieron.

Sacudió la cabeza.

—Tu madre se culpó a sí misma. —Suspiró—. Estaba tan ocupada.

—La odié por ello —dije. Pero incluso cuando di voz a ese sentimiento, algo cambió en mí y me di cuenta de que el odio había desaparecido—. Pero tal vez no he sido diferente. —Tal vez podría perdonarla a ella, pero a lo mejor no a mí misma.

Tomé un sorbo de vino y empecé a hablar. Le conté todo sobre el viejo profesor Goldfarb, sobre la costura, sobre el pequeño Laurin, sobre Frau Schurter y la huida a París para hacer fortuna.

Después, cómo había conocido a Madeleine, a Dior y a Charles, y cómo, cuando volví a por el pequeño Laurin, él no me había reconocido; la adopción y, más tarde, cómo le había buscado desesperadamente, y que solo había podido averiguar que tenía un nuevo padrastro y se había trasladado a Alemania. Cómo había comprado la casa esperando que un día él volviera.

Laurin no me interrumpió ni dijo nada durante un rato después de que yo hubiera terminado. Luego se levantó y me quitó el álbum de recortes de la mano.

—Es una gran historia. —Volvió a meter el libro en el hueco del armario y recogió el pegamento, los periódicos y las tijeras.

Apoyé la cabeza en las manos, agotada.

—Nunca sabré si hice lo correcto. Después de haber cometido el primer error al dejarlo, ¿lo agravé al haberlo entregado a los Schurter de una forma tan definitiva?

Laurin apoyó una mano en mi hombro con suavidad y fue como una bendición o un perdón.

—¿Y qué hay de Thomas? —preguntó, sentándose de nuevo.

—Asumí que estaba muerto durante mucho tiempo. —Cerré los ojos, tratando de recordar cómo me había sentido—. No podía creer que no hubiera venido a buscarme.

—¿Quieres decir que no está muerto, que está vivo? —El anciano sonrió. Habían sido unos compañeros extraños, pero se querían de verdad.

—No lo sé —continué a regañadientes, sin querer destrozar su esperanza recién hallada—. En 1963, cuando fui a ver al profesor Goldfarb en Israel, me dijo que Thomas había ido a buscarme, pero eso había sido en 1948. Puede haber ocurrido cualquier cosa.

—Al menos sobrevivió a la guerra. Eso es bueno. —Dio un golpecito en la mesa.

—¿Nunca regresó a este lugar?

—No. ¿Por qué iba a hacerlo, si tú te habías ido? —Laurin levantó las cejas—. Nunca habría sabido qué tipo de bienvenida recibiría.

—Supongo que no —dije—. Jamás pienso en él como en un nazi.

—Eso es porque no lo era. Podías sentirlo. —Laurin miró hacia abajo, fijó la vista en sus manos sobre la mesa—. Tuvo que fingir que lo era, para sobrevivir.

Asentí.

—¿Así que se le perdió el rastro?

—Sí. Todo lo que sé es que estaba en Berlín en el 48.

Cuando Jim regresó con nuestras maletas, seguimos jugando a las cartas y bebiendo vino. Después de unas cuantas partidas, dejé mis cartas y dije que estaba cansada. Laurin sonrió.

—Dile al genio de tu marido que le ganaré al ajedrez. Si es que sabe jugar.

Cuando traduje para Jim, él sonrió y respondió:

—Dile al viejo que no tiene ninguna posibilidad, mi padre me enseñó bien.

Intenté no sonreír. Nunca había habido nadie en el valle que pudiera vencer a Laurin Maier, pero no tenía ninguna duda de que Jim sería un jugador muy astuto. Tomé un sorbo de vino y observé cómo sus rostros se volvían tensos y se concentraban a medida que el arranque veloz de la partida se iba ralentizando. A su manera, ambos eran hombres acostumbrados a ganar. Estaba un poco borracha y reflexiva.

En retrospectiva, era obvio que Laurin siempre había estado enamorado de mi madre. Pero él no era de los que tienen una aventura. Él solo había esperado su momento. ¿Cómo es ese dicho, *ma chère*? El de la tortuga. Ah, sí, la carrera se gana despacio y con constancia. Incluso ahora, se tomaba su tiempo para pensar en el tablero. No se apresuraba, con las manos colocadas a ambos lados de la mesa, impasible hasta el momento de la decisión, cuando su mano se movía con precisión y colocaba una pieza en su sitio. Esas mismas manos habían sujetado las muñecas de Schleich mientras luchaba, ya que Thomas le había quitado el aire. Me levanté y llené un vaso de agua.

Me di la vuelta y me apoyé en el fregadero. No era frecuente que tuviera la oportunidad de observar a Jim desprevenido. Estaba encorvado, inspeccionando el terreno de todas y cada una de las piezas. Su mano se movía hacia un alfil, pasaba por encima, se retraía y a continuación se dirigía hacia un caballo, y después hacia una torre, como si cada pensamiento tuviera que ser ejecutado en el momento en que le viniera a la cabeza. Con él, pensar y actuar eran casi un todo. En el ajedrez parecía muy instintivo. Decía que era el impulso, no la premeditación, lo que nos había llevado a Oberfals, pero yo no estaba segura. Había una contradicción entre la forma en que parecía vivir el momento, en esta misma partida, y la premeditación y la planificación que había detrás de que nos hubiera conducido de París a Suiza, y a mi ciudad natal, sin haber revelado nada. Empezaba a darme cuenta de que podía jugar tanto al juego largo como al corto.

No es propio de mí no tener en cuenta los preparativos para ir a la cama, y mirando hacia atrás, *ma chère*, solo puedo deducir que estaba en una especie de negación. En el hotel habíamos tenido dos habitaciones contiguas y ahora, cuando subí las suaves escaleras de madera pulidas por los años de pisadas, tomé la primera puerta de la izquierda, como me había dicho Herr Maier. Había preparado una cama doble pequeña.

Atravesé el pasillo a hurtadillas, abrí la puerta contraria y me quedé boquiabierta. Era la habitación de Laurin Maier, estaba amueblada con el juego de dormitorio de la boda de mi madre. A mi madre le habían regalado un armario, un tocador, una cómoda y una cama, todo pintado del mismo verde oliva con remolinos y flores resaltadas en dorado. Estaba muy orgullosa de todo aquello. Me senté en el duro colchón, abrumada. Seguro que fui concebida en esa misma cama —allí había comenzado mi historia—. A veces, los domingos por la mañana, cuando era muy pequeña, me subía al lado de mi madre. Apenas empezaba a darme cuenta de que ella, a su manera, había intentado quererme, pero había tenido que lidiar con el trabajo y con el infierno de vivir con el patán de mi padre.

Laurin tenía una fotografía de él y de mi madre el día de su boda en un marco junto a la cama. Ella se veía delgada y pálida, de unos cincuenta años, pero radiante en el abrazo protector de Laurin. Tomé la foto entre mis manos. Me alegré de que hubiera encontrado algo de felicidad. Me estiré en la cama y sostuve la foto enmarcada, colocándola sobre mi cara. «Te perdono, madre», le dije a su fotografía antes de besarla y ponerla de nuevo sobre la mesita.

Las otras dos habitaciones tenían camas individuales que estaban desnudas y olían a humedad. Laurin debía de haber hecho la cama y ventilado la habitación en cuanto se enteró de mi llegada. Podría bajar y explicarle lo de nuestro acuerdo, pero me daba demasiada vergüenza. Volví a nuestra habitación, abrí la maleta, saqué mis productos de higiene, y después fui al cuarto de baño y me aseé.

Metí el dedo en la lata de Nivea y saqué un grueso glóbulo de crema de color blanco. Me lo extendí por todo el cuerpo, sin apenas frotarlo. Una vez engrasada, abrí la puerta, comprobé que estaba despejado y volví a entrar en el dormitorio. No estaba dispuesta a estropear mis camisones de seda, así que rebusqué en el maletín de Jim hasta encontrar un pijama azul marino (tuve que apretar el cordón para que no se me cayera). Entonces me metí en la cama y esperé, con los pensamientos y los recuerdos zumbando en mi mente.

No sabía lo que quería. Estaba agradecida de que Jim me hubiera llevado allí. Me había hecho feliz. Era más de lo que había esperado o imaginado en nuestro acuerdo. Sin embargo, ahí estaba, a punto de compartir la cama con mi marido de mentira, y estaba asustada. Solo había compartido mi cama con tres hombres y Jim estaba a punto de meterse en ella. No tenía ni idea de lo que esperaba, de lo que estaba planeando, de a dónde iban sus impulsos o su estrategia a largo plazo. Tampoco sabía cómo iba a reaccionar yo. Me llevé las manos a la cara; la crema hidratante era tan espesa que la sentí pegajosa y grasienta. Mientras cerraba los ojos pensé que tal vez resbalaría de sus manos si intentaba tocarme.

24
Pintalabios

Después del delineador de ojos, el pintalabios es el siguiente elemento imprescindible en mi repertorio. Desde la antigüedad, las mujeres lo han usado para embellecer sus bocas. Cleopatra se untaba una pasta de escarabajos y hormigas en los labios. La reina Isabel I de Inglaterra se los pintaba con pétalos de rosa y clavel, molidos y mezclados con cera de abeja. Las mujeres se han untado la boca con plomo rojo, henna, moras y fresas, tratando de imitar el rubor que provoca la excitación.

Hasta los años veinte solo se usaba el pintalabios rojo, y se lo consideraba un signo de mujer fácil, de prostituta. El cine lo cambió todo. Con la llegada de las películas en movimiento y el exagerado maquillaje de las estrellas de las primeras cintas en blanco y negro, el lápiz de labios se hizo popular. Aun así, durante años se limitó a los tonos rojos. En los años sesenta todo cambió; llegó el rosa y se hizo más pálido cada día. Llevamos el rosa púrpura y el rosa escarchado, el rosa perla y el beige, y otros tonos considerados más naturales —y entonces, a mediados de los setenta, con la explosión del punk, los colores se rebelaron y cualquier tono se volvió posible, desde el negro hasta el verde y el azul—. Pero cuando me casé con Jim, seguía usando los rosas pálidos.

Me dormí antes de que Jim subiera a la cama. Fue su respiración lo que me despertó por la mañana. Estaba tumbado de lado junto a mí, con sus ojos cerrados revoloteando bajo los párpados, y su respiración rítmica y lenta. Sin la mirada fija y vacía que llevaba todo el día, su rostro era suave. Estaba tumbado sobre la cama, con el abrigo puesto sobre su cuerpo totalmente vestido.

Salí de debajo del edredón y entré en el baño.

Mi cara estaba desnuda y sin maquillaje, todavía tenía la piel roja y brillante. Examiné las finas líneas blancas que se habían formado alrededor de mis ojos, las huellas de los pliegues que empezaban a esculpir su camino sobre mi frente. Estaba envejeciendo. Había pasado la noche con un hombre, mi marido, y no me había tocado. Habían transcurrido años desde la última vez que había tenido sexo, con Izzy. ¿Había dejado de ser atractiva? Sentí la piel demasiado sensible como para cubrirla con maquillaje y el falso pigmento rosa de mi barra de labios resultaba ridículo contra mi ardiente rostro enrojecido. Me unté la crema hidratante y, por primera vez en años, si no en décadas, no me maquillé en absoluto, ni siquiera me delineé los ojos ni me pinté los labios. No tenía nada que demostrar, ni a Laurin Maier ni al señor James Mitchell.

Nos quedamos otra noche con Laurin y después fuimos a Merano, la hermosa localidad termal situada en la confluencia de dos valles fluviales. Nos alojamos en el hotel Palace, con vistas a un parque lleno de palmeras y a poca distancia del río Passer, que burbujeaba sobre las rocas a medida que se abría paso a través del pueblo. Me quedé un rato bajo la estatua en blanco de la emperatriz Sissi, la princesa hermosa y vestida de forma exquisita que se vio obligada a contraer un matrimonio infeliz y concertado. Era la mujer más famosa y querida del vasto imperio austrohúngaro; la estatua la mostraba sentada recatadamente, pasiva y obligada. Estaba atrapada.

—¿Quién es? —preguntó Jim—. ¿Elisabeth qué?

—Era una mujer que lo tenía todo —dije, y le llevé por el río hacia el centro del pueblo.

Volver a conectar con mi hermana pequeña Christl fue una aventura emocional. No fue fácil después del impacto inicial; ella se había sentido abandonada. Luego de nuestro reencuentro, tardó años en comprenderme y en perdonarme antes de que reconstruyéramos un sentimiento de familia.

Jim y yo nos quedamos unos días en Merano, subiendo en los teleféricos a las montañas, caminando por Halfling y Vigiljoch bajo el aire más fresco, y descansando en la piscina del hotel en el calor de principios de verano. Jim no se molestó, parecía feliz leyendo libros o caminando por delante con la mochila con nuestra botella de agua y algo de chocolate mientras mi hermana y yo íbamos detrás. Paramos para almorzar en los altos Gasthaus que dominaban los valles, y comimos *kaiserschmarrn*, espumosas tortillas de arándanos, y *pfifferling* y *steinpilze*, en fideos o en *knödel*. El último día Jim me dijo que quería trabajar y lo pasé vagando por el *Lauben*; las cornisas sombreadas protegían a los compradores de la nieve del invierno y del sol del verano, y yo entraba y salía de las tiendas comprando ropa y mantelería, y en una librería compré una biografía de Sissi, libros de fotografías de las montañas y mapas para Jim. Christl intentó convencerme de que me comprara un *dirndl*, pero me negué: la nostalgia tiene sus límites. Jim y yo quedamos en el Café König frente al Kurhaus de estilo *art nouveau* esa tarde, y pedí una porción de *dobos torte* mientras esperaba. Me di cuenta de que este había sido el sueño de mi madre, su fantasía de la buena vida: tener tiempo suficiente para ir a Merano, la famosa localidad, a comprar y parar a comer un pastel en el Café König. Perdí el apetito, y cuando llegó Jim le ofrecí la porción sin tocar.

Después nos dirigimos a Roma, parando primero en Venecia y en Florencia. El último día, Jim quiso ir a Pompeya. Me sentí incómoda caminando por la ciudad fosilizada, el escenario de toda esa muerte catastrófica. En un momento dado, Jim me pidió que posara frente a una villa con el Vesubio de fondo. Su rostro estaba oculto por la cámara.

—Eso es. —Hizo clic y pasó a la siguiente toma. No me moví; ya estaba acostumbrada a su derroche de película; tenía una bolsa llena de los rollos que había usado desde que había comprado una cámara Leica en Suiza. Al igual que con el Rolls, estaba disfrutando de su nueva adquisición. Jugueteó con el objetivo.

—La cuestión es, Rosa... Sí, así está bien.

Clic.

—Mira un poco a tu izquierda... la cuestión es que no recuerdo cuándo me lo he pasado tan bien.

Clic.

—¿Puedes sentarte en el pilar? Esto se supone que es un acuerdo de negocios...

Clic.

— ... y yo cumpliré mi parte.

Clic.

—Pero quiero que sepas...

Clic.

— ... desde una perspectiva de inversión...

Clic.

— ... que era un buen negocio...

Clic.

— ...un trato excelente.

Clic.

—Quizá...

Clic.

— ... algún día...

Clic.

— … podríamos renegociar los términos.

Clic.

—Eh, mira la hora. Tenemos que llevar el coche a los muelles esta noche si queremos meterlo en el barco.

Su rostro había estado oculto por la cámara mientras hablaba y después se dio la vuelta y empezó a subir por los escombros que habíamos atravesado para poder hacer la foto. Incluso si le hubiera visto la cara, no habría sido capaz de leerle. No había nada en su tono de voz que sugiriera que había dicho algo significativo.

Cuando volvimos a Estados Unidos, cumplió nuestro trato al pie de la letra. Me mudé al apartamento de abajo y trabajé duro en mi negocio mientras él vivía en la casa que yo le había diseñado. Nos encontrábamos a veces en el ascensor, pero por lo demás su secretaria me llamaba con las fechas de cualquier evento social al que tuviéramos que asistir juntos y, por sugerencia suya, adoptamos un almuerzo semanal los lunes, en el que planificábamos nuestro programa social e intercambiábamos noticias. Una o dos veces por semana iba al centro a ver a Graça. Se había quedado con mi habitación y poco a poco iba dejando su propio sello en el apartamento. Cuando volví, había demostrado ser tan buena directora que la nombré directora general del negocio de Sudamérica, pero decidió seguir viviendo en Nueva York. Seguía insistiendo en supervisar mi casa, contratando y despidiendo al personal, asegurándose de que todo funcionara bien. Como sabes, ella no tiene fe en mi competencia en estos asuntos, *ma chère*.

—Lo que no entiendo —dijo un día, empujando el plato vacío (seguía cocinando arroz y frijoles al mediodía, a menos que supiera que yo iría)— es que todo vaya bien. La tienda ha sido un suceso, tienes ofertas de todo el país para filiales y puntos de venta, tus diseños nunca han tenido tanto éxito, has vuelto a estar en contacto con tu hermana y con el cartero y, sin embargo, estás… oh, no sé cómo describirlo… estás *apagada*. Te falta algo.

Me lo pensé un momento. Tenía razón. Tenía todo lo que quería. El negocio iba viento en popa. Jim y yo éramos un éxito en la ciudad. La publicidad era beneficiosa para ambos. Yo vivía en un apartamento fabuloso. Me había enfrentado a mi pasado. Aunque había un «pero», y no sabía cuál era.

—¿Tal vez se deba a que haya removido toda esa historia?

—No, eso ha sido algo bueno. Estar en contacto con Christl ha sido bueno, ha sido un bálsamo. Lo mismo con el cartero.

—Laurin. —Decir su nombre siempre me hacía sonreír.

—En mi cabeza siempre será el cartero —dijo, bromeando—. Te escribe con regularidad. Ha llenado un vacío.

—Bueno, casi.

—Sé que está el chico. Pero eso no es nada nuevo. Hay algo más. —Se levantó y llevó los platos al fregadero. Entonces se dio la vuelta y se cruzó de brazos—. ¿Es el señor Mitchell? —Se negó a tener familiaridad con él—. ¿Se está comportando mal? ¿Te está presionando?

—No. En absoluto, se ha comportado… es impecable.

Tenía un aspecto feroz y felino mientras me miraba fijamente, sopesando mis palabras.

—Solo ten cuidado.

Algunas mañanas había un empalagoso olor a perfume en nuestro ascensor privado o una botella de champán tambaleándose en un rincón, y una vez incluso había un par de sandalias de tiras de tacón alto abandonadas en la gruesa alfombra marrón, pero por lo demás Jim era discreto. La prensa nunca se enteró de sus aventuras y, aparte de estas pocas señales, nunca me hizo saber lo que estaba pasando en su vida privada.

Pero me resultó imposible tener una relación. Dos clases de hombres trataban de conquistarme. Hombres jóvenes y guapos que conocía en fiestas o a través de los negocios, que me veían como una mujer mayor y rica que necesitaba un... ¿cómo los llamáis los jóvenes, *ma chère*? ¿Un *toy boy*? Pero yo no soy tonta y no tenía tiempo para placeres ociosos, ni quería arriesgarme a romper la fachada que Jim y yo habíamos construido con tanto cuidado. Y, en verdad, la idea del sexo sin amor no me atraía. El segundo tipo eran los hombres poderosos y hambrientos de poder, a los que les hubiera gustado acostarse conmigo como un trofeo o porque querían atacar a Jim de alguna manera. Yo no iba a ser el peón de nadie, no desde que mi padre y Schleich habían jugado por mí.

Nuestra vida pública estaba marcada por las exigencias inexorables de las reglas ocultas de la alta sociedad: dónde ir, con quién ser visto. No fueron nuestras elecciones, pero, como *deus ex machina*, eran inevitables como el destino. En consecuencia, en nuestro primer aniversario de bodas, Jim me llevó a cenar a la última incorporación culinaria a la lista de lugares que hay que conocer en el jet-set. Su secretaria había avisado a la prensa para que los focos parpadeasen cuando me tomó de la mano mientras salía de su limusina Cadillac. (El Rolls había tardado meses en llegar, pero él lo utilizaba como vehículo propio. Su chófer se oponía al volante a la derecha). Era la primera vez que estábamos a solas sin una agenda que discutir desde que habíamos regresado de Europa. Mantener una conversación no suele suponer ningún esfuerzo para mí, pero me sentí condicionada, incluso un poco nerviosa.

Después del plato principal, los camareros trajeron una carta más pequeña. La escaneé y después la dejé y observé a Jim estudiando la suya. Por la expresión de seria concentración de su rostro, podría haber sido un contrato inmobiliario. Creo, *ma chère*, que fue entonces cuando me di cuenta de que me molestaba que dirigiera su inspección forense a todo menos a mí. Desde el día en que nos bajamos del avión en el aeropuerto JFK, había sido educado y cortés, pero era como si no me hubiera visto. Nunca sentí que estuviera bajo su escrutinio. Nunca tuve la intención de ser invisible.

Me incorporé enderezando la espalda, que ya estaba recta, y saqué el pecho. Jim dejó su menú sobre el mantel de lino, pero cuando me miró, me di cuenta de que no se había fijado en mi belleza. No reparó en mi vestido, que era discreto pero lo bastante ceñido como para realzar mis curvas. Me había casado con un hombre ciego a mis encantos, que me utilizaba como fachada y empleaba a costosas prostitutas para satisfacer sus necesidades.

—Así que, Rosa... —dijo mientras llamaba al camarero, sin mirarme siquiera mientras hablaba—. Ha pasado un año. ¿Un buen año? —El camarero llegó—. La crêpe Suzette, solo para mí, por favor —dijo. Él sabía que yo nunca tomaba postre.

Cuando el camarero se fue, se recostó en la silla y fijó sus ojos en mí. No pude hacer frente a su mirada.

—¿No ha sido un buen año, entonces? —preguntó, dejando de lado su tono formal y usando la voz que me había abierto como una nuez en Oberfals.

—No seas ridículo —dije a la defensiva—. Ha sido maravilloso. Ya sabes lo bien que han crecido las ganancias de Dumarais, y las tiendas se están abriendo más rápido de lo que puedo manejar.

—Sigo diciéndote que delegues más, que te encargues más de la gestión. —Volvió a su tono habitual.

—No es nada que no pueda manejar. —Le dije lo que me decía a mí misma, queriendo creerlo.

—Pero, Rosa, pareces... —vaciló antes de herirme—. Cansada.

Ma chère, fue como una bofetada. Ni un cumplido, ni siquiera un comentario desagradable en un año, y ahora esto: mi nueva imagen era la fatiga.

Continuó:

—Por tu cara puedo decir que he tocado un tema delicado, pero sabes que te estás exigiendo demasiado.

—Estoy bien —respondí.

—Si tú lo dices... —Se encogió de hombros.

Miró a su alrededor y, casi como si estuviera ensayado, Randall, su chófer, se acercó a la mesa con el maletín de Jim.

—Ah, gracias, tardaremos otra media hora.

Me moví con inquietud en mi asiento. Cualquier cosa inesperada de Jim hacía que fuera cautelosa.

—Gracias, señor Mitchell —dijo Randall, y se retiró.

Jim se inclinó, abrió el maletín y sacó algo.

—Como es nuestro aniversario de bodas —dijo—, pensé que debía regalarte algo especial. Todas mis secretarias me han informado de manera fiable que el primer aniversario es el de papel. Así que, mi querida esposa, aquí tienes un papel.

Me acercó un gran sobre de papel manila a través de la mesa y lo tomé. Iba dirigido a Jim y llevaba el matasellos de Merano sobre los sellos italianos. Jim había tachado su nombre y había escrito «Para Rosa Mitchell» en la parte superior, con su gruesa caligrafía. Se me encogió el estómago. Él sabía que yo seguía siendo Rosa Dumarais; habíamos acordado que lo mantendría por motivos de trabajo. El nombre que había escrito era el gambito en la apertura de uno de sus juegos.

—¿Lo abro ahora? —pregunté, tratando de parecer tranquila.

—Eso sería lo normal, dadas las circunstancias —dijo con firmeza.

Extraje un fajo de papel blanco y nítido sujeto con un grueso broche. El camarero le sirvió a Jim su postre.

—¿Te importa que coma mientras examinas tu regalo?

Me puse furiosa: para él era solo un juego. Pero me obligué a decir:

—No, en absoluto.

Había una carta de presentación en alemán, pero el resto de los documentos estaban en italiano. Los hojeé y volví a leerlos. Había una larga y complicada carta del abogado de Jim; las escrituras del Gasthaus de Oberfals, donde me había criado, y de una propiedad en Merano; los contratos de trabajo de los gerentes del Gasthaus (los antiguos propietarios). Las escrituras estaban a nombre de Rosemarie Edith Kusstatscher Dumarais Mitchell. Solo mi hermana conocía mi segundo nombre.

Leí los papeles por tercera vez. No tenía sentido, tenía que haber una trampa. A primera vista se trataba de un bonito regalo. La propiedad en Merano era una villa en Schafferstrasse, una calle tranquila en la verde y frondosa Obermais; mi hermana Christl, que había estado viviendo en un pequeño piso en Untermais, iba a vivir allí. La casa estaba dividida en tres apartamentos. Al piso de la planta baja lo tenía mi hermana, que se había comprometido a pagar un alquiler mensual de mil liras italianas (unos dos dólares) a perpetuidad; el segundo piso era para el uso de la Signora Mitchell en sus visitas. Las propuestas de un arquitecto local para las habitaciones en la buhardilla también estaban incluidas. Había un último sobre blanco, que contenía un itinerario de viaje que detallaba los vuelos a Roma, los trenes a Venecia, Merano y Milán, y un vuelo de regreso a Nueva York. Las reservas de hotel y los billetes estaban duplicados, uno con mi nombre, el otro con el de Graça. Me sentí abrumada y desconcertada a partes iguales.

Para cuando terminé de leer, le habían retirado el plato del postre y jugueteaba con su copa de vino, observándome con atención.

—¿Y bien?

—No sé qué decir, es muy considerado. —Me acerqué al otro lado de la mesa y le di la mano—. Gracias.

Giró mi mano entre las suyas y se la llevó a los labios.

—Feliz aniversario.

Randall nos dejó salir del coche justo después de las once en la base de Mitchell Heights. Recorrí de forma automática la longitud de mi escaparate, comprobando que todo estaba como debía. Jim entró directamente. Siempre se paraba a charlar con el conserje de turno; se sabía los nombres de casi todas las personas con las que estaba en contacto habitualmente y, a menudo, los de sus esposas e hijos; era uno de sus encantos. Una mujer se pavoneó hacia mí. Llevaba un ceñido traje de poliéster, de color escarlata, con un profundo escote y sandalias de plataforma. Sus ojos se veían muy marcados por la espesa máscara de pestañas y sus labios estaban pintados del mismo rojo que su traje. La vi entrar en el vestíbulo antes que yo. En todo el edificio no había más apartamentos que los nuestros; el resto eran oficinas. Ella no iba a visitarme, y allí solo había otra persona.

Me di la vuelta y volví a recorrer las vitrinas de la tienda. Los escaparates estaban bien iluminados, por lo que era difícil distinguir mi reflejo, pero podía ver claramente los papeles que sostenía en la mano temblando contra el esmoquin azul noche de mujer que tenía delante (inspirado, por supuesto, en el traje de mi boda). No hacía ni una hora que Jim me había conmovido por su aparente y extraña consideración, y sin embargo no había duda de que iba a dirigir a esta llamativa mujer a su —no, a nuestro— ascensor en ese mismo momento. Apreté el fajo de documentos contra mi pecho para detener los temblores. Me obligué a examinar la exposición mientras intentaba tranquilizarme. Una blusa de seda color carmín en uno de los maniquíes estaba desabrochada. Hice una nota mental para decírselo al escaparatista a la mañana siguiente.

Jim estaba solo en el vestíbulo, esperándome. No había rastro de la mujer por ninguna parte. Subimos en silencio en el ascensor hasta mi piso, uno al lado del otro. Mi nariz estaba irritada por el olor a almizcle y a pachulí. La puerta de acero se abrió en mi entrada rodeada de espejos; la luz del ascensor iluminaba el camino hacia mi oscuro apartamento.

—Gracias de nuevo. Ha sido un regalo increíble —murmuré, sin mirarle, antes de salir.

Las puertas del ascensor se cerraron con un suspiro y me quedé sola con la infinidad de mis reflejos a ambos lados del ascensor. La miseria estaba pintada en mi rostro. Oh, *ma chère*, en ese momento me sentí muy sola.

Me preparé una infusión y entré en el baño. Desmaquillarme es un proceso lento. Siempre empiezo por los ojos (la máscara de pestañas se emborrona por todas partes si no comienzas por ella), después la cara y, por último, la boca. Empapé el algodón con el desmaquillante y después froté el pintalabios. Levanté la bola blanca, que había manchado de rosa, e imaginé aquella boca roja besando a Jim en el piso de arriba, con la cara embadurnada por el lápiz labial ardiente de esa fulana. Mi rostro pálido y limpio me devolvía la mirada desde el espejo. Mis pechos ya no eran tan firmes y altos como lo habían sido. Tenía cuarenta y cuatro años y, sin tapujos, se me notaba la edad.

Me puse el camisón por encima de la cabeza y luego la bata de dormir, y volví al ascensor. Pulsé el botón de su piso. Nunca había subido sin que me hubiera invitado.

Las puertas se abrieron y me encontré de pie cerca de su Hepworth y su Moore en el espacio de mármol que había creado para ellos. No había ni rastro de él.

—¡Jim! ¡Jim! —Mi voz resonó en el silencio sepulcral. Me dirigí hacia la escalera, con la seda crema de mi camisón ondeando mientras me movía.

—¡Jim!

El sonido de una puerta abriéndose y cerrándose recorrió las escaleras de mármol y subí corriendo hacia el Buda. Jim salió al pasillo, con la camisa por encima del pantalón y los pies descalzos. Nos encontramos en la parte de arriba.

Bajo presión, en reuniones, en público, Jim siempre parecía tranquilo, pero ahora había algo salvaje en sus ojos. Estaba demasiado enfadada para leerlo: todo lo que podía ver era el rojo vivo que se extendía alrededor de su boca y en el cuello, como las marcas hambrientas de un vampiro.

—¿Qué ocurre? —preguntó con urgencia—. ¿Pasa algo?

—No te entiendo —exclamé.

—¿Qué quieres decir? —Por un momento tuvo la expresión clara y suave que había visto en su rostro mientras dormía en Oberfals.

—¿Por qué te casaste conmigo? —Ahora no podía dejar de gritar; meses de ansiedad y malestar estaban saliendo de mí.

Su rostro se apagó.

—Ya sabes… nuestro acuerdo. —Su cara y su tono de voz estaban vacíos. Eso me puso más furiosa.

—Pedí un compromiso falso, pero tú insististe en casarte conmigo. ¿Por qué?

—¿De verdad no sabes la respuesta a eso? —Un destello de ira se reflejó en su rostro.

Dio un paso hacia mí. Llevé mi mano a su cara y se la pasé por la boca, extendiendo la grasa roja por sus mejillas. Incluso dentro de mi furia, me sorprendió la suavidad de su piel bajo mis dedos. Me agarró de la muñeca y trató de acercarme, pero me aparté de un tirón.

—Tu regalo —dije, reprimiendo un sollozo—. Por un momento, pensé que significaba algo. —Di un paso atrás, tratando de controlarme: no quería llorar delante de él—. Pero ahora… —Le mostré las puntas de mis dedos manchadas de rojo—, solo puedo asumir que no significa nada.

Miré hacia atrás antes de que las puertas del ascensor lo apartaran de mi vista. Seguía de pie en lo alto de la escalera, mirándome, al tiempo que restregaba sus dedos sobre el pintalabios que le había embadurnado por la cara.

25

Desmaquillante

Como ya sabes, *ma chère*, tengo una rutina muy exacta. Me limpio, siempre; nunca me doy prisa. Me aplico una base de maquillaje, delineador de ojos, sombra de ojos, máscara de pestañas, colorete, iluminador, sombra, delineador de ojos de nuevo y, por último, tres capas de pintalabios, besando las dos primeras capas en un pañuelo de papel. Pero hoy, no hay nada que hacer: mira, *ma chère*, lo he hecho todo mal. Parezco una bruja de Disney, nada elegante. Incluso después de todos esos años de aprender diferentes trucos, diferentes estilos, todavía puedo meter la pata. Gracias a este pequeño frasco: una generosa dosis en la bola de algodón y entonces —con presteza— todo desaparece y puedo volver a empezar. Creo que hoy necesito un aspecto más sencillo. Si no has visto a alguien durante mucho tiempo es mejor no excederse. ¿No estás de acuerdo, *ma chère*?

Después de nuestro aniversario, logré evitar a Jim durante las dos semanas antes de que Graça y yo nos fuéramos a las «consideradas» vacaciones que había reservado para nosotras. En Italia era difícil olvidarle: era como un guía fantasmal, ya que sus planes y arreglos ocupaban y daban forma a nuestros días. Graça es una maravillosa compañera de viaje; me guio por Roma, Florencia y Venecia, leyendo cada noche sobre la historia, la arquitectura y los tesoros artísticos que veríamos al día siguiente. La suave elegancia de Merano le encantó. Christl la saludó con cariño, lo que me impresionó —en aquellos días era raro ver a alguien que no fuera blanco en esos lugares, y me preocupaba llevar a Graça allí—. Nos quedamos solo dos días, el tiempo suficiente para encontrar contratistas y comenzar la reforma de la villa.

Cuando el coche que Jim había alquilado para nosotras subió por el valle cada vez más empinado y estrecho hacia Oberfals, Graça se quedó muda. El coche se detuvo frente al Gasthaus.

—¡Hogar! —lo dije con ironía, pero sin embargo me conmovió saber que era mío de nuevo.

—¿Creciste aquí? ¡Encerrada en toda esta oscuridad!

Miré a mi alrededor. Viéndolo a través de los ojos de Graça, que estaban acostumbrados a las grandes vistas de Brasil, este valle de los Alpes —con cada superficie plana aprovechada, cada centímetro cultivable plantado, bordeado por las oscuras paredes de abeto que llegaban hasta la roca y el cielo— era desconcertante. En todos estos años nunca había dejado de pensar que Falstal era hermoso, y de hecho lo era; sin embargo ella tenía razón, también resultaba agobiante, estrecho y sombrío. No era de extrañar que me hubiera ido; no era de extrañar que hubiera tardado tanto en volver.

Nos quedamos dos noches con Laurin Maier antes de partir hacia Milán. Mis dos amigos más queridos se las arreglaron para comunicarse con un popurrí de idiomas, tanteando las palabras hasta que una mirada de comprensión aparecía en el rostro del otro. Les dejé hablar a través de su emoción y de la frustración, sintiéndome segura y en casa en su compañía. En el avión me encontré reflexionando sobre el significado de «hogar»: ¿la hermosa villa de Merano que Graça y yo compartíamos con mi hermana, el antiguo Gasthaus de Oberfals donde vivía el gerente, la casa de Laurin Maier acondicionada con los muebles de mi madre, el apartamento de Graça donde habíamos vivido juntas en Greenwich Village o mi apartamento debajo del de Jim en Mitchell Heights?

La confusión siguió en Nueva York. Jim estaba demasiado ocupado como para reunirse conmigo, su secretaria me lo hacía saber cada vez que me llamaba para cancelar nuestras citas semanales. Entre mi viaje y las cancelaciones, transcurrieron casi dos meses sin que le viese. La repentina ausencia de compromisos sociales importantes, el vacío en nuestro calendario común, no era creíble; no me engañaba. No sabía cuánto tiempo duraría su evasión. Me preguntaba si los papeles del divorcio «de mutuo acuerdo» estarían en camino. No estaba durmiendo bien, así que me quedé unas cuantas noches con Graça en el centro. Me dije que no podía afrontar la humillación de otro encuentro similar, pero, como me había dicho Graça, no tenía por qué sentirme humillada, era lo que había aceptado.

Entonces, un martes, mi secretaria me pasó a la de Jim.

Me tomé un momento antes de saludarla, decidida a sonar tranquila.

—Jean, hola. No hace falta que se disculpe por cancelar otra vez, sé que está ocupado.

—Oh, no, señora Mitchell… —Su personal era el único autorizado a llamarme así—, no… Quiero decir, está muy ocupado, desde luego… —Sonaba inusualmente nerviosa. Hizo una pausa y después soltó:

—La llamo para invitarla a ir con él a un viaje de negocios.

Suspiré y abrí mi agenda de trabajo.

—¿Cuándo?

—Mañana.

—¿Mañana? —Dejé caer el bolígrafo. Me sentí aliviada de que no pudiera ver la expresión de horror en mi rostro.

—Sí, tiene una reunión en Alemania y es muy importante. Dijo que necesita un intérprete en el que pudiera confiar.

No tenía sentido. No había mantenido ninguna conversación con él durante casi tres meses —solo una breve nota a mi regreso de Italia en la que decía que esperaba que hubiera disfrutado, junto a un ramo de rosas rojas (¡rojas!, *ma chère*, ¿cómo se atrevió?). Y ahora me estaba pidiendo que fuese, ¿de verdad esperaba que aceptase?

—Sabe que estoy muy ocupada —dije con la voz entrecortada—. Acabo de volver de un viaje.

—Lo siento mucho, señora Mitchell, pero me dijo que debía convencerla, que no insistiría si su presencia no fuera tan importante.

Jean sonaba nerviosa. Hasta entonces siempre había «invitado», «solicitado» o «requerido» mi presencia, pero esta vez había dicho «insistir».

—¿Cuán importante? —pregunté con una sensación de temor.

—Oh, señora Mitchell —dijo, y pude escuchar la tensión en su voz—. No sé de qué se trata. Solo sé que cuando él respondió a la llamada de Alemania, se puso blanco como una sábana y me dijo que no hiciera ninguna llamada hasta media hora después. —Bajó la voz—. Nunca hace eso.

Me alarmé; algo le preocupaba tanto como para romper el silencio que se había creado entre nosotros. Algo había hecho que el señor Cara de Póquer Mitchell se volviera blanco. Aunque solo fuese por eso, ahora estaba intrigada.

—De acuerdo, Jean —dije—. ¿Para cuántos días tengo que hacer la maleta?

—La vuelta está prevista para el domingo; son cinco noches.

Fruncí el ceño. Era un viaje largo.

—Dígale que iré.

—Me temo que no puedo… verá, ya se ha ido. Ya debe estar en el avión. Me dijo que la pusiera en el próximo vuelo. ¿Podría salir esta noche?

Estaba segura de que no me esperaría en el aeropuerto. Estaba claro que, fueran cuales fuesen sus asuntos en Berlín, eran urgentes, así que supuse que estaría demasiado ocupado como para venir a recogerme él mismo. Mientras los pasajeros entraban en la sala de llegadas, comprobé los carteles en busca de mi nombre. Sin embargo, allí estaba él, de pie, apartado de la horda de taxistas, vestido con una de sus chaquetas deportivas de Savile Row y unos chinos, examinando a la oleada de pasajeros que llegaban. Tenía un aspecto distinguido a pesar de que llevaba solo una chaqueta. Pero me di cuenta de que no estaba usando traje; no iba vestido para trabajar.

Empecé a dirigirme hacia él, mi mozo empujaba mi carrito por mí; sin un programa, había hecho las maletas para cualquier imprevisto, por lo que llevaba dos maletas pesadas. Vio mis maletas antes que a mí y me saludó con el periódico. Una sonrisa apareció en su rostro, pero se desvaneció rápidamente al advertir mi expresión fría.

—Rosa —dijo, inclinándose hacia mí, pero después se retiró, como si pensara en saludarme con un beso—. ¿Has tenido un buen vuelo?

—Hola. —Ni siquiera llevaba corbata. Estaba furiosa.

—Me alegro de que hayas venido.

—¿Tenemos que ir directos a la reunión? —pregunté con severidad.

—No, tenemos un poco más de una hora. ¿Quieres pasar por el hotel y asearte?

—Sí, me pondré algo adecuado. —No pareció darse cuenta de mi ironía.

Me puso la mano en el codo y me guio a través de la multitud hasta donde tenía un coche esperando. En el hotel dijo que se sentaría en el bar mientras yo subía a mi habitación. Me molesté aún más; nunca bebía cuando tenía negocios que atender. Como de costumbre, teníamos una suite con dos habitaciones, y su ropa estaba esparcida por la habitación más pequeña con dos camas gemelas.

En el taxi de camino a la reunión, estaba callado y perdido en sus pensamientos. De vez en cuando se volvía y me miraba, aunque estaba tan preocupado que yo no estaba convencida de que fuera consciente de ello. Cada vez que se volvía hacia mí, inhalaba el penetrante olor a whisky de su aliento. Nunca lo había visto ni siquiera un poco preocupado por algo. Mi ira disminuyó y empecé a temer por él. El taxi nos dejó en la puerta de un modesto edificio de oficinas.

—¿Esto es lo que vas a comprar? —pregunté, sin poder disimular la incredulidad en mi voz. Era difícil ver algún tipo de atractivo. Había algo extraño.

—¿Qué? —respondió, con una mirada vaga. Señalé el edificio y me dedicó una sonrisa nerviosa—. No, pero nuestra cita es aquí.

Pulsó un botón y esperó el zumbido y el clic de la cerradura antes de entrar. Le seguí por la escalera que llevaba al tercer piso y después por un pasillo de puertas azules numeradas a ambos lados. La puerta ante la que se detuvo era como todas las demás. La pintura azul estaba desconchada y la placa de latón deslustrada tenía grabado el número treinta y siete. Era deprimente.

—Es aquí. —Sacudió los hombros como si estuviera reuniendo fuerza, llamó a la puerta y la abrió de un empujón.

Un joven gordo, sentado en un escritorio maltrecho, se levantó de un salto. Su traje parecía recién sacado de la percha de la tienda; su camisa recordaba al almidón de las fábricas, y la corbata era chillona. Al parecer, se había comprado un traje completamente nuevo para la reunión, pero su ropa era lo único nuevo que había en el despacho destartalado. Su escritorio era evidentemente de segunda mano y los archivadores metálicos que tenía detrás parecían haber servido en las dos guerras mundiales. Caminó alrededor de su escritorio.

—Ah, buenos días, señor Mitchell. —Le estrechó la mano a Jim y después me ofreció su mano, que estaba sudada—. Señora Mitchell, buenos días, un placer conocerla.

—¡Habla inglés! —dije, mirando a Jim con el ceño fruncido.

—Ah, sí. Lo siento, Sr. Thormann, no he sido sincero con mi esposa.

—Por supuesto. —Thormann se volvió hacia mí—. Señora Mitchell, permítame presentarme: Karl-Heinz Thormann, detective privado. —Hizo una pequeña reverencia.

—¿Detective privado? —Me acerqué a Jim—. ¿En verdad no hay ningún negocio?

—Deja que el señor Thormann hable; te interesará lo que tiene para decir.

Había despejado mi apretada agenda durante una semana. Me había subido al siguiente vuelo, sin apenas haber tenido tiempo de hacer la maleta. No había dormido. Estaba agotada y Jim me había mentido sobre su intención.

—Basta —dije—. Esto es demasiado. Primero esa mujer, después tres meses de silencio, y luego me arrastras por medio mundo porque... oh, no sé por qué, pero ¿has contratado a un detective para espiarme? Me voy.

Había llegado al ascensor y estaba pulsando el botón repetidamente cuando Thormann, no Jim, me alcanzó.

—*Bitte, Gnädige Frau Mitchell* —balbuceó Thormann en alemán; su acento sajón era duro, pero su tono era servicial—. Se equivoca con respecto a su marido; es un buen hombre. Mire esto, por favor. —Me tendió una foto.

Me puse la imagen entre las manos. El ascensor sonó al llegar y las puertas se abrieron; la luz del ascensor se expandió e iluminó el retrato. Era un hombre delgado, de mediana edad, con el pelo canoso y unas gruesas gafas. Tardé en reconocerlo. Cuando las puertas del ascensor se cerraron, me desplomé contra el frío metal. Me quedé sin aliento.

—Su marido me pidió que encontrara a este hombre, Thomas Fischer. —En efecto, era Thomas, *ma chère*, el primer hombre al que había amado—. ¿Quizás ahora pueda volver a mi oficina? Hay más cosas que debo mostrarle.

—¿Más? —El ascensor traqueteó cuando empezó a descender.

—Sí, por favor, acompáñeme.

Le seguí hasta su despacho, aturdida. Jim estaba de pie mirando por la ventana. Se giró cuando entramos y entonces se sentó en uno de los dos sillones estilo Polyside, y Thormann se desplomó en su propio asiento detrás del escritorio, que estaba despejado salvo por un gran expediente de papel manila.

—Siéntese, por favor —dijo a modo de súplica—. Es mejor.

—Esperó mientras tomaba asiento.

—Como le he explicado, su marido me pidió que encontrara a ese tal Thomas Fischer. —Volví a mirar la foto de Thomas. Era un retrato posado, de aspecto oficial. Estaba sentado en un escritorio rodeado de libros, mirando fijamente a la cámara. Aparté los ojos de la foto y miré a Jim, que también la estaba mirando. Estaba pálido.

—Su marido me pidió que encontrara también a esta mujer —dijo Thormann, sacando otra foto del archivo, esta vez de una *hausfrau* regordeta y feliz. Esta foto había sido tomada mientras caminaba por la calle. Ella estaba enfocada, pero todo lo que la rodeaba se veía borroso y difuso. Era evidente que no sabía que la estaba enfocando un teleobjetivo. Llevaba una bolsa de la compra y un periódico y miraba al frente, con el rostro relajado y despejado.

—Ida Schurter —dije.

—Antes era Ida Schurter —dijo Thormann.

Dejé las fotos y miré a Jim. Tenía la mirada fija en Thormann.

—Ejem. —Thormann tosió discretamente—. Y a este joven.

—Me entregó una tercera fotografía.

Era una instantánea de un joven de unos veinte años, con una camiseta teñida y pelo hasta los hombros. Era un desconocido para mí. Al igual que la imagen de Ida, los signos delatores de un potente *zoom* eran evidentes. Había algo intrusivo en el hecho de que no fueran conscientes de que su imagen estaba siendo captada. También estaba caminando, con una bolsa de tejido estampado colgada del hombro, y con el rostro vacío, sin expresión. Cuanto más miraba, más me llamaba la atención la mancha azul de sus ojos, el mismo azul que los míos.

—Es mi hijo.

—Sí, lo es.

—Está vivo.

—Como puede ver, está bien y vivo.

—Lo ha encontrado. —Las palabras eran mías, pero no las sentí como tales.

—Señora Mitchell. Creo que esto es por lo que su marido mandó a buscarla tan rápido. No quería decepcionarla si mi búsqueda resultaba en vano, y a la vez la quería aquí lo antes posible una vez que le dijera que había conseguido resultados.

—¿Qué es lo que sabe? ¿Cómo los ha encontrado?

—Bueno, pensé que era un caso difícil de resolver: tres personas de las que solo tenía nombres y direcciones de hace veinte años, pero fue fácil. —Ahora Herr Thormann parecía satisfecho y seguro de sí mismo. Se inclinó hacia atrás en su silla—. Fischer es demasiado común, hay más de doscientos Fischer en la guía telefónica de Berlín, y Thomas, eso era como cazar gansos, no es fácil. Pero sé una cosa: estudió Economía. Al principio me metí en un callejón sin salida, pero entonces pensé que tal vez no estaba aquí.

—¿No está aquí?

Thormann sacudió la cabeza.

—No aquí en Berlín Occidental, sino allí, en Berlín Oriental. Entonces fue, cómo se dice, pan comido. Sobre el papel es profesor de Economía en la universidad y asesor económico especial del Comité Central del Partido, y un viejo amigo de Honecker.

—Me lo imaginaba —dije, sorprendida al sentir que una sonrisa despertaba en mi rostro.

—Y el resto fue fácil. —Thormann sonrió—. Sobre todo, porque está casado con Ida Schurter.

Me puse de pie. Una ola de emoción me invadió.

—¿Se casó con ella? ¿Thomas se casó con Ida?

—Sí —dijo Thormann tras una pausa.

Me senté de nuevo y tomé el archivo de fotos. Había algunas pocas de Thomas y de Ida. Pensé en ella y el rencor me llenó. No satisfecha con robarme a mi hijo, había seducido a Thomas, mi primer amor.

—Y él adoptó a Laurin legalmente —me dijo Thormann, contento.

Thomas había adoptado a mi hijo, el bastardo de Schleich, el hijo del hombre al que había matado. Me llevé la mano a la cabeza. Fue como si un cuchillo estuviera atravesándome la cabeza.

—¿Lo adoptó?

—Sí, y a sus otros hijos.

No era de extrañar que Ida pareciera tan contenta comprando para su familia —la que debería haber sido mi familia—. Siempre he estado demasiado asustada para buscar, demasiado asustada para encontrar un rastro que llevara a una lápida, y ahora los había encontrado a todos. Estaban todos allí. Una familia feliz. Max se parecía a Ottmar, y Vreni era una versión más esbelta de su madre. Los odiaba.

Pero no los había encontrado, me di cuenta con una punzada; era Jim quien había hecho lo que yo siempre había tenido demasiado miedo de hacer. La rabia brotó en mi estómago. ¿Qué creía que estaba haciendo, y con qué derecho? No me había dirigido la palabra desde que me había insultado con esa zorra de labios rojos en nuestro aniversario de bodas y ahora, sin consultarme, había invadido mi mundo. No había nada que no supiera de mí. Quizá supiera más que yo.

Me levanté tan de repente que la silla cayó detrás de mí, y hui de la habitación.

Berlín no es una ciudad grande y, dividida en dos como estaba en aquellos días, era todavía más pequeña que ahora. Me apresuré a pasar junto al coche con chófer que esperaba a Jim fuera y empecé a caminar. Llevaba unos hermosos zapatos de plataforma que, aunque no eran incómodos, no estaban diseñados para caminar. Giré hacia una calle comercial y seguí hasta encontrar un banco, donde cambié doscientos dólares antes de llamar a un taxi para ir a los KaDeWe, los grandes almacenes más famosos de Berlín y los únicos que conocía. Media hora más tarde, deprimida por las monótonas y sencillas mercancías de la tienda, pero calzada con más sensatez, tomé otro taxi para ir al Punto de Control Charlie. Seguía sin poder controlar la rabia; lo único que sabía era que tenía que seguir moviéndome y que quería estar en Berlín Oriental, quería estar donde estaba Laurin. Y no quería ver a Jim.

El cruce de la frontera fue largo y lento, y redujo algo el fuego de mi ira. Tuve que cambiar treinta marcos alemanes y me dijeron que no podía volver hasta que lo hubiera gastado todo. Gastar dinero nunca había sido un problema para mí, pero allí me resultó difícil. En cuanto crucé, fue como retroceder en el tiempo a los años de la posguerra. Subí por la Friedrichstrasse, los bordes de las columnatas estaban destrozados y desgastados por la decadencia. Encontré el camino hacia la famosa Unter den Linden, una larga calle rodeada de limoneros, y subí a la Universidad Humboldt. Me detuve en el exterior y me pregunté si Thomas estaría allí. Si me quedaba en ese sitio todo el día, tal vez lo vería. Comencé a caminar de nuevo, pasando por el Antiguo y el Nuevo Museo Nacional, el Pergamon. La cúpula verde de la Berliner Dom, la catedral, se alzaba sobre lo que me pareció una zona vacía y bombardeada. Me di cuenta de que aún no estaba preparada para verlo. Al igual que la ciudad, estaba conmocionada.

El hambre, la sed y el cansancio me llevaron a seguir adelante. Intenté encontrar cafés donde pudiera gastar mi dinero, o incluso un restaurante para comer, pero no tuve éxito. Solo cuando me adentré en la Isla de los Museos hacia los antiguos barrios situados en la parte de abajo, con un patio que daba paso a otro, todavía perforados por las bombas y con huellas de la metralla y las explosiones, encontré tiendas de comida. Mientras caminaba con mi traje bien confeccionado y mis zapatos de gamuza color canela, un bolso de piel de cocodrilo y una bolsa de KaDeWe, recibí miradas frías y poco acogedoras. En las tiendas, el duro acento sajón me chirriaba en los oídos, pero la severa mirada de los berlineses se suavizaba al oír mi voz tirolesa.

Era tarde cuando volví al Punto de Control Charlie con una bolsa de libros del Pergamon. Había dejado como propina por la cena un montón de los inútiles copos de aluminio que contaban como dinero sobre un billete, antes de cruzar de nuevo al Oeste. Al pasar por el Café Adler en la primera esquina después del puesto de control, una figura salió y cruzó la carretera hacia mí. Era Jim.

—Lo siento —dijo de inmediato—. Me equivoqué.

Seguí caminando y él se puso a mi lado.

—Se suponía que era una sorpresa, no una emboscada.

Continuamos en silencio. Un taxi apareció en la carretera más adelante, con sus luces difusas en medio de la llovizna que envolvía el aire. Se metió en la carretera y llamó al coche.

En el taxi, en el vestíbulo del hotel, en el ascensor, no dije una palabra, ni siquiera le miré, incluso cuando abrió la puerta de la suite y se apartó para dejarme pasar. Dejé las bolsas, me quité los zapatos y entré directamente en el cuarto de baño. Me limpié la cara. Me quité todo rastro de maquillaje y miré fijamente mis ojos rasgados; su azul casi siempre penetrante se había atenuado por el rojo que los rodeaba. Tenía la piel pálida, desteñida con cada pasada del algodón empapado en desmaquillante. La débil luz del baño no perdonaba. Solo cuando todo desapareció, volví con Jim.

Estaba sentado en el sofá observando un mapa de Berlín, con una guía de viaje a su lado. Tenía el rostro pálido y sombrío. Yo no me senté, sino que me quedé de pie frente a él.

—He tratado de entender lo que acaba de suceder, pero no puedo —dije, con la voz afilada como un cuchillo—. Hicimos un trato. Este acuerdo no debía ser personal.

—Las cosas cambian —dijo en voz baja.

—¿Te divierte desenterrar todos mis secretos más oscuros, sacar lo que más me duele, lo que más me avergüenza, y exponerlo para que lo vea un extraño como ese detective? ¿Es esa tu idea de diversión?

—No —balbuceó—, no era eso lo que pretendía.

—No, no es como la diversión que tuviste con esa mujer aquella noche cuando habías empezado a jugar limpio. ¡Aniversario de papel! Debería haber roto esos documentos.

—Quería que tuvieras esas propiedades. —Ahora el señor Cara de Póquer estaba perdiendo la calma.

—Me conmovió, realmente me conmovió —dije con frialdad, haciendo una pausa para que mis palabras calaran—. Y luego trajiste a esa zorra a nuestro ascensor.

Le miré a los ojos.

—Tuve que subir contigo, oliendo su perfume barato. ¿Qué pretendías, si no era humillarme?

Su expresión cambió, parecía un niño pequeño al que lo habían pillado. Se frotó la nuca.

—Ponerte celosa —admitió, con la cara descompuesta.

—¿Celosa? —Me burlé—. No, me sentí avergonzada por haber sido una idiota. Graça me advirtió. Debería haberle hecho caso.

—Lo siento, no era lo que quería, pero...

—¿Por qué? —grité—. Solo dime por qué. Y luego podemos ir a casa y firmar el divorcio.

Se levantó y entró en su habitación de camas gemelas, y yo podía oírle recoger cosas y dejarlas caer. Entonces, silencio. Esperé que volviera a la sala de estar y tejiera otra historia. Me senté en el sofá, que todavía conservaba su calor. Hojeé su guía, y debió de hacer ruido porque miré hacia arriba.

Estaba de pie en la puerta. Parecía tímido y tenía la cara en blanco. Jim Mitchell no pudo ocultar su nerviosismo.

—Tienes que creerme. Es lo último que quiero.

—¿Un divorcio? Me parece que eso es exactamente lo que quieres.

Dio un paso hacia mí.

—Pensé que ya lo habrías entendido.

—¿Entender el qué?

Abrió las manos en un gesto de derrota.

—No sabía de qué otra manera hacerlo.

—¿Hacer el qué?

—Estoy perdido. Desde el momento en que entraste en mi oficina, todo lo que has dicho es verdad. —Intentó sonreír—. Solo sé cómo ser vulgar y cutre. Aquí, lo he vuelto a hacer.

—¿Y...?

—Y... Nunca le he dicho esto a nadie antes, pero... —Dio otro paso hacia mí—. Te quiero.

Por un momento me quedé sin palabras. Después me reí.

—¡Eso es ridículo! ¿Esta es la mejor carta que tienes en la manga? Esperas que me lo crea. Nunca has estado enamorado de mí. No era la primera mujer que subía al ascensor. —Me detuve para recomponerme, y entonces continué, pensando que mis gélidas palabras extinguirían su ardor fingido—. Estás acostumbrado a ser el dueño de todos y de todo.

Dio un paso atrás, aferrándose al marco de la puerta para apoyarse. Yo jadeaba y él respiraba con dificultad, con el pecho subiendo y bajando. Le lancé mi mirada más fría y despectiva, y lo cierto es que la recibió de frente.

—Tienes razón —dijo después—. Nunca he tenido que conquistar a una mujer, se lanzan sobre mí, o al menos sobre mi dinero. Pero a ti no se te puede conquistar ni se puede jugar contigo. Y tal vez por eso me enamoré, al principio. No lo voy a negar: que estuvieras fuera de mi alcance era atractivo.

—Querías un trofeo —dije, cruzándome de brazos con fuerza.

—Pero tú... has sacado cosas de mí que no sabía que existían. Me he enamorado *de ti*, Rosa, y te quiero cada día más. Y no sé cómo hacer para que me quieras.

Mi ira era glacial. Sus palabras se derramaron sobre mí como una avalancha, pero yo estaba tan hundida en la nieve que no podía oírlas.

Resoplé con desdén.

Pegó la cabeza contra el marco de la puerta.

—No hay nada que quieras que no puedas comprar tú misma, y cuando te vi con el viejo, Laurin, me di cuenta de que había cosas que necesitabas y que no sabías que necesitabas. Eso era lo único que podía darte. Quiero darte lo que perdiste en ese agujero negro tuyo, las herramientas que necesitas para curarte; porque nunca podrás volver a amar hasta que hayas sanado.

Respiró hondo y sus ojos se encontraron con los míos, sin parpadear. Entonces se acercó un paso, se agachó y levantó el mapa de la mesa. Debajo estaba la carpeta de papel manila.

—Herr Thormann nos llevará a verlos mañana a las diez. —Extendió la carpeta hacia mí.

Volvió a entrar en el pequeño dormitorio. Parecía agotado. Estaba atónita, pero una pequeña llama de rabia seguía parpadeando en mi interior.

—Al principio dijiste que querías saberlo todo, para hacer esa debida diligencia —dije tras él—. Bueno, ahora no hay nada que no sepas. Echa un buen vistazo. —Volvió a entrar en el salón. Me revolví el pelo y levanté mi cara desnuda hacia él. Todo mi maquillaje y todo mi glamur inventado habían desaparecido—. Me has dejado al descubierto. Esto es lo que soy. Espero que estés feliz.

26
Aceite de baño

Estoy tan nerviosa pensando en esta noche que es casi como si estuviera saboteándome a mí misma, como si nunca fuera a estar preparada. Todo lo que toco me recuerda a algo, y llevo tanto tiempo aquí de pie que te he atrapado con mis recuerdos. ¿Quién iba a pensar que podría estar tan nerviosa después de todo lo que he vivido? No estoy segura de que tenga tiempo para un baño, *ma chère*, pero tienes razón, me relajaría, y puedo ser rápida. ¿Puedes girar los grifos mientras elijo los mejores aceites para calmarme? Hoy necesito sumergirme en algo que me tranquilice. Mira, tengo aceite de almendras en este frasco. Unas cuantas gotas de ese aceite en la bañera, y después unas cuantas gotas de aceites naturales, según mi estado de ánimo. Oh, *ma chère*, creo que usaré el de geranio para levantar el ánimo y el de bergamota para la calma. Es curioso pensar que cuando era niña, el único consejo de belleza que conocía era que una mujer debe aplicar aceite de almendras sobre la piel para evitar las estrías durante el embarazo. Durante la guerra escaseaba y fue motivo de preocupación, pero ahora puedo verterlo de forma abundante en mi bañera como si fuera una ofrenda a los dioses de la belleza y el descanso. Y mira lo que ha hecho con mi piel: no está mal para una mujer de sesenta y tres años. Quiero causar una buena impresión. Me pregunto si nos daremos un beso o nos daremos la mano.

La última vez que me sentí tan nerviosa fue cuando Herr Thormann detuvo su coche en una estrecha carretera bordeada de casas altas y en mal estado en lo que solía ser el barrio judío alrededor de Monbijouplatz, cerca de la Gran Sinagoga de Berlín Oriental. El día anterior había estado a punto de llegar al mismo lugar. Thormann rodeó su coche y me abrió la puerta, pero no pude moverme.

Me sentí débil. Sentada en la parte de atrás de su coche con el persistente y fuerte olor de su colonia Brut, sentí que me invadía una creciente ola de pánico y empecé a marearme. *Ma chère,* ¿te lo puedes imaginar? Después de tanto tiempo. Yo tenía dieciséis años la última vez que había visto a Thomas y él tenía veintitrés. Ahora tenía cuarenta y cuatro y el hombre de la foto tenía el pelo gris. Era aún más difícil de comprender que Laurin, mi hijo, tenía once años más de los que yo tenía cuando lo di a luz, y había cumplido nueve años más de los que tenía cuando lo dejé en San Galo. Tenía veintiocho.

Cuando me obligué a salir del coche, Jim me condujo con cuidado hacia la acera, detrás del señor Thormann, que se detuvo frente a un bloque de apartamentos. Tocó un timbre y esperó hasta que sonó el zumbido y la puerta hizo clic. Observé cómo Herr Thormann subía las escaleras en espiral y dejé que Jim lo siguiera antes de aferrarme a la barandilla de latón deslustrado estilo Jugendstil. Oí que arriba se abría una puerta.

—Buenos días, Frau profesor Fischer. —La voz de Thormann rebotó en el hueco de la escalera.

Mientras subía despacio, Ida quedó a la vista, de pie en el umbral de su casa. Estaba estrechando la mano de Jim mientras Thormann los presentaba. Había engordado y llevaba prendas de colores apagados. Parecía nerviosa, sonreía demasiado. Un hombre alto y larguirucho con los hombros encorvados, el pelo corto y canoso y los ojos ocultos detrás de unas gruesas lentes con montura salió por la puerta tras ella. Thomas.

Jim le estrechó la mano, y hubo un murmullo de ruido y presentaciones. Me quedé en lo alto de la escalera esperando que

Laurin apareciera. Ida se separó de los hombres y vino hacia mí con los brazos abiertos.

—Rosa, por fin.

No respondí ni avancé. Se detuvo ante mí.

—Frau profesor Fischer, me alegro mucho de verla. —No fue mi mejor momento, *ma chère*, pero no te lo ocultaré. No pude evitar pensar que la última vez en San Galo había dejado de usar *Du* y de llamarme Rosa. No solo me había robado a mi hijo, también se había casado con Thomas. Y ahora quería que fuésemos amigas.

—Llámame Ida, por favor. —Me tomó la mano, con la misma mano a la que se había aferrado Laurin. La misma mano que acariciaba a Thomas por la noche. Se me erizó la piel.

—Por supuesto, Ida —dije con frialdad—. Supongo que somos familia.

Ella me rodeó con sus brazos; yo mantuve los míos pegados a los lados, agarrando mi bolso.

—Entrad —dijo Thomas, de pie en la puerta.

El rostro de Ida mostró su dolor al darse la vuelta, pero forzó una sonrisa, agarró a Jim del brazo y lo condujo al interior, seguido de Thormann. Laurin aún no había aparecido. Entré en su casa y vi cómo Ida, Jim y Thormann desaparecían por un largo pasillo y entraban en una habitación. Me apoyé en la pared. Thomas cerró la puerta principal, dio un paso hacia dentro y se detuvo frente a mí. Durante un momento ninguno de los dos se movió ni dijo una palabra.

—Así que, Rosa... —dijo, y oírle pronunciar mi nombre fue como viajar en el tiempo—. Tienes buen aspecto. Veo que he envejecido más que tú.

—Eres profesor. —Sonreí un poco—. Supongo que eso era inevitable.

—Sí —dijo, reflejando mi sonrisa tentativa—. No sirvo para nada más.

Respiré hondo. No sabía cuánto tiempo tendríamos a solas antes de que nos llamaran para reunirnos con los demás. Pero había algunas cosas que necesitaba decir.

—Creía que habías muerto —dije, titubeando—. Me enteré en el 63 de que seguías vivo.

Asintió y pude ver los engranajes girando detrás de sus ojos, que aún brillaban con la misma inteligencia amable.

—¿El profesor Goldfarb?

—Sí —dije—. Lo visité en Jerusalén. Pero no tenía ni idea, no de esto, de Ida y de ti.

—Fui a San Galo a buscarte. Pero encontré a Laurin. —No había hostilidad en su voz, ni ira, solo estaban los hechos—. Y Ottmar había muerto.

—Esperé durante dos años. —Se me quebró la voz—. Durante casi un año después de que la guerra terminara… —No pude seguir. Ambos sabíamos la conmoción que hubo después de la guerra, lo difícil que había sido desplazarse, sobre todo en Alemania. Por lo que sabía, podría haber sido destinado a Rusia.

Ignoró mi defensa y continuó.

—Ida me dijo que te habías casado y te habías ido a Brasil.

—Creía que habías muerto —repetí, muda, y abrí mi bolso para sacar un pañuelo y absorber una lágrima antes de que me estropeara el maquillaje.

—Eran tiempos inciertos —dijo, sin maldad.

—Me rendí demasiado pronto. —Me limpié el otro ojo.

—Después de la guerra fue un desastre. No pude enviar nada —dijo. De nuevo, los duros hechos.

Suspiré y toqueteé mi bolso, ganando tiempo. Tal como lo pintaba, éramos víctimas de las circunstancias, pero yo sabía que eso no era cierto. Todo el mundo toma decisiones; yo elegí irme. Él había vuelto por mí; era yo quien le había fallado. Lo menos que podía hacer era ser sincera.

—No podía arreglármelas sola. No quería dejar atrás a Laurin.

Volví a mirarle a los ojos sin pestañear.

—Volví a por él, pero…

—Ida me contó lo que pasó la última vez en San Galo, que no te conocía. Hiciste lo correcto.

—He dudado de eso toda mi vida.

—Ha sido feliz. Cuando encontré a Laurin, que se parecía tanto a ti —dejó caer la mirada—, e Ida estaba sola con tres niños sin padre... Bueno, era obvio. Es una mujer muy buena.

—Lo es. —Dejé escapar un profundo suspiro, avergonzada por mi comportamiento en el rellano—. Nunca lo habría dejado en manos de cualquiera.

—Deberías recordarlo.

No hacía ni veinticuatro horas que había descubierto que ella tenía todo aquello con lo que yo había soñado. Tal vez estuviera desconcertada o tal vez solo abrumada por tantos sentimientos reprimidos, pero hasta ese momento me había sido imposible recordar su bondad. Me costó tiempo y paciencia reconocer que solo me había convertido en Rosa Dumarais Mitchell porque había confiado en ella.

—La quiero. Al principio no la amaba, no como estaba enamorado de ti, Rosa, pero ahora quiero a Ida.

—Ya lo veo.

Volví a guardar el pañuelo en mi bolso y lo cerré con un chasquido.

—¿Te acuerdas de la última noche? —bajó la voz.

—Claro que me acuerdo —susurré. Por un momento podría haber vuelto a mi pequeña cama con él. Sus ojos hicieron que mi estómago diera un vuelco como no lo había hecho en todos aquellos años.

Se aclaró la garganta:

—El recuerdo de esa noche... —Exhaló con fuerza—. Me hizo seguir adelante durante el resto de la guerra. Al final me llevó a Laurin y a Ida. Y si solo hubiera sido a Laurin, ¿quién sabe? Tal vez todavía estaríamos esperándote.

—Eso es ridículo —dije, pero no pude dejar de sonreír con timidez como la niña que había sido.

Dio un paso hacia mí.

—¿Lo es? —Estaba tan cerca que, si alguno de los dos se movía, nuestros labios se tocarían. Ambos respirábamos con dificultad. Nuestros ojos se buscaban. ¿Por qué? ¿Recuerdos olvidados, fantasías juveniles…? No lo sé, *ma chère*, pero ese fue el momento de peligro.

Sus dedos me rozaron los antebrazos y no me aparté. Se inclinó y levanté mi cara hacia la suya. Sus labios eran tan suaves como lo habían sido tantos años atrás. Hubo un instante en el que este casto beso podría haberse convertido en algo más: nuestros labios temblaban al borde de abrirse, nuestras lenguas estaban listas para lanzarse. Cerré los labios y apoyé mi frente contra la suya.

—¡Hueles igual! —Esa comprensión parecía venir de lo más profundo de mi interior, algo que ni siquiera sabía que conocía, y con ello llegaron los recuerdos de estar desnuda, pegada a él, con nuestros cuerpos entrelazados.

—Tú también —suspiró.

Después sacudió la cabeza, dio un paso atrás y se apoyó en la pared. Sabía que estábamos evocando los mismos recuerdos; podríamos haber estado viendo una película juntos. Clavé mis ojos en los suyos. Ahora podía ver de verdad al joven que había amado en el rostro de ese hombre mayor. En ese momento, supe que podía arrebatárselo a Ida y destruir el hogar feliz que había creado. Cerré los ojos. Sabía que debía tomar una decisión.

Puede parecer extraño, *ma chère*, pero había apartado de mi mente la confesión de Jim. Había dormido mal y cuando me desperté estaba tan nerviosa por encontrarme con Laurin y Thomas que había dejado que mi ira gobernara mi corazón y mi cabeza. Graça me había advertido que podría salir herida, y había acertado. Podía escapar de todo eso cruzando el pasillo. Solo tenía que levantar los dedos y tocar a Thomas y volvería a ser mío; Ida lo perdería; él perdería a su familia. Y me libraría de Jim.

Thomas suspiró.

—No me resulta difícil entender lo mucho que Jim Mitchell te quiere. Ha hecho un gran esfuerzo para encontrarnos, sabiendo que sería arriesgado para él.

Me enderecé.

Thomas tenía razón, esa fue la mayor de las apuestas para Jim. Como Graça había dicho, me había superado. Qué tonta había sido, oh, *ma chère*; había estado tan ciega, había sido tan tonta, que ni siquiera había entendido a qué juego estábamos jugando.

—Deberíamos entrar —dije.

Thomas se detuvo un momento y asintió un poco mientras decía:

—Sí, es cierto. Ida ha hecho una de sus tartas.

No sé si se dio cuenta, pero acababa de salvarme por segunda vez.

Miré el comedor tan pronto como entré, pero solo estábamos los cinco. Por supuesto, razoné, Laurin ya no vivía allí; era un adulto, debía llegar tarde. Solo entonces me fijé en los muebles. Eran los de la casa de Ida en San Galo. La mesa estaba puesta con la misma mantelería fina que planchaba con tanto esmero mientras yo me sentaba a coser vestidos para ella y nuestros bebés jugaban en el suelo. Incluso era la misma porcelana. La familiaridad, los años que habían pasado desde la última vez que los había visto, la realidad de quiénes estaban sentados a la mesa, todo era inquietante. Podía sentir la mirada de Jim sobre mí, leyendo mi rostro, por lo que evité mirarlo. Puede que ahora esté comprendiendo sus motivos, pero aún no estaba preparada para perdonar sus tácticas. Y el hecho de que hubiera decidido no destrozar la casa de los Fischer no significaba que me hubiera decidido por otra cosa. Me interesaba más saber dónde estaba Laurin.

Había una serie de fotos colocadas sobre la superficie de encaje que cubría el aparador de caoba pulida. Me acordé del encaje:

Ida estaba muy orgullosa de ese regalo de bodas de Brujas. Reconocí el retrato de la boda de ella y Ottmar Schurter. Junto a él había una foto de ella y Thomas; Ida llevaba el traje de *Bar* que yo le había hecho, y la única pista de que era su boda era el pequeño ramo que tenía entre las manos. En aquel momento pensé que llevaba ese traje porque era el mejor que tenía, pero más tarde llegué a pensar que podría haber sido su manera de reconocer mi papel en su familia. Dejé el marco y fui mirando las fotos de los niños, de Laurin, Max y Vreni creciendo. Laurin parecía un cuco, tan diferente de sus hermanos, que compartían el pelo oscuro de Ottmar y los ojos pálidos de Ida. Y había una chica más, que no reconocí. Examiné la foto de ella con detenimiento. Estaba de pie sosteniendo un gran cucurucho de papel en su primer día de colegio, con el pelo claro y fino recogido en un moño.

—Ah, esa es Gabi. Gabriela, nuestra hija. —La voz de Thomas era suave y orgullosa.

—Oh, ¿así que tenéis cuatro? —Mi corazón se aceleró cuando me di cuenta de lo cerca que había estado de robarle a su hija, destruyendo otra familia y arruinando el honor de este hombre de principios. La ira se esfumó de repente y me sentí avergonzada—. Eso debe de ser mucho trabajo —murmuré.

—Ya no tanto. —Ida estaba cortando la tarta—. Ven y siéntate, Rosa.

Jim se levantó y retiró la silla que estaba a su lado y yo me senté, aunque no tenía hambre.

—¿Dónde está Laurin? ¿No está aquí? —pregunté.

Se hizo un gran silencio, que Ida acabó rompiendo.

—Rosa, lo primero que debes saber es que Laurin no recordaba nada de ti. —Ida no hablaba inglés, así que se lo traduje a Jim—. Y nunca se lo dijimos, no queríamos que se sintiera menos querido.

—Entonces, ¿no sabe nada de mí? —Las palabras salieron en inglés y me aferré al hombro de Jim.

—Se enteró. —Thomas respondió en inglés, con un acento marcado e inflexible.

—Estaba en el ejército y había vuelto a casa para pasar el fin de semana —continuó Ida—. Siempre tuvimos cuidado. Pero un fin de semana llegó a casa antes de tiempo. Thomas recibe los periódicos extranjeros en el Comité Central y me había traído un recorte.

—Era *The New York Times* —dijo Thomas—. Un artículo sobre Isaiah Harris, y había una foto de él con su brazo a tu alrededor.

—Lo encontró en el escritorio de Thomas —continuó Ida—. No tuve tiempo de esconderlo. No sé qué le llamó la atención. Era bastante raro ver en la prensa una imagen de un hombre negro, y aún más raro ver a una hermosa mujer blanca a su lado. Tal vez algo en tu cara: os parecéis mucho. Hubo una pregunta tras otra, así que terminamos diciéndoselo.

—Dijo que siempre sintió que había habido un secreto —dijo Thomas—, pero que nunca había adivinado cuál era. Había pensado que él era nuestro hijo, que habíamos tenido una aventura mientras Ottmar estaba vivo.

—¿Por qué? —dije, sorprendida.

—Es muy diferente a los demás —dijo Thomas, encogiéndose de hombros.

—Estaba sorprendido y molesto por saber que yo no era su madre, como es lógico. Entonces sabíamos muy poco de ti, salvo que habías estado en Brasil y después en Estados Unidos. Estaba enfadado y confundido. Le gustaba el jazz, aquí es muy de rebelde que te guste la música occidental, pero el jazz está considerado la música de los oprimidos, por lo que es más aceptable. Él leía fragmentos sobre ti y se hizo la idea… de que lo habías abandonado para llevar una buena vida. No nos creía cuando le contaba la vez que volviste por él, y cómo te rompió el corazón. No podía creerse que te hubiera olvidado, y te culpaba de haberle dejado. Fue muy difícil. Y entonces, cuando te casaste con el señor Mitchell… vimos vuestra boda en la primera página. Eso le hizo cambiar.

—¿Hizo qué?

Ida y Thomas intercambiaron una mirada.

—No quiere conocerte. Dice que no necesita dos madres y que iría en contra de los principios de su partido abrazar a los empresarios capitalistas como tú y tu marido. —Thomas parecía avergonzado mientras hablaba; Ida miraba fijamente su café.

—¿No quiere conocerme? —dije, sacudiendo la cabeza con incredulidad—. ¿No lo veré? —Sentí como si alguien me hubiera vuelto a clavar una esquirla en el corazón.

—Esta vez, no. Lo siento —dijo Thomas—. Es muy testarudo, sin duda eso es algo que ha heredado de su madre. Dale tiempo.

Jim y yo apenas hablamos en el camino de vuelta al hotel o en el avión al día siguiente. La cabeza me daba vueltas. Fue un alivio saber que Laurin y Thomas estaban a salvo. Ida los quería; eran amados. No podía pedir más. También fue gratificante saber que los sentimientos que Thomas y yo habíamos compartido hacía tanto tiempo no eran solo un sueño infantil, sino que habían sido reales. Me sentí inquieta y complacida; sentí que había superado una prueba. La carga de la culpa parecía haber desaparecido y me sentía tan ligera que casi estaba mareada. Esa euforia solo se vio atenuada por mi gran decepción por el rechazo de Laurin. «Dale tiempo», las palabras de Thomas, se convirtieron en un lema.

Llevábamos unos días en Nueva York cuando me encontré frente a la nevera de la cocina. Abrí como si me impulsara un instinto, más que un pensamiento premeditado. Mi mano se extendió y sacó una botella de champán —siempre tengo una o dos frías— y dos copas de champán (las copas de flauta son un invento absurdo). Me quedé en el pasillo esperando el ascensor, examinándome en el espejo, y después sonreí y miré mi reflejo. No importaba, ya no.

Por segunda vez, fui a su apartamento sin invitación. Sabía que se bañaba después del trabajo antes de salir, y su secretaria había dispuesto que cenáramos juntos esa noche. Llamé a la puerta de su habitación, pero no hubo respuesta. Al cruzar la alfombra, pude oír el agua cayendo en la bañera. Esperé junto a la entrada. El sonido del agua llenando la bañera se detuvo, y escuché a Jim chapotear mientras se metía en la bañera. Me quité los zapatos. Hacía mucho tiempo que no me sentía así de satisfecha. Oh, *ma chère*, no me refiero al tipo de éxtasis que tuve con Izzy después de tanta pena ni a la dulce embriaguez que había sentido por Thomas, sino al tipo de satisfacción profunda que Charles y yo habíamos compartido durante años: estar en paz conmigo misma, llena de amor de nuevo. Llamé a la puerta.

—¿Quién es? —exclamó Jim, alarmado.

—Yo —dije—. Rosa. ¿Puedo entrar?

Se oyó el sonido del agua que chapoteaba en la bañera y después:

—Sí.

Empujé la puerta con el hombro y la cadera. Un torrente de aire caliente y un olor familiar me invadieron. Jim estaba sentado, con la espalda recta. Tenía la cara sonrojada por el calor y el agua se deslizaba hacia abajo por su cabeza casi rapada. Un pequeño grupo de rizos oscuros se acurrucaba en su pecho. Sus brazos, apoyados a los lados de la bañera, eran fuertes y bien definidos. Había perdido peso desde que nos habíamos casado y estaba en mejor forma de lo que yo había imaginado.

—Pensé que debíamos celebrarlo —dije, como si fuera totalmente normal que entrara sin avisar en su baño. Choqué las copas contra la Breccia Onciata de la encimera, cuya elección me había costado mucho trabajo. Por un momento me arrepentí de no haber elegido el champán rosado, que habría quedado maravilloso sobre el mármol beige. Me esforcé por quitar el corcho, serví una copa para cada uno y después me acerqué a la bañera y le ofrecí una. La aceptó y se apoyó sobre su espalda.

—¿Y por qué brindamos? —Intentaba recomponer su rostro con la máscara habitual, pero era incapaz de controlar la sonrisa que se le estaba dibujando. Lo hice más difícil al otorgarle mi sonrisa más cálida.

—Por ti, Jim, por ti. —Levanté mi copa—. Tengo que agradecértelo todo. —Levantó su copa lo suficiente como para que chocáramos las dos, y después bebimos. Me apoyé en la encimera de mármol y di un sorbo a la mía—. ¿Cuándo se convirtió en algo real, más que en un juego?

Se hundió un poco más en la bañera.

—Quedé prendado a primera vista, por la forma en que rondabas por mi oficina como un tigre.

Me reí.

—No es eso lo que he preguntado.

Sonrió, y después se tomó un momento para considerar bien mi pregunta.

—En Londres comprendí lo que eres, lo que puedes hacer de mí. Y si hubo un momento, fue de pie en el balcón del Savoy mirando al Támesis.

Bebimos, mirándonos a los ojos todo el tiempo. Cuando nuestros vasos estuvieron vacíos, los coloqué sobre la encimera.

—¿Recuerdas la noche en que me propusiste matrimonio? —Me miré en el espejo mientras empezaba a desabrocharme la blusa, y mis ojos mostraban excitación y vergüenza a la vez. Se sumergió de modo que solo se veían sus grandes ojos. Sacó un poco de agua y se levantó mientras yo me daba la vuelta.

—¿En el Four Seasons? Sí, por supuesto. —Se esforzaba por no sonreír.

—¿Y puedes recordar los términos de nuestro acuerdo? —dije con firmeza mientras me quitaba las mangas.

—Sí, señora Mitchell —dijo, imitando mi formalidad—. De vuestra parte: una exhibición de un matrimonio, su compañía pública, y orientación. De mi parte: la tienda, la mitad de la fachada de la calle y tu apartamento.

Colgué mi blusa sobre el toallero y comencé a bajar la cremallera de la falda.

—Acordamos también algunas excepciones, si no recuerdo mal —dije mientras me desprendía la falda.

—Tengo los recuerdos un poco borrosos; me cuesta precisarlas ahora mismo.

También colgué la falda; sea cual fuere la situación, *ma chère*, la buena ropa no merece el maltrato.

—Creo que la exclusión se refería a algunos derechos. Discúlpame —dije y me agaché para bajarme las medias. Cualquier seductora que se precie nunca se quitaría las medias delante de un hombre, *ma chère*. Deshacerse de ellas no tiene el mismo encanto que el hecho de desprenderlas poco a poco de los tirantes y dejar que la seda se deslice sin remedio.

Cuando me levanté, no llevaba nada más que mi sujetador y las bragas. Era un conjunto blanco de encaje de Chantelle Fête —al menos, el blanco era de novia—. La primera vez que me puse un sujetador Fête dos años antes me pareció que me había cambiado la vida; era cómodo y los contornos parecían naturales, lo que era bastante revolucionario, *ma chère*. Ahora es difícil de entender, pero hasta entonces se podría haber perdonado a cualquier colegial por pensar que los pechos tenían una punta cónica de forma natural. Jim observó y volvió a deslizarse más abajo en el agua.

—Esos derechos a los que te refieres —dijo Jim, recostándose con la cabeza por encima de las burbujas—. ¿Qué derechos tienes en mente?

—Los conyugales.

—¿Los conyugales?

—Sí. Me preguntaba si considerarías renegociar los términos de nuestro acuerdo.

Entornó la cara en una dramática deliberación.

—Solo desde una posición de igualdad. En el sentido estricto de los negocios, me siento, por supuesto, un poco expuesto. —Esas últimas palabras apenas se escaparon de la amplia sonrisa que se había dibujado en su cara; su rostro inexpresivo había fallado por completo.

—¿Igualdad de condiciones? —Me desabroché el sujetador y dejé que se escurriera por mis brazos y después cayera al suelo mientras dejaba las bragas en la alfombra de color crema bajo mis pies descalzos. Puede que ponerse el sujetador Fête pareciera un cambio de vida, pero lo que realmente fue un cambio fue quitármelo.

—¿Ahora hay igualdad de condiciones?

—Yo diría que sí —dijo Jim.

Di un paso hacia la bañera.

—Me estoy enfriando.

—Entonces, ¿propones que eliminemos esa exclusión?

—Sí, creo que ya no es necesaria.

—No —dijo—. Supongo que es una especie de impedimento.

Di otro paso. Ahora estaba de pie junto a él.

—Quiero introducir un nuevo párrafo, otra exclusión —dije.

—¿Te refieres al pintalabios rojo? —sonrió.

—Sí.

—De acuerdo. Añadiremos como codecisión lo relativo a todas las demás distracciones.

—¿Qué has usado para las burbujas? —Me incliné y las aparté a un lado. Sonreí.

—No sé… esa botella de ahí.

Miré por encima; había una gran botella verde de Badedas al lado de la bañera.

—Ah, mi favorito.

—Lo compré en Berlín, lo tenían en el hotel.

—¿No te importa que te acompañe?

—He estado esperando a que me lo pidieras.

—Muévete hacia adelante.

Se sentó y yo bajé detrás de él y me hundí en el agua. Deslicé las piernas por el lado de la bañera sobre sus muslos y le rodeé con mis brazos, apoyando mi cabeza en la curva de su espalda. Durante un rato no nos movimos ni hablamos.

—Siento haberme equivocado tanto —dijo Jim con sinceridad.

—Te perdono. Si me hubieras dicho lo que estabas planeando, yo habría salido corriendo.

—Estoy aprendiendo a hacer las cosas bien.

—Sí, como el Badedas. —Besé la cresta de su hombro.

Se volvió a colocar contra mí, apoyando su cabeza en mi hombro, y me miró. Oh, *ma chère*, estaba tan poco acostumbrada a esa sonrisa radiante y al modo en que me hacía sentir.

—¿Me estás diciendo que, si hubiera dado con el baño de burbujas adecuado, no habría tenido que pasar por todo este problema?

—Exacto.

27

Desnuda

No puedo creerlo. Mira la hora. Debería salir en cuarenta minutos y en lugar de prepararme no he dejado de hablar. Es como si mi vida acabara de pasar ante mí. Mírame. ¿Alguna vez me has visto tan poco preparada? Sabes que mi rutina dura una hora si no tengo prisa, y no puedo apresurarme habiéndola estropeado ya una vez. Oh, *ma chère*, ¿qué debo hacer? Esto es patético. Estoy tan nerviosa que no puedo dibujar una línea recta. Estoy peor que tú en una primera cita. Tengo sesenta y tres años, no diecisiete, debería ser capaz de hacer esto. Voy a empezar con el pelo; me lo cepillaré. ¿Lo harías tú? Oh, gracias.

Es extraño cómo se repiten las cosas. Hace unos dieciocho años, después del viaje a Berlín, después de que fueras concebida, me sorprendió descubrir que a tu padre le gustaba cepillarme el pelo. ¿Lo sabías? La gente es divertida. Dijo que le recordaba a cuando jugaba con su hermana cuando eran pequeños. Creo que era una forma de relajarse, una forma de desconectar del trabajo, de quitarse el traje y la fachada del empresario, y de convertirse en Jimmy, el chico de Monticello, el chico que había hecho las cosas bien. Tu padre tiene dos caras. Está Jim con cara de póquer y está Jimmy, mi mejor amigo.

Engranaje tras engranaje. Y ahora me cepillas el pelo como lo hacía tu padre. Estos días dice que le duele la mano por la artritis.

Cuando era pequeña, mi madre nos trenzaba el pelo a Christl y a mí. Nos ponía de pie frente a ella mientras nos quitaba los nudos. Después, tomaba nuestros largos mechones de pelo como si fueran manojos de paja, y retorcía un pequeño manojo sobre nuestra sien. Empezaba a trenzar, introduciendo nuevos mechones a medida que avanzaba, de modo que el cabello formaba una especie de corona en nuestras cabezas. Todos los domingos por la mañana íbamos a la iglesia con nuestros mejores *dirndls*, nuestros delantales blancos planchados como láminas de cartón sobre los brillantes pichis de algodón estampados con pequeñas flores y el pelo trenzado como si fuera una aureola dorada. Los viejos hábitos son difíciles de cambiar.

Cuatro años después de aquel viaje a Berlín, debía ser el verano del 76 —en cualquier caso, tenías tres años—, estábamos paseando por Central Park a la vuelta del zoo cuando tu padre se topó con un miembro del ayuntamiento de Nueva York. El hombre estaba en el subcomité de planificación y Jim no iba a perder la oportunidad de una conversación informal. Esperamos unos minutos, y entonces empezaste a molestarme por un helado del puesto que estaba justo unos metros más allá. Nos acercamos a la pequeña caseta. No estoy segura de en qué momento me soltaste la mano, pero para cuando llegué a la parte delantera de la cola y miré hacia abajo para preguntarte qué querías —aunque sabía que sería de fresa o de vainilla—, me di cuenta de que no estabas a mi lado. Ya no estabas.

—¡Letty! ¡Colette!

Mis gritos hicieron correr a tu padre.

—¿Dónde está? —Oh, *ma chère*, la forma en que me miró fue como si lo hubiera perdido todo.

—Estaba conmigo, hace un momento —dije—. Estábamos esperando en la cola para comprar un helado y después se ha ido.

Gritamos tu nombre una y otra vez. Jim me dijo que no me moviera por si acaso volvías. No lloré. No corrí como una loca. Me quedé congelada mientras una oleada tras otra de miedo y náuseas me invadía. Una multitud se reunió a mi alrededor como buitres. Jim corrió de árbol en árbol, de banco en banco y el concejal llamó a un policía que patrullaba el parque. Todos querían saber cómo eras.

Nunca te puse *dirndls*, pero de alguna manera los mismos colores se filtraron en tu armario; ese día llevabas una falda azul marino y una blusa roja. Solo te faltaba un pichi blanco y podrías haberte confundido conmigo de niña, porque yo, como mi madre había hecho conmigo, te trenzaba el pelo los domingos. Les dije que tenías el pelo rubio recogido en una trenza.

Mientras otros corrían, yo me quedaba quieta, volviéndome una y otra vez, escudriñando a las familias, a las parejas de ancianos, a los jóvenes amantes, buscándote por todas partes, a una niña vestida de azul y rojo. Giré como la tierra pivotando sobre su eje, incapaz de detenerme; mi cabeza giraba con rapidez. Un pensamiento daba vueltas a un ritmo que me mareaba: no podía perderte a ti también.

—¡La he encontrado!

Nunca olvidaré esas palabras ni la cara de la persona que las pronunció. Una niña de unos doce años, con el pelo recogido en trenzas apretadas que irradiaban de su rostro encendido, saludaba con la mano extendida en lo alto. Estaba de pie junto a un gran arbusto y cuando corrí hacia ella pude distinguir el halo de tu pelo de lino brillando en la maleza. ¿De verdad no recuerdas todo esto?

Más tarde, después de bañarte, te apoyaste en mí mientras me sentaba a cepillarte el pelo. Hay cierta forma en que un niño se acurruca contra sus padres, la completa inconsciencia de pertenecer. Apoyabas tu pequeña espalda en mis piernas, presionando tus hombros contra mis espinillas. Era casi como si estuvieras asegurándonos a ambas que nuestro vínculo era inquebrantable. Entonces me preguntaste si estaba enfadada porque había gritado mucho en el parque. Te dije de nuevo que no estaba enfadada, solo disgustada porque pensábamos que te habíamos perdido. ¿Y sabes lo que dijiste, *ma chère*? ¿No? Dijiste que no estabas perdida, que estabas esperando a que te encontrasen. Y después me culpaste y dijiste que te habías quedado dormida mientras esperabas que comprara el helado y te fuera a buscar. Después de eso, acordamos no jugar al escondite fuera del apartamento.

¿Podrías pasarme la leche limpiadora? Sí, esa. Eras una niña muy graciosa. Nunca podíamos encontrarte. Dondequiera que te ocultaras, nunca te movías ni chillabas ni te reías, sino que siempre te quedabas quieta y en silencio. Y cada vez que jugábamos, el temor de perderte se cernía sobre mí como un manto hasta que te encontraba, y explotabas en gritos de alegría y victoria.

No fue hasta ese día en que te perdiste en el parque que me di cuenta de lo asustado que debía estar Laurin, de lo abandonado que se había sentido. Lo que ambos habíamos perdido.

Cuando me quedé embarazada de ti le escribí una carta a Laurin, que envié a la atención de Ida y Thomas. Desde entonces, Ida y yo intercambiamos cartas varias veces al año —en aquellos tiempos, no se podían hacer llamadas telefónicas—. Ida me dijo que Laurin sabía de mi carta, que la guardaban en una cajita de metal con todos los papeles importantes, documentos de identidad, certificados y testamentos. Las cartas de Ida siempre terminaban con la misma respuesta a mi perpetua pregunta: todavía no la había leído. Decidí que no iba a sufrir el dolor de volver sin saber si me vería. En una ocasión, Thomas vino a Nueva York —formaba parte de una comisión de Alemania Oriental en las Naciones Unidas— y me las arreglé para «toparme» con él en el vestíbulo de One Dag Hammarskjöld. No pudimos hablar mucho tiempo porque le acompañaba un grupo de vigilantes, aunque no era que un hombre con una esposa y cuatro hijos fuese a fugarse y pedir asilo en Estados Unidos.

Tenía que seguir adelante. Estaba embarazada de ti, mi negocio se estaba expandiendo, la gente dependía de mí y estaba enamorada de tu padre. Todo lo que podía hacer era apartarlo de mi mente, y ya tenía años de práctica en eso. Sé que siempre has dicho que soy demasiado protectora, y tal vez lo he sido, pero ¿ahora puedes ver por qué no te perdí de vista a menos que supiera que estabas con tu padre, con Graça, o con una de tus niñeras?

¿Por qué me miras así? Pareces tan enfadada como yo solía estarlo con mi madre. ¿Crees que deberías haber sabido lo de tu hermano antes? No, *ma chère*, no podría haberte hablado de él. ¿No es obvio por qué? Estaba demasiado avergonzada. Y asustada. No quería que crecieras viviendo con el miedo de que yo también huiría de ti, de que un día te despertarías y yo me habría ido. No, decidí que te lo diría si alguna vez había una posibilidad de reconciliación. Y no tenía ninguna razón para esperarla.

Ah, *ma chère*, ahora tus ojos brillan en el espejo. Son del mismo color que los míos. Ahora lo entiendes. Pero, espera, tengo que terminar la historia. Pásame el tónico, por favor. Hace dos años, todo cambió. Primero cayó el Muro de Berlín. ¿Recuerdas cómo me senté a ver la televisión aquel noviembre, conmovida mientras la multitud destruía el símbolo más potente de la Guerra Fría, trepando por ese icono inexpugnable y haciéndolo pedazos, derribándolo con sus propias manos? Yo estaba fascinada, al igual que millones de personas; sabía que eso lo cambiaría todo. Y lo hizo, pero no de la manera en que yo había supuesto.

Menos de dos meses después, en enero de 1990, recibí un telegrama. Ida había muerto de un ataque al corazón.

Hago muchos viajes por negocios, así que dudo de que te hayas dado cuenta de ese, pero hice las maletas y me fui en cuanto recibí la noticia. Llegué por la mañana y tuve unas horas libres antes de conducir hasta el cementerio. Oh, *ma chère*, imagina mi dilema. Le debía más a Ida que a cualquier otra mujer. Ella había aceptado a mi bebé y lo había amado como si fuera suyo. Pero Laurin estaría allí y sería un error robarle a Ida ese momento. Tenía que estar ahí, pero debía ser invisible y, *ma chère*, sabes lo difícil que es eso para mí. Mi ropa es muy bonita. He perfeccionado mi estilo, sé cómo caminar, cómo estar elegante, y sin embargo tuve que asistir al funeral de Ida sin ser reconocible, o de alguna manera notable entre una multitud de alemanes del este. Hice lo impensable. Tomé un taxi a Ku'damm, entré en la tienda menos atractiva que pude ver y compré una falda sin forma, un espantoso abrigo grueso, un sombrero y unas botas planas y cómodas. Todo de color negro, que ni siquiera me sienta bien, y sin maquillaje. No fue nada divertido, no te rías. Al menos estaría abrigada, pensé, pero apenas tenía fuerzas para salir del hotel vestida así. Me miré en el espejo del ascensor antes de darme la vuelta; era la primera vez que veía a una mujer mayor mirándome fijamente. Fue aterrador.

Berlín tenía un aspecto diferente en invierno, pero aún más con la franja de tierra de nadie cubierta de escombros donde había estado el muro, que atravesaba la ciudad como una herida abierta. El cementerio era más frío que las calles que lo rodeaban; una fina capa de nieve cubría los árboles y la hierba alrededor de las tumbas. El funeral fue breve y me senté en la esquina trasera de la iglesia, con el sombrero sobre mi pelo. Thomas estaba flanqueado por un hombre y una mujer. Max tenía el mismo pelo castaño y la misma calva que su padre Ottmar, y estaba sentado junto a Vreni, que se parecía mucho a su madre la última vez que nos habíamos visto en Berlín. Al otro lado, una mujer más pequeña, más delgada y más joven estaba apoyada en Thomas; tenía que ser Gabriela, la hija de Ida y de Thomas. Y junto a Gabi, tomado de su mano, estaba mi hijo, sentado con la espalda recta e inmóvil, con la cabeza hacia delante. Schleich había sido un hombre enorme, gordo, pero también alto. Laurin había heredado la estatura de Schleich —hacía que Thomas y Gabi parecieran enanos— y sus hombros eran anchos. Cuando la familia se levantó para dejar atrás el cortejo, él era el hombre más alto que había. Pero no estaba gordo como Schleich. Su pelo seguía siendo rubio como el suyo y el mío, y tenía los mismos ojos azules que nosotros. Como habían dicho Thomas e Ida, era evidente que era mi hijo.

Seguí a la procesión por el cementerio hasta la tumba y encontré un espacio al fondo de la multitud, donde vi cómo bajaban a Ida a la tierra. De puntillas, pude ver la cara de Laurin. Estaba vacío y tenso, marcado por la pena. En un momento dado, me miró, como si sintiera que le miraba fijamente, y yo bajé los ojos a la tarjeta que me habían dado al llegar. Las fechas de nacimiento y muerte de Ida estaban impresas bajo una foto de ella. Era la foto de su piso, del retrato de boda de su matrimonio con Thomas.

Una vez pronunciadas las últimas palabras sobre la fosa, la familia se dirigió a un camino junto a la capilla. Se colocaron en una fila mientras los invitados desfilaban para ofrecerles sus condolencias. Caminé entre los ángeles de mármol que se alzaban como centinelas alados sobre la multitud de fallecidos, y después regresé a un árbol que se alzaba cerca de la tumba de Ida. Los sepultureros estaban paleando el barro de nuevo. La familia estaba de pie, estrechando las manos y besando a los que les daban el pésame. En un momento dado, Thomas, con la cara ensombrecida y los ojos rojos, miró hacia la tumba y me vio. Le saludé con la mano, lo que me pareció una tontería, y él asintió, pero luego se dirigió al siguiente en la fila. Esperé hasta que la tumba estuviera llena y los excavadores se hubieran ido, entonces puse un ramo de lirios blancos en el montículo de tierra fresca. La familia y los asistentes ya se habían retirado.

Eso fue hace dos años, *ma chère*. Tenías apenas dieciséis años, aún eras una niña, no importa cómo te sintieras. Ahora al menos eres legalmente una adulta y creo que es hora de que lo sepas. ¿Por qué hoy? Un momento, ¿puedes alcanzarme la crema hidratante? Sí, esa. Dije que solo te lo diría si fuera a ocurrir una reconciliación. Fíjate, *ma chère*, ¿alguna vez me has visto tan nerviosa?

Esta tarde, ¿recuerdas cuando sonó el teléfono y contestaste? Se me para el corazón de solo pensarlo. Me pasaste el teléfono con una mirada aburrida y encogiéndote de hombros. Hasta entonces era un día normal, como cualquier otro. Te fuiste antes de que contestara, creo, cuando dije «hola». Y después hubo un silencio.

—Hola —dije de nuevo.

Estaba a punto de colgar el teléfono cuando la voz de un hombre dijo:

—¿Rosa Mitchell?

—Sí —dije distraídamente.

—He leído su carta. —El hombre hablaba en alemán con acento sajón.

—¿Mi carta? —Mi corazón bombeaba con fuerza. El hombre estaba usando *Sie*, la forma educada de «usted», el término para dirigirse a los extraños. Y, sin embargo, desde sus primeras palabras sabía de quién se trataba.

—¿Laurin?

—Sí —Dudó y pude oír su respiración por la línea. Después continuó—. La leí después del funeral de mi madre. Mi padre me dijo que había venido desde Nueva York, y que se había mantenido fuera de nuestra vista. ¿Es eso cierto?

Apreté los labios, decidida a no llorar.

—Sí, fui. Le debía a Ida… —Dudé antes de corregirme— a tu madre… todo.

Hubo un largo silencio después.

—Desde que me enteré de su existencia, ella siempre me dijo que tenía dos madres, que era el hombre más afortunado del mundo.

—Debes echarla de menos.

—Sí. —Hubo otro largo silencio. Juro que él podría haber oído mi corazón acelerado; podía oír el ritmo de mi sangre contra el auricular—. Pero ahora que se ha ido, quiero conocerla.

—¿Quieres? Por supuesto, tomaré un avión hoy.

Se rio.

—No hace falta —dijo—. Estoy en Nueva York.

Una oleada de pánico me invadió.

—¿Aquí? ¿Cuándo llegaste?

—Hace un mes.

—¿Hace un mes? —repetí. Me quedé estupefacta. Todo lo que podía pensar era «él está aquí, él está aquí».

—Es usted toda una estrella. Sale mucho en los periódicos y en las revistas.

—Ese es mi trabajo, mantener nuestro perfil. Ayuda a las ventas. —Oh, me sentí mal cuando dije eso dado lo que Thomas nos había dicho sobre sus opiniones cuando fuimos a Berlín.

—Solicité un puesto de trabajo tras la muerte de mi madre, después de haber leído su carta. Estuve en el Servicio Exterior antes de la reunificación y ahora se fusionaron los dos servicios.

—Ah, ¿entonces viniste por trabajo?

—No, estoy aquí gracias a mi trabajo —dijo con énfasis.

Ma chère, no puedes imaginar lo absurda y dura que fue esa conversación. Cada palabra era una prueba. De repente pensé en Thomas; mantente en los hechos, me dije.

—¿Cuánto tiempo estarás aquí?

—De tres a cinco años.

—¿En qué consiste tu trabajo?

—Representante permanente adjunto ante la ONU.

—¿Eres embajador?

—Casi —dijo, y reconocí el mismo tono paciente de Thomas.

—¿Has leído mi carta? —confirmé—. La escribí hace mucho tiempo, pero nada ha cambiado. Tu hermana tiene ahora dieciocho años, esa es la única diferencia.

—No, ahora lo entiendo. Cuando era joven estaba enfadado, después orgulloso, pero nunca quise hacerle daño a mi madre.

—Lo entiendo —dije, tratando de no llorar.

—Pero ahora quiero conocerte. —Su voz se hizo más profunda al dejar salir *Du*, la forma familiar e íntima de «tú», antes de concluir—: Mamá.

Así que ya ves, *ma chère*, esta no es una reunión cualquiera. No puedo usar mis trajes de negocios, o mi vestido de noche. Voy a conocer a tu hermano por primera vez en cuarenta y cuatro años. Quiero tener un buen aspecto, pero que no sea artificial; quiero que vea más allá de mi máscara. Míranos: me veo bien para mi edad, pero tú eres hermosa, como lo era yo cuando di a luz a Laurin. Yo era más joven que tú, *ma chère*, ¿te imaginas? Tienes mis ojos azules y mi pelo rubio —por supuesto, el mío ahora está teñido—, y la tez clara que heredamos de mi madre. Eres tan joven. Y yo no era mucho mayor la última vez que me vio, aunque él no lo recuerda.

Cuando eras pequeña, solía llorar sobre ti mientras mamabas de mi pecho. Me recordaba a la forma en que Laurin a veces se detenía a mitad de la lactancia y me miraba a los ojos, acariciándome la cara con la mano. Era como si una cortina que me separaba del resto del mundo se hubiera corrido, la forma en que me miraba a los ojos. Hoy me siento tan expuesta y desnuda de nuevo; no quiero guardarme nada. Esta vez voy a ir sin protección, sin mi armadura: sin maquillaje, sin mentiras. Me pondré algo sencillo, un traje azul marino y una blusa crema.

Solo él y yo, juntos.

Agradecimientos

E sta novela empezó casi como si me la dictasen hace muchos años, cuando me visitó la voz arqueada y llena de vida de Rosa mientras caminaba hacia el trabajo en Cambridge, Massachusetts, en el invierno de 1995-1996. A algún lugar del caldero fueron a parar retazos de la historia de la familia y del espíritu de Rosa. El producto final está muy lejos de ese comienzo bastante sensacionalista; las historias de la familia han sido abandonadas o se han transformado a medida que iba surgiendo la propia voz de Rosa, que ejemplifica lo estimulante que puede ser el proceso creativo. Mis hijas se desesperan con mi ropa: si me atrevo a entrar en el coche con unos crocs, las oigo gritar «terreno pantanoso» como *banshees*. Esto es ficción. Solo hay una escena (auto)biográfica en la novela y estoy segura de que nadie adivinará cuál es.

A lo largo de los años he recibido el apoyo y la ayuda de Christina Dunhill, Julie Pickard, Howard Lester, Don Clark y Farah Ahmed. Louise Doughty, Andrew Taylor y Erica Matlow me convencieron de eliminar los adverbios y salvar a los gemelos, antes de que reencarnaran en uno solo. En los primeros días en Harvard, Rosa fue recibida por Jim, cuya prosa joyceana nunca olvidaré, y por Raphael Carty en varios cafés de Massachusetts Avenue.

La doctora Kathryn Meyers Emery me explicó la diferencia entre la saponificación y la adipocira. Sara Cohen y Colin Hall colaboraron en distraerme cuando estuve en Liverpool. Los doctores Richard Lorenz y Raffael Jovine me ayudaron con las referencias acerca de Tirol del Sur y Alemania. El reverendo Tarzán Leão de Sousa, que me encontró en una favela preguntando por la rubia, me recordó la amabilidad brasileña. Mi familia siempre es mi primera lectora. India Gurmail Kaufmann, Nick Kaufmann, Paul Brooks, Phillippa Kaufmann, Richard Wolfe, Ruth Kaufmann Wolfe y mi amiga, Anna Fairbank, leyeron y comentaron las distintas versiones de los supuestos (pero lejos de serlo) últimos borradores.

Decir que este libro tuvo una larga gestación sería un eufemismo, pero la versión final fue impulsada por la excelente partera de mi fabulosa editora y compañera en la elaboración del libro, Thorne Ryan, la exigente y meticulosa atención al detalle de Sharona Selby y mi paciente agente, Broo Doherty, que no se dio por vencido.

Les debo un agradecimiento especial a Ruthie y a Hannah, que soportaron diversos grados de abandono durante la escritura y la edición de esta historia. Por último, pero no menos importante, no estaría escribiendo todo esto, y mucho menos la historia de Rosa, sin el apoyo continuo de Richard, que, a pesar de ser químico y empresario, no se parece a ninguno de los personajes de estas páginas. Es solo una historia.

Las erratas y los errores de puntuación son culpa del gato.